13.5.

JULIA K. STEIN

# Liebe kann man nicht googeln

**LIEBE LIEBER OFFLINE** Nach elf Jahren mit Karsten auf dem schwarzen Ledersofa ist Schluss: Lena, 33, noch fast im besten Alter, trennt sich von ihrem Freund und wagt einen Neustart. In einem Blog will sie ihr glamouröses Single-Leben dokumentieren. Doch auskosten kann sie ihre neu gewonnene Freiheit kaum, denn sie verliebt sich ausgerechnet in Björn, den Sohn des neuen Investors ihres Arbeitgebers – der Frauenzeitschrift »Grace«. Nur wie gewinnt man das Herz eines Mannes, wenn man das Flirten schon lange verlernt hat? Googeln hilft nur bedingt weiter, und auch Facebook ist lediglich am Anfang eine Lösung. Der Schlüssel zu ihrem neuen Leben liegt ganz woanders …

*Julia K. Stein wurde im Ruhrgebiet geboren. Sie hat Philosophie studiert, über Literatur promoviert und viele Jahre in den USA gelebt. Aus eigener Erfahrung und den Gesprächen mit ihren internetsüchtigen Freundinnen entstand die Idee zum Roman »Liebe kann man nicht googeln«. Zuvor hat Julia K. Stein Sachbücher, Kurzgeschichten und Gedichte veröffentlicht.*
*www.jkstein.de*

JULIA K. STEIN

# Liebe kann man nicht googeln

*Roman*

*Original*

GMEINER

*Ausgewählt von*
*Claudia Senghaas*

Besuchen Sie uns im Internet:
www.gmeiner-verlag.de


Im Ehnried 5, 88605 Meßkirch
Telefon 07575/2095-0
info@gmeiner-verlag.de

1. Auflage 2014

Lektorat: Sven Lang
Herstellung: Mirjam Hecht
Umschlaggestaltung: U.O.R.G. Lutz Eberle, Stuttgart
unter Verwendung eines Fotos von: © eringii – Fotolia.com
Druck: GGP Media GmbH, Pößneck
Printed in Germany
ISBN 978-3-8392-1491-6

Personen und Handlung sind frei erfunden.
Ähnlichkeiten mit lebenden oder toten Personen
sind rein zufällig und nicht beabsichtigt.

# WILLKOMMEN AUF LENAS BLOG

********

Herzlichen Glückwunsch! Wenn du diese Zeilen liest, hast du bereits bewiesen, dass du überdurchschnittlich intelligent und einigermaßen wohlhabend bist. Du kommst weder aus einem Entwicklungsland noch bist du Friseurin – das hat nämlich eine Umfrage letztens über Blogleser herausgefunden. Ich kann mir allerdings auch nicht erklären, warum gerade Friseure keine Blogs lesen. Außerdem sind Blümchen am Rand, also keine Angst, es wird nicht zu tiefschürfend. Ich konnte keine ähnlichen Statistiken über Blogschreiber finden. Aber das ist vielleicht auch gut so. Lehn dich zurück, trink einen Schluck Wein und genieße deinen Wohlstand.

## 21. Juni, 10:01 Uhr

OH MEIN GOTT! Noah Becker, Boris' Sohnemann, hat 4.984 Freunde auf Facebook. Ich habe sechs (6) Freunde auf Facebook, wobei zwei davon nur Bekannte sind, mit denen ich nichts gemeinsam habe, außer dass wir auf Facebook ein Konto haben. Wie man so unfassbar wenige Facebook-Freunde haben kann, obwohl man doch die Mühe der Anmeldung irgendwann auf sich genommen hat? Dies liegt an der sozialen Verwahrlosung, die mit einer elfjährigen Beziehung einhergeht, die zehn Jahre lang in komatösem Schlaf beziehungsweise Beischlaf – die Grenzen waren fließend – auf einem schwarzen Ledersofa in München-Denning stattfand. Nicht, dass ihr mich falsch versteht: Sex mit Karsten ist gar nicht *so* langweilig gewesen. Vor allem dann nicht mehr, nachdem wir gemerkt haben, dass wir uns beide nur so beeilten, damit wir den Fernseher wieder anschalten konnten. Wir sind später dann dazu übergegangen, den Fernseher gar nicht erst auszuschalten, und dann ist es automatisch weder stressig noch langweilig gewesen. Außerdem konnte man *danach* immer besser schlafen. Ganz ehrlich, ich glaube, das ist bei den meisten so, nur traut sich niemand, das zuzugeben. Mein Tipp im Rahmen dieses vertraulichen Blogs: Fernseher anlassen.

Ich habe unter den 265 (!) Facebook-Freunden von Charlotte, meiner besten Freundin hier bei *Grace,* immerhin ein paar vage vertraute Gesichter entdeckt und angefragt, ob sie *mein Freund* sein wollen. Drückt mir mal die Daumen, dass sie zusagen. Außerdem habe ich Noah Becker eine Freundschaftsanfrage geschickt. Auf einen mehr oder weniger kommt es bei dem doch wirklich nicht an. Ich mache jetzt die gesetzlich vorgeschriebene Frühstückspause und genehmige mir etwas Gemüse in Form eines Karottenkuchens. Ich werde mich jetzt gesünder ernähren. In diesen elf Jahren auf dem schwarzen Ledersofa hat sich nämlich eine Menge Beziehungsspeck angesammelt.

PS: Ich bin natürlich nicht völlig verpeilt und weiß, dass es gesünder wäre, Karotten-Rohkost statt Karotten-Kuchen zu essen. Aber Karotten-Kuchen ist immer noch besser als zwei Maxi-Tüten frittierte Chips mit glasigen Augen beim *Tatort.* Ich will ja nur dünner, nicht depressiv werden.

**12:13 Uhr**

Seit wir letzten Freitag erfahren haben, dass *Grace* von einem Investor gekauft worden ist, demonstrieren alle maximale Geschäftigkeit durch verbissenes Einhämmern auf die Tastatur. Nur gelegentlich raschelt eine Bäckereitüte, wenn ein Puddingteilchen in den Mund geschoben und mit kostenlosem Bürokaffee heruntergespült wird. Falls telefoniert wird, dann nur mit lauter Stimme, um sich bei jemandem oder über jemanden zu beschweren und die eigene gehobene Position in der Hackordnung zu manifestieren. Privat zu telefonieren ist in unserem Büro sowieso kaum möglich, weil jeder mithören kann – ein modernes Großraumbüro eben. Sogar Marie, die sonst ungeschminkt und mit einer Tüte Obst ins Büro kommt, um dann auf dem Klo gemütlich ihren Obstsalat zu schnippeln und Eyeliner aufzutragen, hat bisher keine Pause gemacht. So eine unterwürfige Arbeitnehmer-Panik ist mir fremd. Da ich mit meiner Arbeit für heute schon fertig bin, gestehe ich mir zu, an meinem neuen

Blog zu arbeiten. Wenn ich das Internet nutze, störe ich schließlich niemanden in seinem Arbeitsrausch und nutze meine kostbare Lebenszeit dazu, aktiv an der barrierefreien Kommunikationsgemeinschaft teilzunehmen und anderen zu ermöglichen, an meinem Leben teilzuhaben. Gerade hat mir Charlotte, die eine Etage tiefer sitzt, eine Facebook-Message geschrieben und mich an den Junggesellinnenabschied von Caro auf Sylt erinnert. Warum wir, obwohl wir in München wohnen, für einen Junggesellinnenabschied nach Sylt gurken müssen, ist eines dieser Mysterien. Die Norddeutschen schmeißen sich bei ähnlicher Gelegenheit in Tracht und kommen auf eine bayrische Alm, wir kieken mit einem Jever in der Hand in die norddeutsche Brandung. Ich verstehe ebenfalls nicht, warum Charlotte mir jetzt eine Facebook-Message schreibt, statt einer normalen E-Mail. Bis vor zwei Wochen hat sie normale E-Mails geschrieben oder über das Bürotelefon angerufen. Aber seit ich meinen Facebook-Account reaktiviert habe, muss ich jetzt noch einmal mehr klicken, um die Message zu lesen. Außerdem kann ich bald kein Deutsch mehr.

### 13:12 Uhr

Wuupsi! Gerade kam Cordula, die Ressortleiterin, und ich konnte meinen Bildschirm nur in allerallerletzter Sekunde schließen. Sie wollte kontrollieren, ob ich an dem Portrait von dieser Pole-Tänzerin arbeite und nicht Flüge buche, Schuhe bestelle oder Trailer anschaue – von meinem neuen Blog weiß sie nichts. Dabei ist das Portrait schon fertig, aber es kann ja nicht der Lohn meiner Effektivität sein, dass ich mehr machen muss als die anderen. Cordula blickt vor allem deshalb so sauertöpfisch drein, weil ich dieses sauco-ole Kleid anhabe. Ich habe die Etiketten hinten festgeklebt, weil ich es noch zurückschicken wollte, da es 390 Euro kostet (Designerteil, aber totales Must-have). Aber so wie Cordula geschaut hat, werde ich es behalten müssen. In so einem Kleid ist man plötzlich eine dieser Frauen, die ich immer beneidet habe. Ehrlich gesagt war ich mein ganzes Leben davon ausgegangen, dass ich mir ab dreißig solche Kleider locker leisten kann, was sich bisher alles andere als bewahrheitet hat. Doch mit dem neuen Investor werden die Karten neu gemischt. Hoffentlich kann mir mein Vater bis dahin unter die Arme greifen. Unser Magazin *Grace* soll nämlich mit Rowe Media Invest einen Relaunch erhalten, den unser Blatt dringend nötig hat. Ich habe schon eine Präsentation mit meinen Vorschlägen vorbereitet. Es müssen ein paar niveauvollere Themen rein, dann könnte ich auch meinem Vater endlich mal wieder einen Artikel von mir schicken. Ich habe mit ein paar Leuten vom Relaunch-Team gesprochen und sie waren ganz meiner Meinung und haben kodiert angedeutet, dass das für mich auf einen verantwortungsvolleren Posten aka mehr Kohle hinauslaufen wird. Schließlich sind nicht alle Frauen dumpfe Shopping-Automaten, die nur Hollywood-News, High Heels, Augenbrauen-Styling und Orgasmus-Techniken im Kopf haben. Natürlich interessiert mich das auch. Aber erstens lese ich das *heimlich* und zweitens kann das ja nicht *alles* sein, und drittens muss man zumindest *versuchen*, geistig nicht völlig zu verwahrlosen.

## 24. Juni, 9:13 Uhr

Hallo, ihr da draußen! Ich habe gerade etwas Schreckliches getan: Ich habe mir meine Blog-Statistiken angeschaut. Mit deren Hilfe kann man sehen, wie viele Leute meinen Blog lesen. Vielleicht sollte ich nicht mehr ›Hallo, ihr‹ schreiben, sondern eher ›Hallo, du‹? Das Ergebnis sah folgendermaßen aus:

Abrufe: 31 (Eigene Abrufe: 30)

Ich werde *sofort* daran arbeiten, den Blog noch interessanter zu gestalten. Um alle treuen und neuen Blogleser zu belohnen, werde ich deshalb eine Live-Berichterstattung von Caros Junggesellinnenabschied auf Sylt anbieten. Charlotte hat allerdings gerade mitgeteilt, dass jeder 100 Euro für den Junggesellinnenabschied beisteuern muss. Meine Güte, sind das alle Krösusse? Ich meine Krösi? Muss das kurz googeln.

## 12:15 Uhr

Gerade gegoogelt und bin am Durchdrehen. Wo ich gerade dabei war, wollte ich schnell noch wissen, ob es sein kann, dass ich von Karsten schwanger bin, obwohl ich nach unserem allerletzten und sozusagen abschließenden Schlaf/Beischlaf auf der Couch schon einmal meine Tage hatte. Und das Schockierende ist: Jawohl. Das ist absolut möglich! Ich bin diesen Monat nämlich sehr spät dran. Aber jetzt kommt's: Vielleicht bin ich gar nicht schwanger, denn die gleichen Symptome weisen auch auf eine verfrühte Menopause hin. So etwas gibt es nämlich schon mit 33! Ich muss diese Informationen jetzt ganz schnell verdrängen. Eine

Kokosnuss kann man übrigens ganz leicht knacken, wenn man auf die richtige Stelle klopft (es sind drei Punkte drauf, die ein Gesicht bilden, einfach auf den Mund schlagen). Die frische Milch ist laut Gwyneth Paltrow wahnsinnig nahrhaft. Außerdem ist sich im Internet niemand einig, wie Krösus eigentlich im Plural lauten muss. Aber bei Scrabble ist es ein unzulässiges Wort. Man erfährt bei einer einfachen Suche immer viel mehr, als man überhaupt wissen wollte – und schwups sind alle Gehirnzellen blockiert. Das ist so ein Dauerproblem bei mir. Erschwerend kommt hinzu, dass ich ein fotografisches Gedächtnis besitze, wenn es um Hollywood geht und entsprechend über ein unverhältnismäßig großes Wissen an Tratsch verfüge. Eine Begabung, die mir in die Wiege gelegt wurde wie anderen Leuten das absolute Gehör. Aus mir unerklärlichen Gründen kann ich mir die Namen von Heidi Klums Kindern und ihren Brüsten merken – sogar die der internationalen Sprösslinge von Angelina und Brad – und weiß, wie viele Paar Schuhe Suri Holmes Cruise in ihrem pinken Kleiderschränkchen verstaut hat, habe aber Probleme, vier Ministerpräsidenten aufzuzählen. Alles, was farbig und hochglänzend in großformatigen Magazinen präsentiert wird, brennt sich ohne Zeitverzögerung unlöschbar in mein Hirn. Und dann ist für die Tagesschau keine Gehirnzelle mehr frei. Sobald die vorbei ist, verpuffen die afrikanischen Hauptstädte und die Namen aller politischen Führer aus dem Nahen Osten. Dies ist ein ernsthaftes Handicap, wenn man seit Urzeiten seine Zukunft als meinungsmachende, politische Journalistin sieht. Außerdem ist aufgrund dieser aufwendigen Recherche schon Mittagspausenzeit. Man kommt einfach zu nichts. In Kürze geht's heute immerhin ab nach Hause. Ich muss noch meine Strandtunika, große Sonnenbrille und Jil Sander Sun einpacken. Nicht, dass ich mir irgendetwas von einem profanen Junggesellinnenabschied erwarte. Ich bin erst ganz frisch Single und von Natur aus eher zurückhaltend und werde beschämt zusehen müssen, wie die Mädels auf diesem Junggesellinnenabschied auf Knopfdruck zu den vulgärsten Flittchen mutieren. Ich wette Charlotte hat eine Familienpackung Kondome in ihr rotes Portemonnaie gequetscht. Ich verspreche, meinen treuen Lesern keine peinlichen Details vorzuenthalten.

**12:38 Uhr**

Warte mal: *Drei* Ministerpräsidenten, fürchte ich.

**25. Juni, 9:20 Uhr**

Sitze gerade im Zug nach Sylt, weil der Flug zu teuer war und versuche Zwiebelgeruch der Döner-essenden Person neben mir durch konzentriertes Arbeiten in Vergessenheit geraten zu lassen. Habe Zwischenstopp in Köln eingelegt, um meinen Vater zu besuchen, seine neue Single-Wohnung am Ubierring zu begutachten und mich zu versichern, dass er nicht verhungert. Mein Vater weiß weder ob man Nudeln in Wasser oder in Öl kocht, noch ob ein Spiegelei gebraten oder gedünstet wird. Er ist damals direkt von seiner Mutter zu meiner Mutter gezogen und wohnt nun mit 63 Jahren zum ersten Mal allein. Er wäre nie gegangen, wenn meine Mutter ihn nicht auf für ihn unverzeihliche

Weise betrogen hätte. Zugegebenermaßen bin ich auch hingefahren, um mir etwas Geld von ihm zu leihen. Zu meiner Erleichterung sah er einigermaßen lebendig aus, als er die Birkenfurnier-Tür seiner neuen Wohnung öffnete. Er ist sehr dünn und durch seine Größe entsprechend schlaksig, aber das war er schon immer. Er lächelte zurückhaltend, drückte mich vorsichtig und küsste mit trockenen Lippen meine Wange. Sein gesamtes Verhalten trägt den leicht autistischen Zug der Männer einer Generation, bei der Gefühle-Zeigen unmännlich ist. Aus der Nähe roch er etwas schal, aber nicht übermäßig muffig. Sein Teint war blass und seine blauen Augen blinzelten, als hätte er schon länger nicht in den hellen Flur geschaut, aber immerhin war er nicht aufgedunsen und teigig wie ich während des Studiums, als ich neben dem Chinesen wohnte, der später wegen Hygieneproblemen schließen musste.

»Geht's Karsten und dir gut?«, fragte er, als wir kurz darauf mit unseren Kaffeetassen verlegen voreinander saßen. Er wich meinem Blick aus, während er die Frage stellte und schabte mit dem Finger an einem imaginären Fleck auf der grauen Tischplatte. Mein Vater und ich haben in den letzten 20 Jahren keine persönlichen Gespräche geführt und sind damit eigentlich ganz gut gefahren. Wir mögen uns auch, ohne viel zu reden, und so ersparen wir uns peinliche Momente und jede Art von Generationenkonflikt. Fragen dieser Art hat bisher nur meine Mutter gestellt, aber wahrscheinlich dachte er, dass ich jetzt dergleichen von ihm erwartete, da meine Mutter nicht am Tisch saß.

»Ja, natürlich«, antwortete ich, um ihn nicht vollständig aus der Fassung zu bringen. Außerdem hätte ich möglicherweise heulen müssen, wenn ich ihm erzählt hätte, dass ich es endlich geschafft habe, mich von Karsten zu trennen, beziehungsweise dass Karsten es endlich geschafft hatte, dass ich mich von ihm trennen musste, damit ich schuld war. Meine Freundinnen betrachten das als Sieg, ich bin mir nicht sicher, ob ich nicht zu früh aufgegeben habe. Meine Freundinnen kennen schließlich nur die Version, die ich erzähle, wenn ich sauer bin. Natürlich kommt Karsten in der Geschichte immer besonders schlecht weg. Aber manchmal ist es auch ganz nett gewesen. Ich habe im Bett nicht so kalte Füße gehabt und ein lebendiger Körper im selben Bett übt eine beruhigende Wirkung aus und wehrt Albträume ab. Menschen, die Hunde haben, leben doch ebenfalls länger, das ist schließlich wissenschaftlich bewiesen. Aber darüber konnte ich nun wirklich nicht mit meinem Vater reden, vor allem, wo er jetzt selbst allein ist. Mit so einer geballten Ladung Gefühle hätte keiner von uns beiden umgehen können. Deshalb stand ich auf und durchsuchte den Kühlschrank nach Milch. Der Kühlschrank hatte Camping-Größe und der Inhalt des Kühlschranks war mehr als übersichtlich, sodass ich die Suche künstlich ausdehnen musste.

»Und, bei dir, Papa?«, fragte ich in den Kühlschrank hinein. Aus dem Augenwinkel beobachtete ich, wie er an seiner zierlichen neuen Tasse nippte, um Zeit zu schinden. In Papas Generation schüttet man Kaffee nicht in Halbliter-Bechern in sich rein. Ich trank schon die dritte Tasse, um überhaupt auf Pegel zu kommen.

»Ja«, sagte er dann. So, als würde jetzt noch was kommen, aber es kam nichts. Er trank langsam noch einen weiteren Schluck Kaffee und ich stellte eine extra kleine Tüte H-Milch auf den Tisch, wie alleinstehende Senioren sie kauften. Ich merkte, wie meine Augen feucht wurden. »Die ist neu«, bemerkte mein Vater mit Blick auf die Kaffeemaschine. »Man verschwendet viel weniger Kaffee, weil man nicht immer zu viel macht, den man wegschütten muss. Schmeckt doch lecker, nicht?«

Ich hatte nicht gewusst, dass ein Kaffeekapsel-Automat zu seinen nicht ausgelebten Träumen gehörte. Mir fiel vor allem der Fleck auf seinem gestreiften Hemd auf. Ich hoffe, er wird in Zukunft nicht verwahrlosen. Seine Haare hätten ebenfalls eine Shampoonierung vertragen.

»Ja, ist wirklich köstlich«, sagte ich schnell, wobei mir jeder Kaffee schmeckt, wenn er stark ist. Aber er blickte mich immer noch erwartungsvoll an, als wäre er an meiner ehrlichen Meinung zur Kaffeequalität interessiert, als wäre das ein brennendes Thema. Über seinen Auszug aus Köln-Rodenkirchen und die Gründe dafür hatten wir hingegen noch überhaupt nicht gesprochen. Ich sammelte also all meinen Mut und fügte hinzu: »Mama kommt schon wieder zur Vernunft. Sie hätte nie gedacht, dass du wirklich ausziehst. Sie wird sich entschuldigen und du kannst zurück.«

»Mmmh«, brummt er. Ein Ausdruck, der keinerlei beziehungsweise jede Interpretation zuließ.

Eigentlich bin ich mir sicher, dass mein Vater in ein paar Wochen zurück zu meiner Mutter ziehen würde. Was soll er in so einer deprimierenden Wohnung allein überhaupt machen? Er hat genau zwei Stühle gekauft, als würde er gar nicht damit rechnen, mehr Besuch zu kommen. Es gibt keinerlei gemütliches Gedöns, keinen sentimentalen Nippes, der herumstand. Das Apartment ist so unpersönlich wie ein Hotelzimmer, ein billiges Hotelzimmer in Bochum oder Oberlohberg. Außerdem kann man sich nach 35 Jahren nicht einfach wegen eines misslungenen Physik-Experiments trennen.

»Deine Wohnung ist aber wirklich gemütlich«, sagte ich, weil wir schon wieder von einem unangenehmen Schweigen eingehüllt zu werden drohten und mir partout kein unverfängliches Thema einfallen wollte.

»Ja, findest du?«, fragte er unsicher. Er schob mir einen Teller mit Butterkuchen hin. Den hatte meine Oma früher immer gebacken. Bei Anblick der gezuckerten Mandelsplitter schossen mir aus unerklärlichen Gründen schon wieder Tränen in die Augen und ich tat so, als hätte ich eine Wimper im Auge. »Ja, so … so modern irgendwie. Luftig.«

»Ach, ich sollte wohl noch einen Teppich besorgen. Was macht der Journalismus? Hattest du nicht etwas für die *Small World* geschrieben? Ich habe mir die letzten Ausgaben alle gekauft und habe diese Reportage über afghanische Flüchtlinge in Deutschland gelesen. Das war doch dein Artikel, oder? Ich lasse mich von den Pseudonymen nicht täuschen. Ich erkenne deinen Stil.«

Es stimmt, dass ich mal etwas für die *Small World* schreiben wollte. Ich hatte sogar eine Gliederung entworfen. Aber dann war mir der Artikel ›Trend: Edles Sexspielzeug‹ für die *Grace* dazwischengekommen, der seinen Erwartungen von Journalismus weniger entsprach und dann war das irgendwie untergegangen.

»Mmh«, brummte ich vage, mir seine Kommunikationsstrategie aneignend.

»Ich wusste es«, nickte er. »Ich bin so stolz auf dich.«

Mein Vater hat leider ein völlig falsches Bild von mir und meinen Fähigkeiten.

Er räusperte sich. »Ich wusste, dass du mal eine echte Journalistin werden würdest. Dann kannst du auch bald bei dieser Frauenzeitschrift aufhören. Ich weiß gar nicht, wer das Zeug lesen soll.«

»Papa, das lesen viele Frauen. *Grace* ist gar nicht so schlimm. Und demnächst wird sie neu gestaltet. Da kommen dann noch mehr Artikel mit Niveau rein.«

Ich werde mich mit aller Kraft dafür einsetzen, dass wieder Artikel drin sind, die ich ihm mit guten Gewissen zeigen kann.

Ich hatte mir außerdem eine komplizierte Geschichte zurechtgelegt, um ihn zu fragen, mir etwas Geld zu leihen. Der Kernpunkt war, dass ich mir etwas von Karsten geliehen hätte, was ich in zwei Wochen wiederbekäme. Aber während ich versuchte, die vielschichtige Geschichte, die ich mir gestern Abend im Bett ausgedacht hatte, wieder zusammenzubekommen, räusperte sich mein Vater.

»Das ist vielleicht etwas ungewöhnlich, Lena«, sagte er, und betrachtete dabei noch einmal ganz genau seine Kaffeetasse, »aber könntest du mir eventuell etwas Geld borgen? Es wäre nur für einen kurzen Zeitraum, aber ich habe gerade all diese Möbel gekauft«, er nickte in den leeren Raum hinter sich. »Dann war da noch die Kaution und meine Bankkarte ist verloren und jetzt muss ich eine neue beantragen und dann hatte ich deiner Mutter noch Geld gegeben …«

»Klar«, unterbrach ich ihn, als ich mein Erstaunen unter Kontrolle bekam, um diesen unangenehmen Moment für uns beide so schnell wie möglich zu beenden. »Wie viel brauchst du denn?« Meine Stimme quietschte etwas bei dieser Frage und ich räusperte mich schnell, um meine Souveränität wiederzugewinnen.

»Also, nicht soo viel, also, ich meine, vielleicht ungefähr, sagen wir mal, 2.000 Euro?«

»2.000 Euro?«, wiederholte ich betreten.

»Also natürlich nur, wenn das für dich kein Problem ist«, fügte er hinzu, allerdings mit Panik in den Augen. »Ist ja nicht für so lange. Bis ich das alles geklärt habe. Ich will deine Mutter nicht fragen, wo das Geld von unserem gemeinsamen Konto ist.«

»Ach, natürlich, Papa, kein Problem«, beruhigte ich ihn, weil es ihm offensichtlich unsagbar peinlich war, von seiner Tochter Geld zu leihen. Peinlicher als es mir gewesen wäre, mir von ihm Geld zu leihen, wie ich beklommen feststellen musste. Ich hatte keine Ahnung, dass meine Mutter ihm sein Geld weggenommen hatte, das muss sie mit Absicht getan haben.

»Ach, Häschen, weiß du was?« Meine Zusage hatte eine enorme Erleichterung bei ihm ausgelöst. »Ich wäre auch gern noch mal so jung wie du.« Bei diesem Geständnis fuhr er sich verlegen durch die strähnigen, grauen, aber immer noch sehr vollen Haare, als würde er etwas sehr Intimes preisgeben. »Dann würde einem alles nicht so viel ausmachen.«

»Aber du bist doch noch ganz jung!«, entgegnete ich betont fröhlich. »Du siehst viel besser aus als letztes Jahr.« Das traf bedingt sogar zu. Sein Hemd zierte zwar dieser breiige gelbe Fleck und der Kord seiner Hose war an einigen Stellen glänzend gerieben, dafür wirkte er entspannter und hatte nicht mehr dieses komische zittrige Bein.

»Wenn ich in den Spiegel schaue, sieht mich ein alter Mann an. Meine Haare sind grau.«

Das stimmt. Im letzten Jahr ist er vollständig grau geworden. »Immerhin hast du noch deine Haare. Eine Glatze ist schlimmer. Und bei Männern macht das Grau nichts.« Er tut mir leid. Das sind fast die gleichen Gedanken, die mir durch den Kopf gehen, wenn ich mit dem Vergrößerungsspiegel meine sich stetig tiefer eingrabende Stirnfalte betrachte. Er hat immerhin eine Frau und ein Kind, auch wenn sein Kind einen weniger fantastischen Job hat, als er annimmt. Und er die Frau natürlich gerade für ein paar Wochen verlassen hat.

»Aber so grau«, wiederholte mein Vater.

»Es ist wirklich nur die Farbe, die dich so stört?« Seine Beharrlichkeit bei dem Thema war auffällig. Natürlich ist er nicht blutjung, er ist schließlich mein Vater und nicht mein Freund. Da ist es völlig in Ordnung, alt auszusehen. Ich bin heilfroh, dass wir nicht eine dieser modernen Familien sind, wo die Eltern mit ihren Kindern über Liebhaber und Sexualtechniken sprechen, das hätte ich psychisch gar nicht verkraftet.

Er sah mich resigniert an und zuckte mit den Schultern.

»Lass sie dir doch färben«, schlug ich vor.

»Ich gehe doch nicht zum Friseur und lasse mir die Haare färben!«, entrüstete er sich, wie ich von ihm erwartet habe. Ich atmete auf und nahm noch ein Stück Butterkuchen. Als ich hochblickte, begegnete ich seinem Blick, der erwartungsvoll auf mich gerichtet war. Das konnte doch nicht sein.

»Soll *ich* dir die Haare färben, Papa?«, fragte ich zögernd und fuhr, bestärkt durch seinen geringfügig hoffnungsvoller werdenden Blick, fort: »Wirklich, ich kann das. Weißt du noch, wie ich mir früher immer selbst die Haare gefärbt habe?«

»Mmmh. Waren die danach nicht orange?«

»Aber nur, weil ich sie blond wollte. Du bekommst doch schwarze Haare. Jeder Präsident der Welt färbt sich die Haare. Hast du dir mal Berlusconi angesehen?«

»Meinst du wirklich, Lena?«

Meine Güte, mein Vater *wollte*, dass ich ihm die Haare färbe! Ich ging also zum Drogeriemarkt und besorgte schwarze Farbe. Dann ging ich beim Bankautomaten vorbei und räumte mein Sparkonto ab und mit der Kreditkarte jeden Euro, den der Automat irgendwie ausspucken wollte. Es kamen immerhin noch 1.890 Euro zusammen. Das würden die allerletzten sein, meine EC-Karte hatte schon länger den Geist aufgegeben. In meinem Portemonnaie befanden sich noch ein zerknitterter 20-Euro-Schein und Kleingeld, das Sylt-Geld war zum Glück schon überwiesen.

»Ich habe das Geld neben den Kühlschrank gelegt«, sagte ich leichthin, als ich nach Hause kam, als wäre es gar kein Problem für mich, meinem Vater 1.890 Euro zu leihen, damit er sich nicht noch schlechter fühlte. Er saß auf dem Sofa, das einsam im Raum stand und auf den Fernseher ausgerichtet war. Es war das aus dem Keller, das im Hobbyraum gestanden hatte. Ein mit grauem Chenille bezogenes Monstrum mit modernen Farbklecksen im Stoff, das eigentlich sogar für unseren Keller eine Beleidigung gewesen war.

»Es ist ein bisschen weniger wegen des Tageslimits«, erklärte ich.

»Nein, nein, das reicht. Ich bezahle meine Schulden natürlich in Kürze«, brummte er verlegen.

»Quatsch, Papa, mach ich doch gern, gar kein Problem«, sagte ich unangemessen unbesorgt. Dann machten wir eine Haarfärbe-Session, so wie ich das vor Jahren immer mit meinen Freundinnen gemacht hatte. Mein Vater setzte sich auf einen Stuhl in seinem grün gekachelten Bad. Einsam stand seine elektrische Zahnbürste auf der Glasablage unter dem fleckigen Spiegel neben einer bis zum Limit ausgequetschten Tube Ajona. Ich legte ihm eine aufgeschnittene Tengelmann-Tüte um den Hals. Es dürfte schon Jahrzehnte her sein, dass ich mit meinem Vater gemeinsam im Badezimmer gestanden hatte, weil wir zu Hause getrennte Bäder gehabt hatten. Dann mischte ich die Farbe, pfriemelte die Plastikhandschuhe über meine Hände und rubbelte ihm eingenebelt vom ätzenden Gestank des Alkohols die Farbe in die Haare. Sie waren wirklich dicht und kräftig, aber ich weiß nicht, wer die Prozedur unangenehmer fand: So viel körperliche Nähe sind wir einfach nicht gewohnt. Dann setzten wir uns für die Einwirkzeit auf eine aufgeschnittene Mülltüte auf das Sofa, das eigentlich keine Schonung nötig hatte, und guckten eine Quizshow. Das Färbe-Ergebnis war super. Mein Vater hatte tiefschwarze Haare. Gut, er sieht jetzt ein klein wenig wie ein Zuhälter aus, aber er war happy. Zum Abendessen holte ich ein knuspriges Brathähnchen vom Imbisswagen, das wir direkt vor dem Fernseher aus dem Papier futterten, wie Mama das nie erlaubt hätte. Später schlief ich auf dem gleichen Sofa, eingehüllt in einer modrigen Wolke von Kellergeruch, unter einem beigen Laken und einer grünen, vage nach Benzin riechenden Fleecedecke aus Polyester, die er aus der Garage mitgenommen haben musste.

Als ich aufwachte, wusste ich im ersten Moment überhaupt nicht, wo ich war. Es fühlte sich so an, wie nach einem meiner früheren Alkohol-Abstürze, wenn ich in einer fremden WG aufgewacht bin. Der muffige Geruch des Sofas hatte sich in meinen Haaren festgesetzt und die Ausdünstungen aus der Fleece-Decke hatten wahrscheinlich zu einer leichten Vergiftung geführt. Mein Hals war trotz der weichen Polsterung steif.

Mein Vater brachte mich bis auf den Bahnsteig und winkte durchs Fenster. Er sah wahnsinnig allein und hilflos aus, wie er dort stand, allerdings auch, weil er durch die verdunkelten Fenster nichts erkennen konnte und mit unfokussierten Augen in Richtung meines Sitzplatzes winkte. Meine Güte, so wie er will ich wirklich nicht enden. Aber vielleicht ist das mein Schicksal? »Du musst das Leben genießen«, hatte er zum Abschied eindringlich gesagt. Er tut mir so leid. Vielleicht habe ich deshalb keinen Freund mehr, weil ich eine neue Aufgabe habe. Vielleicht soll ich bei ihm einziehen und wir werden eines dieser skurrilen Paare, über das die Nachbarn reden: Eine Tochter mit schlechter Haut dank übermäßigem Koffeingenuss und billigen Anziehsachen, die mangels Geld und männlicher Interessenten mit ihrem Vater eine trostlose Lebensgemeinschaft eingeht. Ich würde mich für ihn opfern. Schließlich ist es eine sinnvolle Aufgabe, seinem Vater das Leben im Alter zu verschönern. Mir schossen im Zug vor Rührung schon wieder die Tränen in die Augen, bis mir auffiel, dass ich ja von mir selbst gerührt war.

**13:35 Uhr, blogged via iPad**

Bin mit den Mädels auf Sylt und ihr seid wie versprochen *live* dabei und es geht sofort los! Die Mädels – das sind die Braut Caro, meine beste Freundin Charlotte und Janina, die aus mir nicht ganz einleuchtenden Gründen ebenfalls eine BFF von Caro ist. Caro wollte nur ihre allerbesten Freundinnen dabei haben. Gerade musste sie einen ultrakurzen rosa Tüllrock zu einem bauchfreien Glitzer-Top anziehen. Der Rock saß leider etwas knapp, sodass unten ihre zellulitisgefährdeten Pobäckchen herausquollen, oben wulstige Bauchfalten, die ich ihr nie zugetraut hätte (sie ist eine dieser Apfelform-Frauen, die dauerhaft dünne Beine haben, aber Fett in überraschend großen Ringen um die Körpermitte anhäufen, die sie sonst meist gut kaschiert (erstaunlich gut, muss man sagen, deshalb haben wir das Bauchfrei-Top ja überhaupt besorgt, damit hatte schließlich niemand rechnen können)). Sie hätte vorher vielleicht eine dieser modernen Ultraschall-Fettweg-Behandlungen machen sollen, vielleicht wäre ein entsprechender Gutschein ein nettes Hochzeitsgeschenk. Natürlich habe ich auf ihre panische Frage, ob sie nicht total dick aussähe, ganz energisch abgewinkt. Schließlich will ich ihr nicht die Laune verderben. Dazu trägt sie noch einen Schleier aus dem Second-Hand-Shop und eine rosa Barbie-Krone über ihren langen, geflochtenen Zöpfen. Sie ist total erleichtert, dass sie mit 36, kurz vor zappenduster, noch unter die Haube kommt. Ich meine, kann sie ja auch sein. Ich freue mich wirklich ganz doll für sie mit. Ich bin erst 33 und da ist der Hoffnungsschimmer am Horizont schon klein genug. Ich habe jetzt beschlossen, dem Schicksal in Sylt noch die Chance zu geben, mir zu zeigen, dass es eine sinnvolle Alternative zur Wohngemeinschaft mit meinem Vater gibt. Man könnte schließlich auch zu dritt zusammen wohnen. Schließlich bin ich mit meinen neuen Strähnchen nahezu blond und Single, womit ich laut Volksglaube massig Spaß haben sollte. »Sylt, I'm ready, zeig mir, was du drauf hast!«

PS: Die Rechtschreibprüfung in meinem Mac (sobald man einen Mac hat, redet man nicht mehr von seinem Laptop, sondern nur noch von seinem *Mäc*), behauptet, dass Zellulitis falsch geschrieben ist. Ich habe es gegoogelt, und es ist richtig geschrieben! Die doofe Word-Rechtschreibprüfung kennt dieses Wort überhaupt nicht! Die Rechtschreibprüfung wurde also entweder von einem Mann oder einer 20-jährigen Praktikantin entwickelt.

PPS: Noah Becker ist mein Freund! Ich bin mit der Promi-Welt verbunden! Außerdem bin ich noch mit dem schrulligen Kollegen von Charlotte befreundet, aber was soll's. Acht Freunde. Es geht bergauf.

## 14:20 Uhr, blogged via iPad

Leute, es ist unmenschlich heiß hier. Die Sonne kracht vom Himmel, als gäbe es kein Morgen. Ich habe direkt gegoogelt, wie das Wetter in München ist (Sommertief!). Das mache ich immer, wenn das Wetter gut ist. Wenn das Wetter woanders nämlich schlechter ist, fühlt man sich direkt *noch* besser. Die Wissenschaft nennt so etwas positive Verstärkung. Aber Achtung, bei schlechtem Wetter darf man keinesfalls googeln. Doch es wird noch schöner: Ich habe auch nachgeschaut, wie das Wetter in Malibu ist. Ich war zwar noch nie in Malibu, aber da wohnen eine Menge reicher Leute, die sich aussuchen können, wo sie wohnen, und deshalb habe ich den Malibu-Wetterbericht auf meinem iPhone gespeichert. Aber jetzt kommt's: In Malibu regnet es! Ha. Hahahaha. Ha. Selbst schuld! Wir stapfen mit unseren Glitzer-Flipflops über den Kampener Strand und mischen uns unter die Hautevolee mit den Louis-Vuitton-Strandtaschen. Mir ist einfach ein Rätsel, wieso irgendjemand ein Vermögen für eine echte Louis-Vuitton-Tasche ausgibt, wenn wirklich *jeder* Afrikaner der Welt einem für kleines Geld das Gleiche besorgen kann. Janina hat erzählt, dass so eine spießige Hütte hier mehrere Millionen Euro kostet. Wer so blöd ist, sich ein Schlumpfhaus zum Preis einer Kölner Villa zu kaufen, kauft eben auch eine echte Louis Vuitton. Janina war schon bei Ankunft makellos braun durch Selbstbräuner, stinkt allerdings entsprechend. Sie macht sich wahrscheinlich Hoffnung, auf Sylt einen reichen Junggesellen zu finden. Vorher sollte sie definitiv Parfum auflegen, um diesen Verwesungsgeruch zu übertünchen. Charlotte hat ihre geblümte Kühltasche, die ich noch vom Studium kenne, mitgebracht, randvoll mit Feigling, Jägermeister und Eierlikör gegen Durst und/oder Magenverstimmung. Hilft ganz gut, aber wenn Caro in ihrem Bauchladen Kondome mit Schoko-Bananengeschmack an verwöhnte Sylt-Jünglinge oder diese Kampener Junggebliebenen in Poloshirts mit applizierter Polo-Nummer über der Plauze (Plauze kennt die Rechtschreibprüfung. Sag ich doch, das Ding hat ein Mann entwickelt) verkauft, wirkt das inzwischen etwas surreal. Es ist allerdings eine wundervolle Methode, Jungs kennenzulernen. Wir könnten eigentlich immer so tun, als wären wir auf Junggesellinnenabschied. Das ist so ähnlich wie beim Karneval in Köln. Man kann einfach jeden anquatschen, aber der Vorteil ist, dass man nicht so ein bescheuertes Kostüm anhat und vor allem, viel entscheidender, dass der andere kein bescheuertes Kostüm anhat wie an Karneval, als ich mit diesem coolen Römer geknutscht habe, der dann ohne Kostüm als Handyverkäufer in senffarbenem Jackett aufschlug. Und ich meine, der war erst Anfang 20 und hatte schon ein senffarbenes Jackett an. Was trägt der heute eigentlich? Jedenfalls hat Caro gerade diesem total netten Typen aus Hamburg ein Kirschkondom und einen Lutscher (mit Cola-Geschmack) verkauft. Wir haben dann alle um ihn und seinen Freund rumgestanden und gekichert und uns mit eingezogenen Bäuchen in unseren Bikinis präsentiert. War nett.

### 15:58 Uhr, blogged via iPad

Ich bin wieder stocknüchtern. Gerade hatten wir eine Begegnung der dritten Art.

»Hey, schaut mal da drüben, da ist noch ein Junggesellinnenabschied«, lallte Charlotte begeistert, während wir uns wünschten, wir hätten einen Sonnenhut, mehr 30er-Sonnencreme beziehungsweise überhaupt Sonnencreme dabei. Begeistert torkelten wir der Truppe entgegen. Das war ja totaler Wahnsinn, dass jemand die gleiche kreative Idee hatte und eine werdende Braut mit obszönem Verkaufssortiment und Schleier am Strand rumschickte. Aus der Nähe betrachtet, bestand die andere Gruppe aus blonden Mädels, frisch aus Hamburg. »Hey«, hauchte eine sehr schlanke Person mit leicht gebräunten Oberschenkeln, die bei anderen Personen auch als Oberarme zu verwenden gewesen wären. Sie hatte auf den kleinen Schleier zusätzlich eine silberne Tiara in ihre honigblonden, dicken Haare gesteckt, was bei ihr nicht bescheuert, sondern ganz entzückend aussah.

»Hey«, erwiderte Caro, wobei sich ihre Augen beim Anblick der flachen Bäuche und der winzigen Bikinis, kaum mehr als Farbtupfer auf den knackigen Körpern, zusammenzogen, als hätte sie eine plötzliche Sehschwäche überkommen. Zusammengenommen war die Gruppe durchschnittlich zehn Jahre jünger und geschätzte 37 Kilo leichter als unsere Gruppe (obwohl unsere aus einer Person weniger bestand).

»Ich bin Maja. Du bist die Braut?«, sagte das Mädchen mit der Tiara an Caro gewandt, weil Caro keinen Ton rausbrachte.

»Korrekt«, hauchte Caro und zupfte sich verlegen den Schleier aus dem Gesicht.

»Süß, dein Schleier«, sagte Maja und lächelte uns warm an. Ihre Haut war makellos, keine Akne, keine Falte, nur Sahnekaramellbonbon-braun, weil sie noch nicht weiß, dass man von der Sonne tatsächlich Falten bekommt, aber eben erst ein paar Jahre später.

»Findest du echt?«, sagte Caro unterwürfig. Maja sah freundlich von einem zum anderen und fummelte an ihrer

Muschelkette herum, die um ihren Hals hing und die Blicke des Betrachters auf ihr Bikini-Oberteil lenkte, in dem ein Busen steckte, der auch ohne Drahtgestell und Stoffeinlagen eine perfekte Form und Größe besaß. Wir rissen uns von dem Anblick los und starrten belämmert zurück in ihr Gesicht.

»Na, dann feiert man schön!«, sagte Maja, als weiterhin niemand etwas sagte und winkte graziös mit ihrer schlanken Hand. »Bei uns läuft das Geschäft ganz gut.« Sie zwinkerte mit einem Auge, ohne das andere im Mindesten zu bewegen. Das habe ich früher immer vor dem Spiegel geübt und nie hinbekommen. Dann wandte sie sich zum Gehen und ihre Freundinnen, alles Blondinen zwischen weizen- und honigblond mit diesen großen, weißen Zähnen, für die Hamburger Mädels eine genetische Veranlagung besitzen, lächelten uns milde an und liefen ihr nach.

»Den mitleidigen Tonfall kannst du dir definitiv sparen«, fauchte Charlotte, die bisher nur getrunken und noch keine feste Nahrung zu sich genommen hatte, ihr nach.

»Wie bitte?« Maja blickte sich verwundert um.

»Nichts«, fiel ich Charlotte ins Wort und winkte eifrig zurück. »Viel Erfolg.« Ich blickte freundlich, wenn auch vielleicht etwas starr wie einer dieser Botox-Junkies aus Hollywood. Dabei zwickte ich Charlotte fest in den Rücken.

»Aua!« Charlotte zog meine Hand mit einem Ruck nach unten. »Hey, checkst du's nicht, oder was? Dieser freundlich-mitleidige Tonfall ist eine Unverschämtheit. Macht dich das nicht aggressiv? Den haben die doch nur, weil sie sich als optische Sieger fühlen«, zischte sie.

Zum Glück waren die Mädels schon außer Hörweite oder ignorierten uns zumindest gnädig. Während sie mit ihren kleinen, straffen Pos in die andere Richtung davonwackelten, riss Caro mir eine fast volle Flasche lauwarmen Prosecco aus der Hand, setzte an und trank sie mit entschlossen zusammengekniffenen Augen leer. »Ich mein', diese Braut ist doch unfreiwillig geschwängert«, keuchte sie, als sie absetzte und sich mit dem Unterarm den Schleier aus dem Gesicht zu wischen versuchte, der an ihrer feuchten Wange klebte. »Wer bitte schön heiratet ohne Grund im besten Partyalter und verschenkt die Möglichkeit zehn Jahre selbstbewusster und zellulitisfreier (die Rechtschreibprüfung lernt's einfach nicht) One-Night-Stands?«

»Hast du gesehen, wie entrückt die alle aussahen? Die sind alle bullemisch oder magersüchtig«, fiel Charlotte ein. Sie hatten natürlich beide recht. Aber manchmal wünscht man sich, man hätte überhaupt das Durchhaltevermögen, sich eine echte Essstörung anzugewöhnen, wenn das solche Ergebnisse bringt.

## 20:01 Uhr

Meine Güte, ich fühle mich hundeelend nach den paar Feigling. Wenn man das klebrige Zeug runtersüffelt, ist nicht absehbar, dass ein paar Stunden später ein saurer Waschpulvergeschmack übrig bleibt. Und die Party hat ja noch nicht einmal angefangen. Wie soll sich mein Kopf eigentlich morgen anfühlen? Glücklicherweise hat irgend so ein Vollidiot in Kampen neben uns ein ungesichertes WLAN, das ich mitbenutzen kann. Typisch Sylt, denen hängt das Geld aus den Ohren raus, aber zu blöd, um das eigene Wireless zu sichern. Allein aus pädagogischen Gründen sollte ich seine Passwörter runterladen und bei Ebay, Amazon und

Zalando für ihn einkaufen gehen. Der würde sich wundern, wenn plötzlich 500 Pakete bei ihm ankommen. Habe gerade gegoogelt. Im Internet kann *jeder* herausfinden, wie man Bankdaten und Passwörter klaut. Man kann schließlich auch herausfinden, wie man aus einfachen Haushaltsgegenständen eine Bombe baut, Reismilch herstellt und sich selbst einen Einlauf macht – alles gibt's in Farbe auf YouTube. Niemand braucht mehr Freunde oder eine nette Oma, die einem den Kreuzstich erklärt. Vielleicht verschicke ich gleich einfach mal meinen gesamten Foto-Ordner, um sein Netz lahmzulegen. Mann, habe ich Kopfschmerzen.

Gerade hat sich Braut Caro kurz von ihrem Lager erhoben, schlurfte für ein kleines Kötzerchen ins Bad, immer noch mit Schleier und rosa Krönchen, schaute dort in den Spiegel und lallte: »Herrgott, sehe ich beschissen aus.« Ihr Gesicht ist vom Sonnenbrand und einer aggressiven Sonnenallergie verquollenen und mit kleinen Pusteln übersäht, am Mundwinkel klebt Spucke mit kleinen Körnchen, und ihr haselnussbraunes, langes Haar, sonst eines ihrer Pluspunkte, steht glanzlos und gekreppt vom Flechten und vom Salzwasser in alle Richtungen. Spontan fiel mir nichts Gegenteiliges ein, um sie zu trösten. Aber weil weder Charlotte noch ich, die mit ihr ein Zimmer beziehungsweise ihr Bett teilen, widersprochen haben, warf sie sich aufs Bett und zog sich beleidigt die Decke über die Ohren. Janina ist nebenan schon mit ihrem Make-up beschäftigt. Klar, sieht sie gut aus, aber sie verbringt fast ihr ganzes Leben damit, dann ist das ja auch keine Kunst.

Oh mein Gott, meine Stirnfalte ist grausig! Hatte gerade aus Versehen die eingebaute Kamera im Mac angeklickt und plötzlich starrte mich eine wirre Frau mit grimmigen Gesichtsausdruck an. Das bin ich. Wann genau mache ich diesen garstigen Gesichtsausdruck, der sich derart in mein Gesicht gegraben hat, wohl noch? Hoffentlich nur im Dunkeln.

## 22:13 Uhr

Die Mädels und ich haben uns aufgerafft und machen uns zum Ausgehen fertig. Wir benötigen wahnsinnig viel Make-up (fast so viel wie Janina an einem normalen Tag), um das Krebsrote etwas abzudämpfen. Zum Ausgehen fertig machen, bedeutet bei Charlotte, dass sie ihre Unterhose auszieht, bevor sie einen silbernen Fummel überstreift. »Ich fühle mich dann einfach sexyer und das strahlt man dann auch aus«, erklärt sie uns faden, freudlosen Gestalten in Kaufhaus-Unterwäsche. »Leute, ihr müsst das einfach mal ausprobieren«, sagt sie mit einem weiteren eindringlichen Blick auf unsere zweifelnden Gesichter. »Früher im Kirchenchor haben wir einmal die ganze Weihnachts-Gala ohne Unterwäsche gesungen. Der britische Chorleiter hat in solchen Fällen ›Chor, *go commander*‹ angeordnet und diese Aufführungen hatten grundsätzlich viel mehr Biss. Das Kommando stammt angeblich aus dem Vietnam-Krieg, wo die Soldaten wegen besserer Luftzirkulation ohne Unterwäsche kämpfen sollten«, fügt sie hinzu, während sie abgeplatzten roten Lack am Fußnagel notdürftig überpinselt. Vielen Dank, ich fühle mich mit Unterhose ganz gut.

Braut Caro, derentwegen wir ja überhaupt angereist sind und 100 Euro geblecht haben, hat sich weiterhin unter der Bettdecke verschanzt. Und eben verkündet sie, sie kommt nicht mit! Der fiese Sonnenbrand im Gesicht wird sie allerdings voraussichtlich um ein paar Jahre altern lassen. Aber sie hat ja einen Mann, deshalb ist das nicht so schlimm. Sie behauptet zudem, sie hätte einen Sonnenstich und nur deshalb dreimal gekotzt. Sie hätte kaum etwas getrunken, sondern bräuchte qualifizierte ärztliche Hilfe und Wadenwickel. Die Wahrheit ist wahrscheinlich, dass sie die Begegnung mit der scharfen Junggesellinnenabschieds-Konkurrenz-Truppe psychisch nicht verkraftet hat. Wir haben nach spontaner Beratschlagung beschlossen, Caro in ein paar feuchte Handtücher zu wickeln, einen beruhigenden Film aus den Neunzigern wie ›e-m@il für Dich‹ oder so was für sie herunterzuladen und den Junggesellinnenabschied ohne sie zu feiern, weil wir ja nun eh schon hier sind.

**26. Juni, 1:03 Uhr, blogged via iPhone**

Ich bin im *Pony* im Kampen und tanze auf dem Tisch und ihr seid live dabei! Und das Beste ist: Es sind total lustige Typen hier, die einem ständig was zu trinken ausgeben. Der Punkt ist, wenn man schon elf Jahre (!) nicht geflirtet hat, weil man in so einer drögen Beziehung festgesteckt hat, die so dröge war, dass man sogar verpennt hat, sich zu trennen, weil man sich nie gestritten hat, sondern zusammen Olympia geglotzt hat, obwohl man schon von Kindesbeinen an eingefleischter Sporthasser ist, dann hat man keine Ahnung mehr, wie das überhaupt geht, das Flirten. Wenn man dann allerdings diese Erdbeer-Bowle trinkt, die alle auf Sylt trinken, klappt es trotzdem wie geschmiert. Außerdem sind genug Typen für alle da, Caro braucht ja keinen. Wir stoßen aber immer mal wieder auf sie an. Die Musik ist top:

Shazam! Ha, dank dieser genialen iPhone-App, die jeden Song erkennt, wenn ich mein Handy hochhalte, kann ich euch sagen, welches Lied es ist: Heavy Cross. Fühle mich wahnsinnig sexy, trotz Unterwäsche.

Der Typ vom Strand mit dem Kondom und dem Lutscher, der wieder aufgetaucht ist, flirtet mit mir. Jörn heißt er. Angeblich kann eine Frau ja schon nach wenigen Sekunden entscheiden, ob das Gegenüber Potenzial hat oder nicht. Ich glaube, dafür hat mein Stammhirn nur eine Nano-Sekunde gebraucht: mit diesem Genmaterial kann ich exzellenten Nachwuchs produzieren! Mein Stammhirn würde am liebsten sofort zur Tat schreiten. Ich beobachte ihn gerade, wie er mit meinem Drink an der Tanzfläche steht und wartet, dass ich von der Toilette zurückkomme. Seine Brustmuskeln zeichnen sich durch das schmale Hemd ab. Als ich ihm etwas in seine harmonisch geformten Ohrmuscheln geschrien habe, roch er aus der Nähe nach frischer Zitrone oder einem teuren Weichspüler. Seine Wangen sind glatt rasiert, sodass ich beim Küssen keinen Wundbrand auf den Wangen entwickeln würde. Gott, so bin ich sonst wirklich nicht, aber ich kann mir sehr genau vorstellen, wie ich das Polohemd der Länge nach zerreiße, sodass die beiden Knöpfe am Kragen durchs ganze *Pony* katapultiert werden, ihn mit den Handflächen flach zu Boden werfe und über ihn herfalle wie in diesen semi-pornografischen Vampir-Serien. Wir sind alle offensiv overdressed (schließlich ist dies hier ein Junggesellinnenabschied) und ich trage einen superkurzen roten Paillettenrock/Pomanschette und ein goldenes, ärmelloses Bustier-Top, was eigentlich für die Braut vorgesehen war, die ja glücklicherweise keine Verwendung dafür hat. Und was ich feststellen muss: Ordinäre Kleidung wirkt!

Jetzt lächelt er allerdings eine Tante neben ihm an, wobei er mehr kräftige, weiße Zähne entblößt, als das anatomisch betrachtet möglich ist. Es könnte sein, dass er etwas jünger ist, er hat so einen Touch britischer Internatsschüler an sich. Aber ich glaube, er findet mich total scharf, so wie er mit mir getanzt hat. Fühle mich wie Demi Moore, bin Demi Moore, aber das Beste ist, bin wesentlich jünger als Demi Moore und noch besser in Schuss, da nie Brustimplantate eingesetzt und wieder herausgenommen bekommen! Muss los und mein Revier markieren!

**2:12 Uhr, blogged via iPhone**

Habe alberne, viel zu hohe Schuhe weggeworfen. Gerade sind wir barfuß durch den samtigen Kampener Luxus-Sand gelaufen, der einfach nicht aufzuhören scheint. Also der Jörn, da passiert gleich was … Bin nämlich nicht allein hier. Der Mond ist doppelt so groß und hängt doppelt so tief wie sonst. Ich werde nachsehen, wie das eigentlich sein kann, dass der Mond so dermaßen seine Größe wechseln kann. Das Meer schimmert wie ein von Lurexfäden durchwobener Luxus-Pulli. Der Wind weht etwas frischer, und ich habe schon eine Gänsehaut auf den Armen, die sich nach der Hitze im *Pony* wunderbar anfühlt. Jetzt ruhen wir uns in einem dieser gemütlich gestreiften Strandkörbe aus. Hoffentlich geht mein unromantischer Schluckauf gleich weg. Jetzt hat er mein iPhone entdeckt, glaube m

## 11:10 Uhr

Sorry, dass die nächtliche Live-Berichterstattung eingestellt werden musste. Die Autorin fühlte sich unpässlich. Falls jemand hochhackige goldene D&G-Schuhe am Kampener Strand findet, diese bitte *umgehend* in der Pension *Bei Greta* abgeben. Man könnte jetzt falsche Rückschlüsse dahingehend ziehen, was gestern Abend passiert ist. Möglicherweise hatte ich die Situation bei meinem letzten Live-Eintrag falsch eingeschätzt. Dies war schließlich meine Chance, meine elfjährige Flirt-Abstinenz und daraus resultierende Flirt-Unfähigkeit zu überwinden und mal wieder mit einem niedlichen Typen zu knutschen und zu fummeln (sagt man das heute noch?). Es war der ersehnte Wink des Schicksals, der mich davor bewahren sollte, als *spätes Mädchen*, wie meine Oma das bezeichnet hätte, mit aschgrauem Pagenkopf in Polyesterhose den Rest meines Lebens auf dem Chenille-Sofa meines Vaters zu verbringen. Ich erzähle der Reihe nach, wie es zu dem hoffnungsvollen letzten Eintrag um 2:12 Uhr kommen konnte.

Es begann vielversprechend. Jörn und ich tanzten im *Pony* zusammen, beziehungsweise nebeneinander. Umspielt von weichem Rotlicht drehten wir uns voreinander hin und her, ohne uns zu berühren, beziehungsweise nur gelegentlich *aus Versehen*. Wir schüttelten die Schultern, gingen in die Knie und ich schleuderte meine Hüften mit einer derartigen Wucht hin und her, dass die Gelenke in den Hüftpfannen bei meinen Ü-Dreißig-Knochen hörbar geknirscht hätten, wenn die laute Musik nicht gewesen wäre. Manchmal grinsten wir uns an, wenn der andere einen besonders absurden Move versucht hatte. Jörn hatte inzwischen Schweißperlen auf der Stirn und einige dunkelblonde Haarsträhnen klebten an seinen Schläfen, die er gelegentlich nach hinten strich. Wenn ich aus Versehen beim Tanzen mit der Nase an sein blaues Polohemd kam, roch es nach dieser wundervollen Zitrone trotz der Hitze im *Pony*. Gelegentlich wandten wir uns unseren Freunden oder anderen x-beliebigen Personen zu und lächelten die freundlich an, wie man das macht, wenn man sich unverbindlich aneinander herantanzt, aber noch ein bisschen auf schwer zu haben macht. Irgendwann begannen wir die anderen Tanzenden und ihre Moves zu parodieren, was zu gelegentlichen Lachanfällen führte und dazu, dass wir immer mehr ausschließlich voreinander tanzten und mein Grinsen fest in mein Gesicht einzementiert war. Der Raum verschwamm wie ein unscharfes Hintergrundbild, nur sein Gesicht war scharf gestellt. Dann allerdings drängte sich ein älterer Headbanger, der schon zu AC/DC-Zeiten geübt haben musste, nah an uns ran und wir begannen, ihn ebenfalls zu parodieren. Kurz später standen wir uns gegenüber und ließen wie wahnsinnig unsere Köpfe kreisen. Ich hatte das Gefühl, gleich abzuheben von dem Drehen, der Bowle, der lauten Musik. Meine ganze Existenz war nur noch auf Jörn ausgerichtet. Dann schleuderte ich ihm aus Versehen meine Haare mit Karacho in die Augen. Er zuckte zurück, als hätte ich ihm einen Kinnhaken gegeben, drückte sich die Hände auf die Lider und stand einen Moment wie gelähmt da. Als er hochsah, hatte sein linkes Auge wie wild zu tränen begonnen.

»Oh nein, oh nein, das tut mir so leid«, schrie ich über die Musik hinweg und nutzte die Gelegenheit, fürsorglich meine Hand um sein heißes Handgelenk zu legen und insgesamt nah heranzukommen. Sofort wurde ich wieder von dem Zitronen-Weichspüler umnebelt und konnte keinen Gedanken mehr fassen, weil ich nur sein glühendes Handgelenk zwischen den Fingern spürte.

»Macht gar nichts«, rief er wenig glaubwürdig, während er sich hektisch das manisch tränende Auge rieb. »Ich muss nur mal kurz raus.« Jörn entzog mir seine Hand und stolperte halb blind Richtung Tür. Ich wankte hinterher.

»Es ist nur wegen meiner Kontaktlinse«, sagte er, als wir kurz später vor dem *Pony* standen und er in die Nacht blinzelte. Dann tippte er sich mit dem Zeigefinger mitten auf die Pupille, wie nur Kontaktlinsenträger es übers Herz bringen und sagte: »Ich glaube, sie ist noch drin. Sie ist mir mal hinten in die Augenhöhle gerutscht. Das war ein Gemetzel, bis ich sie wieder draußen hatte.«

»Ah«, nickte ich, glücklicherweise unfähig mir vorzustellen, wie sich das anfühlte, und insgesamt noch benebelt von der Tatsache, dass wir plötzlich allein auf der Straße standen. Immerhin konnte ich bei der ganzen Aktion sehr genau seine Augen anschauen, deren Farbe dunkelgrün oder leuchtend braun war, je nach Lichteinfall. Seine Wimpern waren lang und dunkel, solche Wimpern habe ich auch nach zwei Monaten Nutzung eines brennenden, schweineteuren Wimpernwachstumsmittels nie entwickelt. Für einen Moment starrten wir beide wortlos Richtung Nordsee. Jörn rieb sich ab und an das braun-grüne Auge und tupfte mit dem unteren Teil seines Polohemds die Tränen weg, was dazu führte, dass ich einen Moment wie hypnotisiert auf die Wölbung seines Bauches und seine Hüftknochen starrte, die dabei unweigerlich entblößt wurden. Ich riss mich schnell los und blickte zurück zur Nordsee, als er das Hemd wieder herunternahm. Sein Auge beruhigte sich endlich und wir sahen weiterhin Richtung Meer, das wie ein dunkler Schatten hinter den sanften Dünen, den Silhouetten der Gräser und Heckenrosen lag, und atmeten die salzige, frische Nachtluft.

»Diese Idioten, die sich in einen kleinen Raum quetschen, obwohl es hier draußen doch viel schöner ist«, sagte Jörn.

»Vollidioten«, stimmte ich zu, wobei ich ihm wahrscheinlich bei allem zugestimmt hätte.

Unsere Blicke trafen sich wieder und es war ein bisschen so, als hätten wir uns zum ersten Mal angesehen, ohne die lärmende Musik, die Lichter und die schlechte Luft. Mein Stammhirn sendete allerdings auch in der neuen Umgebung unverändert die gleiche Botschaft aus.

»Wir könnten zum Strand gehen«, schlug ich mutig vor, zuckte dabei jedoch mit den Schultern, als wäre mir seine Antwort nicht so wichtig. »Ist vielleicht zu weit«, fügte ich hinzu, als er nicht sofort antwortete. Meine Güte, es war so verunsichernd, gleichzeitig war ich hypersensibilisiert für jede Regung seiner Silhouette vor mir, im Halbdunkel.

»Warum nicht?«, entgegnete er endlich. Er musterte mich von oben bis unten in meinem Glitzer-Party-Outfit, sodass ich einen Schritt zurücktrat und meine Stirn in kritische Falten legte. »Willst du mir noch in den Mund schauen, ob meine Zähne in Ordnung sind?« Eigentlich gefiel mir das natürlich. Schließlich hatte ich die Pomanschette nicht angelegt, um übersehen zu werden.

»Kannst du damit hinten drauf?«

»Wie bitte?«

»Auf mein Fahrrad. Kannst du da mit dem Rock drauf?«

Kurz darauf balancierte ich meinen Hintern auf seinem unbequemen Gepäckträger und klammerte mich an den Fahrradsattel, um meine Hände nicht um seinen Bauch legen zu müssen, womit ich jetzt kein Problem gehabt hätte, was aber sogar mir zu aufdringlich erschien. Es fiel mir schon schwer genug, nicht zu sehr auf seinen Hintern oder seinen Rücken und die sich abzeichnenden Schulterblätter zu schauen, was kompliziert ist, wenn man hinten auf dem Gepäckträger sitzt und das Stammhirn unentwegt mit einem lauen Lüftchen aus Testosteron bombardiert wird. Zum Glück dauerte es nicht lange, bis wir am Strand waren und losliefen und tapfer die Pärchen ignorierten, die den ungewöhnlich warmen Abend am Strand verbrachten. Wir waren das einzige gemischtgeschlechtliche Paar, das sich in der lauen Nachtluft nicht begrabbelte.

»Ich habe ein Faible für Romantik«, murmelte Jörn, dem die schwülstig-romantische Atmosphäre offensichtlich ebenfalls nicht entgangen war. Vielleicht war er auch nervös.

»Ah, das sagen sie am Anfang alle«, erwiderte ich eifrig. Der Satz hallte in meinen Ohren nach und ich ärgerte mich sofort, dass ich wie eine frustrierte Frau in den Wechseljahren klang und nicht wie eine humorvolle Abenteurerin zum Pferde-Stehlen und in der Scheune-Übernachten.

»Und was passiert danach?«, fragte Jörn, dem der Ton nicht entgangen war.

Ich zuckte die Schultern. »Ach«, winkte ich ab und setzte ein fröhliches Gesicht auf. Schließlich will niemand beim Kennenlernen direkt ein problemorientiertes Gespräch führen.

»Heiratet deine Freundin denn den Richtigen? Welche war's denn?« Jörn malte bei dem Wort ›Richtigen‹ zwei Anführungszeichen in die Luft.«

»Nein, nein, sie war nicht dabei.« Ich grinste und blickte ihm aus Versehen direkt in die Augen. Sofort begann das Blut in meinem Kopf wieder zu rauschen. Schnell sah ich nach vorn. Mein Stammhirn hatte mich in der Hand, es war unglaublich.

»Sie war nicht dabei?«, fragte er ungläubig. »Ist das nicht der Sinn von einem Junggesellinnenabschied? Aber vielleicht bin ich da altmodisch.«

»Sie hat zu viel Sonne abbekommen und liegt im Bett. Aber da wir ja schon mal hier waren …«

Wir stapften weiter durch den Sand, ich inzwischen barfuß.

»Ist dir kalt?«, fragte er, nachdem er beim Gehen mit seinem warmen, meinen kalten Arm gestreift hatte.

»Hier, nimm meinen Pulli, mir ist sowieso warm«, bot er an, als sei das ein ganz normales Angebot und nicht die klassische Flirt-Ouvertüre, die mit einem Pulli oder einer Jacke anfängt und mit einem geliehenen Flanellhemd beim Frühstück endet. Ich hätte nichts dagegen gehabt, mir morgen ein Flanellhemd von ihm auszuleihen, meinetwegen auch Boxer-Shorts, sogar weiße, stoffintensive Feinripp-Unterhosen, wie mein Vater sie trägt, schienen in diesem Moment attraktiv. Aber er trug seinen Pullover tatsächlich bloß in der Hand, weshalb es sich wahrscheinlich um ein neutrales Angebot handelte. Ich griff nach seinem Pulli, der weich und leicht in meiner Hand lag wie eine Feder. Er fühlte sich teuer an. Zudem roch er leicht nach dem Zitronen-Waschpulver wie das Polohemd, in das ich beim Tanzen meine Nase gesteckt hatte und, wie ich erkannte, als der weiche Kaschmir an meinem Gesicht vorbeiglitt, nach Égoïste. Aber das sagte ich nicht. Es kam mir aufdringlich vor, sein Aftershave sofort zu identifizieren. Ich bin schließlich kein Spürhund.

»Du kommst bestimmt aus Hamburg. Dunkelblauer Kaschmirpulli ohne Logo – das ist doch ein Paradefall des klassischen Hamburgischen Understatement.« Er sprach zudem mit einer leichten norddeutschen Betonung, welche diese Vermutung noch unterstützte.

»Du bist ein scharfsinniger Beobachter.«

»Es stimmt also?«

Er nickte. »Stimmt.«

Ich warf zufrieden meinen Kopf nach hinten. Meine Menschenkenntnis hatte sich wieder bestätigt.

»In Sylt ist die Wahrscheinlichkeit, dass jemand aus Hamburg kommt, natürlich ohnehin eher groß«, sagte Jörn mit leicht abfälliger Betonung. Der Sand zwischen meinen Zehen war wie Puder. Kampener Sand ist einfach unschlagbar.

»Und woher komme ich?« Das sollte er mir erst mal nachmachen.

»Keine Ahnung, Ruhrgebiet?«

»Wie kommst du denn darauf?«, fragte ich entrüstet. Das war unmöglich. Es stimmt nämlich, dass ich in Duisburg geboren bin, bevor wir nach Köln gezogen sind. Aber jeder weiß, dass Hamburger arrogant sind, was das Ruhrgebiet angeht, beziehungsweise alle Deutschen, die nicht aus dem Ruhrgebiet kommen, sich über das Ruhrgebiet lustig machen. Völlig ungerechtfertigterweise. Es ist in jedem Fall nie als Kompliment gemeint, wenn jemand sofort vermutet, dass man wahrscheinlich aus dem Ruhrgebiet kommt. Ich steuerte abrupt auf das Meeresufer zu, sodass Jörn hinter mir herlaufen musste.

»Ach, keine Ahnung, vielleicht dein Akzent?«

»Mein *Akzent*?« Ich war fassungslos. Hatte ich etwa ›Boaar!‹ gesagt oder ›Wat?‹ oder ›Echt, ey?‹ Das konnte nicht sein.

»Deine Kleidung, die goldenen Schuhe mit der großen Marke, die du vorhin stehen gelassen hast – das riecht förmlich nach Düsseldorf.«

»Düsseldorf gehört zur Metropolregion Rhein-Ruhr, nicht zum echten Ruhrgebiet, du Schlaumeier. Aber erstens bin ich in Köln groß geworden und zweitens wohne ich in München«, sagte ich sauer. Das stimmt schließlich und ich wollte ihm nicht die Genugtuung geben, recht gehabt zu haben. Deshalb ließ ich meinen Geburtsort Duisburg vorsichtshalber weg. Inzwischen liefen wir auf dem feuchten Sand nah am Meer, der meine von den unbequemen Sandalen geschundenen Füße angenehm kühlte.

»Wirklich, du kommst gar nicht aus dem Ruhrgebiet?«

Ich blickte ihn entgeistert an und blieb stehen. Er sah mich amüsiert an, zu amüsiert wie ich fand.

»Deine Freundin hat's mir erzählt.« Er legte beschwichtigend seine Hand auf meinen Arm, was einer Art Stromschlag gleichkam. »Sie meinte, ihr kämt ursprünglich alle aus dem Pott. Allerdings hat sie das mit Stolz gesagt. Kann es sein, dass ich bei dir auf ein unverarbeitetes Trauma gestoßen bin? Seit Herbert Grönemeyer ist es doch in Ordnung aus dem Ruhrgebiet zu kommen.«

Ich konnte gar nichts sagen vor Ärger, dass ich darauf reingefallen war und wegen des Stromschlags. Die Stelle, wo seine Hand auf meinem Arm gelegen hatte, pulsierte immer noch. »Ich bin dort geboren, okay? Ich habe kein Trauma, aber seit ich denken kann, wohne ich in Köln.«

»Und wie gefällt dir Bayern, so als Kölner? Hast du schon ein Dirndl?«, fragte er beschwichtigend.

Ich seufzte. »Okay, wenn du's wirklich wissen willst: Ja. Wenn man frisch nach München kommt, denkt man, man würde nie eins kaufen, aber die sind sehr praktisch. Du kannst die hier zu jeder Gelegenheit von Hochzeit, zur Taufe bis Beerdigung anziehen und es ist immer richtig. Man gewöhnt sich dran.«

»Du siehst bestimmt nett aus in einem Dirndl«, grinste er.

»Du müsstest mich mal sehen, wenn ich mich als Hausmädchen verkleide. Und du? Hast du einen Matrosenanzug? Ich stehe auf Männer in Uniform«, erwiderte ich ironisch.

»Hey, hey. Das war ein Kompliment.« Er hob die Arme, als wollte er sich ergeben. »Darf man noch nicht einmal mehr ein Kompliment machen, ohne als sexistisches Arschloch dazustehen? Sorry, wird nicht wieder passieren.« Er wirkte allerdings nicht sonderlich geknickt und wiegte den Kopf abwägend hin und her. »Okay, Dirndl sind vielleicht eine Männerfantasie. Und, was machst du, wenn du gerade kein Dirndl trägst und weder beim Oktoberfest noch beim Ochsenrennen bist?«

»Hey!« Ich griff nach seinem Arm und schubste ihn, sodass er glucksend zur Seite stolperte. »Ich bin Journalistin«, sagte ich, was sich gut anhörte und noch nicht einmal gelogen war. Jetzt durfte er nur nicht nachfragen, über welche Themen ich schreibe. »Und was machst du so in Hamburg? Seemannslieder singen und auf der Reeperbahn abhängen oder steif rumsitzen und Tee trinken?«, fragte ich schnell. Wir redeten viel zu viel über mich.

»Immerhin brauchen wir Hamburger keinen Karneval, um locker zu werden.«

»Was arbeitest du denn in Hamburg?« Ich ließ mich nicht provozieren. Inzwischen liefen wir beide mit nackten Füßen im Wasser. Das Meer lag still, es gab kaum Wellen. Die Kälte des Wassers stieg durch die Zehen die Beine nach oben und bei jedem Schritt sanken wir ein klein wenig im Sand ein.

»Gar nichts momentan.«

»Klingt großartig.«

»Weil ich demnächst in München bin, ehrlich gesagt …« Jörn hielt inne.

»Ach Quatsch.« Wir blickten uns an. Die Möglichkeit, sich wiederzusehen, führte dazu, dass sich ein warmes Gefühl in meinem Magen ausbreitete. Gleichzeitig begann irgendeine Ader in meinem Kopf, die ich noch nie bemerkt hatte, wie verrückt zu pulsieren. »Und warum kommst du nach München?«

»Wegen der Arbeit.«

»Ja? Was denn?«, fragte ich, weil Jörn abrupt zu sprechen aufgehört hatte. Wir waren stehen geblieben. Ich verschränkte meine Arme vor der Brust, um meine Hände irgendwo zu platzieren, sodass sie nicht nervös an meinem kurzen Rock rumziehen konnten.

Jörn fuhr sich durch die Haare, was er sehr gut konnte, und schwieg.

»Du musst ja wirklich einen schlimmen Job haben, dass du ein Geheimnis draus machen musst. Porno-Branche, Suspensorium-Fabrik-Besitzer, Jurist?«, fragte ich mitleidig.

»Also echt, Jurist? Sehe ich so aus?« Er blickte mich betont betroffen an.

»Na ja, so ganz abwegig ist es nicht«, sagte ich vorsichtig, weil er offensichtlich keinesfalls wie ein Jurist aussehen wollte. Er sah hundertprozentig aus wie ein Jurist oder BWLer. Zwar wie ein gut aussehender Jurist, aber trotzdem wie jemand, den ich im Studium als »Hölle konservativ« bezeichnet hätte. Aber ich war bereit, darüber hinwegzusehen. Schließlich bin ich selbst ja auch älter geworden und nicht mehr so oberflächlich und ich musste zugeben, dass ihm dieser Poloshirt-Look und der adrette Haarschnitt mit den langen Ponysträhnen sehr gut stand. Und ich trug schließlich auch keine sorgfältig zerrissenen Leggins mehr zu asymmetrischem blond/schwarz-Haarschnitt.

»Ach, ich mach so einen Berater-Kram«, sagte Jörn ausweichend und zuckte mit den Schultern. Dabei fuhr er sich wieder durch die Haare und wir schlenderten vom Wasser zurück in den Sand. Der warme Sand wärmte die Zehen sofort wieder auf.

»Das ist natürlich extrem unangenehm«, sagte ich ernst.

Diesmal boxte er mich in die Seite und warf seinen Kopf amüsiert ganz leicht nach hinten. Er fand mich witzig, immerhin.

»Soll ich dir ein Geheimnis verraten?«, fragte ich.

Er nickte, als wäre er dankbar, dass das Job-Thema erledigt war. Dann lehnte er sich nach vorn und sah mich betont verschwörerisch an. Dabei kam sein Gesicht ziemlich nah an meins und mir wurde sofort warm und mein Herzschlag beschleunigte sich. »Ich bin ganz Ohr.«

»Dirndl sind faule Eier. Sie bevorteilen vollbusige Birnen-Frauen«, flüsterte ich mit vor Aufregung leicht brüchiger Stimme.

»Birnen-Frauen?«, flüsterte er zurück.

»Die, die viel Oberweite haben, aber potenziell auch einen dicken Po und Volumen-Schenkel. Oben sieht es top aus und unten sind die vielen Röcke drüber. Da kann man ganz böse mit reinfallen.«

»Ach wirklich? Interessant. Danke für den Tipp. Dann kann mir ja nichts mehr passieren, wenn ich nach München komme.« Er sprach wieder in normaler Lautstärke, legte den Zeigefinger auf die Lippen und dachte einen Moment nach. »Und du gehörst dann zu den …«

»Entschuldige mal, darum geht es hier gerade gar nicht.«

»Du hast doch damit angefangen, deine Geschlechtsgenossinnen in sexistischer Art und Weise zu kategorisieren. So etwas würde ich mir nie anmaßen.«

»Ich bin eine Zucchini.«

»Zucchini?«

»Zerbrich dir nicht den Kopf. Hier, lass mal kurz in den Strandkorb setzen und chillen.« Darauf hatte ich das Gespräch definitiv nicht bringen wollen. Ich bin nur eine halbe Birnen-Frau. Oben mit weniger Oberweite ausgestattet als diese bayrischen Vollblut-Birnenfrauen. Schoko-Croissants setzen sich trotzdem an den Oberschenkeln ab.

Wir sanken in einen gestreiften Strandkorb, der aufs Meer ausgerichtet war. Jörn wischte, ganz Gentleman, den Sand vom blau-weiß gestreiften Plastiksitz und wir ließen uns nebeneinander, dabei weder betont weit, noch auffällig nah aneinander, auf den Sitz fallen. Wir taten das, als würden wir nicht weiter darüber nachdenken. Vielleicht dachte Jörn tatsächlich nicht darüber nach.

In der Enge des Strandkorbs wurde deutlich, dass Jörn eine enorme Wärme ausstrahlte, er war ein natürlicher Heizofen und das »mir ist sowieso warm«, als er mir seinen Pullover gegeben hatte, war keine charmante Lüge gewesen. So ein Strandkorb ist wirklich etwas ziemlich Intimes, weil man sich von der Welt außerhalb des Strandkorbs abschottet und in ein privates Nest zurückzieht. Jörn verfügt natürlich allein aufgrund seiner Körpergröße über mehr Fläche, die Wärme abgeben kann. Andererseits ist mir grundsätzlich kalt. In meinen Fingern sinkt die Temperatur immer als Erstes, auch an heißen Sommertagen kann ich mit meinen Fingern problemlos Getränke herunterkühlen, weshalb intime Berührungen meinerseits am besten nur passieren, nachdem ich meine Finger an einer Tasse Tee aufgewärmt habe. Nicht, dass intime Berührungen irgendwie im Raum gestanden hätten. Aber aufgrund der begrenzten Sitzfläche berührten sich unsere Beine automatisch, wenn auch nur durch seine Hosenbeine hindurch. Aber da die – wie bei Sommerhosen üblich – nicht sonderlich dick waren, spürte man die Wärme, und zudem waren meine Beine für jede Art von Berührung abnorm sensibilisiert.

»Na, bist du gechillt?«, fragte er nach einer Weile und grinste. Mir waren aber in meinem recht vernebelten Hirn mein Blog und ihr, meine Leser, eingefallen und was ich euch schuldete.

»Du tippst doch nicht gerade in dein iPhone, oder?«, fragte er nicht ganz zu Unrecht kurz später, um 2:12 Uhr (siehe vorheriger Blogeintrag) ziemlich fassungslos.

»Es ist dringend.«

»Ich bin mir sicher«, erwiderte Jörn ironisch, nahm mir mein iPhone aus der Hand und steckte es in seine Tasche.

»Entschuldigung, was ist das denn jetzt für ein Macho-Gehabe. Wärst du so nett, mir mein Telefon wiederzugeben?«

»Nur, wenn du das ausmachst.«

»Ich lasse mich nicht erpressen.«

»Du sitzt in einer wunderschönen Sommernacht mit einem Unbekannten im Strandkorb und dir fällt nichts anderes ein, als in dein Telefon zu tippen?«

»Was sollten wir denn deiner Meinung nach machen?«, fragte ich und versuchte, dabei unschuldig verführerisch zu klingen. Mir versagte aber schon beim letzten Teil des Satzes die Stimme.

»Uns unterhalten? Das Meer anschauen? Auf jeden Fall keine Facebook-Statusmeldungen verschicken.« Er lehnte sich zurück und betrachtete mich.

Okay, da hatte ich mit einer aufregenderen Antwort gerechnet. »Es ist nur, weil ich da was ziemlich Geheimes mache«, sagte ich und wandte ihm mein Profil zu, meine bessere Seite. »Habe ich noch nicht mal meinen Freundinnen erzählt«, erklärte ich.

»Die, die den Junggesellinnenabschied von der Braut feiern, die gar nicht mitgekommen ist?«

Ich wollte ihn in die Seite boxen, doch als ich seinen Blick sah, hielt ich inne. Ich konnte seine Gesichtszüge erstaunlich gut erkennen, weil das weiße Mondlicht den Strand erhellte, als wäre eine Straßenbeleuchtung angeknipst worden. Nur dass das Licht wesentlich angenehmer war. Jörn hob seine Arme und streckte sich. Das war doch nur ein Vorwand, um sie danach hinter meinen Rücken zu platzieren, um dann den ersten ernsthaften Körperkontakt aufzubauen, der zum Knutschen führen würde. Mein Herz begann zu pochen wie der Bass beim krassesten Dubstep und mir lief ein Schauer über den Rücken. Doch dann verschränkte Jörn tatsächlich nur die Arme hinter den Kopf und lehnte sich wieder bequem nach hinten.

»Genau.« Ich lehnte mich in einer Art und Weise ziemlich nah an Jörn, wie ich mich unscharf erinnerte, dass man das so machte, wenn man knutschen will. Er war schüchtern. Irgendetwas musste doch jetzt passieren. Wie lang wollte er mich denn noch so anschauen?

»Du bist ein wenig angetrunken«, stellte Jörn fest, als mein Gesicht ziemlich nah vor seinem war.

»Das mag sein«, erwiderte ich kühl und setzte mich wieder gerade auf. Ich wollte schließlich nicht eine Betrunkene sein, die im Suff Geheimnisse preisgab. War schließlich ein cooles Geheimnis, das ich mitteilen wollte.

»Jetzt guck doch nicht so beleidigt, mich stört's nicht.« Manchmal bin ich definitiv zu sehr wie ein offenes Buch und nicht wie eine schwer durchschaubare (gelegentlich Chansons singende) und immer gut gestylte Frau in der Art der ehemaligen französischen First Lady.

»Ich schreibe einen Blog«, flüsterte ich.

»Jetzt?«

»Ich habe noch nicht so viele Blog-Leser, deshalb mache

ich gerade einen Live-Blog. Und was hast du so für Hobbys?«, fragte ich etwas wirr, um auf ein anderes Thema zu kommen. Schließlich soll dieser Blog weiterhin anonym bleiben, damit ich die Wahrheit schreiben kann. Ich wollte das eigentlich gar nicht erzählen. Ich ließ mein Handy, das er mir zurückgegeben hatte, unauffällig in meine Tasche gleiten. »Also, ich mein's ernst. Hobbys?«

»Ich segle. Ich wollte morgen eigentlich raus. Soll windig werden. Das ist ja auf Sylt sonst kein Problem. So Tage wie heute gibt es hier schließlich selten.«

»Segeln – wie man das als Hamburger halt so macht«, nickte ich.

»Stimmt, bei euch im Pott gibt es ja nur diese Baggerseen, da kann man wahrscheinlich nicht segeln.« Jörn grinste mich zufrieden an. Da sein Kopf über meinem war, grinste er von oben und ich blickte direkt auf seine Lippen und konnte aus der Nähe genau sehen, dass er am Kinn eine kleine Narbe hatte. Dann blickte ich schnell nach vorn, weil mein Gehirn sich bei dem Anblick rapide zu entleeren drohte.

»Das Ruhrgebiet wird unterschätzt. Dort gibt's mehr kulturelle Veranstaltungen als im gesamten Stadtstaat Hamburg. Baggerseen im Sommer sind außerdem eine Art Hochkultur. Außerdem wohne ich in Bayern und da gibt es nicht nur wunderschöne Seen, sondern auch Berge. Das sind diese grauen Dinger aus Stein, die dafür sorgen, dass das Land nicht ganz so platt und öde ist.«

»Ist ja schon gut. Auf die Berge freue ich mich tatsächlich. Ich war noch nie bergwandern, beschämend, ich weiß, ich weiß. Aber hey, ich kann immerhin Ski laufen.« Natürlich konnte er Ski laufen. Wahrscheinlich hatte er seit seinem vierten Lebensjahr mit Privatlehrer in St. Moritz gelernt. Er strahlte diese Upperclass-Aura aus, die man nicht imitieren konnte, egal wie viele Lacoste-Shirts und beige Chinos man später kaufte.

»Bergsteigen ist faszinierend. Ich könnte mir definitiv vorstellen, eines Tages auf den K2 zu steigen«, bemerkte ich forsch. Das stimmte, auch wenn ich ebenfalls noch nie bergwandern, geschweige denn bergsteigen gewesen war, aber ich wollte Jörns romantisierte Vorstellungen von Bayern nicht enttäuschen. Ich wollte ihn einfach in keiner Hinsicht enttäuschen.

»Du kannst bergsteigen? Das ist ja toll. Der Himalaya ist auch ein Traum von mir«, erwiderte Jörn ernsthaft.

Auf dem Himalaya mit Jörn in so einem kuscheligen Zelt unter einer warmen Merinowolldecke: da wäre ich sofort dabei. Deshalb klärte ich das Missverständnis nicht auf. Außerdem hatte er mich nach dem Bekenntnis meiner Bergsteigerbegeisterung mit seinen braun-grünen Augen ziemlich interessiert angesehen und gelächelt. Ich lehnte mich weiter zu ihm herüber, wie ich das für sehr, sehr verführerisch hielt. Er lächelte immer noch, machte aber keine Anstalten, mich zu küssen. Ich rückte noch ein wenig näher zu ihm, allerdings so, als wäre das zufällig.

Plötzlich sah Jörn ernst aus. »Ich habe eine Freundin.«

Ich war baff. »Was meinst du denn jetzt damit?«, fragte ich, als wäre das eine total hirnrissige Frage. »Deine Freundin verbietet dir, dich mit anderen Frauen zu unterhalten?«

»Natürlich nicht. Ich dachte nur, ich sollte es mal erwähnen.«

»Und was soll das jetzt heißen?«, fuhr ich ihn an.

Jörn zuckte mit den Schultern und zog eine Augenbraue nach oben. »Ich mein ja nur.«

Als ich nichts erwiderte, sondern beleidigt zu einem benachbarten Strandkorb herüberschaute, wo zwei Teenager wild rumknutschten, fügte er hinzu: »Schade. Wahrscheinlich geh ich jetzt besser nach Hause.« Er blieb reglos sitzen.

»Ich glaube, meine Freundinnen warten auf mich. Ich muss wieder zurück.« Ich sprang auf. Ich hatte schließlich auch eine Agenda. Wir gingen also zurück und fuhren das letzte Stück mit dem Fahrrad. Diesmal war es weniger romantisch. Die Wirkung des Alkohols ließ nach und ich fühlte mich plötzlich viel nüchterner. Ich weiß auch nicht, was ich genau erwartet hatte.

»Ich gehe, glaube ich, nicht mehr rein«, sagte er, als wir vor dem *Pony* standen. Zum Abschied küsste er mich bedächtig auf die Wange und hielt dabei meine Hände in seinen.

»Deine Hände sind eiskalt«, bemerkte er und drückte testweise seine Daumen in meine Handflächen. Seine waren trotz der aufgekommenen Brise immer noch warm. »Also.«

»Was *also*?«

»Also, ich gehe dann mal lieber nach Hause«, wiederholte er und hielt meine Hände fest. Wie soll man so ein Verhalten denn verstehen? Da soll noch irgendjemand behaupten, Männer wären weniger kompliziert als Frauen.

»Na dann, also tschö, Jörn. Warum haben die Norddeutschen eigentlich immer so komische Namen Jörn, Tomke, Keno, Wenne und so einen Kram«, nuschelte ich schnippisch, zog meine kalten Hände aus seinen und ging zurück Richtung *Pony* mit dieser leckeren Erdbeerbowle und den Korn-Bier-Kombis und meinen gut gelaunten, unkomplizierten Mädels.

»Lena?«, rief Jörn hinter mir her.

Ich wandte mich um, ehrlicherweise mit der kurz aufflammenden Hoffnung, dass die dumme Geschichte mit der Freundin ein Scherz gewesen war und wir jetzt endlich mit dem Rumknutschen anfangen konnten. Ich wäre einfach losgerannt und hätte mich in seine Arme geworfen. Er hätte mich hochgehoben und mich umhergeschleudert und wir hätten darüber gelacht wie völlig verrückt es war, dass wir uns gerade hier getroffen und einfach direkt krass ineinander verliebt hätten.

»Ich heiße übrigens Björn. So ganz normal mit *B*, nicht Jörn.« Er lächelte. »War wahrscheinlich bisschen laut vorhin.«

Ich nickte, versuchte meinen Gesichtsausdruck irgendwie unter Kontrolle zu behalten, hob die Hand und ging rein. Elender Besserwisser. Ich wollte nicht darüber nachdenken, was mir gerade durch die Lappen gegangen war, und versuchte lieber, sauer auf ihn zu sein. Im *Pony* kam mir Charlotte, die breit war, mit einem einigermaßen knuddeligen Typen am Arm entgegen.

»Da bist du ja endlich. Du siehst nicht fröhlich genug aus. Hier Maik, gibst du ihr was zu trinken?« Der Typ neben ihr drückte mir zwei Jägermeister in die Hand. Er trank selbst einen und wartete bis ich meinen gehorsam ausgetrunken hatte. Als ich zwischendurch zu lange absetzte, zog er die Augenbraue verächtlich nach oben. Ich trank aus und nahm ihm mit dem gleichen verächtlichen Gesichtsausdruck einen weiteren aus der Hand.

»Wo warst du denn so lange?«, fragte Charlotte.

»Ich war mit Jörn, äh, Björn am Strand. Der niedliche Typ vom Strand von heute Mittag, der so gut Headbangen konnte.«

»Glückwunsch!« Sie streckte mir ihre Handfläche hin und wartete, dass ich einschlug.

Ich winkte ab. »Er hat eine Freundin.« Ich zuckte mit den Schultern.

Charlotte stemmte ihre Hände in die Hüften und warf die blonden Haare theatralisch zurück, wahrscheinlich auch um potenzielle Zuschauer zu beeindrucken. »Spinnt der? Nimmt dich mit zum Strand, obwohl er genau weiß, dass da nichts läuft, und du verlierst kostbare Zeit, bevor hier alle hacke sind. Also echt. Manche Leute sind total egoistisch. Also dann mal ran, hier geht's gerade in die Endspurtphase. Ich nehm den da drüben«, sagte sie und zeigte auf einen anderen Typen.

»Und was machst du mit dem, der an deinem Arm klebt?« Es war laut genug, dass ich sie das fragen konnte, ohne dass der an ihrem Arm-Klebende irgendetwas mitbekam.

»Mit dem tanze ich doch nur als Show für den Kerl da drüben.«

»Du machst einen Balztanz?«

»Das nennt sich Strategie«, sagte Charlotte, so als hätte sie gerade mit einem dümmlichen Praktikanten über eine neue Marketing-Methode geredet. Dann eilte sie auf die Tanzfläche. Der Übergangstyp hastete gutgläubig hinterher, unwissend, dass er nur ein kleines Rad in der komplexen Maschinerie eines strategisch ausgefeilten Schlachtplans war.

Moment, Charlotte ist gerade zurückgekommen!

**11:50 Uhr**

Wir stürzten uns gemeinsam auf Charlotte. Charlotte ist nämlich meine ehrlichste Freundin, was zu offenherzigen und detailgenauen Schilderungen von Erlebnissen jeglicher Art führt. Allerdings auch zu Aussagen wie ›Das steht dir null‹ oder ›Das macht deinen Arsch noch fetter, als er sowieso schon ist‹ oder ›Ich habe bisher sicher mit einundneunzig Männern geschlafen, möglicherweise aber nur mit achtundachtzig‹. (Die Vagheit dieser Angabe rührt daher, dass Charlotte bei einigen zu betrunken war, um sicher zu sein, ob er wirklich ›drin‹ war oder nur ›kurz davor‹.)

»Wie war's?«

Die arme Caro, ausgehungert nach Sexgeschichten aufgrund langer, blutleerer Beziehung (behauptet Charlotte jedenfalls) begann augenblicklich, Charlotte auszuquetschen. Sie tat mir schon leid, wir hätten ihr doch irgend so einen eingeölten, halbnackten Kerl besorgen sollen wie der für Junggesellinnenabschiede normalerweise Standard ist.

Charlotte selbst sah allerdings ungewohnt frustriert aus.

»Hüftkrampf?«, fragte ich mit einfühlsamer Stimme.

Sie sah in der Tat ähnlich elend aus, wie nach dem einem Mal, als sie diesen Typen abgeschleppt hatte, der dann einen Hüftkrampf bekommen hat (man kann sich vorstellen, in welchem Moment etwa), und mit dem sie dann die halbe Nacht in der Notaufnahme des Krankenhauses verbringen musste, worauf sie natürlich überhaupt keinen Bock gehabt hatte.

»Ich bin abgehauen«, murmelte sie dann.

»Wie jetzt? Es ist gar nichts passiert?«

»Doch, schon.«

»Und dann?«

»Ich war auf dem Klo, habe in den Spiegel geschaut und bin abgehauen.«

»Was hat denn der Spiegel damit zu tun?«

»Sieh mal genau hin«, sagte Charlotte mit Grabesstimme und sah mir genau ins Gesicht.

»Du siehst doch aus wie immer!«, fiel ich ein, weil sie zwar ein klein wenig abgehalfterter als gestern aussah, aber sie war ja schon deprimiert genug. Bei Charlotte kann ich das außerdem gar nicht ertragen, wenn sie traurig ist. Charlotte sah mich resigniert an. »Jeder weiß, dass man *dir* bei solchen Aussagen keinen Glauben schenken darf.«

Das war nicht fair. Ich versuche eben ein netter Mensch zu sein und niemandem wehzutun. Da kann man nicht immer die Wahrheit sagen.

»Vielleicht ist das ein Zeichen, dass wir aus dem Alter für One-Night-Stands herausgewachsen sind«, stellte Caro nach einer Anstandssekunde der Betroffenheit erfreut fest. »Ich meine, wenn man jetzt mit schlechtem Atem und knittriger Haut, die ewig braucht, sich zu entfalten, aus der One-Night-Stand-Wohnung herausschleichen muss, ist das ein Zeichen.«

»Danke Caro, *ich* habe kein Problem mit schlechtem Atem.« Charlotte wedelte mit der Hand vor Caros Gesicht hin und her.

»Ich meine ja nur.«

»Was willst du denn jetzt machen?«, fragte ich.

»Na, ich dusche, style mich und treffe ihn später zum Kaffee. Wo sind denn die Aspirin, die hier auf dem Tisch lagen?«

*1 Kommentar*

*Gaby13 sagt:*

*Servus, Lena. Das ist aber ein Zufall, ich bin auch neu hier im Cyberspace. Ich finde das schön, dass ihr Mädchen Späßchen habt, aber der Abend im* Pony *war doch noch nicht zu Ende erzählt? Immer schön bei der Wahrheit bleiben, gell?*

**12:20 Uhr**

Gaby! Danke für dein Feedback! Finde es toll, dass dieser Blog so interaktiv ist. Tja, du hast recht, die Geschichte aus dem *Pony* ist noch nicht *ganz* zu Ende erzählt. Ich hätte das natürlich sowieso gemacht und wollte da nichts verheimlichen. Nachdem ich von der geplatzten Björn-Begegnung ins *Pony* zurückgekommen war, zirkulierten noch weitere Jägermeister und Korn-Bier-Kombination aus dem Nichts. Ist eigentlich nicht so meine Sache, aber man fühlt sich auf so einem Junggesellinnenabschied verpflichtet mitzumachen, sodass ich schnell angetüdert war, wie es hier so nett heißt. (Auf Norddeutsch hört sich alles netter an. Scheißwetter wird zu Schietwetter, was gemütlich nach Tee in der Sturmhaube klingt, obwohl es genauso grässlich ist wie bei uns.) Da die Braut bekanntermaßen nicht zur Hand war, um sich selbst zu demütigen, wie das an einem echten Junggesellinnenabschied obligatorisch ist, wurde ein wehrloses (und stetig wehrloser werdendes) Opfer, nämlich ich, dazu eingesetzt, die anderen zu belustigen. Janina klopfte mir auf den Rücken. »Jetzt man los, Lena. Lass das Luder raus. Jetzt, wo du die Schlaftablette endlich losgeworden bist, wird jetanzt und jebützt wie früher beim Kölner Karneval, Alaaf!«

»Schlaftablette?«

»Mensch, dein Ex, der Karsten. Du hast ein bisschen Action bitter nötig!«

Immerhin hatte ich es schon mal geschafft, eine lange, auch über Jahre funktionierende Beziehung zu haben (ein klein wenig Dschungelcamp oder Dieter Bohlen beim Sex haben schließlich noch niemandem geschadet, eventuelle Spätfolgen mal außer Acht gelassen), was mich definitiv von Janina unterscheidet, die sich für jeden Typen neu erfindet und deshalb schon sechs völlig gegensätzliche Persönlichkeiten durchlaufen hat. Ich wankte zur Toilette, wo ich warten musste, während ein paar 20-jährige Mädels zu dritt auf dem Klo telefonierten, Make-up nachlegten und Lippenstiftfarben diskutierten. Ihnen war schnurzegal, dass ich mir fast in die Hose machte. Ich trat hin und her und betrachtete mich ausgiebig im Spiegel, um mich abzulenken. Da war es, der Single in seinen besten Jahren, beziehungsweise in der Endphase der besten Jahre. Janina hatte leider irgendwie recht, mit dieser Björn-Enttäuschung durfte der Abend einfach nicht enden – dieser Gedanke pulsierte in meinem ansonsten weitestgehend narkotisierten Gehirn. Ich durfte mich nicht so schnell geschlagen geben. Ich konnte zwar jetzt keine aufmunternde Rede mehr an mich selbst halten wie Russell Crowe in *Gladiator* vor der Schlacht (habe den Film Karsten zuliebe acht Mal angeschaut), aber ich visualisierte nochmals mein potenzielles neues Zuhause, das graue Chenille-Sofa in der Wohnung meines Vaters, und erzielte einen ähnlich motivierenden Effekt. Nachdem ich die Mädels mit kontinuierlichem Einhämmern auf die Tür endlich aus der Toilette gescheucht hatte und mir kurz später die Hände wusch, lief ich zum Kondomautomaten und zog vor den beeindruckten Augen der anderen Anwesenden demonstrativ sieben (!) Packungen rosa Kondome, die ich in mein Portemonnaie quetschte, wie ich das von Charlotte kannte. Angespornt von ihren Blicken streifte ich mir mit zwei schnellen Handgriffen die Unterhose herunter, knüllte sie zusammen, damit man nicht erkennen konnte, dass es sich um ein vergrautes H&M-Modell handelte, und warf sie demonstrativ in den Papierkorb. Dann zwinkerte ich den Mädels, die mich mit wachsendem Erstaunen im Spiegel beobachtet hatten, während sie ihre Haare glatt bürsteten, einen herablassenden Blick zu, wankte barfuß nach draußen und ließ mir großzügig Bowle nachschenken.

»Da vorn, den nimmste jetzt«, sagte Janina, als hätte sie meinen Vorsatz erraten und schubste mich in die Richtung des abgelegten Spießers von Charlotte.

»Willst du mit mir tanzen?«, säuselte ich ihm gehorsam ins Ohr. Mit einem Luftzug zwischen den Beinen fühlte ich mich ziemlich verwegen. Charlotte hatte vielleicht doch recht gehabt.

Der Typ sah ziemlich froh aus. Ich meine, sollte er ja auch, wenn ich ihn so etwas frage.

Deshalb gingen wir auf der Tanzfläche total ab. Über seine Schulter erhaschte ich ab und an einen Blick der Mädels, die vergnügt zusahen. Janina verzog ihr Gesicht und verformte die Lippen, als ob sie mir etwas sagen wollte, das ich nicht verstand. Endlich konnte ich richtig tanzen, weil ich keine unbequemen Schuhe mehr trug. Neben ihr standen kurzzeitig die anderen mit zufriedenen, angeheiterten Mienen. Dann verzogen alle gleichzeitig die Gesichter zu einem Knutschmund. Aha. Ich sollte jetzt wohl knutschen. Anstelle der Braut sozusagen, damit sie durch mich einen echten Junggesellinnenabschied erleben konnten. Ich war quasi der Stellvertreter, durch den dieser Abend noch gerettet werden sollte. Ich blickte also nach oben und der Typ, der ja eigentlich auch nicht so schlecht war, sah mich mit glasigen Augen fragend an. Er musste gemerkt haben, was ablief, denn er sagte: »Wir können auch nur so tun«, und zwinkerte. Dann beugte er sich zu mir runter und wir küssten uns unschuldig. Okay, Gaby. Du hast ja recht. Dann küssten wir uns nicht ganz so unschuldig, weil ich, ohne dass ich mir den genaueren Hergang erklären kann, plötzlich seine Zunge in meinem Mund hatte. Er schmeckte nach Bier, Zigaretten und süßlichem Kräuterschnaps – was keineswegs ekelig, sondern berauschend anders war. Ich weiß nicht, warum Küssen so viel aufregender ist, wenn man sich nicht kennt. Ich habe seit elf Jahren nur mit meinem Ex geknutscht, wobei das Küssen in den letzten zehn Jahren zu einer feuchten Begleiterscheinung beim Sex verkommen ist, ähnlich überflüssig wie nasse Finger bei einem Händedruck. Ich hatte vergessen, wie viel Spaß Knutschen macht! Er ließ seine Hände in meinen Nacken gleiten und hielt meinen Hals in Position, während er mit seiner Zunge begeistert meinen Mund absuchte, seine Zunge war breit und fest und etwas klebrig vom Jägermeister. Dann standen wir noch einen kleinen Moment an der Ecke neben der Bar rum. Während er über meine Schulter einen Satz mit seinem Freund wechselte, lupfte ich blitzschnell, im Nachhinein muss man sagen leider, meinen Rock, um meinen Freundinnen meine entblößte Pobacke zu präsentieren. Sie quittierten das mit grölendem Lachen und gaben mir ein kollektives Daumen-hoch. Mein neuer Bekannter bemühte sich ziemlich professionell, das Knutschen auf eine weitere Ebene zu bringen, streichelte mein Gesicht beim Küssen, nahm es zwischen seine Hände, kraulte mir den Nacken, dass ich eine Gänsehaut bekam, um seine Hand dann langsam den Rücken herunter- und versuchsweise unter dem Top wieder hoch- und in den Rockbund hineinwandern zu lassen, wobei er nach der fehlenden Unterhose zu tasten schien. Mit dem vielen Gekraule wollte er mich wahrscheinlich von seinen Qualitäten als Liebhaber überzeugen und das Küssen nahtlos zum Vorspiel ausweiten. Ich war mir nicht sicher, wie ich seine Aktivitäten qualitativ bewerten sollte, und deshalb knutschen wir möglicherweise ein wenig länger, als es um des Junggesellinnenabschieds willen unbedingt hätte sein müssen. Aber Charlotte sagt immer, man kann schon beim Rumknutschen schnell erkennen, ob es dem Mann dabei um sich geht, oder ob der andere einer dieser Männer ist, die besonders darauf abfahren, dass man selbst eine fantastische Zeit hat. Natürlich sollte man, gerade für kurzfristige Affären, ausschließlich letztere Spezies wählen. Allerdings müsse man sich in Acht nehmen vor denen, die einen beim Abschleppen heiß machen, damit es überhaupt zum Abschleppen kommt, danach aber, sobald man erst mal im Bett ist, ihr eigenes Ziel blitzschnell erreicht haben und man sich dann, O-Ton Charlotte, »um sich selbst kümmern muss, damit man auf seine Kosten kommt«. Ich frage in solchen Momenten bei Charlotte nicht nach, was sie mit »sich um sich selbst kümmern« genau meint, weil die Gefahr besteht, dass sie sich im Folgenden in Details verliert, die ich nie wieder vergessen kann. Jedenfalls kann man sich leicht vorstellen, dass man mit einem derartigen Vorwissen belastet, etwas länger braucht, um zu entscheiden, welcher Spezies nun der Mann, mit dem man gerade knutscht, eigentlich angehört, vor allem wenn man nicht mehr so richtig klar im Kopf ist. Doch dann wurde mir das mit dieser breiten, klebrigen Zunge zu viel und plötzlich kam mir der Gedanke, dass seine Zunge so drall und fleischig war wie die einer Kuh und der Jägermeister wie vergorene Wiesenkräuter schmeckte und ich musste kichern. Ich gackerte vor mich hin und der Typ sah mich irritiert an und versuchte dann seine Kuhzunge wieder in meinen Mund zu schieben. Dabei sah ich aus dem Augenwinkel einen anderen, sehr attraktiven Menschen, der sich bei noch genauerem Hinsehen als Jörn alias Björn erwies. Er stand so plötzlich neben mir, als wäre er hergebeamt worden. Für einen Moment wünschte ich mir, ich würde doch ein

Karnevalskostüm tragen, Hauptsache inkognito, meinetwegen sogar eine Achtzigerjahre-Verkleidung wie ›Frau Antje‹ oder ›Mister Spock‹, zumindest aber eine Unterhose.

Also Björn ist *wirklich* nicht schlecht. Er ist sehr groß, was mir immer gut gefällt, weil man sich neben großen Typen automatisch klein und zierlicher vorkommt. Dann hat er diese dunkelblonden Haare mit sonnengebleichten Strähnen, als würde er surfen, und sehr, sehr schöne braun-grüne Augen. Wahrscheinlich sieht er in Surfshorts, Barbourjacke oder Anzug gleichermaßen gut aus und diese Juristen-Klamotten kann ich ihm vielleicht noch abgewöhnen.

»Oh. Ach so. Da will ich nicht stören«, sagte Björn mit hochgezogener Braue und ehrlich überrascht. Sein Blick fiel kurz auf die Wölbung, welche die Hand des Typen unter meinem Top auf dem Rücken bildete, dann sah er mir wieder in die Augen. Mein Hals wurde trocken und mir blieb nichts anderes übrig, als ihm mein allercharmantestes Lächeln zu schenken, mir die Spucke vom Mund abzuwischen und von dem Spießer abzurücken.

»Ich dachte, du wärest schon weg«, erklärte ich schnell und nahm alle Selbstbeherrschung zusammen, um verständlich zu sprechen und aufrecht zu stehen, ohne mich irgendwo festzuhalten oder mich anzulehnen.

»Ich dachte, ich komme doch noch mal wieder«, erwiderte er. »Habe mich geirrt.« Björn blickte auf den Spießer, der mit glasigen Augen mit meinem Lippenstift auf dem Gesicht und vor allem, neben Björn, jegliche Attraktivität verloren hatte.

»Das ist nur wegen des Junggesellinnenabschieds. Da muss man vor der Hochzeit noch mal rumknutschen«, erläuterte ich schnell.

»Du heiratest?«

»Nein! Auf gar keinen Fall. Ich vertrete doch nur die Braut.« Warum lief alles falsch. Dass er zurückgekommen war, konnte doch nur heißen, dass er auch irgendwie gedacht hatte, dass das nicht alles gewesen war. Ich Vollidiot!

»Ach so. Klar«, sagte Björn und sein Blick sprang zwischen dem Spießer und mir hin und her.

»Ich krieg sonst Ärger mit den Mädels«, versuchte ich weiter, der Situation die Schärfe zu nehmen. »Und außerdem bin ich angetüchert, ähh, tüddelt, äh, blau, meine ich.«

Daraufhin zog Björn die Augenbrauen noch weiter hoch und wandte sich ab.

»Ey, ich will doch viel lieber mit dir knutschen«, rief ich womöglich latent aufdringlich hinterher. Ich schob den nicht so schlechten, aber vergleichsweise katastrophalen Spießer zur Seite, der mich fassungslos ansah, stellte mich direkt vor Björn und blickte ihm ganz tief und freundlich und gerade in die Augen, damit er sah, dass ich es ernst meinte.

»Meine Güte, du bist wirklich schlimm hacke«, sagte Björn. »Ist mir vorhin gar nicht so aufgefallen.«

»War nur ein kleiner Jägermeister für die Verdauung und ein bisschen Bowle. Is gar nich' schlimm. Der andere ist doch nur Ersatz gewesen.« Dabei deutete ich mit dem Ellenbogen in Richtung des Spießers. »Ich bin gezwungen worden«, beharrte ich. Ich wollte jetzt keinen falschen Stolz zeigen und riskieren, dass Björn einfach so abhaute. Charlotte sagt immer, falscher Stolz sei das Schlimmste und würde einem die besten Partien versauen. Während ich das sagte, riss ich meine Hand in einer theatralischen Geste zur Seite, wobei ich aus Versehen, das Portemonnaie aus dem Rockbund riss, wo ich es wohl während kurzzeitiger geistiger Umnachtung auf der Toilette hineingesteckt haben musste, was wahrscheinlich auch zu einer nicht vorteilhaften Ausbeulung in der Bauchgegend geführt hatte (dies waren winzige Gedankensplitter, die durch meinen Kopf schwirrten wie Sternenpartikel nach einer Supernova), während sich die rosa Kondome wie Konfetti um meine Füße verteilten.

»Du bist gezwungen worden, und ich bin ein Trostpflaster? Fick dich doch selbst, du Schlampe!«, rief dann der Spießer, der leider nicht außer Hörweite gewesen war. Also, das fand ich schon enorm ungehörig, auch rein sprachlich betrachtet.

Dann nahm er ein Kondom vom Boden und steckte es mir in den golden Ausschnitt, blickte zu Björn und sagte: »Ich wünsch dir viel Spaß, Kollege. Ich bin raus.«

Björn sah mich zweifelnd an. »Schlaf erst mal deinen Rausch aus«, sagte er. Er bückte sich, sammelte die restlichen Kondome zusammen, legte sie mir in die Handflächen und schloss meine Finger darum. Seine Hände umfassten meine dabei nahezu komplett. Dann klopfte er mir auf die Schulter in der Art wie ich früher unseren uralten Dackel mitleidig getätschelt habe, wenn der aus Wut gegen die Gardinen gepinkelt hatte, aber der einfach eine zu armselige Erscheinung war, als dass man mit ihm hätte schimpfen wollen. Danach war der Spaß, ehrlich gesagt, ziemlich vorbei. Ich suchte ungefähr eine halbe Stunde lang die anderen, obwohl das *Pony* nicht groß ist, aber ich hatte keinen guten Überblick mehr. Janina fand mich dann zum Glück in der Toilette, wo ich mich kurz ausgeruht hatte und eingenickt sein musste, weil ich überfordert war, diese ganzen Geschehnisse zu verarbeiten, und mich deshalb noch nicht mal begonnen hatte zu ärgern oder zu schämen. Charlotte war eh schon mit dem Typen weg. Janina meinte, ihr wäre das Publikum zu primitiv, wahrscheinlich war sie neidisch, weil ich an dem Abend eine bessere Wirkung auf Männer gehabt hatte als sie, auch ohne angeklebte Wimpern. Das Schlimme ist, so wie ich mich jetzt an alles erinnere, weiß Björn überhaupt nicht, wie ich wirklich bin. Leider bin ich keineswegs als intellektuelle Journalistin aufgetreten, sondern als vulgäre Frauenperson mit Besuffski-Problem, wie meine Mutter das bezeichnen würde. Es hilft alles nichts, ich muss Björn wiederfinden und alles klarstellen. Sonst kann ich mir das später nie verzeihen.

**12:59 Uhr**

»Sitzt du schon wieder an deinem Blog?«, fragte Caro gereizt, als ich gerade mit dem letzten Eintrag fertig war und mich kurz über das Netz des Nachbarn eingeloggt hatte, um noch ein paar Freunde auf Facebook zu akquirieren. Die Allergie auf ihren Wangen ist inzwischen abgeklungen und ihre braunen Haare glänzen wieder. Jetzt ist sie sauer, weil sie heute Morgen gemerkt hat, dass sie ihren eigenen Junggesellinnenabschied verpasst hat. »Was gibt es denn aus deinem Leben so viel zu berichten?« Caro ist außerdem eifersüchtig, dass sie bald ein dröges Verheirateten-Leben führen muss. Wie alle Verheirateten versucht sie, ein bisschen Aufregung und Spaß vom Leben ihrer Single-Freundinnen abzugreifen, zu denen ich seit Neuestem ja ebenfalls zähle. Eigentlich kein schlechtes Gefühl, darum beneidet zu werden, auch wenn der Spaß sich bisher in Grenzen hielt und ich mich schon zweimal ertappt habe, wie ich auf Karstens Facebook-Seite spioniert habe.

»Ich werde dir immer alles erzählen, wenn du verheiratet bist, keine Angst«, versuchte ich sie aufzubauen. Dann fiel mir allerdings auf, dass sie doch von diesem Blog überhaupt nichts wissen durfte.

»Woher weißt du von meinem Blog?«, fuhr ich sie deshalb an, sodass mein Kopf noch stärker wummerte. Aspirin. Schnell. Ich hatte extra eine Familienpackung mitgenommen, weil ich mitgedacht hatte – sogar für alle meine lieben Freundinnen.

»Hat Janina mir erzählt. Scheinst du gestern aber wirklich jedem erzählt zu haben. Und wie geheim und anonym alles ist.«

Mmhpf.

»Janina meinte, du hättest Charlottes B-Typen noch klar gemacht?«, fragte Caro demonstrativ überrascht. »Das kann ich mir gar nicht vorstellen.« Sie blickte mich neugierig an.

»Oh, ich muss schnell zum Klo«, rief ich und rannte an Caro vorbei ins Bad. Wo steht eigentlich geschrieben, dass man seinen Freundinnen alles erzählen muss? Und Janina quatscht natürlich alles weiter, weil sie eifersüchtig ist, weil sie niemanden abgekriegt hat. Sie ist ja auch nur damit beschäftigt, gut auszusehen. So oberflächlich sind Männer eben doch nicht immer. Sie wollen eine Frau, mit der man auch Spaß haben kann. Ich weiß wirklich nicht, was Caro an ihr findet. Wo verdammt noch mal ist die Aspirin-Packung?

**14:10 Uhr**

Was man davon hat, wenn man mitdenkt, und zwar nicht nur für sich selbst, sondern für alle seine Freundinnen? Nichts. Nein. Weniger als nichts, denn es ist kein Aspirin mehr da. Während ich die Wohnung durchwühlte und dabei auch die absurdesten Ecken durchkämmte wie eine Heroinabhängige, die auf den im letzten Delirium versteckten und dann vergessenen Stoff hofft, war Janina im Bad verschwunden. Das war nicht weiter auffällig, weil Janina immer ewig das Bad blockiert, um ihre Haare zu glätten, zu flechten oder hochzustecken und weil sie zudem die einzige Person ist, die ich kenne, die tatsächlich Primer, Foundation, Concealer *und* Make-up benutzt. Ich habe bis heute nicht begriffen, wie sich das Zeug eigentlich unterscheidet. Ist doch alles irgendwie beige Pampe.

»Wie sieht's denn hier aus? Hast du den Verstand verloren?«, fragte Janina, als sie von Vanilleduft umwölkt mit perfekt geglättetem Haar ihr riesiges Kroko-Beauty-Case aus dem Bad schleppte.

»Ich suche meine Aspirin-Packung.«

»Ach, das waren deine?«

»Ja, ich hab extra eine große Packung für alle mitgebracht«, erklärte ich, um klarzustellen, dass ich im Gegensatz zu ihr, die einem ›wegen der Bakterien‹ noch nicht mal ihr Glätteisen ausleiht, an alle gedacht hatte.

»Ist leer.«

»Du hast alle Aspirin auf einmal geschluckt? Du hast doch gestern kaum was getrunken! Außerdem ist dein Blut jetzt so dünn, dass du an einem ausgequetschten Pickel verbluten kannst.«

»Ich habe keine Pickel. Außerdem bin ich nicht so verstrahlt, eine Familienpackung Aspirin zu schlucken.«

»Wärst du dann so freundlich, mir eine zu geben, damit ich den schlimmsten Kopfschmerz meines Lebens wenigstens abdämpfen kann?«

»Geht nicht. Ich habe mir die Haare damit gewaschen.« Sie ließ ihre manikürten Finger durch ihre perfekt geglätteten, blond gesträhnten Haare gleiten. »Ich hab zu viel Sonne abgekriegt, und wenn man die Haare mit Aspirin wäscht, nimmt das den Gelbstich. Stand im Internet. Hat geholfen, finde ich«, fügte sie zufrieden hinzu und schüttelte ihr Haar nach hinten, als wäre sie in einem L'Oréal-Spot – alles ohne den geringsten Anflug von Reue. Dann lächelte Janina mich mit nudefarbenen und glossgetunten Lippen und leeren Augen an, ohne mich wahrzunehmen.

Ich habe also eine Familienpackung Aspirin mitgebracht, damit Janina keinen Gelbstich in den Haaren bekommt, während wir vor lauter Kopfschmerzen nicht mehr geradeaus gucken können.

**15:20 Uhr**

Alle außer Janina sind deprimiert. Ich darf gar nicht an die vermasselte Chance mit Björn denken. Die anderen sind vor allem wegen der Kopfschmerzen und möglicherweise wegen der schäbigen Wohnung in Kampen, in der wir bei typischem Sylter Schietwetter (eiskalt und grau) sitzen, deprimiert. Gestern war doch noch Hochsommer. Wer hat eigentlich diese Junggesellinnen-Abschiede erfunden? Das ist doch wieder so eine beknackte Idee aus Amerika. Keinen Deut besser als Halloween, wenn man mit orangefarben Plastikbergen überschüttet wird und sich mit Gummizähnen und Polyesterumhang als Vampir verkleiden soll, statt wie früher mit Oma an Allerheiligen ein Kerzchen auf das Grab von Opa zu stellen. Bin gerade den ganzen Strand abgelaufen auf der Suche nach meinen goldenen (schweineteuren und vom letzten Weihnachtsgeld erworbenen) Schuhen.

Hat wahrscheinlich irgendeine Sylt-Tante in ihrer riesigen Louis Vuitton versteckt, weil sie nach der Tasche kein Geld mehr für ordentliche Schuhe hatte. Jetzt macht sie auf meine Kosten einen auf dicke Hose. So ein Verhalten bringt mich megamäßig auf die Palme.

**16:30 Uhr, blogged via iPad**

Wir waren bei *Gosch*, haben mit Fischbrötchen den Kummer vertrieben und machen jetzt mit einem Haufen blonder Schietbüdel, wie kleine Kinder auf norddeutsch so treffend heißen, eine Fahrt auf einem Kutter, um Seehunde anzuschauen. Beim Anblick dieser kreischenden, kleinen Passagiere mit laufender Nase horche ich mal wieder ganz, ganz tief in mich hinein. Ich höre genau hin. Stille. Ich kann nicht den leisesten Pieps vernehmen. Niente. Kein Kinderwunsch weit und breit. Im Gegenteil: Wenn ich mir die dunklen Ringe unter den Augen der mit Banane verklebten Mamas in lila Allwetter-Parkas angucke, bin ich heilfroh, dass dieser Kelch bisher an mir vorbeigegangen ist. Die Horrorperspektive ist allerdings, dass der Kinderwunsch bei mir erst mit 40 kommt, und dann klappt nur noch künstliche Befruchtung und ich bekomme Drillinge und muss dann Sexvideos machen, um die durchzukriegen, wie diese Achtlings-Mutter aus Amerika.

### 16:59 Uhr, blogged via iPad

Nach zehn Minuten war klar, dass dieser Ausflug eine dämliche Idee war, aber jetzt hängen wir hier fest. Der Kapitän guckt die ganze Zeit so, als würde er ernsthaft erwarten, Seehunde zu sehen. Er ist ein guter Schauspieler, aber hier gibt es, glaube ich, schon seit Jahren keine Seehunde mehr. Als er mit einem großen Käscher einen Haufen Zeugs aus dem Meer holte, haben sich die kreischenden Lütten daraufgestürzt. Also, da waren nur ein paar mutierte Krebse drin, kein einziger Fisch, und dass da keine Heroinspritze mit hochkam, war echt alles. Die Nordsee ist definitiv leergefischt. Bei *Gosch* sind wahrscheinlich sogar die Nordseekrabben aus Thailand importiert. Es ist zum Heulen.

### 19:01 Uhr

Das Schlimme ist, obwohl ich wesentlich jünger bin als Demi Moore, sehe ich heute älter aus als sie. Deshalb geht sie also zum Schönheitschirurgen.

### 19:05 Uhr

Caro will unbedingt ausgehen und hat sich eine Hotpants angezogen. Jetzt verstehe ich auch, warum sie diesen Look mit kurzen Hosen und Röcken und weiten Oberteilen favorisiert. Dann kommen ihre Beine zur Geltung und nicht das Muffin-Top, von dem bis gestern ja noch niemand etwas wusste. Klar ist sie fit, sie hat ja auch die ganze Nacht geschlafen und hofft wahrscheinlich insgeheim immer noch, dass wir mit einem Stripper auftrumpfen, dem sie Schlagsahne vom Oberschenkel schlecken kann und an den sie die nächsten Jahre denken kann, wenn sie einfallslosen Verheirateten-Sex mit Felix hat. Jetzt, wo meine Kopfschmerzen nachlassen, schäme ich mich allerdings direkt für die fiesen Gedanken, die ich manchmal habe, und würde ihr den Stripper wirklich gönnen. Das Schädelpochen ist einer zentnerschweren Müdigkeit gewichen. Charlotte hat sich vorhin wieder tapfer die Leggings über den Hintern gestreift, ihre weizenblonden Haaren gestriegelt und die Wimpern getuscht, um mit Rehaugen zu punkten.

»Woher nimmst du immer diese Energie?«, fragte ich sie.

»Ich denke immer nur daran, was die Belohnung am Ende der Nacht sein könnte.«

Sie würde doch nicht angefangen haben, Geld zu nehmen? Charlotte war das letztlich zuzutrauen.

»Du siehst schockiert aus«, unterbrach sie meine Gedanken. »Sex? Schon mal was davon gehört?«

»Ach so. Ich glaube, noch nicht mal dazu könnte ich mich jetzt aufraffen.«

Charlotte rückte ihren Busen im Push-up zurecht. Es ist unfair, dass Leute wie sie Push-ups benutzen, weil dann für Leute wie mich gar keine Hilfsmittel mehr übrig bleiben, um volumenmäßig aufzuholen. »Normalerweise muss man sich dazu nicht aufraffen. Schätzchen, manchmal frage ich mich, was du die letzten Jahre eigentlich gemacht hast.«

Ich verstand das jetzt einfach mal nicht als Frage. Obwohl ich sie wirklich unglaublich gern habe, hat Charlotte eine arrogante Haltung, was Sex angeht. Nicht jeder muss schließlich lautstark in der Gegend rumstöhnen, damit auch die Nachbarn (oder etwaige WG-MitbewohnerInnen!) mitbekommen, dass man nicht verklemmt ist.

»Komm, vielleicht ist der süße Hamburger ja auch wieder auf der Piste«, bemerkte Charlotte. Ach, sie kennt mich wirklich gut. Aber so billig bin ich nicht aus der Reserve zu locken.

»Schick mir eine SMS, sobald du ihn sichtest, dann komme ich nach!«, rief ich Charlotte hinterher, als sie schon mal vorging, um die Lage zu checken. Vielleicht bekomme ich eine Chance, gewisse Missverständnisse der letzten Nacht aus der Welt zu räumen.

**28. Juni, 10:03 Uhr**

Bin zurück in der Büromühle in Schwabing. Die Live-Berichterstattung aus Sylt wurde mangels weiteren Ereignissen und wegen leichter Depression der Autorin eingestellt. Man könnte meinen, dass eine leichte Depression bei Journalisten ohnehin obligatorisch ist, sozusagen Arbeitsmentalität: Man jammert herum und trägt dunkle Farben, um dies optisch zu untermalen. Aber das gilt nur für Zeitungsjournalisten. Wenn man wie ich bei Mode- und Frauenmagazinen arbeitet, ist das Gegenteil der Fall: Man muss trotz Dauer-Diät und der ständigen Herausforderung, modisch mit den Kolleginnen mitzuhalten, ununterbrochen gute Laune verbreiten, weil man diese Lebenshaltung schließlich auch seinen Lesern vermitteln muss. Mein Kopf fühlt sich an wie in Watte gehüllt, wobei zusätzlich bei jeder schnellen Bewegung ein unsichtbarer Hammer von innen gegen meine Schädeldecke schlägt. Mir ist außerdem übel, nicht nur wegen meines angegriffenen Magens, sondern auch von dem vielen Vanille-Parfum, das ich aufgelegt habe, um den Geruch der weiterhin aus meinen Hautporen verdunstenden Gin Tonics zu übertünchen, die ich getrunken habe, als ich doch noch ausgegangen bin, Björn jedoch trotz Abklappern jeglicher Sylt-Hot-Spots und obligatorischer Junggesellinnen-Drinks nicht getroffen habe und dann irgendwann als zerzaustes, jammerndes Häufchen in der Ecke saß, ein Bild, das ich allerdings schon so verdrängt habe, dass es sich durchaus um einen Traum handeln könnte. Es war ein Traum. Feste Arbeitszeiten sind eine verrückte Idee. Man sollte selbst entscheiden können, wann man arbeiten will, schließlich kennt man die eigenen kreativen Phasen am allerbesten. Bis der Restalkohol abgebaut ist, werde ich also kurz an meinem Blog schreiben, auch im Interesse der Firma. Danach bin ich warmgelaufen und kann die Phase höchster Produktivität der Firma widmen. Wenn ich wenigstens seine Telefonnummer hätte oder seinen Wohnort, wo ich zufällig vorbeischlendern könnte oder wüsste, wo genau er in München sein wird! Ich hätte noch viel mehr aus seinem Kumpel herausholen können, aber im Suff habe ich das vergessen. Ich hasse Alkohol. Oh nein, apropos vergessen: Gestern hatte meine Mutter Geburtstag! Ich muss nach der Arbeit sofort anrufen.

**12:03 Uhr**

Neun Freunde auf Facebook! (Habe mich jetzt auch mit Janina connected.) Blog-Statistik allerdings ernüchternd: Abrufe: 23 (Eigene Abrufe: 21). Vorhin stand wie aus dem

Nichts plötzlich Cordula neben mir und starrte auf meine Facebook-Seite. Ich erklärte, dass ich gerade für den Artikel recherchieren würde, aber sie warf mir einen ganz langen Blick zu, der wahrscheinlich eine Drohgebärde darstellen sollte. Keine Ahnung, in welcher Zootierdoku sie das gesehen hat, ich bin doch kein Gorilla, den man einfach niederstarren kann.

**15:32 Uhr**

Ich habe den Artikel über das weit verbreitete Problem fertig, dass man trotz vollen Kleiderschranks nichts Anzuziehen hat. Habe natürlich auch eine Lösung vorgestellt, die ich selbst entwickelt habe: Outfit-Ideen direkt in den Kleiderschrank kleben!

Es gibt natürlich Apps dafür wie *Wardrobe Builder*, *Fashion Wallflower*, *Trend Hunter* oder *Go try it on*, bei der die ganze Commnity Feedback gibt, aber vielleicht will man das ja gar nicht. Ich finde diese alte Offline-Methode besser und schneller. Das weiß ich, weil ich selbst eine Fotosammlung von gelungen Outfits auf meinem Computer habe, damit ich bei Bedarf nachstylen kann, worin Sienna Miller letztens so gut aussah. Im Moment sind Bilder mit Osterdeko aus lackierten Klopapierrollen, Ikea Hacks, um Billy und Malm zu individualisieren, Fotos von Dingen, die ich selbst machen will, falls ich endlich Zeit habe (zum Beispiel Decoupage-Bilderrahmen und Decoupage-Stühle (da beklebt man beliebige Objekte über und über mit Papierschnipseln – sieht besser aus als es sich anhört)) und Gymnastikübungen gegen Hüftspeck im Ordner ›Inspiration‹

vermischt. Hätte ich die Bilder einfach in meinen Schrank geklebt, was ich aus Zeitmangel nicht geschafft habe, würde ich sie auch nutzen. Der Zeitmangel entsteht dadurch, dass ich mir akribisch ausmale, wie alles sein soll und dann meine Energie für das Schreiben von Ratgeber-Artikeln, für die Internet-Recherche und für die Organisation von meinen 2.800 inspirierenden Pins auf Pinterest verpulvere. Aufsätze über die Lösung von Alltagsproblemen fallen mir also leicht, da ich viele Schwierigkeiten durchdacht und gelöst habe – obwohl das keineswegs den Anschein hat, wenn man mein Leben von außen betrachtet. Das hat wiederum zur Folge, dass ich jetzt vertuschen muss, dass ich nichts zu tun habe. Ist ja nicht mein Problem, dass ich hier nicht gefordert werde, beziehungsweise überqualifiziert bin. Morgen habe ich das entscheidende Treffen mit Cordula und dem Relaunch-Team. Wir werden die neue Strategie für *Grace* besprechen und die anderen danach gemeinsam einweihen. Doch natürlich ist das Einzige, was wie kosmische Hintergrundstrahlung jeden meiner Gedanken begleitet: Björn. Ich kann mich aber nicht erinnern, wann er genau nach München kommt. Ich habe versucht, Björn mithilfe der Gesprächsfetzen zu googeln, die mir hängen geblieben sind: Björn, Nachnamen leider vergessen, Berater, Uni Hamburg, Katamaran. Auf meinem Bildschirm erschien zu diesen Suchbegriffen das Foto eines glatzköpfigen Björn Heinrichs, der sich als smarter Internet-Unternehmer darstellt und weise Kommentare über die Businesswelt und die neusten Trends aus Asien in allen möglichen Gesprächsforen postet. So betrunken war ich nicht. Habe mein Glück dann bei Facebook versucht. Ich werde jetzt eine E-Mail an den Facebook-Gründer Mark Zuckerberg schreiben, dass die Suchfunktion bei Facebook völlig unausgereift ist. Man kann nur nach Namen suchen! Ich dachte, ich könnte meine Hobbys und meinen Standort eingeben und ein paar passende Freunde finden, die keinen Beziehungsstatus haben, sprich Singles sind. Single schreibt natürlich niemand, klingt zu sehr nach Swinger-Party, aber sobald jemand ›Beziehungsstatus‹ leer lässt, ist ja klar, wie der Hase läuft. Ich dachte, Mark Zuckerberg wäre an der Eliteuniversität Harvard gewesen. Flirttechnisch ist die Seite von einem Beziehungslegastheniker entworfen. Vielleicht stellen die Begriffe ›Beziehungslegastheniker‹ und ›Harvard‹ natürlich keine Gegensätze dar. Habe gerade gegoogelt: Mark Zuckerberg hat sein Harvard-Studium abgebrochen, ist danach aber trotzdem Milliardär geworden (Ich habe mein erstes Studium der Sinologie in Köln auch abgebrochen!!!).

Ich weiß nicht mehr, ob ich Björn meinen vollständigen Namen gesagt habe, damit er mich auf Facebook finden kann. Ich habe unsere Begegnung mehrmals vor meinem inneren Auge Revue passieren lassen und bin mir sicher, dass er genauso wie ich gemerkt hat, dass wir uns wiedersehen müssen. Sonst wäre er nicht zurückgekommen. Vielleicht wird er mich, trotz des horrenden Verlaufs der zweiten Begegnung, trotzdem versuchsweise auf Facebook suchen. Ich muss also mit allerhöchster Prio ein für ihn derartig attraktives Facebook-Profil entwickeln, dass diese peinliche Begebenheit mit dem B-Mann deutlich als ein Ausrutscher einer ansonsten idealen Traumfrau erscheint. Mein Facebook-Profil ist dazu derzeit nicht zu gebrauchen. Es weist mich als problembehaftete, phlegmatische Sozial-Null aus, sodass auch die Noah-Becker-Verbindung da nicht viel retten kann. Außerdem vegetiert meine Facebook-Existenz stumpfsinnig vor sich hin, keinerlei Interessen oder Vorlieben. Halt, ein Interesse ist ausgewiesen: Ich habe letztens auf dieses kleine Feld ›Gefällt mir‹ geklickt, als ich mich ganz unverbindlich auf der Weight-Watchers-Seite informiert habe, und habe gerade festgestellt, dass ich jetzt als Fan von Weight Watchers bloßgestellt bin! Ergebnis: Alle glauben, ich habe Gewichtsprobleme und so schwarz auf weiß sieht das nach wesentlich mehr aus als nach lächerlichen drei Kilos zu viel an den Oberschenkeln!

Gerade kam eine rot geflaggte Mail an alle von Cordula, dass wir private Kommunikation und Erledigungen in unsere Privatzeit verlegen sollten. Ich fühle mich mal nicht angesprochen. Schließlich erledige ich mein Arbeitspensum in der halben Zeit, das nennt sich Effektivität.

**20:03 Uhr**

Trinke gerade grünen Entschlackungstee in kleinen Schlucken und habe es mir auf dem Sofa gemütlich gemacht. Werde mich gleich der Aufwertung meines Facebook-Profils widmen. Nachdem Cordula sich so aufgespielt hat, habe ich mir das im Büro verkniffen und stattdessen besonders gründlich die Kaffeemaschine befüllt und von außen abgewischt, freiwillig ein paar Tassen abgespült und einige Kurzmeldungen übertrieben pingelig umgeschrieben und nur dann, als es wirklich nicht mehr anders ging, ein paar Produktbewertungen über Küchenmixer gelesen. Aber auf Facebook war ich nicht. Man wird quasi gezwungen, seine Zeit zu vergeuden! Das kann doch nicht die richtige Strategie für einen Verlag sein. Die müssen doch versuchen, die eifrigsten Mitarbeiter durch kleine Bonusse bei der Stange zu halten und dazu gehört, dem Mitarbeiter die eingesparte

Zeit nicht mir nichts, dir nichts wieder wegzunehmen. Wenn sich da nicht bald was ändert, bin ich weg. Gerade habe ich noch – ganz treue Tochter – meine Mutter angerufen.

»Hallo, Mama? Ganz liebe Glückwünsche nachträglich zum Geburtstag! Auf Sylt war leider mein Handy leer und ich hatte kein Ladegerät dabei.« Ich bemühte mich dabei gar nicht erst, meiner Stimme einen hellen, sorglosen Klang zu geben. Ich konnte mich ruhig ein wenig kränklich anhören, fand ich. Ich hatte auch kein schlechtes Gewissen. Notlügen waren in Ordnung, wenn niemand dabei zu schaden kam. Das hatte meine Mutter mir selbst beigebracht.

»Gibt es auf Sylt kein Festnetz?«, fauchte meine Mutter erbarmungslos. Dann änderte sie den Tonfall in Richtung Märtyrer. »Ist ja nicht so schlimm, dass du mich vergessen hast. Man kann seine Mutter ja auch mal vergessen.«

»Mama, ich kenne deine Handynummer gar nicht auswendig.«

»Du hättest ja auf meinem Festnetz anrufen können. Die Nummer dürftest du nach 30 Jahren noch kennen. Ach, und 33 Jahre sind es bei dir auch schon. Wie geht es Karsten?«

»Gut.« Das war unverfänglich. Ich schaltete meinen Bildschirm an und öffnete den Posteingang.

»Wann kommt ihr beide mich denn mal wieder besuchen?«

»Ach, es ist im Moment so viel zu tun im Büro«, murmelte ich. Von dem Blog würde ich ihr natürlich nicht erzählen. Nicht, dass sie nicht weiß, was ein Blog ist, aber sie würde es mit Sicherheit weitererzählen und mir vorhalten, Geheimnisse vor ihr zu haben, wenn ich ihr die Blog-Adresse nicht mitteile.

»Du arbeitest zu viel.«

»Ja, mmh«, murmelte ich geschmeichelt.

»Hast du was von deinem Vater gehört?«

»Nö, nichts Neues.«

»Du hast gar nicht mit ihm gesprochen?« Meine Mutter konnte zäh sein.

»Er hat mich angerufen, um mich nach einem Küchenmixer zu fragen.« Das stimmte. Von meinem Besuch musste ich nicht unbedingt erzählen, und vor allem nicht von dem Geld, das ich ihm geliehen hatte. Er hatte mich tatsächlich angerufen. Deshalb hatte ich schließlich zwei Stunden lang Produktbewertungen bei Stiftung Warentest, Öko-Test, Ciao und Amazon durchgelesen, um ihm eine qualifizierte Empfehlung geben zu können.

»Einen Küchenmixer? Was will er denn damit?«, stürzte sie sich auf die erste sich bietende Möglichkeit, sich über meinen Vater aufzuregen.

»Er will Smoothies machen.«

»Smoothis?«

»Fruchtshakes.«

»Aber Hartmut mag gar kein Obst!«

»Vielleicht ja doch.« Ich zappte durch die neusten Angebote bei HomeExchange.com. Mit einer Münchner Wohnung konnte man via Wohnungstausch quasi kostenlos auf der ganzen Welt Urlaub machen.

»Er mochte noch nie Obst! Das ist die merkwürdigste Idee, die ich je gehört habe …«

Ich schaltete den Hörer auf Lautsprecher, damit ich besser tippen konnte. Das würde jetzt eine Weile dauern. Währenddessen konnte ich meine Lieblings-Blogs checken und hübsche Bilder auf Pinterest ansehen. Meiner Mutter zuhören, Blogs lesen und Blog schreiben, kann ich auch gleichzeitig. Garance Doré hatte schon wieder eine Modenschau abgefilmt. Auf Hollywood-Watch gab es die üblichen Bilder von Lindsay Lohan, wie sie von einer Party oder aus der Entzugsklinik stolpert, und ein paar Bilder von Hollywoodstars beim Babysachen einkaufen. Alle ohne Babys natürlich, damit die nicht dabei stören. Manchmal hat man den Eindruck, dass für Hollywoodstars Kinder obligatorisch sind. Dann kann man auch so knuddelige Homestorys machen. Falls ich mal berühmt werde, werde ich wahrscheinlich auch ein Baby brauchen, allein aus Image-Gründen. Aber man könnte ja wie Sarah Jessica Parker eine Leihmutter beauftragen, vielleicht direkt mit Eizelle dazu, dann kriegt man das Baby einfach übergeben, wenn's fertig ist, und spart sich das Wasser in den Beinen bei einer Schwangerschaft und die blutige Geburt.

»... und ich weiß beim besten Willen nicht, wie er allein neue Kleidung kaufen will. Das hat er doch schon seit 20 Jahren nicht mehr gemacht ...«, hörte ich meine Mutter sagen, als ich in ihr Selbstgespräch reinhörte.

Wahnsinn. Habe mich gerade aus Spaß durch die Eizellendatenbank von Egg Donor Inc. geklickt. Man hat das Gefühl, dass wirklich jedes erfolglose Model ihre Eizelle zum Kauf anbietet. Dazu gibt's noch genaue Charakteranalysen: fast alle sind musikalisch, ehrgeizig und haben krass hohe IQs. So tolle Eizellen kann man selbst gar nicht produzieren. Wenn man das Beste für sein Kind will, muss man in den USA eine Eizelle kaufen, da geht kein Weg dran vorbei. Habe gerade meine Schublade nach Schokolade durchsucht und sogar ein Stück gefunden, dessen Form durch mehrmaliges Schmelzen an einen kleinen Hasenköttel erinnert. Ist aber noch essbar. Jetzt schaue ich noch mal bei Victoria's Secret vorbei. Die haben online so hübsche Kleider. Meine Güte, sie schicken auch nach Deutschland! Das wusste ich gar nicht!

»Ruf ihn einfach mal an«, unterbrach ich meine Mutter. Wenn niemand sie stoppte, konnte sie sich noch weitere zwei Stunden über meinen Vater aufregen. Ehrlich gesagt, gönnte ich ihm ein bisschen Ruhe vor meiner unentwegt quatschenden Mutter. Und ich musste mich vernünftig auf Victoria's Secret konzentrieren. Sie haben gerade einen riesigen Sale.

**29. Juni, 1:22 Uhr**

Bin völlig erschöpft und meine Augen brennen, aber jetzt kann er mich finden, der Björn. Habe meine Facebook-Seite getuned und auch noch bei allen Arbeitskollegen angefragt, ob die sich mit mir verbinden wollen. Die Sekretärin hat schon bestätigt! Habe noch ein paar vorteilhafte Fotos von mir aus Sylt hochgeladen. Auf dem einen sieht Caro leider aus wie ein fettgefressener Wal, bevor er die 9.000 Kilometer ins Sommerlager schwimmt, aber daneben wirken meine Oberschenkel so schön schmal. Sie heiratet eh, da ist das doch wurscht.

Die Weight Watchers habe ich ent-gefällt-mirt. Dafür bin ich neben den Dixie Chicks und Lyle Lovett auch Fan von Shakira und Lady Gaga, um etwas schräger zu sein. Ich bin jetzt extra kein Twillight-Fan geworden (ich kann ja auch so ab und an nachschauen, was da los ist), damit Björn nicht denkt, ich wäre eine hysterische, vampirbesessene Anfangdreißigerin, dafür bin ich Fan von ›Das Bildnis des Dorian Gray‹, ›Gefährliche Liebschaften‹ (für einen sexy touch), Goethes ›Faust‹, von dem coolen japanischen Autor Haruki Murakami, von dem ich schon immer ein Buch lesen wollte, und von St. Tropez, wo ich als Kind zwei Sommer lang mit meinen Eltern war, was aber wieder ganz in ist. Zudem habe ich mich noch als Fan von Quentin Mosimann Officiel positioniert. Letzterer ist ein Sänger, den ich auf Janinas Seite gefunden habe, und die hat definitiv viel Zeit in ihr Profil investiert. Sie ist Fan von den angesagtesten Designern und schrägen Seiten und auf allen Fotos sieht sie saugeil aus, als würde sie nur mit anderen schönen Menschen Partys feiern und total beliebt sein. Und ein cooles Zitat habe ich auch noch gefunden:

*Wer niemals ruht,*
*Wer mit Herz und Blut*
*Auf Unmögliches sinnt,*
*Der gewinnt!*

Ist das nicht total schön und optimistisch und tiefsinnig? Wenn ich die Arbeit an meinem Facebook-Profil mit frischem Kopf in der Arbeitszeit hätte erledigen dürfen, wäre es viel schneller gegangen und ich hätte morgens ausgeruht mit voller Energie im Büro gesessen. Jetzt werde ich übermüdet mit Kaffee-Atem aufschlagen. Ist Cordula selbst schuld.

## 30. Juni, 11:02 Uhr

Okay. Hier läuft alles auf Hochtouren für das bevorstehende Strategie-Meeting. Habe leider ziemlichen Husten, bin aber trotzdem gekommen. Bemühe mich so zu husten, als hätte ich Tuberkulose, damit Cordula sieht, wie sehr ich mich einsetze. Tue ab und an so, als würde ich Blut oder sonst was in mein Taschentuch spucken, um dann märtyrermäßig weiterzuarbeiten. Trage heute einen schwarzen Hosenanzug, damit klar ist, dass ich die Frau für Inhalte bin. Ich habe mir auch schon eine Liste mit Themen gemacht, die in das Heft integriert werden sollten. Wir müssten zum Beispiel Frauen in Berufen vorstellen, die ihre Ideale verfolgen und mit ihrer Arbeit die Welt in sozialpolitischer oder umwelttechnischer Hinsicht verbessern möchten. Dann hätte ich auch einen Artikel, den ich meinem Vater schicken kann. Wir sind eben nicht so eines dieser dumpfbackigen Frauenmagazine, die sonst so rumliegen, die ich zwar gern lese, aber von denen ich weiß, dass ich sie eigentlich nicht lesen sollte.

**14:59 Uhr**

Hier passieren merkwürdige Dinge. Um kurz vor halb zwölf hetzte Cordula an mir vorbei. Sie zog eine süßliche Parfumwolke hinter sich her, eine Mischung aus Jasmin und Zuckerwasser. Ihre dunklen Haare lagen frisch frisiert mit leichter Außenwelle um ihre Schultern. Sie hatte sich für das Strategie-Meeting vorbereitet wie für ein Rendezvous. Als ich meine Mappe zusammenraffte, aufsprang und ihr hinterherlief, blieb sie so abrupt stehen, dass ich in sie hineinlief.

»Wo willst du denn hin?«, fragte sie, während sie sich zu mir umwandte und so nah vor meinem Gesicht innehielt, dass ich sehen konnte, dass sie frisch geschminkt war.

»Zum Strategie-Meeting«, erwiderte ich, während ich unauffällig in meiner Hosentasche nach meinem Lippenstift kramte. Ich hätte vorher einen Umweg zur Toilette machen können, um mir ebenfalls ein wenig Farbe auf Lippen und Wangen zu zaubern.

Sie sah mich an, als wäre ich verrückt geworden.

»Das findet doch jetzt statt, das Strategie-Meeting?«, fragte ich langsam, weil Cordula immer noch einen Ausdruck hatte, als würde sie gerade eine komplizierte Mathematik-Aufgabe lösen. Über Cordulas Gesicht huschte ein Ausdruck des Verstehens.

»Äh, jjjjeeiiiin. Das Meeting für die Mitarbeiter ist allerdings erst übermorgen«, sagte sie. »Das war wohl ein Missverständnis«, fügte sie mit einer Miene hinzu, die professionelle Freundlichkeit darstellen sollte, aber nicht ganz gelungen war. Damit drehte sie sich um, eilte davon und ließ nur eine klebrige Geruchswolke zurück. Mir blieb nichts anderes übrig, als zu meinem Platz zurückzuschluffen und aus Rache acht Paar Schuhe zu bestellen, alles während der Bürozeit. Konnte man ja alle wieder zurückschicken. Dreieinhalb Stunden später erhaschte ich noch einen letzten Blick auf die mit teurem Stoff bekleideten Rücken der Delegation von Rowe Invest, welche die Umstrukturierung vornehmen sollen. Allen voran tippelte Cordula, die aufgeregt quatschte und definitiv zu laut lachte. Sie war verknallt in die Delegation. Ich kam gerade vom Klo, wo ich Charlotte getroffen hatte, die aus der Anzeigenabteilung auf einen diskreten Kaffee inklusive Karriereberatung gekommen war. Charlotte habe ich den Job bei *Grace* überhaupt zu verdanken. Charlotte ist nämlich eine geborene Anzeigen-Verkäuferin. Und als ich dringend wegen Karsten nach München wollte, hat sie ein gutes Wort für mich eingelegt, und niemand wollte je meinen Studienabschluss sehen, nachdem sie gehört hatten, was ich studiert habe. Daraus kann man vor allem lernen, dass Kommunikationswissenschaften ein derartig sinnloses Studium ist, dass noch nicht mal ein Arbeitgeber auf dessen Beendigung wert legt.

Charlotte hat mir jedenfalls geraten, meine Ideen für *Grace* konkreter auszuarbeiten und direkt der Chefredaktion vorzustellen, damit Cordula nicht blocken kann oder, noch schlimmer, meine Ideen als ihre eigenen vorstellt, was ich ohnehin befürchte, da ich ihr vor einiger Zeit in der Mittagspause zu viel erzählt habe.

**1. Juli, 16:12 Uhr**

Uii. Heute sehr peinliches Vorkommnis in der Redaktion. Habe App runtergeladen, mit der man angeblich herausfinden kann, wer die eigene Facebook-Seite angeschaut hat. War leider Wunschdenken und handelte sich nur um krassen Virus, mit dem ich erst meinen eigenen Computer und dann die ganze Redaktion lahmgelegt habe, sodass alle nach Hause gehen mussten. Computer-Mokel aus der Techniker-Abteilung warf mir einen sehr langen Blick zu und murmelte etwas von »man sollte nicht jeden Bullshit glauben«, hat aber nicht gepetzt. Habe versucht, meine Spuren zu verwischen, aber Cordula ahnt etwas. Morgen endlich großer Auftritt beim Strategie-Meeting.

**5. Juli 10:03 Uhr**

Entschuldigt bitte die unerklärte viertägige Unterbrechung meines Blogs. Dies war eine absolute Ausnahme aufgrund, nennen wir sie mal neutral ›unerwarteter‹ Ereignisse. Ich kann versprechen, dass ich in Zukunft sogar noch mehr Zeit und geistige Ressourcen in diesen Blog investieren werde. Ihr erinnert euch an das bevorstehende Strategie-Meeting? Cordula bat am Nachmittag meine Kollegin Marie, mich und den Rest der kleinen Redaktion von *Grace* ins Besprechungszimmer, um die Umgestaltung von *Grace* zu ›diskutieren‹. Zusammenfassend kann man sagen, dass in der neuen *Grace* keinerlei Themen mehr behandelt werden, die das Gehirn in irgendeiner Hinsicht beanspruchen. Schade, aber nicht das Hauptproblem: Fashion, Beauty, Hollywood und Rezepte, solange sie kalorienarm sind, interessieren mich schließlich auch, weshalb jede Zeitschrift sie behandelt, die Frauen zur Zielgruppe hat. Das Strategie-Team hat deshalb zusätzlich eine neue Identity (Marketing-Leute sprechen nie deutsch) für *Grace* gefunden, die man als ›boshafte Schlampe‹ zusammenfassen könnte. Die Leserin sollte sich nach Lektüre besser fühlen – nicht weil sie im Magazin am erstrebenswerten Leben der portraitierten Menschen teilnimmt, sondern weil sie sich aufgrund des Elends der anderen besser fühlen wird, frei nach dem Motto: die Stars haben im Bikini Schwabbelarme und Hängepos, verlieben sich in das Alpha-Arschloch und verspielen das Vermögen, weswegen sie nach dem dritten Entzug schon wieder besoffen nach der After-Party beim Einsteigen in die Limousine abgelichtet werden. Dabei lässt sich feststellen, dass auch Kinostars ja gern mal die Unterhose weglassen. *Grace* wird die Schwächen der Stars entlarven und sie genau dann ertappen, wenn sie glauben, einmal unbeobachtet zu sein. Wir würden die Zellulitis nicht wegretouchieren, sondern mit dem Airbrushpinsel die Dellen im Oberschenkel fantasievoll nacharbeiten. Wir würden die Angehörigen von Unfallopfern vor die Kamera locken, damit die Leserinnen aufatmen können, dass es jemand anderen getroffen hatte. Wir würden parat stehen, wenn ein Star in Notlage käme und die penetrantesten Paparazzi belohnen.

Nach dem Meeting wusste ich, dass ich den Mund aufmachen musste, um *Grace* vor dem finalen Abstieg zu bewahren. Das war ich dem Magazin einfach schuldig. Deshalb bat ich Cordula um einen Moment unter vier Augen.

»Natürlich, Lena, komm in mein Büro, ich wollte sowieso noch mit dir sprechen«, flötete Cordula und winkte mich hinter ihr her. Ihre Nägel waren lang und anthrazit wie Katzenkrallen. Sie trug schon wieder einen ihrer Bleistiftröcke und eine Brille mit dunklem Rand, die sie meines Wissens aber ohne geschliffenes Glas als reines Accessoire trägt. Zum Glück hatte der Jasmingeruch etwas nachgelassen, wenn man in ihrem Windschatten lief. Cordula musste genauso merken, dass beim Relaunch etwas falsch lief. Ich griff meine Mappe und folgte ihr in ihr Büro, in das sie verschwunden war, und schloss die rote Tür hinter mir. Ich wollte ihr natürlich nicht alles erzählen, aber vielleicht konnte ich sie auf meine Seite ziehen und gemeinsam hätten wir das Ruder rumgerissen. Cordula ist schließlich ehrgeizig und wenn sie merkte, dass ich ihr nützen konnte, würde sie mich aus reinem Egoismus mitnehmen.

»Möchtest du etwas trinken?«, fragte Cordula und zeigte mit ihren Anthrazitnägeln grazil in Richtung Kaffeeküche. Sie trug dunklen Eyeliner und farblosen Lippenstift. In Kombination mit den dunklen Brillenrändern wirkte ihr Blick deshalb doppelt eindringlich. Sie hatte ihre geschlossenen, farblosen Lippen im Mundwinkel jedoch leicht angehoben und lächelte freundlich. Das hatte sie noch nie gefragt. Sie behandelte mich wie jemandem auf Augenhöhe. »Gern, einen Latte mit etwas Zucker«, erwiderte ich, als wäre es völlig normal, mir von meiner Vorgesetzten einen Kaffee machen zu lassen. Aber es war ja schon intern angedeutet worden, dass sie nicht mehr lange meine Vorgesetzte sein würde, eher eine Kollegin. »Ach, natürlich.« Cordula ging weiterhin lächelnd aus dem Zimmer und kam mit dem Latte zurück.

»So, das war ganz schön viel die letzten Tage, nicht?«, sagte sie. »Tja, *Grace* steht einer neue Phase bevor.« Sie strich ihren ohnehin glatten Rock nach hinten und setzte sich auf den roten Stuhl neben mich.

»Cordula, wenn du meine ehrliche Meinung dazu hören willst …«

»Aber natürlich möchte ich die hören«, unterbrach sie mich, als hätte sie nur darauf gewartet, endlich offen mit jemandem zu sprechen, und sah mich eindringlich an. Dabei griff sie, ohne sich abzuwenden, nach ihrer Tasse auf dem Schreibtisch.

»*Grace* macht meiner Meinung einen riesigen Fehler mit diesen Veränderungen.« Jetzt war es raus.

»Ach ja, das denkst du. Tja. Inwiefern?«, fragte Cordula ehrlich interessiert und freundlich, aber weniger betroffen, als ich erwartet hatte. Sie spitzte die Lippen und nahm einen Schluck ihres teuren Detox-Tees, den sie jeden Morgen in einer großen Kanne für sich selbst braute. Dann griff sie nach einem ihrer Dinkel-Kekse, die neben dem Tee auf einem Unterteller lagen und meines Wissens ihre gesamte Nahrung während der Arbeitszeit darstellten, und begann zaghaft daran zu knabbern, ohne mir einen anzubieten. Ich hätte ohnehin abgelehnt, eine so freudlose Diät hatte ich dann doch nicht nötig, aber es wäre eine nette Geste gewesen.

»*Grace* entwickelt sich mit diesem neuen Image zu seinem Nachteil. Wir verlieren dadurch jede Art von positiver Energie, wenn alle Inhalte nur auf die Schadenfreude der Leser abzielen.« Ich sah ihr direkt in die Augen, so wie sie das immer tat, mit leicht aufgerissenen Lidern und dem Vorsatz, nicht als erste den Blick zu senken.

»Das ist natürlich traurig, dass du das denkst. Aber ich glaube, du hast noch nicht ganz begriffen, worum es uns genau geht. Wir wollen unseren Lesern zeigen, dass es den anderen nicht besser geht als ihnen selbst. Das ist ein befreiendes Gefühl.« Sie hielt meinem Blick stand und starrte zurück, ebenfalls ohne einen Wimpernschlag.

»Aber doch nicht, indem wir aus *Grace* so eine Super-Bitch-Zeitschrift machen. Außerdem ist es ja nicht so, als gäbe es das nicht schon.« Ich hatte das alles sehr wohl begriffen.

»Super-Bitch«, wiederholte Cordula, sah mich noch einmal eindringlich an und wandte dann betont salopp den Blick, um mit einem verträumten Lächeln gegen die Wand zu schauen und dann wieder zu mir. »Das trifft es wunderbar.« Sie wurde ernst. »Genau, solche Magazine gibt es schon. Und sie verkaufen sich alle prächtig.« Sie nickte und griff nach einem Magazin, das auf dem kleinen Tisch neben uns lag. Sie begann gelangweilt darin zu blättern. »Du liest sie nicht, diese *Super-Bitch*-Zeitschriften, wie du sie so passend nennst?«, fragte sie, als würde sie die Antwort nicht sonderlich interessieren.

»Gelegentlich schon, allein um mich zu informieren, was die anderen lesen. Aber das heißt doch noch lange nicht, dass ich mit gutem Gewissen eine derartige Zeitschrift mache.«

»Aber dir ist schon bewusst, dass es nicht darum geht, dein Gewissen zu beruhigen, sondern eine gute Zeitschrift zu verkaufen. Und da ist definitiv noch Platz auf dem Markt.« Sie stand auf, lief elegant um ihren Schreibtisch herum und setzte sich auf ihren schwarzen Bürostuhl.

»Darum geht es mir auch. Mit Betonung auf ›gute‹.«

»Und *du* weißt, was *gut* ist?«, fragte Cordula mit übertrieben zusammengezogenen Brauen.

Ich seufzte und tippte auf die Mappe. »Ich glaube schon. Ich hab's hier drin mal aufgeschrieben. Ich würde denken, wenn wir gemeinsam …«

»Tja, ich fürchte, wir verlassen uns da mehr auf unsere Leser. Und die sind uns in den letzten Jahren weggelaufen. Und zwar genau zu den Magazinen, über die du dich lustig machst.«

Ihr Bürostuhl war höher als meiner. Von Augenhöhe war nichts mehr zu spüren. Was meinte sie außerdem mit *wir*? Ich war auch *wir*!

»Ich glaube, sie sind uns auch weggelaufen, weil wir eben zu wenig substantielle Inhalte bieten, die über das Übliche hinausgehen. Die Leser haben auf dem Markt ja kaum eine Alternative. Ich meine nicht, dass wir ein spaßloses Magazin mit CSU-Politiker-Portraits werden sollen, und natürlich interessieren sich alle für Fashion, Sex und Stars, aber trotzdem wollen wir doch kein gehässiges Magazin werden. Wir müssen zu einer Alternative werden!« Ich hatte mich in Fahrt geredet, ich hatte das ehrlich gesagt schon vor dem Spiegel geübt für den Vortrag vor dem Relaunch-Team und enorm viel Begeisterung in meine Sätze gelegt.

»Das denkst du also, mmh.« Kein einziger Begeisterungsfunken war übergesprungen. Im Gegenteil, Cordula presste die Lippen in gespielter Resignation zusammen. »Ich fürchte, hier klaffen unsere Meinungen weit auseinander. Und leider auch die Meinung unserer Leser, die sich ja im Markt deutlich dazu geäußert haben, was sie sich wünschen. Und nicht zuletzt auch die Meinung des Relaunch-Teams.« Während sie das sagte, machte sie ein Gesicht, als würde ihr das Folgende sehr, sehr leidtun. Sie seufzte leise und wischte sich die Augen, theoretisch hätte man mit dieser Geste auch eine Träne wegwischen können.

»Mit so einem hirnlosen Magazin, das an die niedrigsten Gefühle appelliert, kann ich mich nicht identifizieren.« Ich war sauer. Außerdem hatte Cordula keinerlei Interesse an meiner Mappe. Ich hätte sie ihr nicht überlassen, aber etwas mehr Beachtung hatte ich schon erwartet.

»Tja«, sagte Cordula. »Das hatte ich befürchtet.« Sie kratzte mit ihrem Zeigefinger auf den Tisch, als würde sie mit ihren grauen Krallen ein Loch graben wollen. Ihr Blick wanderte über auf den Bildschirm, als würde sie währenddessen ein paar E-Mails checken.

Moment, was sollte das denn jetzt heißen?

»Wir sind uns natürlich darüber im Klaren, dass so eine Umstrukturierung nicht von allen mitgetragen werden kann.« Da war es wieder, dieses ominöse *wir*.

Mein Mund öffnete sich, ohne dass ein Ton herauskam.

»Das ist ja auch in Ordnung so. Wenn alle Menschen gleich wären, wäre es fad und langweilig, nicht wahr?«, sagte Cordula, als müsste sie mich trösten, wozu kein Anlass bestand.

Ich starrte sie an. Meine Gedanken begannen immer schneller zu kreisen, und gleichzeitig redete Cordula immer schneller.

»Wir sind natürlich alle sehr dankbar für deine Mitarbeit in den letzten zwei Jahren. Aber ich glaube, unter diesen Umständen ist es ja auch in deinem Interesse, keinen weiteren befristeten Vertrag, geschweige denn einen unbefristeten aufzusetzen. Dein alter Vertrag läuft ja Ende des Monats aus und ich würde dir, aufgrund deiner tollen Mitarbeit, den Rest des Monats schenken. Wenn du Interesse hast, würde ich dich gern für die erste Zeit als freie Mitarbeiterin für die neue *Grace* gewinnen. Vielleicht ja auch nur für den Übergang, bis du bei einer Zeitung oder Zeitschrift angefangen hast, die deinen Vorstellungen entspricht. Ich kann absolut verstehen, dass du dir einen anderen Job suchen möchtest, und wünsche dir natürlich alles, alles Gute dabei.« Sie prüfte bei diesem Monolog sehr gründlich, ob die Farbe ihrer Nägel schon irgendwo abgesplittert war. Dann wanderte ihr Blick auf ihr Handy. »Ach du meine Güte, ich muss noch den Rowe Junior vom Relaunch anrufen. Du musst mich entschuldigen. Und ich hoffe, ich werde trotzdem zur Abschiedsparty eingeladen«, zwinkerte sie. »Das ist ja alles keineswegs persönlich zu nehmen, nicht wahr?«

Ich stand auf, stellte meine volle, kalte Kaffeetasse auf den Tisch, ging nach draußen, schloss die Tür hinter mir und ging auf Beinen, die sich trotz flacher Schuhe staksig anfühlten, zurück auf meinen Platz. Ich konnte nichts mehr sagen. Sie hatten mich rausgeschmissen. Halt nein, falsch. Ich hatte mich selbst rausgeschmissen.

## 14:12 Uhr

Sitze hier immer noch im Schlafanzug, beziehungsweise in einem Multifunktions-Outfit, das für Tag und Nacht gleichermaßen geeignet ist. Ich trage eine Jogginghose, die auch als Leggings verstanden werden kann, und ein gelbes Sweatshirt, dessen Stoff nach vielen Waschgängen dünn genug ist, auch als Sommerschlafanzug durchzugehen, und das weit genug ist, dass ich den BH darunter an- und ausziehen kann, ohne das Sweatshirt auszuziehen. Meine Haare habe ich seit dem Rauswurf auch nicht mehr gewaschen. Wollte mich doch gerade als Fashionista positionieren, stattdessen mutiere ich zum Ich aus Examenszeiten. Die neue unnahbare Aura, die ich in diesem Jahr beruflich und modisch kultivieren wollte, ist vaporisiert. Von zu Hause arbeiten ist der Tod jeden modischen Ehrgeizes, weil man niemanden trifft, und zum Bäcker und zu Tengelmann kann man schließlich auch mit Sonnenbrille und Mantel über den Joggingleggings huschen. Machen die Olsen Twins schließlich auch immer so. Hoffe nur, Björn kommt nicht zufällig vorbei. Wahrscheinlich sollte ich besser vorbereitet sein.

**6. Juli 11:22 Uhr**

Musste irgendwie raus, weil mir die Decke auf den Kopf fiel. Habe gerade erfolglos versucht, Geld aus dem Automaten zu ziehen. Mein Vater weiß es noch nicht, aber wahrscheinlich ist es jetzt so weit und ich werde bald bei ihm einziehen. Er wird so enttäuscht von mir sein. Habe sogar Karsten angerufen und ihm die Mailbox von der Misere vollgequatscht, was ich natürlich schon bereue, weil sein Mitleid mir auch nicht weiterhilft. Immerhin nehmen die großen Kaffeehausketten Kreditkarten und in so einer sitze ich jetzt. Ich will Cordula keinesfalls die Genugtuung geben, mich als freie Mitarbeiterin für gehässigen Sensationsjournalismus anzuheuern. Werde eben jetzt niveauvolle Artikel verfassen und Redaktionen anbieten, die ehrlichen Journalismus schätzen.

## 16:12 Uhr

Mmhh, gerade leckeren Kaffee getrunken. Kostet zwar was, schmeckt aber wesentlich besser als die Brühe in der Redaktion. Bin jetzt tatsächlich selbst eine dieser ›Freien‹, die stundenlang alle Sitzplätze in den Cafés mit kostenlosem Wireless besetzen, die ich früher verachtet habe. Zu Unrecht. Ich habe prompt neue, interessante Arbeitskollegen kennengelernt, zum Beispiel Schorsch, der neben mir sitzt. Er sieht genauso aus, wie man sich einen Schorsch vorstellt: Jeans und kariertes Hemd, dazu eine große, schwarze Brille für einen kreativen Touch und natürlich hat er ständig Stress, was ihm allerdings zu gefallen scheint. Er war früher Werbe-Fotograf und Hausmeister, wollte aber insgeheim immer Drehbuchautor werden und seit er sich seinen Traum erfüllt hat, arbeitet er im Café und schreibt für die Serie *Himmel und Hölle.* Seine Tätigkeit klingt ein bisschen nach Akkordarbeit, aber immerhin ist er jemand, der nicht über seinen Job schimpft und sagt, er will etwas ändern, sondern alles geändert hat. Ein wenig so wie ich. Dies ist schließlich eine Chance, weil ich ohne Cordula im Nacken viel intensiver an meinem Blog arbeiten kann. Diese Frau aus *Julie und Julia* hat doch auch bloß ein paar olle Rezepte nachgekocht (gähn), darüber einen Blog geschrieben, und dann wurde daraus ein Film mit Meryl Streep, und jetzt ist sie bestimmt Multi-Millionärin. Und das Beste ist: Sie wurde von Amy Adams gespielt! Ich kann zwar nicht kochen, aber persönliche Blogs sind sehr angesagt und ich habe schon vor meinem Rauswurf den Trend erkannt. Wir leben in der Post-Tagebuch-Gesellschaft, und wenn ich hier nicht nur meine höchsteigenen Gedanken öffentlich mache, sondern auch noch die *ungefilterte* Wahrheit, werde ich vielleicht von Cameron Diaz gespielt. Oh mein Gott! Gerade habe ich Bilder von ihr gegoogelt. Sie sieht toll aus, auch wenn auffällt, dass sie eine der wenigen in Hollywood ist, die keinen Boob-Job hatte. Ich bleibe im wahren Leben undercover, damit die Leute, die mit mir in Kontakt kommen, authentisch bleiben und ihr Verhalten nicht ändern wie die Teilnehmer beim Dschungelcamp. Dafür kann ich die Wahrheit schreiben, schließlich bin ich von Natur aus eine ehrliche Haut. Bin selbst total aufgeregt und happy. Freue mich auf Feedback! Alle Versuche, Björn zu vergessen, gescheitert. Werde jetzt Energie in Herbeiführung eines erneuten Zusammentreffen stecken!

**17:01 Uhr**

Mmmh. ›Ehrliche Haut‹ klingt nach Falten. Ernsthafte Journalistin hin oder her, Falten will ich nicht haben. Das Problem ist, wenn man intellektuell ernst genommen werden will, kann man auch kein Botox spritzen, sondern muss sich ständig gemeinsam mit seinen Freundinnen darüber aufregen, dass Botox wirklich das Allerletzte ist. Dabei entsteht diese Falte zwischen meinen Augen nur deshalb, weil ich so viel nachdenke. Würde ich nicht so viel grübeln, könnte ich mir ohne schlechtes Gewissen Botox spritzen, weil ich ja gar nicht darüber nachdenken würde, dass Botox ein bedenkliches Zeichen dafür ist, dass ich mit dem unaufhaltsam fortschreitenden Alter nicht klarkomme. Und da ich über alles mögliche andere genauso wenig nachdächte, bräuchte ich sowieso kein Botox, weil sich diese Stirnfalte gar nicht erst bilden würde. Es ist einer dieser Kreisläufe, bei dem man schon beim Denken einen Drehwurm bekommt – und sich die Stirnfalte umgehend noch ein Stück tiefer eingräbt.

**8. Juli, 11:50 Uhr**

Björn, wo bist du nur? Wie kann ich ihm jemals zeigen, wie ich wirklich bin, wenn ich noch nicht einmal eine Chance bekomme? Ich kann nicht länger passiv darauf warten, dass er mir über den Weg läuft. Mit dem Internet kann man doch jeden finden, wenn man sich anstrengt! Ich habe bei Facebook bei Aktivitäten und Interessen noch Bergwandern hinzugefügt. Interessiert mich wirklich.

**13:02 Uhr**

Das Internet ist fantastisch. Es gibt eine Website, auf der man eine Anzeige aufgeben kann, wenn man jemanden sucht, den man kennengelernt hat, aber dessen Kontaktdaten man nicht hat. Das Netz enttäuscht einen nie! Ich habe jetzt eine Suchanzeige für Björn aufgegeben. War gar nicht so leicht, einen Aufruf zu formulieren, ohne dass man nach sagenhaft verzweifeltem Single klingt. Jetzt Daumen drücken.

*Hallo, Hamburg!*

*Ich suche den segelbegeisterten Hamburger Jörn aka Björn, der am 25. Juni in Sylt nach dem* Pony *einen Spa-*

*ziergang am Strand gemacht hat. Du hast etwas sehr Wertvolles verloren, was du wahrscheinlich gar nicht gemerkt hast. Bitte dringend melden bei Lena.Heister@gmx.de*
*Lena aus dem Kohlenpott*

Clever, gell? Wenn er sich meldet, fällt mir schon ein, was er verloren haben könnte.

**9. Juli, 0:03 Uhr**

Wie soll ich jetzt wissen, ob Björn vielleicht schon auf meiner Facebook-Seite war und dann nur zu schüchtern war, eine Freundschaftsanfrage zu senden? Habe mein Profil sicherheitshalber für alle zugänglich gemacht und nehme in Kauf, Freundschaftsanfragen von Perversen abwimmeln zu müssen, nur damit er mich finden kann. Aber ich fühle mich bereit, für die Liebe Opfer zu bringen. Habe auf Facebook schon mindestens 300 Björns angeschaut, aber ich kann ihn partout nicht finden.

**16:05 Uhr**

Bin natürlich froh, dass niemand merkt, dass ich nach Art eines hysterischen, 13-jährigen Justin-Bieber-Fans Hunderte von Seiten nach Björn durchkämme. Vielleicht ganz gut, dass man so was auf Facebook nicht nachverfolgen kann. Doch ganz schön clever die Jungs bei Facebook! Gerade rief meine Mutter an.

»Na, wie geht's dir Lena? Hat sich die Beförderung nach deinen Wünschen entwickelt?«, fragte sie fröhlich.

»Ahh, ganz gut. Bin gerade etwas gestresst, weil ich meine Texte für heute noch nicht fertig habe.« Das stimmte. Ich hatte mit dem Artikel zu ›anspruchsvollem Thema‹ noch gar nicht angefangen. Konkreter ausgedrückt: Ich hatte noch kein Thema gefunden.

»Wann kommst du mich denn mal wieder besuchen? Du weißt, so was kann man später nicht mehr nachholen.«

Mit ›später‹ meinte sie *nach* ihrem Tod. Damit drohte sie mir gern. Ich konnte mich allerdings nicht erinnern, dass sie je krank gewesen war. Sie würde voraussichtlich länger leben als ich, der schon als Kind eine schwache Lunge diagnostiziert worden war.

»Uhhh. Im Moment ist das echt schwer. Ich bin so eingespannt wegen der vielen neuen Verantwortung«, murmelte ich. Ich wollte sie auf keinen Fall beunruhigen. Meine Stimme verrutschte etwas in der Tonlage bei dieser Notlüge. »Da muss man einfach hundert Prozent geben.«

»Siehst du, mein Schatz, das habe ich mir doch gleich gedacht«, sagte sie so verständnisvoll, dass ich erschrocken den Atem anhielt.

»Deshalb komme *ich* dich diesmal besuchen. Ich habe das Gefühl, ich weiß gar nicht mehr, was du machst und wie du aussiehst.«

In diesem Moment stellte der Typ hinter der Theke die Musik lauter.

»Was ist denn bei euch im Büro los?«

»Hier wird gerade für so eine Aufführung geprobt. Ich glaube, ein Besuch würde im Moment gar nicht so viel bringen. Wir würden uns kaum sehen.«

»Ach, das macht nichts. Deine Mutter braucht doch nicht

viel. Wenn du ein paar Minuten Zeit für mich findest, bin ich schon zufrieden. Ich störe dich nicht bei der Arbeit. Ich bin Montag gegen fünf da und hole dich vom Büro ab.«

»NEIN!«

Stille.

»Das macht mich schon irgendwie traurig, dass du dich gar nicht zu freuen scheinst. Ist es denn so schlimm, wenn eine Mutter einmal ihre Tochter sehen will?« Da war er wieder, der Märtyrer-Tonfall.

»Nein, natürlich nicht. Es ist bloß so, dass ich wirklich wahnsinnig wenig Zeit habe momentan«, wiederholte ich lahm.

»Kein Problem, deine Mutter ist erwachsen und selbstständig! Ich werde ein wenig mit der feinen Gesellschaft shoppen gehen. Ich habe mir schon lange nichts mehr gegönnt.«

**10. Juli 22:15 Uhr**

Blog-Statistik: Abrufe: 18 (Eigene Abrufe: 10).

Habe gerade allein ein Glas Wein getrunken und sitze an meinem Schreibtisch. Früher dachte ich immer, so was machen nur Alkis. Immerhin bin ich nicht ganz allein, wenn ich dabei an meinem Blog schreibe. Und es bleibt auch bei dem einen Glas. Vielleicht bin ich einfach nicht für Beziehungen gemacht. Alle erwarten etwas von einem. Man muss dünn und humorvoll sein und intelligent und die Welt verbessern wollen und abends zum Sport gehen statt zu zappen. Außerdem darf man nicht traurig sein, eine Heulsuse will auch niemand. Dabei will ich nur ganz in Ruhe auf meinem

Bett liegen und an die Decke schauen wie früher im Haus meiner Eltern, als ich das Gefühl hatte, dass das eigentliche Leben erst losgeht und alle möglichen Karrieren für mich ausgemalt habe. Ich wusste, dass noch ganz viel passieren wird. Und jetzt merke ich, dass da vielleicht gar nicht mehr so viel kommt. Menschen mit einer Tennis- oder Schauspielkarriere hören mit 33 bereits auf oder haben ihre besten Rollen schon hinter sich (hat Keira Knightley letztens gesagt). Vielleicht denke ich später, dass meine beste Zeit in meinen Zwanzigern war. Das wäre allerdings eine Katastrophe, wenn die Zeit auf Karstens Ledersofa der Klimax meines Lebens war. Jetzt muss mir noch einfallen, was ich übermorgen meiner Mutter erzähle, die weder weiß, dass ich keinen Freund mehr habe, keine gemeinsame Wohnung mehr, noch dass ich im Café statt im Büro sitze.

## 12. Juli, 19:38 Uhr

Um fünf Minuten vor vier ist meine Mutter ins Café am Odeonsplatz gekommen. Schorsch, der in letzter Zeit rührend anhänglich geworden ist, saß zwei Tische weiter. Meine Mutter hatte ihre Haare helmartig um den Kopf geföhnt, ihre Lippen mit der üblichen dunklen Linie umrandet, die ihr eine Kosmetikerin in den frühen Neunzigern empfohlen hatte, und trug ein himbeerfarbenes Kostüm.

»Meine Güte, Lena, du hast es ja chic hier in München«, sagte sie mit ihrer immer etwas zu grellen Stimme. »Hier ist ja viel los. Die Kaffeepreise schrecken niemanden ab, was?« Dann lehnte sie sich vertraulich nach vorn. »Sag mal, haben die Leute hier kein Zuhause? Die haben ja alle einen Computer dabei. Und was macht der da bitte schön?« Sie zeigte in Richtung Rolf, der häufig mit seiner Gitarre herkam. Er brachte seinen Verstärker und – gut verschnürt in einer großen Plastiktüte – zum Glück einen Kopfhörer mit, sodass nur ein leichtes Surren in der Luft lag, wenn er spielte. Er hatte sich einen kleinen Übungsraum in der Ecke des Cafés eingerichtet, wo er von Ersatzsaiten bis Handcreme alles auf dem Fenstersims ausgebreitet hatte.

»Er spielt Gitarre.«

Meine Mutter sah mich an, als wäre ich etwas schwer von Begriff. »Dafür, dass du keine Zeit hast, bist du aber zeitig im Café.« Meine Mutter ist wahnsinnig misstrauisch. Sie ist jemand, der grundsätzlich das Wechselgeld demonstrativ vor den Augen der Kassiererin zählt und sich nicht zu schade ist, Putzfrauen mit Geldscheinen unter der Duschmatte auf moralische Unversehrtheit zu testen.

»Ich habe mich extra für dich beeilt«, sagte ich, was – so allgemein gehalten – ja keine Lüge war.

»Ich dachte schon, du bist zu fein geworden, deine alte Mutter aus dem Rheinland zu treffen. Vielleicht bin ich dir ja auch nicht chic genug in meinen alten Klamotten«, fügte sie hinzu. Das himbeerfarbene Kostüm war scheußlich, aber ich sah es definitiv zum ersten Mal.

»Mama, das ist doch Quatsch. Du siehst toll aus.« Ich bin einfach kein Mensch für offene Konfrontationen.

»Findest du?«, fragte sie zufrieden. »Ich habe ehrlich gesagt gerade auf der Maximilianstraße gesündigt. Jetzt musst du deine arme Mutter heute Abend zum Essen einladen. Aber du kannst dir das ja leisten bei deinem Job. Elfis Tochter Kathrin hat ihren Beruf jetzt wegen der Kinder an den Nagel gehängt. Aber sie war ja auch Kosmetikerin. Sie kann froh sein, dass sie nicht mehr den ganzen Tag Mitesser ausdrücken muss. Elfi ist wahnsinnig neidisch, dass meine Tochter Redakteurin ist.« Mutter lehnte sich genüsslich zurück. »Karsten kommt mit zum Essen«, sagte sie dann, sodass mir fast die Tasse aus der Hand fiel.

»Karsten?«

»Er hat mich pünktlich an meinem Geburtstag angerufen«, bemerkte sie betont neutral und faltete ihre Hände demütig auf dem Schoss.

»Mama, er hat nicht an deinen Geburtstag gedacht, sondern das einfach als Termin in seinem Kalender stehen. Das zählt doch gar nicht als echtes Drandenken.«

»Du hast wirklich ein Riesenglück gehabt, wenn ich das mal so sagen darf«, fuhr sie fort, ohne darauf einzugehen. »Elfi hat mir erzählt, dass ihre ältere Tochter jetzt versucht, ihre Eizellen einfrieren zu lassen, damit sie später noch Kinder kriegen kann, wenn sie denn mal endlich einen Mann findet. Apropos: Sie hat wieder gefragt, wann ihr heiratet, und ich weiß bald gar nicht mehr, was ich ihr antworten soll.«

»Aber wieso kommt Karsten mit zum Essen?« Warum rief Karsten meine Mutter immer noch zum Geburtstag an?

»Wieso denn nicht? Ihr gehört doch zusammen. Er ist goldig. Es war seine Idee, heute gemeinsam Essen zu gehen. Sollen wir noch ein wenig bummeln oder möchtest du etwas naschen? Die Kuchen sehen fantastisch aus, aber auch nicht ganz preiswert und natürlich kalorienreich?« Meine Mutter fixierte mich.

»Soll ich dich auf einen Kuchen einladen? Welchen möchtest du denn?«

»Isst du mit oder machst du gerade wieder Diät?«

»Wieso meinst du? *Sollte* ich Diät machen?«, fragte ich patzig.

»Ach, Lena, jetzt sei doch nicht gleich eingeschnappt.

Natürlich nicht. Dir steht das doch immer ganz gut, wenn du etwas voller im Gesicht bist.« Meine Mutter strich sich über ihren flachen Bauch. Bei ihr habe ich den Eindruck, sie isst nur Kuchen, damit ihre Freundinnen oder ich neidisch werden, dass sie nie dick wird. »Es ist ja rührend, dass Charlotte mich bei ihr übernachten lässt. Richte ihr ganz liebe Grüße aus.« Ich hatte meiner Mutter in der Not erzählt, dass meine Wohnung Charlotte gehörte, die gerade im Urlaub sei. Schließlich weiß sie nicht, dass ich bei Karsten ausgezogen bin. Ich tat so, als ginge ich zu Karsten, um dann in Wirklichkeit bei Charlotte oder Caro zu schlafen. Zwei Tische weiter saß Schorsch, aß heimlich ein mitgebrachtes Schokokuss-Brötchen unter dem Tisch, eine Vorliebe, die er sich aus seiner Schulzeit bewahrt haben musste. Er war wahrscheinlich wahnsinnig glücklich, dass meine Mutter nicht seine Mutter war.

Nachdem ich meiner Mutter einen Käsekuchen und mir einen Frust-Karottenkuchen mit einem Frust-Vanilla-Latte gegönnt hatte, um mich für den Abend zu stärken, wanderten wir ziellos durch die Fußgängerzone. Da es keine Boutiquen gibt, die meiner Mutter und mir gleichermaßen gefallen, betraten wir irgendwann den Benetton-Laden, wo ich ein schwarzes T-Shirts mit V-Ausschnitt erwarb. Auch wenn ich kein Geld mehr abheben konnte, im Laden funktionierte die Karte plötzlich einwandfrei. Danach begrapschten wir bei COS sackartige Kleider, die in Form und Farbe an Kürbisse erinnerten und wirklich niemandem stehen. Dann gingen wir in meine Wohnung, die ich etwas umdekoriert habe, damit nicht auffällt, dass es alles meine Sachen sind. Und jetzt blockiert meine Mutter seit einer halben Stunde das Bad, um sich ein bisschen frisch zu machen. Sie will Karsten beeindrucken. Wahrscheinlich ist es besser, dass sie nicht weiß, dass er wieder zu haben ist. Ihr Bemühen scheint mir etwas übertrieben. Karsten antwortet weder auf meine SMS in Großbuchstaben noch auf Anrufe. Er darf auf keinen Fall erzählen, dass ich keinen festen Job habe, und vor allem nicht, dass wir weder zusammen wohnen noch zusammen sind! Sonst sitzt mir die nächsten Monate meine Mutter im Nacken, die glaubt, mich vor einer ungewissen (und tendenziell perversen) Zukunft als Single befreien zu müssen. Wenn man bedenkt, wie düster sie schon jetzt meine Zukunft malt, obwohl ich ihrer Meinung nach in festen Händen bin und einen Job habe und nur unfähig, den Mann von meiner Heiratseignung zu überzeugen, mag man sich nicht vorstellen, was passiert, wenn sie die Wahrheit erfährt. Würde mich gern in meinem Bett verkriechen und Migräne vortäuschen, habe aber zu viel Hunger.

## 13. Juli, 12:01 Uhr

Eigentlich ist mir zu übel, um zu arbeiten, und gerade muss ich wirklich den Artikel schreiben und am besten direkt heute verkaufen, damit ich spätestens nächste Woche, um einen Vorschuss bitten kann. Ich habe die Nudeln mit Maggi und das Stück Pizza zum Frühstück nicht so gut vertragen, obwohl mir beides im Moment des Verzehrs als Rettung erschien. Wer mich kennt, fragt sich, wo denn das Maggi und die Pizza herkamen, weil ich so was doch gar nicht im Haus habe. Das ist gut beobachtet und liegt daran, dass ich nicht in meiner Wohnung aufgewacht bin. Außerdem ist das geradezu Unfassbare passiert: Björn hat mich gefunden. Halt. Es besteht jedoch kein Grund, mir zu gratulieren, denn es war leider nicht Björns Wohnung, in der ich aufgewacht bin. Ich darf überhaupt nicht daran denken, was gestern passiert ist, sonst muss ich mich abwechselnd links und rechts ohrfeigen, mir mit einer sechsschwänzigen Geißel auf den Rücken klatschen und mir Nägel in die Pantoffeln legen, wie Franziskaner oder Benediktiner das gelegentlich machen. Aber von vorn: Meine Mutter und ich waren eine halbe Stunde zu früh im *Brenner*. Wir setzten uns draußen in die Sonne und tranken einen Latte Macchiato. Vor uns stolperten zwei Münchnerinnen, die vom Power Plate gestärkten Arme voller Shopping-Tüten, die Stufen von der Maximilianstraße zum *Brenner* herunter. Langbeinig, langhaarig und dünn – aus unerklärlichen Gründen gibt es solche Frauen in München besonders häufig. Beide verströmten einen exklusiven Blumenduft. In der Art von Formel-1-Fahrern hatten sie auf ihren schmalen Körpern die größtmögliche Anzahl von Marken platziert: Gucci-Gürtel, Balmain-Leggins und Jimmy-Choo-Heels. Von ihren Ohrläppchen baumelten Chanel-Logos, und an ihren feingliedrigen Handgelenken präsentierten sie das neueste goldene Rolex-Modell. Zwischen den glänzenden, großformatigen Einkaufstüten lugten Dior-Handtaschen hervor. Auf Underground-Designer steht in München niemand.

»Ach, ihr habt es hier so nett. Und wie viele elegante Menschen in München wohnen«, bemerkte meine Mutter prompt.

Sie ist in Düsseldorf geboren und verbringt ihre Nachmittage gern in Cafés auf der Kö. Natürlich gefällt ihr die Maximilianstraße. Kurz später wechselten wir an die mit weißen Tischdecken herausgeputzten Tische im luftigen Innenraum. Während auf dem offenen Grill Rindersteaks vor sich hinbrutzelten, kippte ich mir kleine, überteuerte

Sekte rein, um eine positivere Einstellung zum Treffen mit Karsten zu entwickeln. Wenn Karsten mit uns essen gehen wollte, konnte er zumindest bezahlen, was mir natürlich ganz gelegen kam, und billig würde ich ihn nicht davonkommen lassen.

Karsten kam wie immer ein klein wenig, aber nicht sonderlich, zu spät. Er konnte mich nicht mehr überraschen. Er trug eines seiner unzähligen gestreiften Hemden und hatte die Haare wieder etwas länger, was eigentlich ganz gut aussah.

»Hallo, ihr zwei Schönen!«, sagte er, blinzelte mir beruhigend zu, küsste mich auf den Mund und meine Mutter auf die Wange, auch wenn ich einen winzigen Moment lang den Eindruck hatte, sie würde Mrs.-Robinson-Style ebenfalls den Mund hinhalten, den er nur knapp verfehlte. Meine Mutter war ja vor einiger Zeit mit ihrer Freundin Rosemarie auf diesem Madonna-Konzert gewesen. Vielleicht hielt sie sich jetzt eines brasilianischen Lovers würdig und Karsten sollte zum Aufwärmen dienen! Ich war zu diesem Zeitpunkt schon ein bisschen angeschwipst, weswegen mein Lächeln glaubhaft warm rüberkam. Möglicherweise zu warm, muss man im Rückblick feststellen. Karsten zwinkerte mir vertraulich zu, legte die Hand auf mein Bein und trat überzeugend als mein Freund auf. Dann bestellte er eine große Flasche edlen Rotwein, als gäbe es etwas zu feiern. Die Augen meiner Mutter begannen erwartungsvoll zu leuchten.

»Ach, ihr beiden. Ich bin so froh, dass du auf Lena aufpasst«, sagte sie an Karsten gewandt, »und bei ihr nach dem Rechten siehst. Sie ist so chaotisch, da weiß ich sie gern in guten Händen.« Sie nickte Karsten dankbar zu. Als Karsten immer noch keinen Ring aus der Hosentasche kramte, entblößte sie sich hinzuzufügen: »Ich meine, Lena wäre natürlich auch später versorgt. Schließlich wird sie ja die Hälfte des Villenensembles in Rodenkirchen bekommen. Aber es tut gut zu wissen, dass ein Mann ein Auge auf sie hat.« Sie lächelte Karsten treuherzig an. Wenn ich sie nicht stoppte, würde sie gleich noch den Opel obendrauflegen. Sie wollte mich verschachern.

»Sie meint die Doppelhaushälfte«, warf ich ein, als ich Karstens beeindrucktes Gesicht sah.

»Wie bitte?«

»Mit Villenensemble meint meine Mutter unsere Doppelhaushälfte.« An meine Mutter gewandt fuhr ich fort: »Aber eigentlich gehört dir nur die Hälfte der Doppelhaushälfte und vielleicht hat Papa ja was anderes mit seiner Hälfte vor«, konnte ich mir nicht verkneifen hinzuzufügen.

»Um Lena brauchst du dir keine Sorgen zu machen, Sabine«, unterbrach Karsten mich, als wäre es durchaus angebracht, dass meine Mutter versuchte, mich im Sparpaket mit einer schlechten Immobilie zu verscherbeln, und als wäre insgesamt alles in bester Ordnung. Dann drehte er sich zu mir und küsste mich wieder auf den Mund.

Also das ging jetzt schon ein bisschen zu weit, so die Situation auszunutzen. Meine Mutter hing weiterhin hoffnungsvoll an Karstens Lippen. Seine Hand wanderte ungehemmt an meinem Bein rauf und runter und verirrte sich unter dem Tisch bewusst an Stellen, wo Exfreunde nichts zu suchen haben. Ich konnte ihn ja schlecht wegschubsen, wenn ich die Trennung nicht auffliegen lassen wollte. Also trank ich noch ein Glas Wein.

»Hast du eigentlich mal mit Papa gesprochen?«, fragte ich, um die für meinen Geschmack zu harmonische Stimmung zwischen den beiden zu versauen.

»Ich habe ihn gesehen«, sagte sie. »Ach, irgendwie tut er mir leid. Er hat sich die Haare gefärbt und sah ziemlich schlimm aus. Er geht jetzt ständig zum Sport und trägt Jeans statt seiner gemütlichen Kordhosen. Er stand gestern Abend plötzlich vor der Tür, weil sein Fernseher angeblich kaputt war. Aber natürlich wollte er zu mir. Dann hat er eine ganze Tüte Chips vertilgt. Ich glaube, er hat gemerkt, wie anstrengend es ist, allein zu leben. Aber ich find's ganz angenehm, wo ich nicht ständig Schnitzel für ihn braten und seine Unterhosen waschen muss.« Sie kicherte mit vorgehaltener Hand. Dann blickte sie entschuldigend zu Karsten. »Du weißt ja wahrscheinlich schon, dass Hartmut gerade seine wilde Phase hat.« Bei dem Ausdruck ›wilde Phase‹ rollte sie mit den Augen und wiegte ihren Kopf hin und her, als wäre das Ganze nicht ernst zu nehmen.

»Na ja, Mama, ich weiß nicht, ob das eine wilde Phase ist, wenn man auszieht. Ich glaube, du solltest dich wirklich entschuldigen.«

Meine Mutter sah mich böse an. »Ich habe doch gar nichts gemacht!« Das traf den Punkt, machte es aber nicht besser.

»Mama«, sagte ich. »Die Experimente waren Papa wahnsinnig wichtig. Das wusstest du doch.«

»Also, wenn ein olles Physik-Experiment wichtiger ist als ich, dann ist es bestimmt besser, dass er ausgezogen ist!«

»Mama, jetzt verdrehst du aber alles. Du hast doch die Ergebnisse gefälscht.«

»Ja, weil er mich nur noch als Assistentin für seine Experimente benutzt hat«, zischte sie mir zu. »Aber ich will das hier nicht besprechen.« Sie richtete sich auf und schenkte Karsten ein charmantes Lächeln. »Wir wollen doch Karsten hier nicht mit so einem Kokolores langweilen.« Und sie begann von ihrem letzten Treffen mit Karstens Mutter zu erzählen, die beiden waren nämlich ziemlich gute Freundinnen. Aber Karsten hatte offensichtlich ebenfalls noch nichts von der Trennung berichtet.

Zum Glück hatte Papa nicht erzählt, dass ich bei ihm gewesen war, ohne bei meiner Mutter vorbeizuschauen. Ich musste meinen Vater unbedingt warnen. Mir war schon beim letzten Mal aufgefallen, dass meine Mutter jeglichen Trennungsschmerz überwunden zu haben schien und sich nur noch aus Gewohnheit über ihn aufregte. Bei ihm konnte es hingegen nicht mehr lange dauern, bis ihm sein neues Leben endgültig zu anstrengend und zu einsam wurde. Und wenn meine Mutter ihn dann nicht mehr zurücknahm, würde es meine Aufgabe sein, mich seiner anzunehmen, und wir würden endgültig diese tragische Symbiose eingehen, die sich immer deutlicher am Horizont abzeichnete: ich auf seiner Couch oder er auf meiner.

Ich trank noch einen Schluck Wein, um meine traurigen Gedanken und mein Bein zu betäuben, von dem Karsten partout nicht abließ.

»Das Essen ist wirklich köstlich. Und alles ist so gepflegt hier. Da drüben sitzt Uschi Glas«, flüsterte meine Mutter aufgeregt. Ich versuchte ihren Blicken zu folgen, aber zwischen den ganzen Münchnerinnen mit teuren Strähnchen war es schwierig, ein einzelnes Gesicht herauszufiltern.

»Wir sollten langsam aufbrechen. Schließlich müssen wir morgen alle ins Büro«, sagte Karsten. Er blickte mich verschwörerisch an, als müsste ich ihm dankbar sein, wie gut er seine Rolle als mein Freund spielte, worum ihn niemand gebeten hatte. Mehr als Stillschweigen hatte ich nicht gefordert. Dabei hatte er seinen Arm um meine Schultern gelegt und streichelte meinen Oberarm. Es war ziemlich vertraut, wie sein Arm da so lag. Der Wein umhüllte mich inzwischen wie eine flauschige, schützende Wolke. Dieser beduselte Kopf in Kombination mit Karsten war befreiend. Bei ihm musste ich nicht irgendetwas darstellen oder vorgeben, klüger und erfolgreicher zu sein, als ich war. Er hatte mich immer so gemocht, wie ich war, wenn ich in einer pummeligen Phase war, fand er das extra weich. Das hatte ich vermisst, merkte ich jetzt.

»Noch einen kleinen Absacker zum Abschluss«, sagte meine Mutter, die ihren Platz zwischen der in ihren Augen feinen Gesellschaft so schnell nicht räumen wollte.

»Meine Mutter schläft bei Charlotte, dann braucht sie nicht auf die Couch«, sagte ich und blickte Karsten durchdringend an.

Bevor Karsten etwas erwidern konnte, fiel meine Mutter ein: »Ach, das ist eine nette Idee, dann kann ich ausschlafen und habe so richtig Urlaub.« Meine Mutter konnte zwar theoretisch jeden Tag zu Hause ausschlafen, aber sie machte sich gern selbst Termine wie ›8 Uhr: Kartoffel schälen‹. Zum Glück lächelte Karsten, als wäre alles in bester Ordnung.

Ich trank mein drittes (oder fünftes?) Glas Wein leer, weil die Flasche zu teuer gewesen war, um sie verkommen zu lassen. »Ich muss noch mal kurz ins Badezimmer«, sagte ich vornehm und stand auf. Und fiel wieder in meinen Stuhl, weil erst jetzt die Wirkung des Alkohols richtig zu spüren war. Dass es so viel gewesen war, hatte ich im Sitzen gar nicht gemerkt. Ich trank zu viel in letzter Zeit, das musste mit dem Single-Leben zu tun haben. Das musste ich wieder abstellen. Ich holte noch einmal Schwung und schwankte los. Die Chance, alles aufzuklären, könnte man als verpasst bezeichnen, vielleicht beim nächsten Besuch. Durch den wundervollen Wein sah die Welt trotzdem ziemlich rosig aus, allerdings wurde mir wieder schwindelig und ich ließ mich kurz vor der Toilette in die Hocke nieder, um ein unschönes Umfallen zu verhindern.

»Kann ich Ihnen helfen?«, fragte jemand. Ich warf meinen Kopf schwungvoll nach hinten und blickte hoch. Das Gesicht kam mir bekannt vor, aber es dauerte noch ein paar Nanosekunden bis es voll fokussiert war und die Alarmsirene in meinem Kopf ansprang.

»Lena«, sagte das Gesicht. »Ich bin's, Björn, kennst du mich noch?«

»Ja«, sagte ich wenig geistreich und starrte in seine Augen mit den langen Wimpern, die mir wahnsinnig vertraut waren, obwohl ich noch nicht oft hineingesehen hatte. Meine Güte, er war es! Er sah gut aus, genau wie ich ihn in Erinnerung hatte. Nein. Besser. Größer auf jeden Fall. Er war wirklich groß. Er trug eine Jeans und ein enges, weißes Hemd. Die beiden obersten Knöpfe waren offen. Langsam richtete ich mich auf. Ich hatte das Gefühl, Lähmungserscheinungen in den Beinen zu haben. Er lächelte mich an, allerdings etwas schräg.

»Das ist ja eine Überraschung, dich hier wiederzutreffen!« Dabei sah er mir so direkt in die Augen, dass mir gleich wieder die Knie wegsackten. »Alles in Ordnung?« Er griff nach meinem Arm und umfasste ihn, was kein wirksames Mittel gegen den Schwindel darstellte, weil ich nicht mehr denken konnte, sondern nur noch seine Hand fühlte. Ich musste mich zusammenreißen. »Ja, natürlich« presste ich hervor. »Ich muss nur mal schnell zum Klo.«

»Das will ich besser nicht verhindern«, erwiderte Björn.

Dann ging ich zum Klo. AHHH, verdammt, das durfte ja wohl nicht wahr sein. Da überlegte ich wochenlang, wie ich ihn finden konnte, und dann rannte, nein, wankte ich zum

Klo, als das Schicksal ihn in einem ganz eindeutigen Wink direkt vor meine Füße warf! Dies war die Chance, die ich brauchte. Aber ich musste schließlich wirklich zum Klo, das konnte nicht länger warten. Ich musste mich jetzt vor allem zusammenreißen und seine Vorurteile gegen mich entkräften. Ich versuchte, mir vor dem Spiegel den Rotwein von den Zähnen zu putzen und nüchtern auszusehen. Dann trank ich Wasser aus dem Hahn, spritzte mir welches ins Gesicht und versuchte es noch einmal. Schon besser. Ich musste das Waschbecken und den Spiegel räumen, weil sich hinter mir vor dem einzigen Waschbecken schon eine Schlange von drei Frauen gebildet hatte, die unruhig grunzte. Vielleicht war Björn wegen mir nach München gekommen. Oh mein Gott! Das ging mir fast schon zu schnell. Wir kannten uns doch gar nicht so gut. Nicht, dass er so ein Klammer-Typ ohne eigenes Leben war. Halt, nein, er war natürlich wegen des Jobs gekommen und es war natürlich absoluter *Irrsin* zu denken, dass er wegen der Besuffski-Schlampe aus Sylt nach München reisen würde. Nur nicht den Verstand verlieren. Es kam jetzt alles darauf an, was ich aus diesem Moment machte, es war eine Schlüsselszene meines Lebens, an die ich mich immer zurückerinnern würde. Mein Herz raste, alle Organe hatten sich zusammengezogen. Ich verließ so würdig wie möglich das Klo und zermarterte mir den Kopf, was ich zu ihm sagen könnte. Doch Björn war weg, als ich herauskam. Das war es, was man die Strafe Gottes nannte! Nur die Nerven behalten. Ich scannte das Restaurant, das *Brenner* ist riesig. Aber nein, Gott war weniger kleinlich, als ich befürchtet hatte: Da saß Björn tatsächlich an einem weiß eingedeckten Tisch. Ich lief betont gerade und kontrolliert zu ihm rüber. So machen das wahrscheinlich die Leute, die jahrelang am Arbeitsplatz trinken, ohne dass irgendjemand etwas merkt. Aber schließlich konnte ich nicht über Wochen kurz vor dem Einschlafen an ihn denken, Stunden damit verbringen, ihn im Internet zu suchen und mich auf seine Ankunft vorzubereiten, und hier diese einmalige Chance versauen. Vor seinem Platz stand ein Teller mit einem Steak, und Spinat. Dazu trank er eine gelbliche Bionade, wahrscheinlich Litschi, ich versuchte, mir jedes Detail einzuprägen.

Erstaunlich wie man sich zusammenreißen kann, wenn es darauf ankommt. Er teilte sich einen kleinen Tisch mit einem sehr hübschen, sehr schlanken Mädel. Sie war vielleicht Mitte 20 und trug ein seidiges, beiges Kleid. Mir fiel auf, dass sie mit Ohrringen und Gürtel so sexy gestylt war, wie ich das nie hinbekomme, obwohl meine Schubladen vor ›Accessoires‹ überquellen. Ich nahm mir fest vor, die Fotosammlung mit Styling-Ideen endlich zu sortieren.

»Hallo. Das ist Françoise«, sagte Björn, als ich neben seinem Tisch zum Stehen gekommen war und ihn anlächelte, aber mir immer noch nicht eingefallen war, was ich sagen sollte. Er deutete auf die perfekte Frau. »Das ist Lena«, sagte er und deutete auf mich.

»Allo«, sagte Françoise und strahlte mich mit einer makellosen Zahnreihe an.

»Hallo«, erwiderte ich und kam mir instant pummelig, linkisch und bieder gekleidet vor.

»Du bist schon in München?«, fragte ich Björn. »Das wusste ich gar nicht.« Diese Bemerkung in leicht anklagendem Ton war leider raus, bevor ich es verhindern konnte.

»Ja, ich bin schon da«, erwiderte er. »Ich habe vergessen, mich anzumelden, stimmt«, fügte er ironisch hinzu.

»Nein, nein«, ich versuchte, unbeschwert zu lachen, brachte aber nur einen Quietscher raus. »So, schön. Und gefällt es dir hier?«, fragte ich, als würde ich mit einem amerikanischen Touristen sprechen. Dabei sah ich mich im *Brenner* um und mein Blick streifte unwillkürlich wieder Françoise, deren Rolle nicht ganz klar war. Vielleicht war sie die Arbeitskollegin?

»Arbeitest du auch hier?«, fragte ich forsch und war einen Moment dankbar über den ganzen Wein, der mir mehr Mut gab als sonst.

»Isch? Naaaain. Isch bin ’ier wegen Björn«, sagte sie und lächelte wieder. »Isch liebe Münschen. So gemütlisch.«

Gut, das wäre geklärt. Gott war genauso unerbittlich wie zuerst angenommen. In meinem Kopf kamen die ganzen surrenden Nervenzellen, die in Alarm- und Flirt-Bereitschaft gestanden hatten mit einem Mal zum Stillstand. Als hätte jemand einen eiskalten Wasserstrahl auf mich gerichtet. Björn blickte mich weiterhin interessiert und etwas verwundert an. Ich blieb schweigend vor seinem Tisch stehen und wartete, dass er noch etwas sagen würde. Er sagte aber nichts. Ich musste mich konzentrieren und nicht sofort aufgeben. Reiß dich zusammen, Lena.

»Ich kann dir gern München zeigen, wenn du willst. Ich bin auch häufig im Café am Odeonsplatz, falls du mal in der Nähe bist«, sagte ich eifrig. Schließlich gab es nichts mehr zu verlieren. »Wo wohnst du denn?«, fragte ich.

»Ach, in so einem kleinen Hotel in Schwabing zum Übergang. Ich suche noch etwas«, sagte Björn und irgendwie war ziemlich klar, dass er nicht unbedingt weiter mit mir reden wollte, weil er schon wieder seine Gabel in der Hand hatte.

»Du suchst noch etwas?«, quiekte ich. »Ach, ich kenne Tausend Leute hier, wenn du willst, kann ich mich mal umhören.«

»Ja?«, fragte Björn und sah mich freundlich an, aber definitiv wie jemanden, den man nicht hundertprozentig für voll nahm. Und als Björn keine Anstalten machte, einen Stift rauszukramen, zog ich den Kellner am Ärmel, ließ mir einen Stift geben und kritzelte meine E-Mail und meinen Namen auf eine Serviette. Dann sagte Björn: »Alles klar, ich melde mich«, und ließ den Zettel in seiner Hosentasche verschwinden, wo er ihn hoffentlich, hoffentlich, nicht aus Versehen mitwaschen oder verlieren würde. Mir blieb nichts anderes übrig, als so gerade wie möglich zu unserem Tisch zurückzukehren, während im Kopf meine Gedanken explodierten. Wenn meine Mutter und Karsten (Karsten!) wenigstens nicht hier wären. Dann hätte ich ihm unauffällig folgen können, um herauszufinden, in welchem Hotel er wohnt.

»Wer war das denn?«, fragte Karsten misstrauisch, der mit meiner Mutter alles genau beobachtet hatte, aber ganz gönnerhaft, wie er sonst nicht war und definitiv nur, um meine Mutter zu beeindrucken, bezahlt hatte.

»Ach, den kenne ich von Sylt«, sagte ich, als würde ich Tausend coole Kerle aus Sylt kennen. Dann trank ich den Likör, den sie bestellt hatten. Und dann noch den von Karsten, der unberührt vor ihm auf dem Tisch stand.

»Dein Freund aus Sylt geht gerade«, sagte Karsten, seinen Arm fest um mich gelegt. Ich versuchte ihn abzuschütteln, hatte aber nicht mehr die Kraft dazu und drehte mich mit um, um besser sehen zu können. Schließlich gab es noch diesen letzten Hoffnungsschimmer, dass es sich bei Françoise um eine Sitzschönheit handelte, die beim Aufstehen durch einen ausladenden Hintern entlarvt werden würde. Aber nein, ihr Hintern ist makellos. Sie ist so schlank, dass man noch nicht mal erahnen kann, ob sie mit zehn Kilo mehr eine Apfel- oder eine Birnenform entwickeln würde. Und das Schlimmste: Sie schlang ihren Arm wie selbstverständlich um Björns Hüfte.

»Lasst uns auch gehen«, sagte Karsten. Und dann, ohne Vorwarnung, lehnte er sich vor und küsste mich wieder auf den Mund. Diesmal so richtig lang und begeistert, wie er das eigentlich nie gemacht hatte, jedenfalls nicht mehr nach dem ersten halben Jahr unserer Beziehung, was immerhin schon zehn Jahre zurücklag.

Meine Mutter war entzückt. Ich war baff. Und sauer. Und viel zu verwirrt und beduselt, um zu wissen, wie ich mich verhalten sollte. Karsten blickte triumphierend in Richtung Björn, der die Szene unglücklicherweise beobachtet hatte. Ich winkte Björn verlegen zu und versuchte ihm telepathisch zu erklären, dass Karsten nicht zwischen uns stehen würde. Ich hätte Karsten umbringen können. Andererseits, wenn Björn eine Französin dabeihatte, konnte ich schließlich auch jemanden dabeihaben, damit das Gleichgewicht stimmte. Karsten war unspektakulär genug, aber von außen sah man ihm das nicht direkt an. War mir schließlich selbst einige Jahre entgangen. Wir setzen meine Mutter in ein Taxi und nahmen ein anderes zu Karsten, der im Auto wieder den Arm um mich legte und mit dem Beinrubbel-Programm fortfuhr. Ich war physisch und psychisch viel zu erschöpft, um mich zu wehren. Außerdem überschwemmte mich plötzlich die Hoffnungslosigkeit wie ein Tsunami. Ich hatte versagt. Für Björn würde ich ewig die besoffene Frau mit den Kondomen im Rockbund sein. Obwohl die Szene mit ihm nur ein paar Minuten gedauert hatte, hatte das Zusammentreffen alle Energie aus mir herausgesaugt. Zudem kostete es auch besonders viel Kraft die Konsequenz aus dem Treffen zu verdrängen: Diese Freundin gibt es wirklich. Dann kickte der Absacker richtig rein, was bei mir eine fatalistische Lebenshaltung auslöste. Ich musste mich dem Schicksal ergeben. Karstens Beingerubbel erschien plötzlich sogar ein klein bisschen aufregend, weil ja irgendwie verboten. In seiner Wohnung legten wir uns auf sein breites Ledersofa und Karsten drückte mir noch ein Glas Wein in die Hand, obwohl er sehr genau wusste, dass ich normalerweise (außer wenn ich Björn begegne) wenig Alkohol trinke und entsprechend schlecht vertrage und somit ohnehin schon weit über Limit lag. Aber ich nahm ihn dankbar an, um diesen weichen Kokon, der sich um meinen Kopf gelegt hatte, nicht porös werden zu lassen. Und dann war es auf dem gut eingelegenen Sofa einfach saugemütlich. Ich hatte schließlich fast elf Jahre lang darauf gelegen und meine Körperform hatte sich in die Polster übertragen wie die Füße bei gut eingetragenen Reitstiefeln.

Meine Gedanken flossen immer zähflüssiger. Eigentlich wollte ich hart bleiben, weil ich mich schließlich nicht ohne Grund von ihm getrennt hatte. Andererseits fühlte sich nicht nur die Geschichte mit Björn, sondern auch die mit Karsten nicht mehr so dramatisch an. Alle Gefühle waren durch den Wein angenehm gedämpft und es war hauptsächlich gemütlich. Bald fielen wir in den üblichen Trott, als hätten wir uns nie getrennt. Wir stellten den Fernseher an, was wahrscheinlich eine Art Pawlow'schen Reflex in mir auslöste und die letzte Portion Rationalität zugunsten von reinem Instinktverhalten ausschaltete. Karsten fummelte weiter an mir rum, jedoch mit einer Begeisterung, an die ich mich nicht erinnern konnte. Vielleicht hatte ich ihm Unrecht getan, außerdem roch er so vertraut nach seinem üblichen Aftershave und nach ihm selbst. Und eine Kuhzunge hatte er auch nicht. Es wurde immer gemütlicher und wärmer und man verfiel gemeinsam in geübte, lang gewohnte Handgriffe. Man kann sich etwa vorstellen, wie nahezu unbemerkt plötzlich die Unterhose in routinierter Manier heruntergestreift war. Es war eigentlich wie ein Nachhausekommen, und ich hatte bekanntermaßen keinen Neuen. Ich ging ja gar nicht fremd. Na ja, und sogar als mir noch ganz schlecht wurde und ich mich zwischendurch übergeben musste, machte Karsten das nichts aus, weil ich mir schließlich danach mit seiner Pfefferminz-Zahncreme die Zähne geputzt hatte.

Die Zahnpasta muss ich mir unbedingt auch mal kaufen, hatte fast vergessen, wie lecker die schmeckt. Ich verspürte keinerlei Reue, weil Björn ja gerade wahrscheinlich genau das Gleiche getan hatte. Doch dann passierte etwas, was mich unvermittelt aus dem wohlig beduselten, heimeligen Sofa-Sex, der sich mehr nach Schlafwandeln denn nach Sex anfühlte, herausriss: Ich spürte ein Jucken an meinem Po oder genauer ein Kratzen zwischen den Popbacken, das kontinuierlich stärker wurde, bis mir klar war, dass es nicht juckte, sondern dass Karsten gerade versuchte, mir seinen Mittelfinger in den Po zu stecken. Ich schlug seine Hand zur Seite und saß innerhalb von einer Millisekunde senkrecht: »Sag mal, hast du sie noch alle? Was machst du da?« Ich hielt sein Handgelenk fest umklammert und blickte in sein erhitztes Gesicht. Karsten wich meinem Blick aus, küsste mich fest und drückte mich dabei mit den Armen und seinem Gewicht wieder herunter, er ist schließlich um einiges kräftiger als ich.

»Ach, komm schon, es wird dir bestimmt gefallen. Du musst mal loslassen«, nuschelte er dabei und begann, meinen Busen zu kneten wie einen Hefeteig, wie er schon immer dachte, dass es mir gefällt, wie es mir aber noch nie gefiel, ich aber den Moment verpasst hatte, ihm das zu sagen.

»Loslassen? Damit du deinen Finger in meinen *Enddarm*

stecken kannst? Wie kommst du auf die Idee, dass mir so etwas gefallen könnte? Das ist absurd!«

»Das sind nur von der Gesellschaft anerzogene Hemmungen. Der Po ist eine erogene Zone, die es zu erforschen gilt.« Er zog seine Handgelenk mit einem Ruck aus meiner Umklammerung und tastete wieder nach meiner Pobacke.

»Hast du einen Sex-Ratgeber gelesen oder eines dieser neuen Bondage-Seminare ›Befreite Lust‹ besucht? Wie kommst du denn auf so einen Schwachsinn?«

Karsten zuckte mit den Schultern, gluckste erheitert und versenkte seinen Finger erneut zwischen meinen Pobacken. Mit einem Ruck richtete ich mich endgültig auf und machte das Licht an. »Schluss jetzt!« Karsten sah mich vom Lichtkegel der Nachttischlampe geblendet an. Wir starrten uns an, ich in der plötzlichen Realisierung, dass ich hier nichts verloren hatte.

»Ist ja schon gut, ich habe verstanden«, sagte Karsten eingeschnappt.

Wir fielen beide beleidigt in die Kissen zurück. Zugegebenermaßen war ich zu müde, um jetzt einen dramatischen Abgang hinzulegen, der angemessen gewesen wäre. Die Energie für dramatische Abgänge geht nach so vielen Jahren einfach verloren. Kurz danach muss ich trotz aller Empörung in einen tiefen Schlummer gefallen sein.

Die Reue kam heute Morgen entsprechend geballt. Mitsamt der erneuten und ohne dem wohligen Alkohol-Mäntelchen auch wesentlich unerträglicheren Erkenntnis, dass Björn eine real existierende Freundin hat, und zwar eine mit perfektem Hintern.

Ich darf jetzt nicht mehr daran denken, sondern muss an dem Artikel arbeiten, wenn ich mein Leben nicht total versauen will.

## 14:55 Uhr

So etwas darf nie wieder passieren. Ich muss jetzt drastische Maßnahmen ergreifen. Als Erstes werde ich Karstens Nummer aus meinem Telefon löschen und da ich die Nummer auch nach elf Jahren nicht auswendig kenne, dürfte damit der Kontakt endgültig abbrechen. Ich darf mich nicht wieder einlullen lassen. Ich bin besoffen gewesen und wahrscheinlich bekomme ich meine Tage, was in meinem Fall regelmäßig einer emotionalen Apokalypse gleichkommt. Frauen sind eine Art Chemiebaukasten – ab und an knallt's.

Ich muss einen Notruf an Charlotte abgeben, damit sie mir sagen kann, was ich tun soll. Ich kann das doch nicht einfach so hinnehmen. Jetzt muss ich mindestens bis halb fünf Uhr hier ausharren, damit meine Mutter nicht merkt, dass ich keinen festen Job mehr habe. Ich kann nicht denken. Vielleicht google ich mal ein paar Sachen, die ich schon immer wissen wollte.

## 15:58 Uhr

Gleich kann ich endlich nach Hause. Mein Kopf raucht. Habe die letzten Stunden versucht, mich abzulenken und Inspiration für meinen Artikel zu ergoogeln. Wusstet ihr eigentlich, dass man Crack und Kokain einfach online bestellen kann? Ich habe mal nachgeschaut, nur so aus Spaß. Ja, ich bin auch geschockt. Aber ich habe dann direkt mal nach Opium, Aufputschmitteln, Antidepressiva und Viagra geschaut. Man kann wirklich jedes Medikament bei irgendwelchen Chinesen erstehen und alle nehmen Kreditkarte, scheint also ganz legal zu sein! Aber wie ein Artikel dazu aussehen sollte, ist mir schleierhaft. Ich brauche Charlotte.

**21:05 Uhr**

Fünf Minuten nach meinem letzten Blogeintrag kam Charlotte tatsächlich für ein POG über Björn. Sie hatte extra früher Schluss gemacht. Ich verspürte kein Mitleid mit *Grace*, dass ihre beste Anzeigenverkäuferin früher abhaute. Obwohl ich versucht hatte, meine SMS leger zu formulieren (›Gestern Absturz mit Mama, Karsten & Björn. Muss reden‹), hatte sie den Ernst der Lage erkannt und war direkt ins Café geeilt. Wir gönnten uns jeweils einen Chocolate Cookie und setzten uns an einen Tisch weit entfernt von Schorsch, der ziemlich neugierig sein kann und alles in seiner nächsten Seifenoper verbraten wird, was er von uns hört. Er hat schon ein paar Mal geistreiche Sätze von mir geklaut und in der Serie *Himmel und Hölle* benutzt.

Man muss in Cafés mit kostenlosem Wireless inzwischen allgemein Hölle aufpassen, nicht literarisch oder filmisch verwurstet zu werden. Dies liegt daran, dass man unentwegt von allen Seiten beobachtet wird. Hier am Odeonsplatz sitzt inzwischen niemand mehr, der nicht ein Laptop dabei hat, in dem er alle Geschehnisse des Tages aufzeichnet. Und die wenigen, die keine Laptops dabei haben, bekritzeln große Blätter in dieser winzigen Schrift von Seitenrand zu Seitenrand, die nur psychisch labile Anstaltspatienten während einer Schreibtherapie benutzen. Dieser eine Wahnsinnige im lila-grünen Adidas-Anzug, Mitte 30, Kinnbart und Koteletten (ich gebe sicherheitshalber eine Personenbeschreibung ab, falls dieser Blog unterbrochen wird und ich verschwunden bin, dann habt ihr Anhaltspunkte und könnt die Polizei informieren, um die Hundesuchtrupps durch den Englischen Garten zu schicken) starrt mich zum Beispiel schon die ganze letzte Woche jedes Mal an, wenn ich hochblicke. Wenn ich ihn ertappe, senkt er schnell den Kopf und tippt wieder in sein Laptop. Alle Schreiberlinge hier benutzen sich gegenseitig in ihren Geschichten. Wahrscheinlich tauchen in Film, Fernsehen und Büchern demnächst unzählige Doubles von mir auf, Gitarrenspieler und Schorsches (oder heißt es Schorschs?). Schorsch hat den Adidas-Anzug allerdings schon selbst in *Himmel und Hölle* verbraten.

»Du wirkst so verkrampft«, bemerkte Charlotte.

»Ich werde beobachtet«, flüsterte ich zurück.

»Von wem denn?«, fragte Charlotte.

»Sieh dich doch mal um«, sagte ich. »Die schreiben alle an irgendwelchen Geschichten und benutzen mich als Figur.«

Charlotte sah sich um. Dann fuhr sie sich durch die Haare und drückte ihren Busen in ihrem Push-up nach oben, was gar nicht möglich schien.

»Was machst du da?«, flüsterte ich.

»Ich habe nichts dagegen, ins Fernsehen zu kommen. Ist doch toll, wenn man für andere eine Inspiration darstellt.« Sie nickte freundlich in die Runde.

»Ich war mit Karsten im Bett.«

»WAS?«, kreischte Charlotte. »Ich dachte, ihr wart essen! Warum machst du denn so was?«

»Schhhh. Das überlege ich auch schon den ganzen Tag. Ich glaube, weil ich beim ihm weiß, woran ich bin. Ich weiß überhaupt nicht mehr, wie man flirtet. Bei ihm weiß ich, wie es funktioniert. Ist aber nicht so viel passiert letztlich.« Die Details ersparte ich ihr.

»Also, da wird mir kotzübel, wenn ich das höre. Da hast du so lange gebraucht, bis du aus der Scheiße raus bist, und jetzt stehst du wieder knietief drin!«

»Also, als ›Scheiße‹ würde ich meine elfjährige Beziehung jetzt nicht bezeichnen. Wenn es so schlimm gewesen wäre, hättest du mich warnen müssen, als Karsten und ich noch zusammen waren.« Ich versuchte die Schokolade aus dem Keks herauszufummeln. Aus unerklärlichen Gründen schmeckten die Einzelteile besonders lecker, wenn sie vorher zusammengesetzt waren.

»Konnte ich nicht. Wenn du ihn geheiratet hättest, hättest du mir die Freundschaft gekündigt. So was kann man nicht zurücknehmen. Außerdem wussten wir ja alle bis zum Schluss nicht, wie schlimm er ist. Wir dachten nur, dass er eine ziemliche Flitzpiepe ist.« Charlotte ließ ihren Blick, während sie sprach, immer wieder zu Schorsch hinübergleiten und lächelte ihn an. Bei ihr gehört das zum Instinktverhalten.

»Du hättest mich ihn lieber heiraten lassen, als mich vor ›einem Leben in der Scheiße‹ zu warnen und etwas schlechte Stimmung zu riskieren?«

»Unsere Freundschaft war mir wichtiger! Dafür warne ich dich jetzt. Meine Güte, die Flirterei ist doch nicht so schwer. In Sylt warst du richtig gut dabei.«

Ich warf Charlotte den verächtlichsten Blick zu, den zu erzeugen ich in der Lage bin. »Da war ich betrunken. Und außerdem hat mir das meine Chancen mit Björn versaut. Vielleicht hätte der sich sonst direkt von seiner Freundin getrennt.«

Charlotte sah mich betont zweifelnd an und biss in ihren Keks.

»Okay, vielleicht nicht ganz.« Ich löffelte den Frapuccino langsam aus dem Plastikbecher, um sie nicht anschauen zu müssen.

»So, jetzt mal langsam.« Charlotte rieb ihre Handflächen gegeneinander, wie sie das tut, wenn sie sich konzentriert. »Das mit Björn war also kein Tippfehler? Warum, bitte schön, landest du dann mit Karsten auf der Couch und warum, um Himmels willen, gehst du gemeinsam mit Karsten und deiner Mutter essen?«

»Das war Karstens Idee. Also das mit meiner Mutter. Sie weiß noch nicht, dass wir nicht mehr zusammen sind, weil sie mich sonst täglich anruft und Blind Dates mit verklemmten Nachbarsöhnen vereinbart. Deshalb habe ich mitgespielt. Aber Karsten hat mich die ganze Zeit begrabbelt, und Björn, der zufällig auch da war, hat's gesehen.«

»Aber das ist doch genial, dass dieser Björn tatsächlich hier ist. Auf den bist du doch mega abgegangen! Warum nimmst du dann nicht den, sondern diese Vollsocke Karsten?«

»Ich glaube, ich habe alle Chancen verspielt.«

»Das kann nicht sein, verspielt waren die Chancen auf Sylt. Jetzt kann es nur noch besser werden. Ach, solange du Karsten nicht mehr wiedertriffst, macht das nichts. Wettbewerb belebt das Geschäft. Du triffst Karsten doch nicht mehr wieder? Bitte sag, dass du ihn nicht wiedertriffst.«

»Björn hatte eine Französin dabei – seine Freundin.«

»Eine Französin?!« Charlotte schlug sich entgeistert gegen die Stirn. »Bist du dir sicher? Nicht vielleicht eine Spanierin? Italienerin? Russin? Halt, nein, Russin fällt auch flach.«

»Russin fällt flach? Wovon redest du?«

»Die Russinnen sind die neuen Französinnen. Ist beides hoffnungslos. Bist du dir mit der Französin ganz sicher?« Sie blickte mich mit echter Panik in ihren mit Kajalstift umrahmten, riesigen Scheinwerfer-Augen an.

Ich nickte.

Charlotte schwieg einige Sekunden lang und fummelte ebenfalls die Schokoladenstückchen aus ihrem Keks, um sie sich einzeln in den Mund zu stecken. »Das tut mir leid für dich«, sagte sie dann in sachlichem Tonfall. »Ach, es gibt noch so viele andere Männer. Man muss sich nicht gleich an einem bestimmten festbeißen, kaum dass man den alten los ist.« Sie steckte sich den Rest Schokoladenkeks in den Mund und schleckte sich die Finger ab. »Nee, zusammen schmeckt der Keks besser. Ist doch eine Art Gesamtkunstwerk.«

»Du meinst, ich soll aufgeben?« Mit dieser Reaktion seitens Charlotte hatte ich natürlich überhaupt nicht gerechnet. Ich hatte darauf gesetzt, dass sie mir sagt, dass ich beste Chancen habe und alle Französinnen doof sind.

»Du hast doch selbst gesagt, dass sie Französin ist!«

»Französin hin, Französin her. Du bist meine Freundin, du musst mir Mut machen!«

»Ich muss auch dafür sorgen, dass du in aussichtslosen Fällen nicht deine kostbare, sich dem Ende zuneigende Jugend vergeudest!«

»Bei Karsten hast du mich nicht gewarnt.«

»Du hättest dich eher von mir als von ihm getrennt!«

Wir schmollten beide, nippten an unserem Frappuccino, betrachteten die Strohhalme und sahen Rolf beim Gitarrespielen zu. Er schaute verträumt in die Ferne, eingelullt in sein eigenes Spiel. Ich sollte ihn bitten, mir einen Zweitkopfhörer mitzubringen. Dem Anschein nach spielt er ganz gut.

»Du denkst wirklich, dass es aussichtslos ist? Immerhin habe ich ihm meine E-Mail-Adresse gegeben.«

»Das läuft andersrum. Du hättest ihn nach seiner fragen sollen. Ist doch ein wohlerzogener Junge, der hätte dir nie eine falsche gegeben.«

Ich blickte sie hilflos an. Sie hatte natürlich recht.

Charlotte fixierte mich einen Moment und rang mit sich. »Es geschehen immer noch Wunder.«

»Ja, oder?« Ich schlürfte den letzten Rest Frappuccino vom Tassenboden.

Sie zuckte resigniert die Schultern. »Hauptsache, du erlebst keinen Karsten-Rückfall mehr!«

**22:03 Uhr**

Blog-Statistik: Abrufe: 12 (Eigene Abrufe 9). Hilfe. Habe gerade auf einer Selbsthilfeseite für vergessene Blogs erfahren, dass man mit Handarbeitsanleitungen viele Leser auf seine Seite locken kann. Werde mich demnächst hier mit Patchwork beschäftigen. Habe gerade noch eine Tüte Chips mit Afrika-Geschmack (?) gegessen und gehe gleich ins Bett. Meine Mutter ist in ihrem himbeerfarbenen Kostüm mit passender Handtasche abgeschwirrt. Ihre Haare sahen genauso aus wie bei ihrer Ankunft. Sie benutzt wahrscheinlich ein Haarspray, das schon seit Jahren illegal ist. Aber sie hat in dieser irritierenden Mutter-Intuition gemerkt, dass mit Karsten irgendetwas im Busch ist und zum Abschied gesagt: »Lena, du brauchst dir nicht so viele Gedanken zu machen. Letztlich ist es völlig egal, wen man heiratet. Nach ein paar Jahren hat man vergessen, was man damals mochte und was einen von Anfang an gestört hat, weil einen die Eigenschaften, in die man sich ursprünglich verliebt hat, stören und man dafür die anderen Seiten lieb gewonnen hat. Aber Karsten hat so einen schönen preußischen Schädel, das gibt ansehnliche Kinder.«

Bin mir nicht sicher, ob sie mich mit den Worten trösten oder in die Verzweiflung stürzen wollte. Dann hat ein paar mal ›Unbekannt‹ angerufen, ohne eine Nachricht zu hinterlassen. War bestimmt Karsten, deshalb bin ich nicht drangegangen. Möglicherweise hat er am Montag was falsch verstanden. Man fragt sich natürlich, wie man gewisse Vorkommnisse verstehen soll, wenn man sie richtig versteht. Aber er hat seine Chance definitiv verpasst. Schon vor sieben Jahren.

Björn hat mich bisher nur betrunken mit verschiedenen Männern knutschen sehen, eingerahmt von einem Haufen Kondomen und ohne Unterwäsche. Das war nicht der beste Eindruck. Möglicherweise ist das der Grund, warum er sich per Mail noch nicht gemeldet hat. Sollte wahrscheinlich statt auf die E-Mail zu warten in die Offensive gehen im zum Glück einigermaßen überschaubaren Münchner Nachtleben, habe allerdings Angst vor erneuter Blamage und dem Verpuffen eines letzten Traums.

**16. Juli, 18:12 Uhr**

Habe ein paar Tage nicht schreiben können. Brauche dringend ein Coaching, bei dem andere mir sagen, dass alles gut wird und keinerlei negative Energie rüberbringen. Werde mir jetzt einen Haufen Goldschmuck überwerfen, meine derzeit sommerlich blonden Haare in alle Richtungen föhnen, High Heels anziehen und Rachel-Zoe-Style mit Charlotte und Janina, die seit Sylt mit Charlotte plötzlich BFF ist, durch ein paar Kneipen ziehen. Muss dem Schicksal schließlich die Chance geben, Björn in meine Richtung zu schicken, und dann als Traumfrau rüberkommen. Will außerdem nicht die ›hässliche Nette‹ sein, die angesprochen wird, damit man über diesen Umweg mit den scharfen Freundinnen ins Gespräch kommt. Wollte Caro überreden mitzukommen, bin aber nur mit Preisen von Pfingstrosen außerhalb der Saison vollgeschwallt worden und musste aufgeben.

## 17. Juli, 11:11 Uhr

Wochenende. Hätte eigentlich nett werden können gestern. Dachte dreimal, dass ich Björn sehe. Janina meinte, es sei saublöd gewesen, Björn nicht nach seiner Nummer zu fragen und jetzt wie ein Idiot auf eine E-Mail zu warten (Sie hat gemerkt, dass ich ständig meine E-Mails checke). Aber es ist ja noch nicht einmal klar, ob Björn mir seine Telefonnummer gegeben, geschweige denn, ob die Französin das zugelassen hätte. Janina sah mit ihrem Hermès-Tuch und den Perlenohrringen wie eine Adelige aus. Das soll ihr neuer Stil sein. Das hätte sie natürlich früher haben können. Ihre Mutter trauert schon ewig, dass sie den eigenen Adelstitel wegen Liebesheirat abgeben musste, und Janina sah vor der Pubertät, als ihre Mutter ihre Klamotten ausgesucht hat, eigentlich genauso aus wie jetzt. Zusammen mit ihrem BWL-Studium gibt ihr Outfit ein stimmiges Bild ab. Im Rückblick hätte sie sich die ganze modische Emanzipation sparen können. Sie hat sich aber figürlich gemacht in letzter Zeit. Sie unterzieht sich einer Kavitationsbehandlung gegen Hüftspeck, bei der man faul rumliegt und einem die letzten Polster, die sie nicht mit Power Plate und Pilates erreichen lassen, mit einem Ultraschallgerät weggebrannt werden. Sie nimmt jede Technologie mit, die neu auf den Markt kommt. Sie ist genauso pragmatisch, wenn es darum geht, einen Macker an Land zu ziehen.

»Wenn du Björn wirklich haben willst, musst du nur rausfinden, worauf er steht«, riet sie mir prompt.

»Und dann?«

»Dann gibst du ihm das, was er will. Verhalte dich so, dass er auf dich stehen *muss*.«

Als ich nichts erwiderte, fuhr sie fort. »Ganz konkret: Wenn er auf Sportler steht, gehst du mal wieder ins Studio, was dir sowieso ganz guttun würde. Wenn er auf blond steht, machst du dir ein paar Highlights. Wenn er Literatur mag, liest du die ganzen deprimierenden Bücher, die du dir gekauft hast, als du Literaturkritikerin werden wolltest, und wenn er auf elegant steht, möbelst du dich auf und lässt endlich deine Puschel-Sweatshirts im Schrank.«

»Ich weiß gar nicht so viel über ihn.«

»Dann musst du's eben herausfinden. Im Internet findet man heute schließlich alles.«

Janina hatte recht. Man musste ihr wirklich zugutehalten, dass sie von Rockstar, Hochschulprofessor (ihren eigenen, damit hatte sie ihren Abschluss gesichert), Model-Agenten, Koch, Surfschul-Inhaber (freier Surfurlaub!) schon alles durchhatte. Sie musste wissen, wie das ging.

»Du glaubst also, die Französin ist gar keine hoffnungslose Hürde?«, wagte ich dementsprechend zu fragen, weil ich mir sicher war, wie die Antwort ausfallen würde. Zweifler konnte ich in meiner Verfassung nicht gebrauchen.

»Quatsch. Geht nicht, gibt's nicht. Weißt du noch meine Affäre mit dem Bayern-Stürmer, als wir die Wette gemacht hatten?«

Ah, stimmt, da hatte sich Janina sensationell verwandelt und war 'ne richtige Fußballbraut mit Haarverlängerungen, Sonnenstudio und Namenskettchen geworden, das volle Programm. Solche Geschichten brauche ich jetzt. Eine Französin aus Paris, der Stadt der Liebe? Fuck Paris! Aber was soll das bitte schön mit den Puschel-Sweatshirts? Meine Sweatshirts sind sexy. Außerdem sitze ich jeden Tag zu Hause oder im Café, düse nicht in der Stadt rum und versuche überteuerte Immobilien zu verkloppen wie Janina. Bei dem Job muss man natürlich selbst teuer aussehen. Aber eigentlich finde ich es schwer in Ordnung von ihr, mir ihre ganzen Tipps und Tricks weiterzuerzählen. Das würden bestimmt nicht alle Frauen machen. Vielleicht werden wir doch noch Freundinnen. Jetzt nur noch Schlachtplan entwickeln. Vielleicht klappere ich einfach die Hotels ab, so viele gibt es hier doch gar nicht.

**18. Juli, 11:07 Uhr**

E-Mail von Björn! Die Welt steht still.

Betreff: Hilferuf: Wohnung in München

Hallo zusammen –

entschuldigt die Massen-Mail und die Tatsache, dass ich einige von euch kaum kenne. Dies geschieht aus reiner Not: Ich bin derzeit für einige Monate in München und finde partout keine Wohnung. Deshalb auf diesem Wege: Falls ihr von einer Wohnung wisst, die gerade verfügbar ist und nicht exorbitant teuer, bitte meldet euch bei mir, Adresse unten.

Euer Björn

Auf die katastrophale Wohnungssituation in München ist einfach absolut Verlass! Meine E-Mail-Adresse ist nicht in seinem Mülleimer, sondern in seinem München-Verteiler gelandet! Wenn man ganz positiv denkt, könnte das Ganze sogar ein Vorwand sein, um unverfänglich mit mir in Kontakt zu treten. Okay, das ist definitiv zu positiv gedacht. Der München-Verteiler scheint ja nicht gerade eng gefasst zu sein. Aber immerhin habe ich jetzt seine vollständige E-Mail-Adresse und Telefonnummer. Und Adresse. Jetzt liegt es nur an mir, etwas daraus zu machen. Ich leitete die Mail ASAP an Charlotte und Caro weiter.

Caro rief zwei Sekunden später an.

»Na, willst du mir gratulieren? Er hat sich von allein gemeldet!«, rief ich triumphierend ins Telefon.

Ich hörte nur ein leises Wimmern. Dann schnäuzte sich jemand laut und unappetitlich die Nase, dass ich sofort aufgelegt hätte, wenn ich nicht von Natur aus ein neugieriger Mensch wäre.

»Lena, bist du's?«

»Ja«, sagte ich und verzichtete netterweise darauf, sie darauf aufmerksam zu machen, dass das eine beknackte Frage war, schließlich hatte sie mich angerufen.

»Mir geht es total schlecht«, sagte Caro, ohne auf meinen Björn-Triumph auch nur im Geringsten einzugehen, was typisch egomanisch für Fast-Verheiratete ist, denen die alten Freundinnen anfangen egal zu sein.

»Hat Felix die Hochzeit abgeblasen?«, fragte ich. Das wäre natürlich der Knaller. Sie hatten schließlich schon die Einladungen verschickt und extra eine Verlobungsfeier gemacht, um mehr Geschenke einzusacken. Musste man die in so einem Fall nicht zurückgeben? Vielleicht würde ich meine Kohle vom Junggesellinnenabschied dann auch zurückbekommen, die könnte ich gerade super gebrauchen. Papa hat nämlich mein Geld immer noch nicht zurückgezahlt.

»Was? Quatsch. *Wenn* jemand die Hochzeit abblasen würde, dann wäre das außerdem wohl ich«, erwiderte Caro schnippisch. Sie machte eine Pause, um wieder in ihre dramatische Stimmung zurückzufinden, und schluchzte »Nein, ich bin ein Mörder.«

»Was?«

»Eine Kindermörderin.«

»Caro, tickt's bei dir eigentlich noch?«

»Ich habe mindestens 50 Babys die Toilette heruntergespült«, sagte Caro leise und sehr ernst.

Ich versuchte, diese merkwürdige Information irgendwie sinnvoll zusammenzubringen. War es theoretisch möglich, dass Caro ein Doppelleben führte? War sie nur oberflächlich eine dieser Frauen, die normal und lustig sind und damit beschäftigt nach billigen Outfits, die teuer aussehen, Ausschau zu halten, aber in einem parallelen Leben der Kripo unter ihrem Decknamen ›Der Schlachter‹ bekannt? Durfte ich sie ab jetzt zur Sicherheit nur noch tagsüber an öffentlichen Plätzen treffen? Meine Güte, wahrscheinlich war das schon möglich, solche Geschichten brachte die *Bild* schließlich ständig. Ich musste die anderen warnen. Jetzt nur noch das Gespräch unauffällig zum Ende bringen. Caro schien zu merken, dass ich ins Grübeln gekommen war.

»Ich habe abgetrieben. Aus Versehen.«

»Was? Das hast du nie erzählt«, erwiderte ich immer noch geschockt und ein ganz klein wenig enttäuscht, dass ich doch nicht Teil eines aufregenden Kriminalfalls werden würde. »Aber von wem warst du denn schwanger?« Abgetrieben – das konnte doch nur vor Felix passiert sein. Ich ging im Kopf alle Typen vor Felix durch. Waren gar nicht viele, außer wenn man diese ganzen Türken, Griechen, Franzosen, Italiener und sonst was aus dem Urlaub dazuzählte. Aber Caro war ein spießiger Verhüter. Da war bestimmt jedes Spermium pingeligst abgewehrt worden.

»Es ist anders, als du denkst, es war wirklich Zufall. Mein Frauenarzt hat meine Spirale entfernt. Er meinte, sie war total verrutscht und kann eigentlich schon lange nicht mehr richtig funktioniert haben. Da sind die Eizellen wahrscheinlich immer erst in allerletzter Sekunde abgegangen. Deshalb hatte ich wahrscheinlich meine Tage immer so stark. Es war jedes Mal eine Abtreibung.«

»Ach du Scheiße.«

»Das geht schon zwei Jahre so, jeden Monat.«

Ich atmete tief durch. »Das ist ja grauenhaft. Wo der Papst schon behauptet, die Pille wäre eine Abtreibung«, sagte ich. »Aber du brauchst dich ja nicht vor dem Papst zu rechtfertigen«, fügte ich schnell hinzu, damit sie nicht noch trauriger wurde. Wie ich auf den Papst kam, war mir selbst schleierhaft.

Caro ging sofort darauf ein, als hätte sie darauf gewartet. »Stimmt eigentlich. Ich bin ja evangelisch. Du meinst, ist nicht so schlimm?« Sie klang direkt fröhlicher.

»Nein«, sagte ich.

»Ach, du bist wirklich eine gute Freundin. Ich fühle mich schon viel besser. Gut, dass Charlotte und Janina beide nicht abgenommen haben, als ich sie angerufen habe. Meine Güte, ich habe noch so viel Krempel für die Hochzeit zu erledigen. Es wird großartig ...«

»Bei mir ist auch gerade viel los«, warf ich schnell ein, damit es nicht so wirkte, als hätte ich nichts zu tun. Ich bin also die Nummer drei auf ihrer Sorgentelefonliste.

»Aber so ein Fest, das kannst du dir wahrscheinlich gar nicht vorstellen, ist auch wahnsinnig teuer«, fuhr sie fort, als wäre ich gar nicht am Apparat, sondern sie in ein Selbstgespräch vertieft. »Meine Eltern haben gesagt, sie geben uns genauso viel Geld für die Hochzeit dazu wie Felix' Eltern. Und weißt du, was wir gemacht haben? Wir haben ihnen einfach gesagt, dass Felix' Eltern viel mehr dazugeben. Das war Janinas Idee. Sie meinte, das macht man bei Immobilien auch immer so. Und damit sie nicht als Knauserlappen dastehen, mussten sie mitziehen. Dadurch konnten wir unser Budget irre aufbessern. Clever nicht?«

»Ja, das ist wirklich ... äh ... clever«, sagte ich etwas ungläubig darüber, dass Caro ihre eigene Eltern mit miesen Tricks aus dem Immobiliengeschäft ausnahm. Musste ich ihr das nicht sagen? Sie war wahrscheinlich schon zu durchgedreht, um zu bemerken, was sie da eigentlich tat.

»Ahh, nein!«, kreischte sie auf. »Jetzt muss ich aber wirklich los. Ich muss mit der Druckerei noch das Kirchenprogramm besprechen. Das wird genau passend zur Einladung, Tischkarten und Menükarten – wir haben ein eigenes Logo für uns kreieren lassen. Also ciao, Süße, lass den Kopf nicht hängen.«

»Ciao.«

Aber Caro hatte schon aufgelegt. Wieso ging sie eigentlich davon aus, dass ich unglücklicher war als sie? Weil ich kein Kirchenprogramm mit Hochzeitslogo besaß? *Björn hat mich angemailt!* Aber meine Champagner- und Feuerwerksstimmung war sowieso verflogen. Sie hatte mich gar nicht gefragt, wie es mir ging. Caro war wahrscheinlich schon zu lange auf Facebook und verwechselte Telefonieren mit Posten, wo einem egal war, ob jemand das las oder nicht, und man stur die Frage ›Was machst du gerade?‹ beantwortete, egal wie fad die eigene Tätigkeit derzeit war. Man hatte Lust auf Kommunikation oder versuchte Zeit zu schinden und war praktischerweise ganz unabhängig davon, ob irgendjemand Lust und Nerven hatte zuzuhören. Janina gab wieder per Facebook bekannt, welche Klamotten ihr gefielen, als würde sie den ganzen Tag bei Net-A-Porter Jimmy-Choo-Sandaletten kaufen. Das war doch reine Selbstpositionierung als Fashion Icon! Okay, vielleicht bin ich neidisch. Aber nur etwas.

**19. Juli, 12:03 Uhr**

Ich habe Björn angerufen. Erst wollte ich eine E-Mail schreiben, dann habe ich eine SMS komponiert, extra locker, ohne verkrampft die 160 Zeichen auszunutzen:

Lieber Björn, habe super Wohnung für dich an der Hand, melde dich sofort, deine Lena (aus Sylt & *Brenner*)

Mir ist schon klar, dass ›Lieber‹ und ›deine‹, etwas förmlich für eine SMS sind, aber es macht Spaß, diese Worte in Zusammenhang mit Björn zu verwenden. Habe trotzdem danach mit unterdrückter Rufnummer (damit ich unendlich oft anrufen kann, falls er nicht drangeht, ohne dass es auffällt) angerufen. Er ging sofort dran:

»Hallo.«

»Hey, Björn. Hier ist Lena.«

Schweigen.

»Lena. Wir haben uns in Sylt getroffen.«

Schweigen.

»Ich war etwas betrunken in Sylt und dann im *Brenn*…«

»Ach, natürlich, hallo, Lena, was gibt's?« Er klang überrascht.

»Also, äh …« (Und hier wurde Björns Schweigen nervenzerreibend.) »Also, ähh, ich wollte dir sagen, ich habe eine Wohnung für dich«, brach es aus mir heraus.

»Du hast eine Wohnung für mich?«

»Ähhh, ja. Genau, was du suchst.«

»Wo ist sie denn? Das wäre natürlich top.«

»Ähh. Also, äh. In Schwabing. Oder in der Nähe.« Er wollte doch eine in Schwabing und ich gab ihm, was er wollte, wie Janina geraten hatte.

»Schwabing wäre cool. Wie groß und wie teuer?«

»Äh. Also, äh, das weiß ich jetzt nicht. Ist von einer Freundin. Also, äh, ich muss jetzt Schluss machen. Ich sende dir die Details.«

»Ach so. Ja, mach das doch, das wäre natürlich prima.«

Schweigen. Ich hatte einen Kloß im Hals.

»Vielen Dank, Lena.«

»Klar, also bis bald.«

»Gut, bis bald. Tschüüss.«

Ach du meine Güte. Oder vielmehr: Oh. Mein. Gott. Ich muss sofort Janina anrufen. Angeblich hat sie doch unendlich gute Verbindungen im Immobiliengeschäft. Ich hätte sie vorher anrufen sollen, aber ich wollte nicht länger warten. Ich muss schließlich alles daran setzen, noch eine Chance zu haben, damit er sieht, wie ich wirklich bin. Wenn Groupies es schaffen, sich in die streng bewachten Hotelzimmer von Rockstars zu schmuggeln, werde ich doch wohl ein unverfängliches Treffen mit Björn auf die Reihe bekommen!

## 13:12 Uhr

»Ich soll dir eine Wohnung besorgen?«, fragte Janina.

»Genau. Ich brauche eine Wohnung in Schwabing, nicht zu teuer. Sofort bezugsfrei und möbliert.«

»Klar.«

»Wirklich, das ist kein Problem?« Ich atmete erleichtert aus.

»Nee, ich meine, klar, das wollen alle. Also ohne Möbel. Mit Möbeln ist es noch schwieriger. Ich will nicht sagen unmöglich, aber so in die Richtung.«

»Na also, du weißt, worum es geht. Aber du hast doch super Verbindungen, oder? Besorgst du mir eine? Es ist wirklich total dringend. Ich habe Björn gesagt, dass ich eine Wohnung für ihn an der Hand habe.«

»Du hast ihm eine Wohnung versprochen, ohne eine zu haben? Weißt du, *wie* schwierig es ist, eine möblierte, bezahlbare Wohnung in Schwabing zu finden?«

»Ja natürlich, aber so konnte ich sichergehen, dass er mich treffen will.«

»Er will dich nur treffen, wenn du ihm eine Wohnung besorgst?«

»Ach, das ist jetzt zu kompliziert zu erklären. Kannst du mir jetzt helfen oder nicht?«

Janina seufzte. »Mann, Mann, Mann.«

»Du hast doch selbst gesagt, ich soll ihm geben, was er braucht. Und momentan braucht er eben eine Wohnung.«

»Ja, aber ich habe nicht gesagt, dass *ich* ihm geben soll, was er braucht. Für diese kleinen Buden gibt es eine krasse Provision. Wer zahlt mir dann meine Provision?«

»Die zahle ich.«

»Ach du meine Güte, jetzt drehst du durch.«

»Also, machst du's oder nicht?«

Sehr lange Pause, in der Janina wahrscheinlich einen Finger neu lackierte, wie sie das immer am Telefon machte, oder überlegte, ob sie mir in dieser Notlage die doppelte Kaution abnehmen könnte. Dann ein Seufzen. »Also gut. Ich höre mich mal um. Ich sag dir später Bescheid, aber gib mir zwei Tage und ich kann nichts versprechen.«

Okay. Ich muss jetzt darauf bauen, dass man seiner Freundin nicht die letzten Kröten abnehmen wird und nach so einem Junggesellinnenabschied ist man schließlich befreundet. Oder zumindest muss ich darauf vertrauen, dass ich in kleinen Raten à zehn Euro im Monat auf 30 Jahre zurückzahlen kann. Aber wenn dies ein kleines Investment ist, um falsche Eindrücke in der Vergangenheit wieder geradezurücken, für eine glanzvolle Zukunft, dann ist es das schließlich wert. Andere Frauen investieren in Selbstbräunungs-Duschen, Silikonbrüste oder Handschellen, ich in eine Wohnung.

**17:41 Uhr**

Habe ihm eine E-Mail geschrieben, dass ich mich spätestens übermorgen melde, und Janina noch mal Druck gemacht. Das Blöde ist, dass ich kaum Informationen über ihn gefunden habe, obwohl ich seinen Vor- und Zunamen kenne, auch wenn ich seine Facebook-Seite identifizieren konnte, allerdings gesperrt für Nicht-Freunde und ich will mich nicht direkt aufdrängen. Ich gehe jetzt trotzdem einfach mal optimistisch davon aus, dass er kein CIA-Geheimagent ist, trotz der Geheimniskrämerei, die er um seinen Job macht. Falls wir uns wiedersehen, muss ich unbedingt vorher noch die drei Kilo schaffen. Komischerweise sind meine Hosen nämlich eher enger als weiter geworden, seit ich meine Kaffee-Diät mache und weniger esse und hauptsächlich Kaffee trinke, der bekanntlich ja in jeder Diät erlaubt ist. Mein Favorit ist derzeit Mocha Toffee Latte. Sogar die extra Sahne verkneife ich mir. Dazu gibt es heute:

1) einen Bagel mit Frischkäse und

2) einen Orangensaft (wegen der Vitamine, Kalorien zählen da gar nicht, aber ich will keinen Haarausfall kriegen).

Von so einer Ernährung kann man nicht dick werden. Ich benutze aber keine Waage, weil ich mich nicht von Zahlen tyrannisieren lassen will. Vielleicht ist die zwickende Hose auch eingelaufen. Ein viel größeres Problem ist nach wie vor das Flirten. Ich bin schon seit Jahren raus. Ich muss mich optimal vorbereiten. Vielleicht finde ich ja Hilfestellung im Internet. Wie hat man eigentlich gelebt, bevor es das Internet gab? Meine Kindheit ist nur noch vage Erinnerung auf gelblichen Fotos. Was hat man früher mit der ganzen Zeit gemacht, die man nicht vor dem Bildschirm verbracht hat? Ich weiß es nicht mehr. Das waren jeden Tag viele Stunden, die einem frei zur Verfügung standen, kaum vorstellbar.

**18:39 Uhr**

Das Internet ist fabelhaft. Auf der Seite Teen Advice von about.com gibt es ganz pragmatische Flirt-Tipps, hier ein Auszug:

*1) Man braucht nicht verliebt sein, um Flirten zu üben, sondern kann wahllos mit Leuten trainieren, die einem über den Weg laufen. Dann hat man seine Fähigkeiten geschult, wenn es drauf ankommt.*

Auf die Idee wäre ich allein nie gekommen! Ich werde ab sofort viel mehr üben.

*2) Mann muss Augenkontakt halten. Wenn man dafür zu schüchtern ist, sollte man einfach auf einen Punkt zwischen den Augen zielen. Für den anderen sieht das aus wie Augenkontakt.*

*3) Mach Komplimente über Haare, Lächeln oder Kleidung. Dann freut sich der andere.* Bingo.

*4) Lächele! Es muss nicht gleich Bozo der Clown sein, aber sobald sich die Möglichkeit ergibt, solltest du lächeln.*

Danke, mache ich!

*5) Flirte mit dem Körper. Wende dich dem Flirtobjekt zu und finde einen Grund, den anderen anzufassen.*

*6) Rede über lustige, fröhliche Dinge, wie deinen neuen Welpen, nicht über traurige, ernste Dinge (dass dein Welpe überfahren wurde). Du sollst nicht deine Seele freilegen, sondern erst mal dafür sorgen, dass der andere nicht abhaut.*

Ich habe keinen Welpen, aber ich verstehe, was gemeint ist!

*7) Peinliche Stille mit Fragen zu Kleidung, Musik oder Bild an der Wand überspielen.*

*8) Ganz viel üben!*

Und dann habe ich auf YouTube ein hilfreiches Video von Kandee Johnson gefunden, die mir gezeigt hat, wie ich mich schminken kann, damit ich aussehe wie Megan Fox. Kandee Johnson macht coole Videos auf YouTube, mit denen man lernt, sich die Haare zu glätten oder Smokey-Eye-Make-up zu machen. Ich bin jetzt auf Facebook ein Fan von ihr!

Megan Fox finde ich super, auch wenn sie definitiv ein Kandidat ist, der genauso wenig Angst vor Schönheitsoperationen hat wie, sagen wir mal, Heidi Montag. Nur dass Heidi Montag versucht, durch ihre Schönheitsoperationen bekannt zu werden, während Megan Fox versucht, ihre zu vertuschen.

## 20. Juli, 10:42 Uhr

Habe noch nichts von Janina gehört. Gerade kam Schorsch. »Na, wie ist das Wetter heute in Hollywood?«, hauchte er so nah an meinem Ohr, dass ich vor Schreck meinen Kaffee haarscharf neben die Tastatur prustete.

»Du Vollidiot. Willst du mich sabotieren?«, schimpfte ich, obwohl ich Schorsch natürlich schon vermisst hatte. Ich rubbelte den Kaffeespritzer mit einer Papierserviette vom Tisch weg. Das wäre nicht das erste Mal, dass Kaffee meinen Mac lahmlegt.

»Schatz, du vergoogelst noch dein Leben«, behauptete er dann, bevor er seinen grünen Parka über die Stuhllehne hing und die langen Beine unter den zu kleinen Tisch klemmte. Zu allem Überfluss wischte er dabei alte Blueberry-Muffin-Krümel in meine Richtung, um sein heiliges Laptop zu schonen. Kein Apple, sondern ein PC, bäh!

»Ich lasse mich im Internet inspirieren«, erwiderte ich. Ich habe Schorsch noch nicht von meinem Blog erzählt, damit er nicht verkrampft oder noch schlimmer, nur freundlich ist, um in meinem Windschatten über den Blog berühmt zu werden. Björn hat sich noch nicht zurückgemeldet. Er wartete vielleicht auch auf eine neue Nachricht von mir und sieht keinen Grund, sich zu melden. Es war definitiv noch zu früh, eine E-Mail hinterherzuschicken. Ob meine vorherige E-Mail ihn erreicht hat und nicht im Spam-Ordner gelandet ist? Das wäre natürlich ein Albtraum. Aber sonst könnte ich ja noch mal unverfänglich mit unterdrückter Rufnummer anrufen.

»Geht's dir gut, Schorsch! Hast du ein schönes Wochenende gehabt?«, fragte ich interessiert. Ich schenkte ihm ein charmantes Lächeln, drehte mich zu ihm hin und schlug meine Beine übereinander. Die sahen heute gut aus in dem kurzen Rock dank Selbstbräuner. Ich hatte nämlich im Dunstkreis von Kandee-Johnson-Videos auch ein paar Style-Videos auf YouTube gefunden und endlich mal ein paar Fotos aus meinem ›Inspiration‹-Ordner genommen, den ›fashion vibe gechannelt‹, wie es so schön heißt, und den Look nachempfunden. Bevor ich Björn wiedertraf, stellte Schorsch ein super Flirt-Übungsterrain dar. Schorsch sah mich misstrauisch an.

Ich lächelte weiter. »Sind heute weniger Leute hier, nicht wahr«, bemerkte ich. Schließlich kann man immer über die Umgebung reden.

»Mmh«, grunzte Schorsch.

Ich lächelte ihn total nett an, als wäre er nicht der verschlafene, grunzende Schorsch, sondern ein gut gelaunter Orlando Bloom.

»Du bist heute ja ulkig«, sagte Schorsch.

Daraufhin lachte ich laut auf, als hätte er einen super Witz gemacht und berührte dabei seinen Arm. Dann starrte ich auf den Punkt zwischen seinen Augen.

»Hast du gekifft?«, fragte Schorsch.

Ich glaube, das lag einfach nur an Schorsch. Der ist es nicht gewohnt, dass Mädels mit ihm flirten.

»Was passiert denn bei *Himmel und Hölle* heute so«, fragte ich etwas sachlicher. Ich durfte jetzt nicht so schnell aufgeben. Dabei lächelte ich ihn wieder erwartungsvoll an. Ich kann ausdauernd sein.

Schorsch warf mir einen zweifelnden Blick zu. »Ach, Johanna betrügt Georg mit dessen Bruder und dann versucht der später sie umzubringen.«

»Das hört sich megamäßig spannend an!«

Na ja, danach setzten wir uns beide an die Arbeit. Es stimmt zwar, dass ich immer noch kein Thema für meinen Artikel gefunden habe, aber Schorschs Traumberuf scheint mir auch weniger aufregend als zuerst angenommen. Wer glaubt, dass kreative Autoren mit wahnsinnig pfiffigen Ideen diese Drehbücher schreiben, der täuscht sich. Es gibt gar keine Drehbuchautoren bei *Himmel und Hölle.* Es gibt nur Storyliners und Dialoger und Plotter. Es läuft wie bei McDonald's, wo jeder Handgriff zum Erstellen eines Big Macs in kleinste Bestandteile auseinanderdividiert wurde, damit jeder Idiot einen Big Mac zusammenstellen kann, der in Kyoto genauso schmeckt wie in Guatemala. Schorsch ist Storyliner. Er schreibt Storylines für ein paar der Figuren in der Vorabendserie. Also, wenn es in *Himmel und Hölle* mal wieder rund geht und eine vor zwölf Folgen verstorbene Cousine wieder auftaucht, wobei sich herausstellt, dass sie nur die von ihrem Schwiegervater verursachte Schwangerschaft verheimlichen wollte und den Autounfall nur vorgetäuscht hatte und sich jetzt in ihren eigenen Bruder verliebt hat, dann steckt ein mit Koffein vollgepumpter Schorsch dahinter. Er schreibt gar nicht die Dialoge. Die Dialoge für die Figuren unter 25 werden von den Praktikanten geschrieben, weil die nah dran an der Zielgruppe sind. Schorsch bekommt nur die Vorgabe ›Bring die Cousine wieder in die Show‹, trinkt drei Double Shot Latte und tippt los.

**17:03 Uhr**

Der Tag neigt sich schon wieder dem Ende zu und ich brauche jetzt dringend die Infos von Janina, sonst verliere ich meine Glaubwürdigkeit. Ich habe heute zwar schon von Kandee Johnson gelernt, wie man so einen California-Girl-Look à là Lauren Conrad hinkriegt, ohne Markenprodukte zu benutzen. Aber ein Thema für meinen Artikel habe ich immer noch nicht. Ich werde jetzt nur mal so ganz vorsichtig bei Cordula von *Grace* anklopfen, ob die nicht vielleicht doch etwas haben, das ich bearbeiten könnte. Ich muss mir mal wieder die Haare waschen, habe aber kein Shampoo mehr.

**21. Juli, 10:52 Uhr**

Schorsch hat mir heute einen White Chocolate Mocha ausgegeben. Schorsch hat mir noch nie etwas ausgegeben, das war wirklich nett. Dann meinte er allerdings, ich müsse aufpassen, dass ich nicht bald einen Zuckerschock kriegen würde, weil ich so viele davon trinke. Aber ich kann ja nicht light trinken, weil diese Süßstoffe Krebs verursachen sollen, und dünn und tot will ich auch nicht sein. Tja, und jetzt habe ich gegoogelt und bin fast ohnmächtig geworden. Ein White Chocolate Mocha hat 340 Kalorien und wir reden hier über fettfreie Milch! Da kann ich genauso gut eine Cola trinken, sogar eine große bei McDonald's! Ein Strawberries & Cream Frappuccino in venti hat, bitte hinsetzen, 840 Kalorien, das wäre, als würde ich einen Big Mac *und* Pommes mampfen. Deshalb werden meine Hosen immer enger! Diese modernen Cafés sind ein getarntes McDonald's. Mir wird schwarz vor Augen, wenn ich daran denke, dass ich zusätzlich Muffins und Croissants esse. Für 1.000 Kalorien kann ich folgende Kombinationen essen:

A) Zwei kleine Stücke Karottenkuchen (920 Kalorien) – wobei die Angaben online variieren, ich habe die günstigste genommen und ein halbes Glas fettfreie Milch gegen Knochenschwund

oder

B) Zwei Blueberry Muffins (940 Kalorien) und einen Americano (oder normalen Kaffee, habe ich schon seit Jahren nicht mehr getrunken) mit einem kleinen Schuss Vollmilch.

Man muss Hölle aufpassen, sich nicht mit der Getränkegröße zu vertun. Kaffeetrinken ist ein Minenfeld. Schnell hat man aus Versehen die Kalorien von drei Cheeseburgern getrunken. Aber jetzt kommt das Gute: Ich kann jeden Tag 20 Tassen Filterkaffee (ohne Milch) trinken, ohne zuzunehmen! Habe während der Recherche noch gelernt, dass dieses pummelige Osborne-Mädchen eine Wahnsinnsdiät gemacht hat und jetzt ganz dünn ist. Auf jedem Bild hält sie ein Fläschchen Neuro-Trim-Drink in der Hand. Habe jetzt geschlagene drei Stunden bei den Beautyjunkies und den Netmoms (bin zwar keine Mutti, aber die plagen sich alle mit ihren Post-Baby-Kilos rum, deshalb gibt es auf Mutti-Seiten immer super Diät-Tipps) verbracht und ein paar

Posts hinterlassen, aber diesen Wunderdrink kann man in Deutschland partout nicht bekommen! Warum kann man diese coolen Diät-Sachen in Deutschland nicht bestellen? Hier ist eine Verschwörung im Gange, damit ich diese letzten paar lächerlichen Kilos an den Oberschenkeln nicht loswerde. Vielleicht sogar eine Verschwörung größeren Ausmaßes der Amerikaner gegen die Europäer, da die besten Teile der Rachel-Zoe-Kollektion den Deutschen schließlich auch vorenthalten werden. Rachel hat sich deswegen nie zurückgemeldet, obwohl ich ihr diesbezüglich eine E-Mail geschrieben habe. Ich werde die Augen für weitere Indizien aufhalten und bin für Hinweise dankbar. Bin außerdem total aufgekratzt von dem vielen Filterkaffee. Die Refills sind billig, aber mein linkes Bein zittert schon. Schorsch hat heute Nachmittag besorgt gefragt, ob alles bei mir in Ordnung sei. Er ist reizend in letzter Zeit, und ich habe ihn wieder total nett angelächelt und eine ganze superdurchgeknallte Episode von *Himmel und Hölle* von Schorsch durchgelesen und trotzdem noch gelächelt. Ich werde langsam richtig gut im Flirten.

Habe noch mal Björns E-Mail-Adresse, Namen und Bilder gegoogelt, aber die Suche nach Björn Müller ist hoffnungslos. Oh Gott, hoffentlich googelt er mich nicht. Habe mich testweise selbst gegoogelt. Da kommen erst ein paar andere Lenas und dann irgendwann meine Facebook-Seite, auf der ich mich jetzt mit alten Schulkameraden verbunden habe, um ein paar Freunde mehr zu haben. Und Schorsch habe ich auch überredet, ein Facebook-Konto zu eröffnen und sich mit mir zu verbinden. 38 Freunde! Allerdings hat der Durchschnittsnutzer 120 Freunde. Wenn man meinen Namen googelt, kommt leider noch vor Facebook diese Webseite, wo ich mich in einem Shopping-Forum über

QVC beschwert habe, dass Rachel-Zoe-Produkte nicht in Deutschland lieferbar sind. Dort klinge ich nach einer Mischung aus religiösem Fanatiker und Verschwörungstheoretiker. Werde mich jetzt täglich zehn Mal selbst googeln und dann auf die Facebook Seite gehen, damit die in den Suchergebnissen nach oben rutscht und diese QVC-Beschwerde weiter nach unten. Bei Google werden nämlich die Seiten zuerst angezeigt, die am häufigsten angeklickt werden, habe ich mal gelesen.

## 22. Juli, 11:22 Uhr

Endlich ist Janina drangegangen und sie hat eine Wohnung! Ich habe Björn sofort alle Infos weitergeleitet und werde mich morgen natürlich selbst zum Wohnungsbesichtigungstermin aufdrängen! Ich werde am besten bis morgen nichts mehr essen. Meine megafettigen Haare werde ich auch erst morgen waschen, damit sie optimal fluffig-duftig für den Termin sind. Ich habe im Internet ein Diätmittel bestellt, das es früher nur verschreibungspflichtig für diese megafetten Leute in Amerika gab. Wenn man das schluckt, kann man kein Fett mehr verarbeiten, das heißt, dass alles Fett, was man isst, wieder herauskommt. Ich meine, das Zeug ist traumhaft! Ich habe es in diskreter Verpackung per Express bestellt. Ist mir sonst vor dem Postboten zu peinlich.

Habe vorhin leider schon einen Brownie gegessen, werde jetzt allerdings *nicht* nachsehen, wie viele Kalorien der hat. Bald habe ich dann dieses Wunder-Abspeckmittel und dann kann ich jeden Tag 20 Brownies essen, weil ich dann ja kein Fett mehr verarbeite! Früher hätte man sich für so einen

Effekt einen Bandwurm besorgen müssen, damit kann man ja angeblich auch gut abnehmen. Ist aber irgendwie ein ekeliger Gedanke, so einen Wurm im Bauch, der alles wegfrisst. Obwohl – wenn ich jetzt so richtig darüber nachdenke, könnte ein Bandwurm vielleicht sogar eine alternative und schnelle Lösung sein. Man darf sich manchmal nicht so anstellen, schließlich habe ich mir mal nach einer Überdosis *Sex in the City* die gesamte Bikinizone gewachst. Mit Heißwachs. Das war sicher schlimmer als ein putziger Bandwurm.

**13:01 Uhr**

Habe gerade in einem Diät-Forum ein Posting zum Thema ›Bandwurm‹ gemacht. Habe das ganz geschickt formuliert, damit nicht alle denken, ich sei übergeschnappt. Hier ist mein Posting:

*Hallo zusammen!*

*Ich hoffe, ihr könnte mir helfen. Mein Vater dreht in letzter Zeit ein bisschen am Rad. Er ist etwas korpulenter und hat sich nun in den Kopf gesetzt, Bandwürmer zu schlucken. Er hat wohl gehört, dass man so abnehmen kann. Die Würmer nehmen ja angeblich einen Großteil der Nahrung auf. Ist das wahr? Das alles hört sich für mich supisupigefährlich an, das kann doch nicht sein Ernst sein.*

*Was gibt es dabei denn zu beachten, und woher bekommt man solche Würmer überhaupt. Doch bestimmt nicht in Deutschland? Oder doch? Petra*

## 15:02 Uhr

»Mhh, du sitzt ja tatsächlich hier«, sagte jemand hinter mir, als ich gerade das Internet zum Thema Bandwurm durchforstete. Ich drehte mich um und erstarrte. Nur das Blut in meinen Wangen rauschte wie die Niagara-Fälle.

»Hallo, Lena.«

»Ich hoffe, du betreibst investigativen Journalismus und bist nicht selbst befallen«, bemerkte Björn und streckte seinen Kopf forsch nach vorn, sodass er genau neben meinem Kopf auf den Bildschirm mit dem Bandwurm schaute. Ich spürte den Luftzug und konnte das Shampoo in seinen Haaren riechen, sogar der Zitronen-Weichspüler, den ich noch aus Sylt kannte. Das erinnert mich auch daran, dass meine Haare definitiv nicht nach Shampoo rochen. Ich starrte nach vorn wie in einer Art Schockzustand.

»Ein Artikel über Wurmbefall? Das macht bestimmt Spaß. Oder ist es etwa doch …?« Er blickte mich seitlich an und sein Gesicht war geradezu unerträglich nah neben meinem. Er hörte wahrscheinlich mein Blut rauschen, mein Herz pochen und jedes winzige Grummeln in meinem Magen.

»Ein Artikel, du Schlauberger«, brachte ich endlich heraus. Ich atmete tief ein und aus, um wieder ruhig zu werden.

»Für welches Magazin denn?«

Ich wurde noch röter. Mein Blick fiel auf die *Small World*, dich ich mir gekauft hatte, weil ich wissen wollte, was mein Vater glaubt, welchen journalistischen Stil ich habe.

»Für die *Small World* zum Beispiel?« Immerhin hatte ich das eher gefragt als festgestellt.

»Du schreibst für die *Small World*?«, fragte er beeindruckt und hielt das Magazin hoch. »Ist da was von dir drin?« Warum waren alle nur von Journalisten für die *Small World* so beeindruckt und niemand von einem Journalisten für die *Grace*?

»Mmmmh«, sagte ich, um Zeit zu gewinnen.

»Welchen denn?« Er blätterte im Magazin bis zum gelben Post-It, mit dem ich die Seite mit dem Afghanistan-Artikel markiert hatte.

»Der hier?«

»Ja, der ist gut …«

»Dakota Dümpelmann.« Björn warf seinen Kopf zurück und lachte. »Das ist ja ein geiles Pseudonym, eine Mischung aus Hollywood und Kohlenpott. Passt zu dir«, sagte er. Er richtete sich wieder auf und hielt einen Pappbecher mit Tee in der Hand. Er trug einen Anzug, was auch bei Männern mit schlechter Figur das Maximale rausholt, aber bei Männern mit guter Figur eindrucksvoll ist.

Ich schloss den Browser mit dem Bandwurm. Dahinter erschien die Seite von Victoria's Secret, die ich ebenfalls schnell wegklickte. Und die Seiten von Ebay mit dem knuffigen Rosenporzellanteller und den rosa 1,5 Kilo-Hanteln für das Tracey Anderson Programm und den ökologischen Chia-Samen. Ich klappte eilig meinen Bildschirm nach unten, bevor es noch schlimmer wurde. Dann legte ich meine Finger in den Schoß, die bei Aufregung zu unkontrollierten, hektischen Bewegungen neigen.

»Und nebenbei kaufst du Unterwäsche und ersteigerst Damenhanteln?«

»Wenn du meine Oberarmmuskeln kennen würdest, hättest du Verständnis.« Ich war einfach froh, das Thema zu wechseln, sogar wenn das hieß, über Oberarme zu sprechen. Mein Gesicht glühte und ich wich seinem Blick aus.

»Ach so«, sagte er und betrachtete meine Arme.

»Du brauchst nicht weiter darüber nachzudenken. Victoria's Secret verkauft auch Rollkragenpullis und Sportklamotten«, sagte ich. »Computer-Bildschirme sind Teil der Privatsphäre.«

»Du arbeitest hier?«, fragte er und blickte in Richtung des Gitarrenspielers.

»Nur gelegentlich, um eine Pause vom Schreibtisch zu haben«, sagte ich ausweichend, als gäbe es neben meinem durch die Stapel an Kataloge unbrauchbar gewordenen Schreibtisch in meiner Wohnung noch irgendwo einen offiziellen Büroschreibtisch. »Was machst du denn hier?«

»Ich war gerade in der Nähe, als ich deine Nachricht bekommen habe, und dachte, du sitzt vielleicht tatsächlich hier. Das wäre ja super mit der Wohnung. Totaler Zufall.«

»Äh, ja, natürlich. Wir könnten direkt morgen hin«, sagte ich, um klarzustellen, dass das über mich ging.

»Prima, aber du brauchst wirklich nicht mitzukommen, du kannst mir einfach die Nummer deiner Freundin geben.«

»Nein! Äh, also, das geht nicht.« Ich glühte immer noch. Aber schließlich konnte ich auch einen Sonnenbrand haben.

»Ach so.« Er blickte mich leicht irritiert an.

»Sie würde es nur einem Freund von mir geben, weil *alle* diese Wohnung wollen«, sagte ich verschwörerisch.

»Okay«, sagte er und seine Augen studierten mein Gesicht. Blöderweise hatte ich mir vorher auf der Toilette den ganzen Megan-Fox-Look, den ich heute Morgen testweise kreiert hatte, aus dem Gesicht gewaschen, weil mein Gesicht angefangen hatte zu jucken und kleine rote Pusteln zu bilden. Ich vertrag einfach nicht so viel Make-up. Es juckte immer noch. Vielleicht war das Glühen auch auf eine sich ausweitende Allergie zurückzuführen.

»Ist alles in Ordnung?«, fragte Björn nach einem weiteren besorgten Blick auf mein rotes Gesicht, rot von den Pusteln und von der Aufregung. Vielleicht schaute er aber auch auf meine Haare, die in Strähnen an meiner Kopfhaut klebten.

»Ja, ja. Mir ist nur ein bisschen heiß und ich habe so 'ne Creme nicht vertragen. Ich muss noch allen möglichen Kram recherchieren«, sagte ich und wandte mein Gesicht etwas aus dem hellen Licht ab, das durch die Fenster fiel.

»Ich will dich nicht stören.«

»Nein, nein«, rief ich und konnte mich nur knapp davon abhalten, ihn zurückzureißen.

»Also, dann sehen wir uns morgen bei der Wohnung und du schickst mir die Adresse?« Ihn schien mein Verhalten etwas zu verwirren. Er sah mich jedenfalls an, als würde ich ihn verwirren. Aber nicht in der Bedeutung von ihm die Sinne rauben, sondern eher in der Bedeutung von an meinem Verstand zweifeln.

»Klar. Bis morgen«, fügte ich hinzu, damit er den Eindruck erhielt, dass ich auch keine Zeit hatte, stundenlang zu quatschen. Mein pusteliges Gesicht verlor, dem Prickeln in meinen Wangen nach zu urteilen, nicht an Farbe.

»Bin gegen irgendetwas allergisch«, erklärte ich, weil Björn nicht aufhörte, zu starren, und noch keine Anstalten machte, zu gehen.

»Schreibst du noch an deinem geheimen Blog?«, grinste er.

Ich lachte so natürlich wie möglich. »Quatsch, ich schreibe einen Artikel. Dafür recherchiere ich auch gerade.« Oh Gott. Sylt. Ich durfte nicht daran denken, wie der Abend geendet hatte.

Björn nickte.

»Ich brauchte mal eine Pause vom Büro«, fügte ich hinzu.

»Hast du dich noch gut amüsiert nach dem *Brenner*?«, fragte er.

»Ging so. Meine Mutter ist etwas anstrengend und mein Exfreund …«

Er nickte. Hatte er das jetzt verstanden? Konnte das ja schlecht wiederholen: Exfreund. EX, EX, EXfreund.

»Also, bis morgen dann«, sagte er und war verschwunden. Also ich hochsah, blickte ich in Schorschs fragendes Gesicht.

»Was starrst du so«, fuhr ich in an.

Schorsch murmelte etwas von »Frauen und Hormone« und wandte sich wieder seinem Bildschirm zu.

**23. Juli, 16:08 Uhr**

Björn kam im Anzug auf die Ainmillerstraße im schönsten Schwabing, genau gleichzeitig mit Janina. Er hatte die Jacke allerdings ausgezogen und hielt sie über dem Arm und der Kragen seines weißen Hemdes war geöffnet. Ich kann vermelden: Björn rasiert sich nicht die Brust. Ich liebe die Hitze, die im Sommer über München hereinbricht. Janina trug Maklerin-Outfit, full force: cremefarbene Seidenbluse, schwarzer enger Rock mit passenden halbhohen Pumps, Perlenohrringe, rote Nägel.

»Wie siehst du denn aus?«, fragte sie mich.

»Wieso?«

»Willst du noch irgendwohin?«

»Neee.«

Sie nickte, ließ ihre Augen über mein kurzes Kleid mit dem breiten Gürtel und die kleinen Sandalen streifen und wandte sich mit einem strahlenden Lächeln Björn zu. »Na, dann kommt mal mit rein.«

Die Wohnung war schön, große Wohnküche, helle Dielen, spärlich möbliert und kostete schlappe 1.600 Euro, was laut Janina ein Schnäppchen war. Björn zuckte nicht mit der Wimper. Bevor ich es verhindern konnte, sagte Janina: »Es kommen aber trotzdem eine Monatsmiete Courtage dazu, das ist auch bei kurzfristigen Objekten in München leider so.« Sie lächelte ihr freundliches, reserviertes Makler-Lächeln. Ich erstarrte vor Scham.

»Klar. Ich bin froh, dass ich aus dem Horrorteil am Bahnhof rauskomme, wo ich jetzt wohne«, sagte Björn. Er war nicht im Mindesten geschockt darüber, dass meine Freundin unübersehbar eine Maklerin war. Janina machte auch keine Anstalten, irgendwelche Sonderpreise anzubieten, von wegen Sylt-Bekanntschaft.

Vor der Tür drückte Janina mir sehr fest die Hand und lächelte mich leicht verächtlich an. »Gern geschehen«, sagte sie eindringlich. Ich blickte erleichtert zurück, schließlich hatte sie mir einiges an Kohle erspart, woraufhin sie mit den Augen rollte, ihre Hermès-artige Tasche schulterte und abdampfte.

Björn und ich blieben vor der Tür im Schatten eines Baumes stehen, der uns vor der brennenden Sonne schützte. Er war total zufrieden. Keine Wolke am Himmel und das Wochenende sollte genauso werden. Ich musste meine Ellbogen leicht vom Körper abhalten, um zu verhindern, dass sich Schweißflecken bildeten, weniger von der Hitze als von der Aufregung. Mein Hals und meine Lippen waren völlig ausgetrocknet und mir war etwas schwindelig, weil ich schon so lange nichts gegessen hatte und wegen des engen Gürtels.

»Wie gefällt es dem Nordlicht denn bisher in München?« Zum Glück hatte ich so viel mit Schorsch geflirtet, dass auch in Stresssituationen so ein Small-Talk-Müll aus mir herauskam.

»Nett. Ist alles genauso ordentlich hier, wie alle behaupten. Ich bin schon zweimal von einem Polizisten angehalten worden, weil ich den Fahrradweg auf der falschen Straßenseite benutzt habe und einmal, weil ich an der Fußgängerampel stehen geblieben bin, obwohl die Fahrradampel 50 Zentimeter davor angebracht war. Aber wenn man aus Hamburg nach Bayern kommt, ist man natürlich auf einiges gefasst.« Er grinste sein charmantes Lächeln und lockerte mit einer Hand im Nacken das stellenweise an seinem Körper klebende Hemd. »Ich wollte am Wochenende rausfahren, an einen See oder so. Welcher ist denn gut zum Schwimmen?«

Wie gesagt, ich bin kein bayrischer Frischluftfanatiker, der ständig zu Fuß, mit Skiern oder Mountainbike einen Berg bezwingen muss. Er hatte von mir und/oder meiner Facebook-Seite wahrscheinlich einen anderen Eindruck gewonnen und dachte, dass ich mich auskenne.

»Starnberger See?«, sagte ich, weil der Starnberger See der einzige war, an dem ich schon einmal vorbeigefahren bin. »Kann man von München aus mit dem Fahrrad hinfahren«, fügte ich hinzu. Das hatte ich mal gehört. Ich wäre nicht im Traum darauf gekommen, so viele Kilometer mit einem kleinen Drahtesel ohne Motor zu bewältigen, aber er schien ja gern Fahrrad zu fahren.

»Ja, das habe ich auch schon gedacht. Und das Wetter am Wochenende soll großartig werden.« Björn hatte währenddessen sein Fahrrad aufgeschlossen, ein schwarzes Ding, das eher nach Trecking als nach Rennrad aussah.

In diesem Moment witterte ich meine Chance. »Ich wollte am Wochenende auch hinfahren. Wenn du willst, kann ich dir den Weg zeigen«, fügte ich hinzu und lächelte ihn an, als wäre das ein völlig normaler Vorschlag. »Am Wochenende muss man einfach mal aus der Stadt raus«, ergänzte ich. Was ebenfalls stimmte. Irgendwie.

Björn sah mich prüfend an, so als wüsste er nicht so recht, was er von dem Vorschlag halten sollte. Er stand inzwischen abfahrbereit vor seinem Rad.

»Du brauchst keine Angst vor mir zu haben. Ich tu dir nichts«, sagte ich betont locker. »Ich verspreche auch, diesmal gibt's keinen Alkohol.«

Er strich ein paar Haarsträhnen nach hinten, die an seiner Stirn klebten, was er während des Gesprächs schon häufiger gemacht hatte, und sagte tatsächlich, »Ja, warum eigentlich nicht?« Dann schwang er sein Bein ziemlich gelenkig über die Stange und setzte sich auf den Ledersattel. »Ich bewege mich viel zu wenig, seit ich hier bin. Ich hoffe, du fährst nicht zu schnell«, sagte er grinsend.

»Ach«, winkte ich ab. Da bestand keinerlei Gefahr. Er wusste nicht, dass ich in der Schule wegen abnorm verzögerter Reaktionsgeschwindigkeit aus der Volleyball-Mannschaft geflogen war. Und bevor ich mich versah, hatte ich eine Verabredung zu einer Fahrt ins Grüne. Sprachlos blickte ich ihm nach. Cabrio wäre mir lieber gewesen, aber gut. Jetzt bin ich allerdings immer noch am Hyperventilieren. Wie genial habe ich das denn jetzt gemacht? Wir machen einen Ausflug aufs Land wie Verliebte. Die Französin sitzt vergessen in Paris. Wahrscheinlich gibt's die schon gar nicht mehr! Ich könnte mich ohrfeigen. Wieso habe ich gestern den Brownie gegessen, und jetzt kann ich an einem Tage kaum die drei Kilo loswerden. Aber jetzt kommt's. Ich habe doch nachgesehen, ob ich den Schaden noch irgendwie begrenzen kann: Ein Karamell-Brownie hat 580 Kalorien. Ich weiß. Ich war zuerst genauso sprachlos wie ihr jetzt. Volumenmäßig ist das Ding kleiner als ein Apfel! Eigentlich wundert mich, dass in den USA noch niemand Starbucks wegen arglistiger Täuschung verklagt hat und drei Millionen Schadensersatz bekommen hat, wie die das machen, wenn sie heißen statt kalten Kaffee bekommen. Und es kommt noch schlimmer: 324 der Kalorien sind pures Fett, was bedeutet, dass sich der Brownie noch nicht einmal die Mühe machen muss, irgendwie verdaut zu werden. Er wird null umgewandelt, sondern setzt sich direkt auf die Hüfte. Ohne eine einzige Mutation in eine Fettzelle.

**17:02**

Jemand hat auf mein Bandwurm-Posting geantwortet! Ich stelle die Antwort von Jörg direkt hier ein. (Er hat an Petra geantwortet, was mein Tarnname war). Danke Jörg!

*Liebe Petra,*

*Rinderbandwürmer sind eine prima Sache. Du schluckst nur ein kleines Ei, und in deinem Darm schlüpft ein knuffiges Würmchen. Das wächst und wächst, saugt sich in Deinem Magen fest und futtert alles auf, was Du selbst isst. Du nimmst jetzt rapide ab – das bisschen Haarausfall, die Pickel, die brüchigen Nägel, die Ohnmachtsanfälle, der Nährstoffmangel, die paar Parasiten musst Du eben in Kauf nehmen. In Deinem Stuhl befinden sich dann die Eier des Wurms, wenn Du Glück hast auch schon Larven – jetzt hast Du niedliche Haustiere! Du kannst Dir ein Terrarium aufbauen, wenn Du magst. Das Würmchen in Deinem Magen (falls es nicht in Dein Gehirn wandert) wächst. Ab und an fallen seine ›Enden‹ aus Dir heraus (Du erkennst das, wenn Du weiße Streifen in der Toilette siehst). Wenn Du dann dünn genüg bist, brauchst Du nur eine Wurmkur und zack kommt das Ding raus (manchmal kommen den Leuten dann bis zu zehn Meter lange Würmer aus dem Hintern, toll!).*

*Also, viel Spaß damit!*

*Dein Jörg*

Okay, die Bandwurm-Diät fällt flach. Erstens stimmt gar nicht, was Jörg da schreibt. In einem Terrarium kann ein Bandwurm gar nicht überleben. Zweitens glaube ich, dass Jörgs Post ironisch war. Und drittens habe ich bei Google-Bild ›Bandwurm‹ eingegeben. Ich werde jetzt Wochen und Monate damit beschäftigt sein, wieder zu vergessen, was ich in den letzten paar Minuten gesehen habe (Wie damals, als ich zum ersten Mal *Tanz der Vampire* gesehen habe und kein Kissen vor die Augen gedrückt habe, um vor meiner Cousine nicht als Feigling dazustehen.). Vor allem das Bild, auf dem ein Arzt einem Mann einen Wurm aus dem Hinterkopf herausoperiert, hat mich fertiggemacht. Dann gab's noch ein Haufen Innereien mit Wurmbefall. Bitte, außer ihr steht auf Bilder der Kategorie ›Aufgeschlitztes Krokodil mit halbverdauter Frau im Bauch‹, solltet ihr das nicht anschauen. Falls ihr allerdings auf Filmchen wie ›Wie erstelle ich zu Hause einen Schrumpfkopf‹ abfahrt, kann ich euch den Tipp geben: Unter ›Bandwurm‹ warten echte Leckerbissen für optische Perverslinge wie ihr es seid. Schnell googeln!

**18:02 Uhr**

Morgen ist das Date und ich konnte den Expressboten nur noch unscharf mit Sternchen vor den Augen erkennen, weil ich schon so lange nichts gegessen hatte, als endlich das diskrete Paket mit dem Mittel ankam, mit dem die von Donuts aufgeplusterten Megafetten in den USA abnehmen. Ich habe direkt ein paar Pillen geschluckt und dann ein leckeres Croissant hinterher. Ha, das wird sich wundern. Das kann mir jetzt nämlich nichts antun. Ich werde vielleicht später vor dem Einschlafen noch einen Brownie essen. Mit den Pillen zusammen ist so ein Brownie nämlich die optimale Ernährung, weil es fast vollständig aus Fett besteht, das ja gar nicht aufgenommen werden kann. Das Zeug ist genial! Mir geht es gut. Morgen früh treffe ich Björn mit meinem Fahrrad, das ich gerade aufgepumpt habe. Werde gleich noch ein paar Käsespätzle hinterherschieben, schließlich machen wir eine Fahrradtour und ich kann ja nicht schon nach zwei Kilometern zusammenklappen, deshalb muss ich was essen.

**24. Juli, 9:03 Uhr**

Bin schon seit halb sechs auf, weil ich Bauchschmerzen habe und nicht schlafen konnte. Habe die Strecke zum See aber genau recherchiert und zwei perfekte Sehenswürdigkeiten gefunden: Sissis Schloss Possenhofen oder das Waldemar-Bonsels-Haus in Ambach, wo der Erfinder der Biene Maja gewohnt hat. Beide Themengebiete beherrsche ich durch Anschauen von hundertfachen Fernsehwiederholungen aus dem Effeff. Außerdem hatte ich mich noch nicht auf ein

Outfit festgelegt. Wieso habe ich eigentlich keine Stylistin, die mir niedliche Shorts und ein paar Accessoires zurechtlegt? Dann ist Gutaussehen einfach. Aber ein sportliches Outfit, in dem man sexy aussieht, schlank, nicht so, als hätte man über sein Outfit nachgedacht, und bei dem man gleichzeitig keine Schweißringe unter den Achseln sieht, wenn es hart auf hart kommt, ist komplex. Ich wünschte, Rachel Zoe wäre hier.

**11:15 Uhr, blogged via iPhone**

Bin gerade auf Fahrradtour mit Björn und tippe während ich mich an sein Rückrad geheftet habe. Es ist fantastisch, nur habe ich immer noch Bauchschmerzen. Mein Bauch ist auch komisch aufgebläht.

**13:03 Uhr, blogged via iPhone**

Wir sind in Ammerland, eines dieser bayrischen Käffer am See, das einen Badeplatz besitzt, wo auch das Fußvolk hindarf. Den sonstigen See haben sich nämlich die Reichen gesichert, die sorgfältig jeden Meter Seeufer mit stacheligen Hecken und Zäunen verrammelt haben, um dann exklusiv durch ein Türchen über ihr zehn Quadratmeter großes ›Seegrundstück‹ zum Baden gehen zu können. Die Häuser stehen sowieso auf der anderen Seite der Seeuferstraße, aber alle wollen unbedingt durch zwei Meter Privatböschung latschen, um sich dann erst im See wieder mit dem Fußvolk zu mischen. Ich bin total fertig und derartig durchgeschwitzt, dass ich mir sämtliche Gedanken über das Outfit sparen und auch mit fettigen Haaren hätte kommen können. Es ist nämlich ziemlich weit hierher und Björn fährt nicht langsam, auch wenn er glaubt, dass er langsam fährt, und ich so tun muss, als wäre ich topfit. Habe T-Shirt angelassen, damit Björn nicht denkt, dass ich schwanger bin, weil mein Bauch unter dämonischem Rumoren eine Form angenommen hat, bei der auch eine baldige Niederkunft mit Zwillingen möglich wäre. Nicht jeder ist ja wie Seal, dem es wurscht ist, ob man von jemand anderem schwanger ist, wenn man sich kennenlernt. Außerdem entweichen ab und an relativ unerwartete Luftstöße. Ich sag mal so: Gut, dass wir draußen sind und ich beim Radfahren gelegentlich etwas zurückfalle. Diese Blähungen dürften meine Methangas-Öko-Bilanz ähnlich belasten wie ein Privatjet. Jet wäre aber bequemer gewesen.

**25. Juli, 13:12 Uhr**

Sonntag. Sitze auf meinem Balkon in der Sonne und werde mich heute nicht mehr bewegen. Es handelt sich dabei um eine semi-freie Entscheidung. Ich kann mich nicht mehr bewegen, sondern nur versuchen, mit hochdosiertem Magnesium und Eiweißdrinks den Muskelkater zu bekämpfen. Aber es hat sich gelohnt. Dass es gestern trotz der Bauch- und Naturgasproblematik einer dieser Wahnsinnstage wurde, an die ich mich, wie ich jetzt schon weiß, ewig erinnern werde, spricht wirklich für Björn. Außerdem für den Föhn, wie Björn erklärte, der sogar genau wusste, wie der zustande kommt, obwohl er nicht aus München ist. Durch den Föhn kann man nämlich wesentlich weiter und schärfer sehen, weil die Luft dünner wird und die Atmosphäre wie eine Lupe die Sicht verbessert. Björn erklärte noch, dass die Dichte der Luft abnimmt und somit auch die Brechzahl, sodass das Licht abgelenkt wird. Bei diesem Teil habe ich allerdings nur interessiert und betont verständig gelächelt wie früher im Chemieunterricht. Björn hatte das in seinem Reiseführer gelesen. Vielleicht sollte ich mir auch mal einen Reiseführer besorgen, da bin ich noch gar nicht drauf gekommen, weil ich hier ja wohne und nicht Urlaub mache. Man konnte jedenfalls über den ganzen dunkelblau schimmernden See blicken und jedes Haus auf der anderen Seite konturgenau erkennen und die Zugspitze dazu. Auf der Höhe des Ortes Berg kam ich jedoch endgültig an meine sportlichen Grenzen, deshalb sparten wir uns das Waldemar-Bonsels-Haus und die etwas zu ehrgeizig von mir selbst vorgeschlagene Seeumrundung zum Sissi Schloss und fuhren zum Ammerlander Badeplatz. Wir setzten und beziehungsweise in meinem Fall kollabierten auf einer altmodischen Holzbank im Schatten der Bäume. Der glasklare Himmel hatte noch andere Badegäste angelockt, insbesondere zwei Muttis mit riesigen bunten Taschen mit gebratenen Hähnchen, deren Duft zu uns herübergetrieben wurde, Erdbeeren und Saft und ihre Sprösslinge, dann noch eine Gruppe pubertierender Schüler und eine große Gruppe Teenager-Mädels, welche die Schüler um den Verstand brachten. Es war trotzdem sagenhaft entspannend. Ab und an kurvte ein Ausflugsdampfer vorbei, die Kinder warfen Steine ins Wasser und ihre Schreie hallten über das Wasser. Ein paar Segler schunkelten ziellos und ohne jede nautische Motivation vorbei und verbrannten ihre Nasen in der Sonne.

Gelegentlich hievten sich die Mädels von ihren Badetüchern hoch und balancierten über die spitzen Steine ins Wasser, um sich abzukühlen.

»Wenn man das sieht, versteht man schon, warum die Bayern so eingebildet sind«, bemerkte Björn, der seine Beine weit von sich gestreckt und die Arme über die Rücklehne der Bank ausgebreitet hatte, sodass ich, obwohl sein Arm keineswegs meinen Nacken berührte, seine Nähe spürte und in jeder Sekunde millimetergenau wusste, wo er sich befand, als hätte ich einen eingebauten Radar.

»Es ist wunderschön. Es hat so etwas Altmodisches wie der Osten direkt nach der Wende. Wahrscheinlich sah es hier vor hundert Jahren genauso aus und die Bank stand schon immer hier.«

Das andere Ufer sah viel näher aus, als es sein dürfte, die Türme des Klosters von Bernried und von Sankt Joseph in Tutzing, davor die kleine Pfarrei St. Peter und Paul, ich hatte die Namen der Ortschaften gestern in Vorbereitung auf den Ausflug gelernt. Das Ufer war mit saftigem Grün bewachsen und weitestgehend unverbaut. »Der Blick von hier hat sich schon seit Ewigkeiten nicht verändert. Und außerdem hört man kaum Motoren, weil außer den Fähren kaum Motorboote unterwegs sind.«

»Ja, es sieht toll aus.«

»Wunderschön.«

»Man kann irre weit gucken.«

»Die Berge sind so scharf gezeichnet wie Scherenschnitte«, sagte ich. Damit hatten wir das Thema ›Hier ist es aber schön‹ umfassend abgearbeitet.

»Berge wie Scherenschnitte. Mmh. Das klingt poetisch. Schreibst du Gedichte?«, fragte Björn ohne Ironie, als würde er mir das wirklich zutrauen.

»Nein«, erwiderte ich deshalb absichtlich zögernd, damit er vielleicht doch noch denkt, dass ich heimlich Gedichte schreibe. Tja, das sind Spitzfindigkeiten der Kommunikation. Darin bin ich ehrlich gesagt ziemlich gut, den anderen Bescheidenheit vorzuspielen, aber in Wirklichkeit, unter dem Mantel der Bescheidenheit, anzugeben. »Man hat gar nicht das Gefühl, dass man in Deutschland ist, nicht wahr? So einen See habe ich Deutschland früher gar nicht zugetraut. Eher Schweden oder Kanada«, sagte ich.

»Wahrscheinlich, weil du aus dem Ruhrgebiet kommst.«

»Jetzt mal zur Klärung: Köln, wo ich nicht geboren, sondern aufgewachsen bin, gehört nicht zum Ruhrgebiet, sondern zum sogenannten Rheinland. An das Ruhrgebiet habe ich nur wenige, aber immerhin wunderschöne Kindheitserinnerungen. Wenn ich aus dem Ruhrgebiet komme, kommst du aus Meckpomm. Und immerhin sieht man in Köln auch mal die Sonne.«

»Das mit dem schlechten Hamburger Wetter ist ein Gerücht. Wahrscheinlich haben das Neider aus dem Ruhrgebiet an Smogtagen in die Welt gesetzt.«

»Im Ruhrgebiet gibt es kaum noch Abgase, weil es weder Industrie noch Arbeitsplätze gibt. Außerdem lob ich mir so einen schönen von der Sonne aufgewärmten Baggersee.« Wir sagten eine Weile gar nichts, weil es anstrengend war, immer etwas Lustiges oder Interessantes zu sagen und das Thema Ruhrgebiet versus Norddeutschland nichts mehr hergab. So viel fällt einem auf die Schnelle ja gar nicht ein.

»Ich gehe jetzt jedenfalls rein«, sagte Björn und zog sich ziemlich unvermittelt das T-Shirt über den Kopf. Er machte das so, wie nur Männer sich T-Shirts über den Kopf ziehen, indem er das Shirt hinten am Halsausschnitt fasste und es sich dann gerade über den Kopf zog. Männer tragen ja keine Schminke, die bei dieser Technik den Kragen verfärben könnte. Jedenfalls entsteht dabei dieser Moment, wo ihr Kopf im T-Shirt verschwindet und ihr Körper nach vorn gebeugt ist, wodurch sich diese Muskeln auf den Schultern (die bei mir persönlich weder ausgebildet noch überhaupt angelegt sind) abzeichnen. Björn zog noch nicht mal merklich den Bauch ein und trotzdem sah man leicht die Rippen, darunter kam ein relativ kleiner Bauchnabel zum Vorschein. Keine Ahnung, warum ein Bauchnabel etwas so Intimes ist, wahrscheinlich weil er bei jedem so anders aussieht. Als Björns Kopf auftauchte, sah ich aber schon wieder auf den See, als wäre der viel interessanter. Nur in meinem Kopf surrte es, weil alle Nervenzellen in der Gegend rumballerten. Mein Stammhirn war mal wieder kurz davor auszurasten, nur weil es einen Bauchnabel gesehen hatte, was mir selbst schon ziemlich übertrieben schien.

»Kommst du mit?«, fragte er. Und streifte sich schon die Hose herunter. Er trug blaue Vilebrequin-Badeshorts darunter, wie man das von so einem Upscale Hamburger Produkt irgendwie erwartete.

Ich nickte. »Ich komme sofort nach.«

Während Björn schon im Wasser in langen Kraulzügen mitten auf den See hinausschwamm, zog ich mir umständlich die Unterwäsche aus und den Bikini an, alles unter meinem dabei als Zelt fungierenden T-Shirt. Dann lief ich, den vielen Steinen und dem eiskalten Wasser trotzend mit zusammengepressten Zähnen schnell hinein. Ich konnte diesen voluminösen Sechste-Monat-Bauch einfach nicht die ganze Zeit einziehen, ohne Krämpfe zu bekommen. Das Wasser war weich und so klar, dass man sich kaum traute, reinzupinkeln. Wobei ich sagen muss, dass die Baggerseen in Köln auch nicht zu verachten sind, gerade wegen ihrer pipiwarmen Temperatur, die mir lieber ist als diese polarmeerartige Kälte. Nachdem ich kurz untergetaucht war, am ganzen Körper zitterte und Björn mit gespielt fröhlichem Grinsen zugewinkt hatte, rannte ich schnell an unseren Platz zurück, zog mein T-Shirt wieder an und konnte ausatmen.

Gegen Mittag bekamen wir Hunger, beziehungsweise Björn bekam Hunger und ich hoffte, die Bauchschmerzen mit etwas Essbarem bekämpfen zu können. Wir schwangen uns noch einmal auf die Räder, auch wenn bei mir schon ein leichter Muskelkater eingesetzt hatte, der eine blasse Vorahnung gab von dem, was da noch kommen würde, und fuhren auf der Suche nach etwas Essbarem den See entlang.

»Wir sind hier an einem befischbaren See, da *muss* es Fischbrötchen geben«, sagte Björn.

»Also ein Fischbrötchen ist jetzt das letzte, woran ich denke. Fängt Fisch bei so einer Hitze nicht in null Komma nix an zu stinken? Ich würde eher auf Pommes setzen. Sonnenbrand und Pommes mit Ketchup und Mayo gehören zusammen.« Die Straße am See war angenehm von Bäumen überschattet, sodass der Fahrtwind eine leichte Kühlung verschaffte und nur zwischen den Bäumen die heißen Sonnenstrahlen direkt auf die Haut trafen. »Wobei es hier wahrscheinlich weder Fischbrötchen noch Pommes rotweiß gibt. Bestimmt nur Schweinshaxe. Die essen zu viele Schweine, die Bayern. Ich verstehe gar nicht, was die an Schweinefleisch finden.«

»Dann kennst du keine Königsberger Klopse. Da ist auch Schweinefleisch drin und es ist das beste Gericht der Welt.« Das stimmt. Königsberger Klopse mit Kapern, kann ich jedem ans Herz leben. Wobei jedes Gericht mit Kapern lecker schmeckt.

Später lüfteten wir das Geheimnis, wie die Bayern am

See ohne Pommes und Fischbrötchen den Sommer überstehen. Die Antwort lautet: Fischpflanzerl. Hierbei handelt es sich keineswegs um essbare Pflanzen in Fischform, wie jeder Nicht-Bayer vermuten könnte, sondern um Fischfrikadellen, die köstlich schmecken und vor allem frittiert sind, eine Mischung aus Pommes und Fischbrötchen. Es stellt den idealen Kompromiss zwischen norddeutschen und mitteldeutschen Spezialitäten dar.

Am Nachmittag mieteten wir einen Katamaran bei einem Fischer, weil Björn als echter Hamburger ja sehr gut segeln kann und mir dies noch einmal beweisen wollte. Wir mussten dazu Neopren-Anzüge anziehen, weil der Katamaran auch schnell kippen kann. Ich wurde einen Moment blass, da man solche Anzüge keinesfalls als Körperschmeichler bezeichnen kann, aber erstens hatte der Fischer für mich nur einen da, der viel zu groß war, was den komischen Blähbauch kaschierte, und zweitens war das Neopren so dick, dass man noch nicht mal erkennen konnte, dass die drei Kilo an den Oberschenkeln noch da waren. Ich hatte zudem den Eindruck, dass Björn die drei Kilo an den Oberschenkeln herzlich egal waren.

Da der Wind aufgefrischt hatte, ging es sofort los. Ich durfte auf dem Katamaran sitzen und Björn musste ins eiskalte Wasser und den Katamaran ins tiefe Wasser schieben, eine klassische Rollenverteilung, gegen die ich keinerlei Einwände vorzubringen hatte. Björn saß am Ruder. Die unangenehmen Auswirkungen dieser Rollenverteilung wurden erst später deutlich, weil das auch bedeutete, dass ich bei jeder Wende versuchen musste, so grazil wie möglich von einer Seite zur anderen zu huschen und das Vorsegel auf die andere Seite zu ziehen. Zwischendurch musste ich mich nach außen lehnen, damit das Ding nicht komplett umfiel.

»Können wir nicht mal eine Weile geradeaus segeln?«, fragte ich Björn außer Atem, während er mit zufriedenem Gesichtsausdruck am Ruder saß. Meine Haare waren bei der letzten Wende klitschnass geworden und auch durch das gespannte Segeltuch, auf dem ich saß, weil so ein Katamaran zwischen den Kufen ja nur bespannt ist, wurde ich dauerhaft vollgespritzt.

»Wir müssen ein bisschen kreuzen, damit wir auf die andere Seeseite kommen.«

»Was willst du denn auf der anderen Seeseite?«

»Mal gucken.«

Ich blickte auf die andere Seeseite, wo man ein paar Bäume sah, sonst nichts. »Wenn wir noch weiter kreuzen, will ich aber steuern und du kannst hin- und herhechten.«

»Kannst du das denn?«

»Du kannst es mir zeigen.«

»Klar. Ist nicht ganz so einfach. Aber jetzt erst mal Achtung, klar zur Wende!« Er fuhr wieder Richtung Wind und gab mir das Kommando zum Wechseln auf die andere Seite. Dann musste ich das Vorsegel dicht holen. Ich fand diese Arbeitsschritte gelangen mir schon ganz gut.

»Keine Sorge, ich fühle mich nicht überfordert«, sagte ich, als ich wieder zu Atem kam.

Björn zuckte mit den Achseln. »Setz dich neben mich.« Er zeigte auf den Platz rechts von sich. Wenn drumherum nichts als Wasser und Himmel ist, spürt man die Präsenz des anderen ähnlich stark, als wäre man zusammen im Fahrstuhl stecken geblieben, auch wenn das nicht logisch klingt. Deshalb war es schwierig, ihm genau zuzuhören, als er erklärte, in welchem Winkel ich zu den Wellen steuern musste, damit wir weder zu langsam wurden noch der Druck im Segel zu stark. Dann übergab er mir das Ruder, das bei Katamaranen ja nicht aus einem Steuerrad besteht, sondern aus einer einfachen Pinne. Er nahm meinen Platz ein und gab mir immer mal wieder Kommandos, wohin ich steuern sollte. Dann fuhr ich ziemlich ›steil an den Wind‹ wie es heißt, Björn hängte sich an einem Seil weit zur Seite raus und sofort wurde das Boot sehr schnell. Er grinste und sagte: »Nur nicht übertreiben.«

Die Kufen glitten über die Oberfläche, als würden sie schweben. Ab und an bekamen wir eine Ladung Wasser ins Gesicht, was sich herrlich und verwegen anfühlte. Je nachdem wie ich steuerte, wurden wir schneller oder langsamer, es war großartig, die Kontrolle zu haben, und wesentlich einfacher als von Björn beschrieben. Jedenfalls bis zu dem Zeitpunkt, da ich das mit der Geschwindigkeit auf die Spitze trieb und den Einspruch von Björn mit dem souveränen Spruch ›Angsthase‹ abtat, sodass Sekunden später die eine Kufe des Katamarans in einer Böe vollständig aus dem Wasser gehoben wurde. Es geschah schnell und doch sah ich es in Zeitlupe auf mich zukommen. Ich zog wie wild an der Pinne, ohne dass etwas passierte. An irgendeiner Stelle seiner Erklärung hatte ich nicht genau zugehört, sondern nur meine Augen voller Interesse auf ihn gerichtet, während ich innen drin mit der Betrachtung von seinem Äußeren beim Reden, seinen Gesten, seinen feuchten Haaren und den Adern auf seinen Händen und der Optimierung meines Äußeren beim Zuhören und meinen eigenen Gedanken beschäftigt war – wie früher an der Uni bei diesem Professor, in den ich verliebt war. Die andere Kufe verschwand im Wasser und wurde nach unten gedrückt, der Katamaran machte einen Salto und wir wurden von der Wucht der Bewegung in verschiedene Richtungen katapultiert. Björn brüllte noch »Vorsicht!« und krachte, mit seinem Trapez an den Katamaran angebunden, neben mir mit dem Mast zuerst in den See. Immerhin nicht auf mich drauf. Ich flog hinterher und das kalte Wasser floss sofort in den Zwischenraum zwischen Neopren und Haut. Nach einem kurzen Moment der Orientierungslosigkeit erblickte ich Björn, der schon wieder auf eine Kufe geklettert war und erstaunlich weit weg war. Ich kraulte schwerfällig in dem zu großen Anzug zum Katamaran zurück und hievte mich ebenfalls hoch. Für einen Moment sagten wir nichts und ließen uns auf dem umgedrehten Katamaran treiben, zum Glück wurde das Wasser im Neopren schnell aufgewärmt.

»Ich habe dich zu spät gehört«, sagte ich kleinlaut.

»Ich dachte, du hättest noch ›Booar, bist du ein Angsthase‹ gerufen. Ich kann mich natürlich täuschen.«

»Ahh ja. Wahrscheinlich eine Einbildung wegen des Adrenalins. ›Booooaar‹ habe ich hundertprozentig nicht gesagt. Zu viel Adrenalin führt ja angeblich zu Wahnvorstellungen.« Ich schwieg einen Moment. »Man muss doch auch mal was riskieren, oder nicht?«

»Klar, ich liebe es, mir den Kopf zu zerdeppern«, sagte Björn mit einem leicht genervten Unterton.

»War das jetzt wirklich so gefährlich?«

»Ist schon okay.« Er seufzte. Er sah ernsthaft erschrocken aus. »Ich hatte nicht damit gerechnet. Aber man muss natürlich immer mit allem rechnen.« Er blickte mich mit seinen braun-grünen Augen vielsagend an. Das heißt eigentlich blickte er mich nur an, aber bei ihm sah jeder Blick vielsagend aus, was wahrscheinlich eher Rückschlüsse auf mich als auf ihn zulässt.

Nach einem ziemlichen langen Gezerre, bei dem wir auf einer Kufe standen und mit aller Kraft an einem Seil zogen, bis wir vom sich aufrichtenden Boot wieder ins Wasser katapultiert wurden und nur knapp verhindern konnten, dass es sofort in die andere Richtung kenterte, war der Rumpf endlich umgedreht. Danach konnten wir beide nicht mehr, saßen auf dem Trampolin, wie das Tuch zwischen den Kufen heißt, und grinsten uns erleichtert an.

»Pause«, verkündete Björn. Wir segelten gemächlich bis zur anderen Seeseite, ließen den Katamaran treiben und sprangen diesmal freiwillig ins Wasser. Es war wundervoll klares Wasser, das einfach nach Wasser und nicht nach Fisch duftete. Danach legten wir uns aufs Trampolin und ließen uns die Sonne ins Gesicht und auf das kaschierende Neopren scheinen. Björn hatte den Anzug ausgezogen und trug nur noch Badehose, ich hatte ihn angelassen, weil ich nicht wusste, wie mein Bauch darunter aussah. Da war es, das vollkommene Glück. Und dann bretterte tatsächlich Frau Thurn und Taxis lautlos mit ihrem Elektro-Riva-Boot an uns vorbei. Auf dem See sind kaum Motorboote erlaubt, weshalb es so entspannend ruhig ist und keine Gefahr besteht, von grölender Jeunesse dorée auf Jetskis über den Haufen gefahren zu werden. Gloria winkte freundlich rüber, und ich fühlte mich wie ein Teil einer sehr exklusiven Gesellschaft, auch wenn ich Björn erst mal erklären musste, wer sie war.

»Was schreibst du denn eigentlich so auf deinem Blog«, fragte er als wir nebeneinander mit hinter dem Kopf verschränkten Armen in den Himmel starrten.

»Alles Mögliche, ist ja ein persönlicher Blog.«

»Aber gibt es nicht so was wie ein Thema?«

»Nee, ist eher so ein Einblick in mein Leben.«

»Du meinst, du selbst bist das Thema?«

Ich zuckte mit den Schultern.

»Im Grunde veröffentlichst du dein Tagebuch.«

»Vielleicht.«

»Aber ist nicht der Sinn eines Tagebuchs, dass es niemand liest? Ich habe mal das von meiner Schwester gelesen, als ich zwölf war, seitdem habe ich begriffen, dass so ein Ding bei Frauen heilig ist. Immerhin redet sie inzwischen wieder mit mir.«

»Ich denke, der Sinn eines Tagebuchs ist, dass es keiner liest, den man kennt. Wenn fremde Leute es lesen, sind sie vielleicht ganz froh zu merken, dass andere genauso gaga sind wie sie selbst. Ich bin auch immer froh, wenn ich merke, dass ich nicht überdurchschnittlich verschroben oder wahnsinnig bin, sondern verglichen mit anderen irgendwo normal.«

»Hättest du mir nicht vorher den Zugang zu deinem Blog geben können? Ich weiß nicht, ob ich mit einer verschrobenen oder wahnsinnigen Gaga-Frau allein auf ein Boot gegangen wäre.«

»Genau um das zu verhindern, ist der Blog anonym.«

»Findest du das nicht egomanisch, nur von dir selbst zu berichten?«

»Das ist doch nur eine Art Experiment«, verteidigte ich mich. »Ich schreibe sonst auch andere Artikel.«

»Und worüber?«

»Zu allen möglichen Themen.«

»Ach ja, Würmer.«

»Nicht nur Würmer. Ich versuche mich gerade umzuorientieren. Ich finde immer mehr Dinge, über die ich in der Vergangenheit geschrieben habe, sinnlos. Ich will über ernsthaftere Themen schreiben. Was machst du denn, dass du so einen Weltverbesserungston anschlägst?«

Björn ließ sich zurückfallen. »Ach, ist kompliziert.«

»Scheint ja alles ganz schön kompliziert zu sein, was du machst.«

»Tja, das stimmt.«

»Du bist so ein Angeber! Ich dachte, die Hamburger sind bekannt für Understatement und Tiefstapelei!«

»Deshalb bin ich nach München gekommen. Um unter meinesgleichen zu sein.«

»Wen berätst du denn so, dass das so kompliziert ist. Den Geheimdienst?«

»Nee, so Firmen.«

»Wie wird man denn Berater? Muss man da erst mal was lernen, oder fängt man direkt mit dem Beraten an?«

Björn gluckste vor sich hin. Dann trank er einige Schluck aus der Wasserflasche, die wir mitgebracht hatten. »Man wird dafür geboren«, erwiderte er und sah dabei in den Himmel.

»Aha. Ich dachte, nur Könige werden für ihren Job geboren.«

Er antwortete nicht, sondern hielt mir die Flasche hin. Und plötzlich kam mir der Gedanke, dass er vielleicht deshalb so geheimnisvoll war, weil er ein Königssohn war, ein echter Prinz. Ich richtete mich auf und sah ihn noch mal genau an, während ich die gespeicherten Bilder der europäischen Königsfamilien im Kopf durchging.

»Was ist?«, fragte er, als er meinen Blick bemerkte.

»Ich habe gerade überlegt, ob du ein Inkognito-Prinz bist«, sagte ich lässig, schloss die Augen und hielt mein Gesicht in die Sonne.

»Und, bin ich's?«

»Leider nein.«

»Wie kannst du dir da so sicher sein?«

»Ich kenne dich nicht. Und ich habe ein verlässliches Gedächtnis für Gesichter wie ein hochbegabter Autist.« Leider kann ich mir die Namen dazu überhaupt nicht merken, was diese Fähigkeit verhältnismäßig nutzlos macht.

»Wer weiß, vielleicht war ich bisher einfach nur sehr zurückgezogen und habe außerhalb der Öffentlichkeit gelebt. Du kannst mich gern wie einen Prinzen behandeln, einfach so zur Vorsicht. Könntest du ein bisschen Sonnenmilch auf meine Füße auftragen?« Er streckte seinen Fuß zur Seite aus und hielt ihn mir vors Gesicht, sodass ich vom Windzug an meiner Nase aufschreckte und die Augen öffnete.

»Selber.« Ich schob den Fuß zur Seite. Der Fuß war okay, aber letztlich ein Männerfuß, so richtig schön sind die nie.

Björn drehte sich auf den Bauch und stützte den Kopf in die Hände. »Du bist anders, als ich zuerst dachte.« Dann musterte er mich noch einmal sehr genau.

»Du meinst, ich bin keine besoffene Schlampe oh ... mmph?«

»Wie bitte?«

»Nichts.« Fast hätte ich ›besoffene Schlampe ohne Unterhose‹ gesagt. Aber das hatte er ja Gott sei Dank nicht gesehen und brauchte es nie zu erfahren.

»Besoffen bist du jedenfalls nicht«, sagte er und rollte sich zurück. »Ich habe dich heute noch keinen Schluck Alkohol zu dir nehmen sehen. Allerdings zittern deine Hände ein bisschen, wenn man genau hinschaut.«

Ich stürzte vor und rollte Björn direkt eine Umdrehung weiter. Er fiel laut glucksend ins Wasser, was ihm viel zu wenig auszumachen schien, außerdem hielt er meinen Unterarm fest und zog mich hinterher, sodass ich mit einem krachenden Bauchklatscher hinterherfiel. Das Wasser war nur einen kurzen Moment kalt, dann fühlte es sich wunderbar an. Frisch und so, als könnte man es unbegrenzt schlucken, ohne krank zu werden, weil wir in bestem Trinkwasser badeten.

Abends fuhren wir mit der S-Bahn zurück, weil ich gesagt hatte, dass ich mit meinem Fuß umgeknickt wäre (was halbwegs stimmte, ich konnte vor Schwäche wirklich kaum noch laufen), und gingen noch ins Kino. Der Sommertag hatte uns bis auf die Knochen durchgewärmt und ich hatte wahrscheinlich abartige Mengen Vitamin D produziert, ich war high. Björn wollte sich genauso wenig trennen, deshalb kamen wir auf die Idee mit dem Kino. Aber hier begannen die Probleme, die verhinderten, dass dies der allerallerschönste Tag in meinem Leben wurde. Die Leinwand und das Kino in den Museums-Lichtspielen waren winzig, weil wir den neusten Woody-Allen-Film im Original sahen und ich so tat, als würde ich trotzdem alles verstehen. Wir betraten noch aufgewärmt von der Sonne den Kinosaal, der nach Bier und Erdnüssen roch. Allerdings wurden meine Bauchschmerzen schlimmer. Mein Blähbauch und dieser geschlossene Raum waren keine gute Kombination. Ich verkrampfte mich dementsprechend, was dazu führte, dass ich gegen Mitte des Films heftigste Bauchkrämpfe in der Art einer Nierenkolik entwickelte und dem Geschehen nicht mehr folgen konnte, sondern schweißgebadet neben Björn ausharrte. Mein Bauch machte merkwürdige Geräusche, die nicht immer vom Film übertönt wurden.

»Was ist denn mit dir los?«, fragte Björn, der ein großer Fan von Woody Allen ist und dessen Werk bestimmt nicht verpassen wollte, als er aus Versehen meinen versteinerten, mit kaltem Schweiß bedeckten Arm berührte.

»Ich habe etwas Bauchschmerzen«, sagte ich. »Ich habe irgendetwas nicht vertragen.«

»Du siehst ziemlich elend aus. Sogar im Dunkeln.«

»Danke, das ist reizend«, presste ich hervor. »Geht schon, ich sehe wahrscheinlich schlimmer aus, als es ist«, flüsterte ich, weil sich hinter uns schon jemand demonstrativ räusperte. Ich versuchte, an etwas anderes zu denken.

Aber nach weiteren fünf Minuten musste ich rausgehen, weil ich das Gefühl hatte, mein Bauch würde gleich explodieren – mit völlig unabsehbaren Konsequenzen. Er fühlte sich an, als hätte ihn jemand mit einer Luftpumpe bis zum Anschlag aufgeblasen. Björn opferte den Woody-Allen-Film und kam mit, und wir umarmten uns zum Abschied, was sich trotz der Misere fantastisch anfühlte. Er machte keine Anstalten, mich zu küssen oder in seine Wohnung zu locken. Ich hätte aus den verschiedensten Gründen abgelehnt, aber es wäre schmeichelhaft gewesen, hätte er es versucht. Natürlich war es vielleicht sogar noch reizvoller, dass er Rücksicht auf meinen Gesundheitszustand nahm und erst mal an meinen inneren Werten interessiert war, denen Charlotte gern die Existenz abspricht. Er will mich eben kennenlernen, bevor er mir die Klamotten vom Leib reißt. Das Verrückte ist doch, dass Charlotte während ihrer One-Night-Stands Männern das Ohrläppchen streichelt, die ihr völlig egal sind. Wieso aber sollte man jemanden streicheln, den man gar nicht kennt und bei weiterem Kennenlernen, vielleicht gar nicht mag? Trotzdem musste ich diesen Moment lange rationalisieren, da man insbesondere aus amerikanischen Filmen gewohnt ist, dass die Männer, wenn sie wirklich etwas von einem wollen, einem sofort die Kleidung herunterreißen und gegen die Klowand der nächstgelegenen öffentlichen Toilette drücken.

**18:24 Uhr**

Bin vom Balkon zum Sofa gehumpelt. Wusste gar nicht, dass man Muskelkater auch zwischen den Beinen entwickeln kann. Habe gerade den Nebenwirkungszettel von meinem Wundermittel gelesen. Da müsste *definitiv* eine größere Warnung vorn auf der Packung stehen. Mit Totenkopf. Dann hätte ich den Beipackzettel nämlich *vor* der Einnahme gelesen. Es stimmt zwar, dass ein Brownie nicht in fiese, klebrige Fettzellen umgewandelt wird, dafür führt die übermäßige Aufnahme von Fett zu schwer kontrollierbarem Gestank, der im Beipackzettel unter dem Decknamen ›Flatulenz‹ auftaucht. Dank des Wundermittels kann der Körper zwar kein Fett aufnehmen, dennoch sollte man gleichzeitig möglichst fettarme Nahrung zu sich nehmen, weil Fett sonst zu Nebenwirkungen führen kann. Flatulenz und Bauchkrämpfe waren – ehrlich gesagt – noch die harmloseren. Was ein ›bullöses Exanthem‹ ist, weiß ich nicht und werde es auch nicht googeln. Wenn ich die Nebenwirkungen studiere, kann ich noch von Glück sagen, dass ich so glimpflich davongekommen bin. Da hätte ich mit etwas Pech das ganze Kino verseuchen kennen, und wenn ich ›Flatulenz mit Stuhlinkontinenz‹ richtig verstehe, hätten da Dinge passieren können, die am zarten Anfang einer Beziehung definitiv zu deren vorzeitigem Ende geführt hätten!

Ehrlich gesagt, wenn man sowieso kein Fett essen soll, ist mir schleierhaft, wieso man das Mittel überhaupt braucht. Ohne Fett wird man doch eh dünn. Irgendwie wieder typisch amerikanisch.

**26. Juli, 2:03 Uhr**

Ich schreibe dies vom Bett aus. Ich kann nicht schlafen. Ich bin verliebt. Ich habe nämlich null Hunger. Es ist mindestens zehn Jahre her, dass das der Fall war. Ich wünschte, ich hätte nicht so getan, als hätte ich einen anspruchsvollen Job beziehungsweise überhaupt einen festen Job und würde gern Bergwandern. Jetzt weiß ich nicht, ob er mich mag oder diese optimierte Version von mir. Leider habe ich immer noch ziemliche Krämpfe. Ist wahrscheinlich eine Mischung aus Verliebt-Sein und diesen Diät-Pillen. Habe Björn eine SMS geschrieben. Finde, wir müssen es mit dem Klamotten-Herunterreißen nicht mehr zu lange hinauszögern. Schließlich kennen wir uns jetzt, und hübsche Ohrläppchen hat er auch.

**9:02 Uhr**

Guten Morgen. Bin immer noch wach. Fühle mich hundeelend. Konnte wegen der Bauchschmerzen nicht schlafen (hätte vor allem gestern Morgen nicht nochmals die dreifache Pillendosis einwerfen dürfen) und habe zwei Stunden *A-Team* und *Hör mal, wer da hämmert!* geglotzt und weiß jetzt nicht, was mich mehr fertigmacht: die Pillen oder die Serien. Kann nur Kräutertee in langsamen Schlucken trinken. Trotzdem war es schön mit Björn. Er hat mir eine SMS geschrieben, ob wir zusammen in die Kunsthalle gehen, wo so ein verrückter japanischer Gärtner eine Ausstellung hat. Björn ist immer so aktiv. Außerdem erkennt er, dass ich mich für Kunst interessiere, auch wenn ich schon länger nicht im Museum und ehrlich gesagt noch nie in der Kunsthalle war. Aber ich kann mit Google Maps leicht herausfinden, welches von den Museen hier eigentlich die Kunsthalle ist.

Habe jetzt doch angefragt, ob er mein Freund auf Facebook sein will. Wir leben schließlich im 21. Jahrhundert, und er kann doch ablehnen, wenn er nicht mag.

## 28. Juli, 10:50 Uhr

Gestern Abend war Charlotte da, und wir haben versucht zu analysieren, ob Björns Verhalten am Wochenende bedeutet, dass er nur mit mir befreundet sein oder einigermaßen kurzfristig mit mir schlafen, mich heiraten, mich zur Mutter seiner Kinder machen etc., etc. will.

»Männer wollen immer mehr«, sagte Charlotte zum Glück. »Vor allem am Anfang baut sich bei frischen heterosexuellen Bekanntschaften automatisch Spannung auf. Später, wenn man den anderen dann pinkeln und pupsen gehört hat, verliert sich das wieder.«

Ich weiß jetzt nicht, wie sie gerade auf dieses Beispiel gekommen ist. Ich habe ihr nämlich nicht von meiner Pillenkur erzählt und hatte die Wohnung gut gelüftet, aber das kann ja auch Zufall sein.

»Deshalb musst du diese natürliche Spannung zu Beginn einer Bekanntschaft ausnutzen«, fuhr sie fort. »Am besten sorgst du dafür, dass er die Französin betrügt. Muss ja gar nicht mit dir sein. Der Bann muss nur einmal gebrochen werden.«

»Das ist eine großartige Idee. Soll ich ihm Drogen ins Glas kippen und dann ein paar Prostituierte auf ihn ansetzen?«, fragte ich ironisch.

»Zum Beispiel«, antwortete Charlotte ohne jede Ironie.

Ich seufzte. »Ich glaube, die Französin ist ohnehin aus dem Rennen.« Björn hatte sie kein einziges Mal erwähnt.

Charlotte presste die Lippen zusammen, als würde sie sich beherrschen, keine Einwände vorzubringen. »Ich drück dir die Daumen«, war das Einzige, was ihr entwich. Dann trank sie einen großen Schluck von dem Wein, der schon seit zwei Wochen geöffnet in meinem Kühlschrank gestanden hatte, aber das einzige Alkoholische war, das ich ihr hatte anbieten können. Sie verzog keine Miene.

Ich hoffe, Charlotte versucht nicht nur, eine gute Freundin zu sein, sondern sie meint es von Herzen. Dann begutachtete sie meine Wohnung. An meiner Wohnung gibt es nichts auszusetzen: Dielenboden, hohe Decken und jede Wand eigenhändig in einem anderen Pastellton gestrichen, günstig nachgemischt aus der Farrow-&-Ball-Palette von dem netten Mann im Toom-Markt. Wenn man Maxvorstadt hinter sich gelassen hatte und die Fenster schloss, um den Straßenlärm auszublenden, war es paradiesisch.

»Lena, *das* hat er aber noch nicht gesehen, oder?«

»Was meinst du denn damit?«

Sie zog die Augenbrauen hoch. »Mensch, der Typ denkt, er ist an einen Messie geraten.«

»Das sind doch nur ein paar Restkartons von Online-Bestellungen.« Charlotte sollte sich wirklich nicht beschweren. Sie war die erste auf jeder Schuhparty, wenn ich 50 Paar Schuhe für alle bestellte und wir uns zum Anprobieren trafen. Trotzdem zog sie ihre Augenbrauen sehr hoch – unnatürlich hoch.

**30. Juli, 15:30 Uhr**

Björn ist immer noch nicht mein Freund auf Facebook. Er hat auch die Kunsthalle nicht mehr erwähnt. Dafür hat Cordula angerufen.

»Lena, ich habe mich sehr über deine E-Mail gefreut«, flötete sie so fröhlich und freundlich, dass ich gegen meinen Willen geschmeichelt war.

»Ja, schafft ihr das Magazin auch ohne mich?«, sagte ich scherzhaft.

»Knapp«, flachste Cordula zurück. »In der Tat, wir vermissen dich in der Redaktion.«

Das ging runter wie Butter.

»Ach, ich vermisse euch auch«, flötete ich zurück.

»Tja, Lena, also wir haben da wirklich einen ziemlich dringenden Bedarf. Ist glaube ich nicht so ganz dein Gebiet, du müsstest dich da ziemlich einarbeiten.«

»Ach, wofür ist man den Journalist, nicht wahr?«, warf ich forsch ein.

»Wir brauchen noch jemanden für die Horoskope.«

»Horoskope? Ein Artikel über den Unsinn von Horoskopen?«

»Nein, die eigentlichen Horoskope.«

»Aber wir haben doch gar keine Horoskope. Von Zeitschriften mit Horoskopen haben wir uns doch immer deutlich unterschieden.«

»Doch, *Grace* bringt jetzt Horoskope. Frauen *lieben* Horoskope.« Beim letzten Satz war ihr Ton schärfer geworden. Kampflustiger. Ich schluckte. Ich bin (nicht mehr soooo) jung, aber das Geld brauche ich trotzdem.

## 1. August, 11:12 Uhr

Er hat sie angenommen. Björn ist mein Freund auf Facebook. Hatte schon überlegt, ob er sich wegen der Französin vielleicht nicht traut. Schließlich ist das für die Französin ganz schön viel auf einmal: Erst abserviert werden und dann direkt mit der Neuen auf Facebook verbunden. Hätte ich jetzt verstanden. Aber, und jetzt kommt das Beste, die Französin ist auf Facebook überhaupt keine Freundin von Björn! Ich bin alle 212 Kontakte durchgegangen, und da ist keine Französin in Sicht. Auch fehlt die Angabe zu seinem Beziehungsstatus. Ansonsten ist die Seite allerdings enttäuschend. Er ist mit vielen Leute verbunden, hat aber noch kein einziges Posting gemacht und es hat kaum den Anschein, dass er Facebook nutzt, außer Freundschaftsanfragen zu bestätigen. Keinerlei Infos im Profil. Björn ist bestimmt beeindruckt, dass ich mit Noah Becker verbunden bin, falls er nachschaut.

## 2. August, 16:30 Uhr

Hi, Lena,

booooar, ey, ich habe wahnsinnigen Hunger. Die bayrische Küche erweist sich weiterhin als problematisch. An Presssack, Kutteln oder saure Lüngerl habe ich mich bisher nicht herangetraut und die Hoffnung auf ein gutes Fischbrötchen habe ich aufgegeben.

Dachte ich probiere mal etwas Hausmannskost aus deiner Heimat, dem Ruhrgebiet. Pommes-Schranke, Currywurst oder so was? Wie sieht's aus. Später Lust auf ein Date an einer Pommesbude am Marienplatz?

In froher kulinarischer Erwartung!

Björn

☺☺☺

Ha! Ich habe die E-Mail ASAP an Charlotte weitergeleitet. Dann habe ich folgende Antwort verschickt.

Moin, Björn

es gibt am Marienplatz gar keine Pommesbude, wir sind in München nicht in Bochum! Fürchte, du musst zu mir kommen, und ich koche (frittiere?) dann was. Hohe kulinarische Erwartungen wie deine sind kein Problem für mich. Im Gegenteil. Heute klappt nicht, aber am Donnerstag?

L.

Die Mail wirkte doch so, als würde ich mir das ganze einfach aus dem Ärmel schütteln und als wäre es total lässig, dass er ›mal bei mir vorbeikommt‹! Und dadurch, dass ich gleichzeitig die Verabredung (um drei Tage!) verschoben habe, entsteht nicht der Eindruck, als hätte ich nur auf seine Mail gewartet. Bis Donnerstag ist zwar fast zu lange, aber morgen bin ich schon mit den Mädels verabredet und dann brauche ich noch einen Tag zur Erholung und optimalen Vorbereitung mit Haarmaske, Peeling, abgeplatzten Lack übermalen, glatt föhnen und so was. Wenn ich jetzt erst einmal abwarte, ist die Chance, danach nie wieder zu warten, viel größer. Habe allerdings zweieinhalb Stunden für die Formulierung der E-Mail gebraucht, um sie genau so hinzukriegen. Bin eben Perfektionist, was Worte angeht, ist ja schließlich mein Beruf. Charlotte meinte allerdings, sie würde sich als Freundin verpflichtet fühlen, mich zu warnen, und ich soll ihn auf keinen Fall treffen, er wird doch nur ein kostenloses Essen abgreifen wollen und sich in meiner Bewunderung sonnen. Außerdem findet sie, er macht sich mit seinem Berater-Job etwas wichtig. Berater sind ihrer Erfahrung nach immer Versager, wenn es drauf ankommt. Außerdem sei noch nicht klar, was mit der Französin ist.

Als sie das gesagt hatte, wurde mir ganz deutlich, dass Charlotte eine Französinnen-Phobie hat. Natürlich, sie war immer abgeschrieben, wenn beim Schüleraustausch die Französinnen aufschlugen!

## 3. August, 15:12 Uhr

Habe die letzten drei Stunden damit zugebracht, das Internet nach Kochrezepten zu durchstöbern, die kulinarisch eindrucksvoll sind, dabei trotzdem zwanglos und zudem frei von Einflüssen französischer Küche. Bei mir gibt's nämlich keine Foie gras von gequälten Gänsen oder anderen Haute-Cuisine-Krempel, von dem niemand satt wird! Aber Pommes aus der Tiefkühltruhe will ich auch nicht servieren. Dann hatte ich einen genialen Einfall. Für die Umsetzung des Einfalls war ein Telefonat mit meiner Mutter nötig:

»Lena, endlich, wie geht es dir?«

»Prima, sehr gut. Habe gerade einen interessanten Artikel geschrieben, und sonst läuft's auch ganz gut.«

»Hast du was von Papa gehört?«

»Nee, ehrlich gesagt nicht. Ich muss ihn morgen mal anrufen.«

»Mach das mal. Ich glaube, ihm geht's nicht so gut.« Die Stimme meiner Mutter klang alles andere als betrübt.

»Mama, ich brauche dein Rezept für Königsberger Klopse.«

»Du willst Klopse machen? Wundervoll, du besinnst dich auf deine Wurzeln! Karsten wird sie lieben. Oma hat damals immer …«

»Kannst du mir nur schnell das Rezept geben?«

Aber es war zu spät. Meine Mutter verfiel in ihren Ostpreußen-Rausch. Deshalb tippte ich SMS und bearbeitete einige E-Mails, bis die Erzählungen von der Kurischen Nehrung, Nidden und Königsberger Hochkultur aus dem Off an mir vorbeigerauscht waren.

»Mama, ich wollte nicht die ganze Ostpreußen-Chose aufwärmen, ich brauche nur das Rezept.«

»Lena, du bist so undankbar. Deine Oma musste sich prostituieren, damit wir überleben konnten, und du zeigst keinerlei Interesse an ihrem Leben«, sagte sie theatralisch.

Ich war sprachlos. Das war neu. Ich versuchte, mir meine Oma, die ich nur als Dame in hochgeschlossenen Blümchenkleidern und Gesundheitsschuhen kannte, mit Strapsen und Netzstrümpfen vorzustellen. Wobei, jetzt fiel es mir wieder ein: Sie hatte immer Strapse getragen. Ich hatte gedacht, dass sie die nur trug, weil sie im Alter eine sogenannte Rubensfrau geworden war und normale Strumpfhosen nicht mehr hochziehen konnte. Aber wahrscheinlich waren die Strapse in Wirklichkeit ein Überbleibsel aus ihren Tagen als Prostituierte. Hatte sie diesen Job so zu schätzen gelernt, dass sie später freiwillig Strapse trug, auch als sie nicht mehr musste? Ich hatte ihre Mieder völlig falsch eingeschätzt. Besaß sie Sexspielzeug? Meine Güte, Oma, wer hätte das gedacht.

»Lena, bist du noch da? Was machst du denn?«

»Ich versuche nur, es mir vorzustellen«, erwiderte ich wahrheitsgemäß.

»Sie hat sich für uns geopfert, mehr brauchst du dir nicht vorzustellen«, sagte meine Mutter streng. Erstaunlich, mit welchen Geschichten einen die eigenen Eltern nach 33 Jahren noch überraschen können. Da musste ich bei Gelegenheit nachhaken. Immerhin gab sie mir danach endlich das Familienrezept für Königsberger Klopse, was sich viel leichter anhörte, als ich mir hätte träumen lassen, bei dem Bohei, das immer drum gemacht wird.

## 15:59 Uhr

Ich muss mich zusammenreißen, um nicht in meinen Latte reinzuheulen (unter anderem auch, damit Schorsch nicht auf die Idee kommt, dass er mich mittels einer Umarmung trösten muss). Es ist übrigens nicht wegen Björn. Ich habe gerade Ostpreußen in YouTube eingegeben. Es gibt dort wunderschöne Bilder vom alten Ostpreußen. Ein meilenweiter, breiter Strand in schwarz-weiß, Dünen mit faserigem Gras, das im Wind schwingt – fast kann ich Oma und Mama mit ihrem Ostpreußengeschwafel verstehen. Ich meine, beinahe wäre ich als Landadelige mit einem Trakehner über unsere Anwesen galoppiert wie Marion Dönhoff das früher gemacht hat und als schöne, gerechte Gutshofbesitzerin von meinen Leuten geliebt und respektiert worden. Ich wäre wahrscheinlich schon mit dem adeligen Sohn vom Nachbargut verheiratet, nachdem wir uns ein Jahr lang heimlich bei Ausritten im Wald getroffen hätten. Und dann haben uns die Russen einfach unseren Hof weggenommen!

**16:05 Uhr**

Gut, vielleicht war es historisch komplizierter, aber trotzdem.

**4. August, 12:15 Uhr**

Gestern Abend kam es zu der Frage, die wir uns konkret noch nie gestellt hatten: ›Mit wie vielen Männern hast du schon?‹ Eigentlich wollten Charlotte, Caro und ich nur ins Kino gehen, aber weil wir einen Film mit Jennifer Aniston anschauten, kam Janina ebenfalls spontan mit, weil selbst sie keinen Mann überzeugen kann, sich so eine tausendfach durchgequirlte Love Comedy Sauce anzusehen. So wurde es plötzlich ein echter Mädelsabend und sogar Janina war wieder ganz okay. Wir sahen also zuerst den Film mit Jennifer Aniston und versuchten die ganze Zeit herauszufinden, ob sie schon Schönheits-OPs und künstliche Hilfsmittel hinter sich hatte und welche, aber so richtig konnten wir ihr nichts nachweisen.

Nach dem Film stöckelten wir in hohen Sandalen zum *Schumann's* und bestellten Chardonnay. Pinot Grigio, von dem wir uns während des Studiums quasi ernährt haben, trinkt ja niemand mehr. Und genau dann kam es unvermittelt zur obigen Frage, ohne dass wirklich ein Anlass dafür bestanden hätte. Es war klar, dass Charlotte zahlenmäßig weit vorn liegt, aber ich war schockiert, wie weit hinten ich im Vergleich zu allen anderen liege! Sogar Caro kam beim Zählen durcheinander, weil sie ihre ganzen Urlaube nicht auf die Reihe bekam. Janina nuschelte irgendetwas von vier, aber Charlotte half ihr auf die Sprünge, weil Janina ein paar Surfer, Punks und den schweigenden, unergründlichen Studenten vergessen hatte, der sich auf den zweiten Blick aber als Sphinx ohne Geheimnis entpuppt hatte. Janina ist in mancher Hinsicht Königin im Verdrängen. Seit sie 30 ist, stylt sie sich mit Chanel-Täschchen gezielt als Trophäe reicher Erfolgstypen. Sie hat auch erfolgreich verdrängt, dass sie eigentlich Krankenschwester war und erst mit 21 begonnen hat, BWL zu studieren, weil sie gemerkt hat, dass man als Krankenschwester zwar die Fantasie der männlichen Patienten anregt, nicht aber als potenzielle Ehefrau von Männern wahrgenommen wird, die ihr ein finanziell sorgenfreies Leben ermöglichen können. Ich versuchte erst mal abzulenken und erzählte von meinem neuen Buch ›Die Kunst des klaren Denkens‹, von dem ich mir wertvolle Tipps erhoffe.

»Erst mal muss man sein Umfeld organisieren«, fiel Janina ein. »Ich habe kürzlich meinen Kleiderschrank ausgemistet. Die ganzen billigen No-Name-Klamotten habe ich gespendet und die Designer-Sachen werde ich auf Ebay an Leute versteigern, denen es wurscht ist, ob sie *last season* tragen oder keine Ahnung haben. Ich habe meinen Schrank jetzt nach Farben und Marken sortiert. Das funktioniert irre gut.«

»Nach Farben und Marken?«

»Da findet man sich top zurecht«, schwärmte Janina weiter. »Und wenn mir ein neues Outfit einfällt, schieße ich ein Foto davon und hänge es in meinen Schrank. Dann ist es viel einfacher, morgens noch im Halbschlaf ein Styling zu finden.« Sie blickte zufrieden über ihre eigene Gewitztheit in die Runde. Das war ja unglaublich, entweder hatte sie selbst meine Idee gehabt oder den Artikel gelesen und gab jetzt meine Idee für ihre aus. Schon klar, warum Janina immer super busy war, wenn sie ihren eigenen Schrank so organisierte, als wäre jeden Tag Foto-Shooting.

Dann wandten sich alle Augen mir zu. Ich versteinerte. Sogar Janina war letztlich auf elf Typen gekommen und dabei positionierte sie sich immer als ›schwer zu haben‹.

»Und du, wen hattest du außer Karsten?«, fragte Caro.

»Ich habe ihn doch schon vor elf Jahren kennengelernt«, erwiderte ich.

Janina bestellte einen Pfirsich-Sekt. Die Mädels warteten.

»Und am Anfang an der Uni hatte ich doch den Sven.«

Charlotte verdrehte die Augen. »Stimmt, der später dann gesagt hat, dass er sich bis zur Hochzeit aufsparen will. Der zählt nicht.«

Die Mädels blickten mich weiterhin gespannt an.

»Du hattest doch in Griechenland diesen Kellner abgeschleppt. Da habt ihr doch nicht nur geknutscht!«

Ich nahm noch einen Schluck Chardonnay.

»Oh mein Gott«, sagte Charlotte und schlug die Hände vor dem Gesicht zusammen. »Ich hatte keine Ahnung. Weiß Karsten überhaupt, wie ein Orgasmus geht?«

Danach nahmen wir ein Taxi ins *Baby!*, weil wir nicht mehr so weit stöckeln konnten, und auf dem Weg dahin schickte Björn eine SMS, um nach meiner Adresse zu fragen wegen unserer Verabredung am Donnerstag! Alle freuten sich ausgelassen mit mir. Im *Baby!* gab mir jede ein Getränk aus, sogar Janina. Solange ich sie kenne, hat sie mir noch nie etwas ausgegeben. Im Gegenteil, sie hat mir letztes Jahr sogar ihre verkalkte, zwei Jahre alte Kaffeemaschine für 50 Prozent des Neupreises verkauft. Da waren wir natürlich noch weniger befreundet und nach dem Kauf noch etwas weniger als zuvor, aber Janina war definitiv sparsam, wenn es nicht um sie selbst ging. Dieses abnorme Verhalten brachte mich auf die Wahrheit: Meine Freundinnen sahen in mir einen sexuellen Analphabeten. Eine orgasmusfreie Zone. Sie hatten Mitleid.

»Karsten war gar nicht so schlecht«, versuchte ich, meinen Ruf wiederherzustellen. »Vielleicht rufe ich ihn morgen an«, fügte ich mit gespielter Begeisterung hinzu, obwohl ich das keineswegs vorhatte und noch nicht einmal mehr die Nummer besaß.

»Ach, jetzt sei doch nicht so«, erwiderte Charlotte. »Viele Männer stehen auf dich, da finden wir noch einen. Der Typ im Café glotzt dich auch immer begeistert an.«

»Schorsch?«

»Ja, Schorsch. Der ist gar nicht so verkehrt. Es geht schließlich darum, was unter den Klamotten ist. Der schreibt doch auch so gern wie du.«

»Hast du vergessen, dass Björn auf eigenen Wunsch zum Essen kommt und trotz Magenverstimmung einen ganzen Tag mit mir verbracht hat? Nimmt das denn niemand ernst?«

»Du hattest eine Magenverstimmung, nicht Björn«, sagte Charlotte und verschwand auf der Tanzfläche, bevor ich etwas erwidern konnte. Das *Baby!* war in Hochform und wir auch, obwohl definitiv viele Mädels da waren, im Vergleich zu denen man sich zu alt, zu leberwurstig und zu arm fühlte. Neben mir tanzte ein mageres Exemplar, bei dem man nicht erkannte, ob die Oberweitenvergrößerung ein unglückliches Versehen war oder ob sie kurz vor dem Eintreten der Vollnarkose tatsächlich etwas von Doppel-D genuschelt hat, als sie schon ganz wirr im Kopf war. Jedenfalls war erstaunlich, dass sie nicht nach vorn kippte wie diese neumodischen Truthahn-Züchtungen, wenn man bei denen den optimalen Schlachttermin verpasst hat. Ich war trotzdem happy und mich wurmte nicht im Geringsten, dass ich aus dem *Baby!* rausgewachsen war. Mit der SMS von Björn in der Tasche konnte mir niemand was anhaben!

**14:12 Uhr**

Werde mir Charlottes Rat zu Herzen nehmen und meine Wohnung vorsorglich entrümpeln und endlich meine Kartons zur Entsorgungsstelle bringen!

**21:12 Uhr**

Ich weiß nicht, ob das an München liegt oder überall so ist, aber der Wertstoffhof München wird von einer Mitarbeiterin geleitet, welche die Bayern vom Irakischen Geheimdienst abgeworben haben müssen. Nachdem ich mit angeschmuddeltem T-Shirt und aufgeratschten Händen vom Karton zusammenfalten, zusammenhauen und wild darauf herumstampfen, um sie in den von Schorsch geliehenen Kombi zu quetschen, am Wertstoffhof eintrudelte, empfing mich eine auf den ersten Blick unscheinbare Person: haselnussbrauner Kurzhaarschnitt und Brille mit rotem Rand.

»Ich möchte ein paar Kartons abgeben«, erklärte ich, »zum Recyceln.«

Die Vorsteherin winkte mich gnädig auf die Seite. »Na, dann zeigen Sie doch mal her.«

Ich reichte ihr einen zusammengedrückten Karton, den sie sorgfältig von allen Seiten begutachtete. »Sind Kartons von Bestellungen«, erklärte ich.

Sie nickte. »Ich muss Sie darauf hinweisen, dass vor der Zuführung zur Wiederverwertung alle Klebestreifen entfernt werden müssen.«

»Da sind keine mehr drauf«, erwiderte ich naiv.

Sie sah mich mitleidig an und tippte auf einen winzigen Tesafilmrest, der an der Seite des Pakets klebte. »Und das ist kein Klebestreifen?«

In der Nähe kauerte ein Mann mit Schnäuzer, der mit verbissenem Gesicht und einem kleinen Taschenmesser einen Karton bearbeitete. Jetzt erkannte ich, dass er Klebestreifenreste abschabte. Es gab keinen Ausweg. Ich holte die Kartons aus dem Auto, stapelte sie neben mir und begann, mit dem Fingernagel die Klebestreifen abzuknibbeln. Nachdem ich ungefähr zwei Stunden geknibbelt hatte und nach Inspektion der Wertstoffhof-Aufpasserin mit brennenden Fingerkuppen noch mal nachgeknibbelt hatte, baute ich den Kartonberg erneut vor ihr auf.

»Alles astrein. Kann direkt in die Wiederverwertungsanlage eingeführt werden«, sagte ich nicht ohne Stolz.

»A mei. Aber Sie wissen schon, dass wir nur Privathaushalte entsorgen?«

Ich verstand nicht, was sie meinte.

»Firmen können bei uns nicht entsorgen«, erklärte sie. »Da müssen Sie nach Freimann rausfahren.«

»Ich *bin* ein Privathaushalt.«

Sie blickte demonstrativ auf den Kartonberg und dann zu mir zurück. Ich mag vielleicht ein bestellfreudiger Privathaushalt sein, aber den Blick hätte sie sich sparen können.

»Dann müssen Sie sich ausweisen.«

Ich reichte der Ex-Geheimdienstlerin meinen Ausweis.

»Sie wohnen in Köln. Da können Sie Ihren Müll nicht

einfach zu uns bringen. Das müssen Sie schon in Köln erledigen. Da könnte ja jeder kommen.«

»Nein, ich wohne seit zwei Jahren in München. Das steht da nur falsch.«

»Sie wissen, dass Sie sich bei Umzug innerhalb von einer Woche anmelden müssen? Ansonsten machen Sie sich strafbar.«

»Ich bin umgemeldet«, log ich. Ausnahmsweise, eine ganz kleine Notlüge, damit sie keine Handschellen herauszog, mit denen sie schon in der Tasche klimperte.

»Dann müssen Sie mir die Meldebestätigung zeigen.«

»Die habe ich zu Hause vergessen«, sagte ich und starrte genauso kalt und unbeweglich zurück wie sie.

»Dann müssen Sie wohl noch einmal wiederkommen.«

»Sie glauben mir nicht?«

»Nein.« Sie zuckte mit den Schultern und wandte sich dem nächsten ambitionierten Wertstoffverwerter zu.

Unnachgiebig ließ sie mich mit blutigen Fingern alle Kartons wieder in Schorschs Kombi einladen. Ich bin einfach noch nicht dazu gekommen, mich umzumelden. Habe auch so genug Stress. Dann bin ich eben offiziell noch Kölner, na und? Ich verleugne meine Heimat eben nicht so einfach für ein paar Kartons. Aber soll ich jetzt bis nach Köln fahren, um meinen Müll zu entsorgen?

**5. August, 1:30 Uhr**

Falle gerade mit zuckenden, zerschundenen Fingern und ausgeleierten Armen ins Bett. Bin zur Müllkriminellen geworden. In Italien hätte ich meine Kartons einfach auf die

Straße geworfen und angezündet. Jetzt verstehe ich endlich, was da los ist. Aber das wäre im geordneten München zu auffällig gewesen, sogar in Maxvorstadt. Habe stattdessen Kartons in den Altpapier-Tonnen der verschiedenen Wohnhäuser in der Umgebung verteilt. Man muss wissen: In München gibt es ein völlig anderes Entsorgungssystem als in Köln. Gelbe Tonnen, wo man den ganzen Krempel mit dem grünen Punkt reinwirft, gibt es hier überhaupt nicht! Hier hat jeder eine Papiertonne und eine Ökomülltonne, als würde man beim Gemüseputzen Unmengen biologischen Müll produzieren und unablässig Zeitung lesen, statt dass man eine ordentliche gelbe Tonne hat wie in Nordrhein-Westfalen, wo man Chipstüten und Sahnejoghurt-Becher loswerden kann. Das kann man hier nur in der winzigen grauen Restmülltonne oder man muss meilenweit laufen, um an Wertstoffsammelinseln, wie der Müll liebevoll genannt wird, Aluminium und Plastik getrennt zu entsorgen. In Bayern braucht man sechs Müllsammelstellen in der Wohnung: Papier, Kompost, Aluminium und Metallverbund, Glasflaschen, Plastik und Kunststoffverbund, Restmüll. Aber für Postbesteller, wie Charlotte in ihrer Marketingsprache Leute wie mich nennt, reicht die Papiertonne wiederum nicht, um die ganzen Kartons zu entsorgen. Die reicht gerade für die Süddeutsche und ein paar Schuhkartons. Ist totaler Schwachsinn. Die Kommunen haben sich noch nicht dem Internet-Shopping-Zeitalter angepasst.

## 15:15 Uhr

Heute Abend kommt Björn und ich bin mitten in der Vorbereitung, allerdings fällt es mir schwer, mich zu fokussieren, weil ich noch übernächtigt bin. Aber ich werde mich zusammenreißen, ich habe ja gelernt, wie man in Extremsituationen geheime Energiereserven aktiviert. Bei meinen Recherchen habe ich festgestellt, dass Französinnen laut Statistik mehr Kinder als deutsche Frauen bekommen, gleichzeitig ihre Kinder seltener stillen und sofort wieder anfangen zu arbeiten. Sie haben also mehr Kinder, kümmern sich weniger drum und machen Karriere. Französische Frauen geben auch viel mehr Geld für Schönheitsprodukte aus als deutsche Frauen. Außerdem kaufen Franzosen Fleisch nicht im Supermarkt, sondern in der Metzgerei, und Brot beim Bäcker. Sie legen mehr Wert auf die Qualität der Nahrungsmittel und sind bereit, mehr zu zahlen. Deshalb habe ich vorhin bei Beck neue Schminke gekauft, unter anderem auch so ein Glitzerzeug, das man einfach überall hinschmieren kann (alles auf Kreditkarte gebucht, ich kann ja die Jimmy-Choo-Boots, die ich letztens im Frust geordert habe, wieder zurückschicken. Männer merken ohnehin nicht, ob Schuhe von Jimmy Choo oder von Deichmann sind, solange sie hohe Absätze haben). Dann habe ich ein cooles YouTube-Video gefunden, das vorführt, wie man einen ›Natural Nude Look‹ schminkt und dabei unfassbare Mengen von meiner neuen Schminke zum Einsatz bringen kann (wahrscheinlich habe ich damit auch das Geheimnis der Französin gelüftet) und wie ich meine Haare optimal glattföhne. Meine Haare sind nämlich genau so zwischen glatt und lockig, wie sie zwischen blond und braun sind, und um irgendeine Frisur zu kreieren, muss *ich* für sie eine

Entscheidung fällen. Außerdem habe ich alle möglichen Seiten übers Segeln gelesen, virtuell die schönsten Segelreviere in Europa besucht und mir das entsprechende Grundvokabular angeeignet (Backbord ist rechts, Steuerbord links. Habe ich mir gemerkt, weil in Backbord ein r wie rechts drin ist. Anluven heißt ›in Richtung Wind steuern‹. Halt, in Steuerbord ist auch ein r – warte mal. Ach so: Backbord hat nur ein r und ist links, Steuerbord hat zwei r und ist rechts, also rechts ist, wo mehr r drin sind. Ich brauche immer Eselsbrücken für so was, früher konnte ich mir wochenlang nicht den Namen von meinem Pflegepony merken, das ›Furioso‹ hieß. Habe ich dann anhand von ›Furie‹ und ›Oslo‹ gemacht, so ging's). Nur mein Outfit habe ich noch nicht festgelegt. Ich weiß ja auch überhaupt nicht mehr, woran ich mich orientieren soll, um Björns Geschmack zu treffen. Manchmal ist die Französin elegant, mal sportlich, häufig in schwarz, wie soll man daraus schlau werden? Ach du Scheiße, es ist schon viel zu spät! Ich muss noch die Zutaten für die Klopse kaufen und alles kochen!

**20:10 Uhr**

Hätte früher anfangen sollen, musste schließlich auch noch die Wohnung präparieren. Habe altes Astrophysikbuch rausgekramt und so hingelegt, als hätte ich gestern leger darin geblättert, 30 *InTouch* im Schrank versteckt und eine *Frankfurter Allgemeine Zeitung* gekauft und einmal auf- und wieder zusammengeklappt und ein bisschen zerknittert, damit sie gelesen aussieht. Habe wirklich versucht, alle Zutaten für die Klopse in Fachbetrieben zu kaufen, aber der Metzger nimmt keine Kreditkarte und der Bäcker auch nicht, und außerdem hat das alles ewig gedauert, und dann musste ich doch zum Discounter. Habe die Verpackung nach ganz unten in den Müll gedrückt, damit Björn nicht merkt, dass das Hackfleisch nicht von einem glücklichen Bio-Rind stammt, sondern von einer traurigen mit Antibiotika vollgepumpten Kuh, die nach einem freudlosen Leben im Halbdunkel in grellem Neonscheinwerfer halblebendig massakriert und gehäutet worden ist, nachdem sie zusammengepfercht Tausende von Kilometern durch Europa gekarrt worden war.

Meine Güte, die Klopse sind immer noch nicht fertig, das Hackfleisch klebt zusammen, als hätte ich Uhu reingemischt statt Brotkrumen, und die Brühe ist voller Klümpchen. Aaaah, es hat geklingelt, Björn kommt! Jetzt muss ich alles geben!

**6. August, 1:51 Uhr**

Ich sag's euch. Jetzt müsst ihr Blogleser herhalten. Charlotte meinte, ob ich einen an der Klatsche hätte, sie um 2 Uhr morgens (übertrieben, siehe Zeitangabe zu Beginn dieses Eintrags) aus dem Bett zu klingeln. Wann bitte schön wurde aus der coolen Party-Charlotte so eine Spießerin, die Schönheitsschlaf braucht, nur um am Freitag eine Anzeige zu verkaufen?

Ich bin völlig durcheinander und brauche dringend jemanden, der mir auf die Schulter klopft und die ganze Situation für mich neutral interpretiert. Vielleicht sollte ich doch mal eine Therapie machen. Kochtechnisch habe ich mich vielleicht ein bisschen weit aus dem Fenster gelehnt. Königsberger Klopse sind komplizierter als gemeinhin angenommen. Es gibt zum Beispiel das Problem der Soßengerinnung. Zudem darf die Knetdauer für Hackfleisch nicht zu lang sein (wie ich erst jetzt weiß), und man darf auch keine uralten Vollkornbrotkrümel verwenden, da dies zu Klopsen mit einer zementartigen Konsistenz führt, die schwer essbar und noch schwerer verdaulich sind. Ich würde die Abendesseneinladung in kulinarischer Hinsicht deshalb als gemischten Erfolg bezeichnen. Außerdem tat mir die Kuh aus der Massenproduktion leid. Vielleicht sollte ich endlich Vegetarierin werden. Immerhin habe ich guten Willen gezeigt und habe gekocht, auch wenn Björn möglicherweise gemerkt hat, dass ich das nicht sooooo häufig mache.

Björn sah wie immer besser aus als in meiner Erinnerung. Bei ihm ist das genau umgekehrt wie bei Filmstars, die im wirklichen Leben kleiner und hutzeliger sind als im Film. Ist Tom Cruise nicht unter 1,60 oder so was? Ich war auch guter Laune, weil ich mich schminktechnisch hinter keiner Französin verstecken musste. Wir aßen die Klopse und dabei erzählte ich ihm, dass ich noch für meinen Segelkurs trainieren muss und auch schon ein paar Bücher dazu gelesen habe (ich hatte vorher einen Bildband über das Meer ausgegraben und zusammen mit dem *Zauberberg* von Thomas Mann neben mein Bett gelegt). Und es funktionierte genau so, wie Janina angekündigt hat. Björn war überrascht, ich würde fast sagen begeistert (auch wenn ich Backbord und Steuerbord durcheinandergebracht habe, aber er hat gemerkt, dass ich in segeltechnischer Hinsicht kein unbeschriebenes Blatt bin). Björn hat mir noch ein Buch für die Theorie empfohlen. Werde ich jetzt durchziehen. Während wir am Tisch versuchten, die Klopse mit der Gabel zu zerteilen, stellte er die Frage, vor der ich mich gefürchtet hatte.

»In welcher Zeitung gibt's denn mal wieder einen Artikel von dir?«

»In verschiedenen. Ein paar sind gerade in Vorbereitung.« Ich würde ihm definitiv nicht von den Horoskopen und meinem neuen Alias als original indischer Astrologie-Guru erzählen.

»Möchtest du lieber freiberuflich arbeiten oder hast du keine feste Stelle?«, unterbrach mich Björn, als ich noch überlegte, wie ich das Ganze jetzt richtigstellen konnte, ohne meine derzeitige Misere vollständig offenzulegen. Manchmal zwangen einem die anderen ihre eigene Wahrheit auf. Aber Björn war immerhin nicht total dumpfbackig und hatte schon gerafft, dass ich nicht täglich im Büro saß. Berater waren cleverer, als man ihnen gemeinhin zutraute.

»Ich möchte zu unterschiedlichen Themen schreiben. In einer festen Redaktion muss man manchmal viel Müll schreiben und hat immer wieder die gleichen Themen. Und ich habe ja in der Vergangenheit für Frauenzeitschriften gearbeitet und die meisten davon gehen vor die Hunde.« Das war hundertprozentig korrekt. Die Klopse konnte man nicht mit der Gabel zerteilen, wie die von meiner Mutter, die bei Berührung sofort zerfielen. Man konnte sie nur mit dem Messer zerschneiden. Mit viel Druck und einer scharfen Klinge.

»Findest du? Welche gehen denn deiner Meinung nach vor die Hunde?« Er sah mich sehr aufmerksam an und sammelte das Stück Klops wieder ein, das ich versehentlich über den Tellerrand katapultiert hatte.

»Ja, also zum Beispiel *Grace*, da arbeitet meine Freundin Charlotte. Und die Zeitung ließ immer etwas zu wünschen übrig. Früher waren da viel anspruchsvollere Artikel drin, aber jetzt wird das Blatt zu einer Katastrophe.«

»Deine Freundin arbeitet bei *Grace*?«, fragte Björn erstaunt.

»Du kennst *Grace*?«

»Ja, schon mal gehört«, sagte er mit abflauendem Enthusiasmus, als wäre ihm das peinlich. Kann ihm ja auch peinlich sein, so wie das Blatt sich entwickelt.

»Jedenfalls gab es in der Zeitung früher mal spannende Reportagen und es wurde auch über Literaturfeste und soziale Projekte berichtet. Heute geht es nur noch darum, wo man die beste Fettweg-Spritze bekommt, was deutsche Filmstars in ihren Schlafzimmern treiben oder wo man günstiges Sexspielzeug ergattern kann.« Er musste jetzt nicht wissen, dass ich selbst den Artikel über Sexspielzeug verfasst hatte. Das hieß ja nicht, dass ich solche Artikel gutheiße.

»Aber wahrscheinlich hat sich das Blatt früher nicht verkauft.«

»Nicht genug verkauft. Aber das heißt doch nicht, dass man nur noch an die niederen Instinkte appellieren muss, um das Heft loszuschlagen.«

»Letztlich bestimmt der Leser, was er will. Wenn er die Zeitschrift kauft, hat man etwas richtig gemacht. Und nur weil dir die Themen nicht passen, heißt es doch nicht, dass das Magazin schlecht ist, beziehungsweise es stellt sich die Frage, was schlecht in dem Zusammenhang bedeutet. Du kannst ja ein anderes Magazin kaufen. Das ist das Schöne an der freien Markwirtschaft.« Inzwischen zerschnitten wir die Klopse in so kleine Stücke, dass wir sie unzerkaut schlucken konnten.

Er klang wie Cordula. »Du siehst Journalismus aber sehr einseitig. Das würde heißen, dass Journalismus nicht dazu da ist, Meinungen zu entwickeln und die Menschen zu verändern, sondern nur dazu, ihnen das, was sie eh glauben wollen, um die Ohren zu klatschen, damit sie noch dösiger werden.«

»Du willst ihnen vorschreiben, was sie wollen sollen? Was wären denn die Themen über die du schreiben würdest und die dennoch gekauft werden würden?«

»Du hörst dich an wie ein Berater-Schnösel, bei dem sich alles um Kennzahlen dreht. Kennzahlen und Verkaufszahlen, als wäre das so eine Art Gott. Als wäre es wertlos, ein Magazin zu machen, an das man selbst glaubt.« Das hörte sich kompetent an mit diesen ›Kennzahlen‹. Und irgendwie insgesamt richtig. Jetzt, wo ich das so schön formuliert hatte, war ich doppelt froh, nicht mehr bei *Grace* zu arbeiten. Zumindest nicht mehr lange. Und zumindest undercover bis ich das Geld nicht mehr brauchte. »Man kann doch auch unterhaltsam über soziale Verantwortung schreiben, auch wenn es mal nicht um Angelina Jolie in Kambodscha geht. So kann man andere Menschen inspirieren, auch wenn niemand schreit: darüber will ich was lesen.«

»Okay, okay.«

»Wie jetzt?«

»Du hast recht.«

»Ich habe recht?«

Er zuckte mit den Schultern. »Ich denke schon.« Er fuhr sich durch die Haare und schaute suchend in der Küche herum, als wollte er meinem Blick ausweichen. Von der Seite sahen seine Wimpern absurd lang aus.

»Was soll das denn jetzt? Du kannst doch nicht, nur weil dir die Argumente ausgehen, einfach sagen, dass ich recht habe, und dann glauben, damit sei alles gegessen. Du musst doch auch dein Verhalten ändern.«

Er fixierte mich einen Augenblick und mein Hirn verwandelte sich sofort in Pudding.

»Es war lecker, ich bin nur schon ziemlich satt«, sagte Björn, ohne weiter darauf einzugehen, und schob den Teller mit zwei angeknabberten Klopsen in die Tischmitte. Ich bemerkte zufrieden, wie sein Blick auf einem Foto von meinen Freundinnen und mir, braun und in Bikinis und vor fünf Jahren, hängen blieb.

»Ja, wirklich, sie haben dir geschmeckt?«, fragte ich überrascht.

»Mmmh«, nickte Björn und betrachtete weiterhin das Foto.

»Du lügst.«

»Die Soße war würzig. Ausgefallen.«

Ich hatte vor Aufregung zwar nicht viel geschmeckt, aber er sagte das überzeugend. Vielleicht war ich als Koch nur nicht fähig, mir ein objektives Urteil über mein eigenes Schaffen zu bilden und die Klopse waren lediglich etwas kross gewesen. Ist bei Artikeln schließlich auch häufig so, dass man die eigene Arbeit nicht beurteilen kann. »Wir haben aber über die Klopse geredet, nicht über die Soße. Und du schwörst bei allem, was dir heilig ist, deiner Mutter, Gott, der Schöpfung, kaufmännischen Kennzahlen, dass sie dir wirklich geschmeckt haben.«

»Ich soll schwören?«, fragte Björn. Er sah mich übertrieben ängstlich an. Dann hob er eine Hand und legte die andere auf seine Brust, wobei mein Blick an seinen schönen Fingern hängen blieb. Ich nickte ihm aufmunternd zu.

Er sah mich mitleidig an. Dann ließ er die Hände wieder auf die Tischplatte sinken und sagte: »Also, wenn das so ist: Nein. Sie waren nicht gut.«

»Sie waren nicht gut?« Ich ließ ungläubig mein Glas sinken, aus dem ich gerade trinken wollte.

»Sie waren ekelhaft, ehrlich gesagt.«

»Ekelhaft?! So was sagt man noch nicht einmal, wenn man es denkt! Du warst eingeladen.« Ich spießte einen der verschmähten Klopse auf meine Gabel und schluckte ihn, ohne zu kauen, herunter. »Geht doch«, röchelte ich und zuckte mit den Schultern. Der Klops war wie ein Stein und die Soße schmeckte völlig anders als bei meiner Mutter, wahrscheinlich zu viele Kapern.

»Du hast mich gezwungen, ehrlich zu sein. Macht doch nichts. Ich kann ja auch nicht kochen. Deswegen darfst du jetzt nicht beleidigt sein.«

Ich schmollte.

»Wobei ich wahrscheinlich schon ein bisschen besser kochen kann.«

Ich warf mit der FAZ nach ihm, leider hob Björn mit erstaunlicher Reaktionsgeschwindigkeit die Arme und wehrte meine Attacke ab.

»Dann machst du das nächste Mal Königsberger Klopse.«

Björn zuckte mit den Achseln und grinste mich schalkhaft an. »Lena?«

»Was?«, fauchte ich.

»Hast du vielleicht noch eine Fertig-Pizza oder so was? Ich habe tierisch Kohldampf.«

Mit der Pizza setzten wir uns auf mein Sofa und ich brachte das Gespräch auf Italien. Ich wusste ehrlich gesagt schon, dass er Italien mag. Denn ein Freund von ihm hatte auf Facebook ein Bild kommentiert, auf dem Björn zu sehen war. Björn musste in Rom gewesen sein und es hatte ihm supergut gefallen. Meine Recherche war gründlich, dafür hatte ich viele Fotoalben anschauen müssen, um auf eines von Björn bei diesem unscheinbar aussehenden Freund zu stoßen. Es ist ja immer von Vorteil gemeinsame Interessen zu finden und zu kultivieren. Wir schwärmten also von Italien, der verfallenen Schönheit der Städte, von Giotto und Padua. Ich konnte mithalten, weil ich zum Glück zum Fünfzigsten meiner Mutter eine Italienreise mit meinen Eltern unternommen hatte – ein Horror-Trip, weil ich stundenlang auf der Rückbank vor mich hin schwitzte, während meine Eltern sich über den richtigen Weg stritten. Erst während ich jetzt von Italien schwärmte, wurde mir klar, dass Italien ein wunderschönes Land sein musste. Aber jetzt kommt's. Wir hörten meine iTunes-Zusammenstellung und Björn liebt Country genau wie ich! Ich wusste das gar nicht und hatte das in keinster Weise vorbereitet, sodass ich völlig platt war. Er findet Country auch nicht erst seit Taylor Swift gut, sondern er kennt die ganzen alten Größen, wie Johnny Cash, Garth Brooks und Lyle Lovett, meine Heldin Dolly Parton, Trisha Yearwood und die Dixie Chicks. Es ist Wahnsinn. Wobei er Facebook wirklich nicht richtig nutzt, denn er hätte eigentlich auf meiner Seite sehen müssen, dass ich ein Country-Fan bin. Dann wäre er nicht so überrascht gewesen. Vielleicht hat er ja auch nur so getan, weil er nicht zugeben wollte, dass er meine Seite ausgekundschaftet hat. Und jetzt kommt der Knaller: Er kennt sogar Dan Vogelberg! Ich habe in meinem ganzen Leben noch niemanden getroffen, der Dan Vogelberg kennt. Wir sind *absolut* seelenverwandt: Segeln, Italien, Country – ich kenne kaum Paare, die so viel gemeinsam haben. Der einzige Unterschied ist, dass er Fußballfan ist und zwar von Stuttgart (?), obwohl er doch aus Hamburg kommt, aber das ist ja in Ordnung. Jeder muss sein eigenes Leben führen dürfen. Björn ist zudem genau eineinhalb Jahre älter als ich, was auf mich wie ein ziemlich idealer Altersunterschied wirkt. Sein Geburtstag ist am 20. August und er wird eine kleine Party machen, genug Zeit, sich ein Outfit zu überlegen. Wir legten eine Dolly-Parton-Session hin, bis die Nachbarin kam und meinte, sie könne sich bei dem Lärm in ihrer eigenen Wohnung nicht unterhalten, sodass wir Elvis am Schluss nur noch ganz leise hörten. Ich benutzte die ganze Palette an Tricks, die ich von Charlotte und aus dem Internet kannte, ließ den Ausschnitt von meinem T-Shirt besonders weit nach vorn fallen, gab ihm ewig Zeit mein Profil zu studieren und stand nahezu konstant in zufälligem Körperkontakt. Wenn ich mich nach vorn streckte, rutschte mein T-Shirt nach oben, sodass mein Rücken teilweise frei lag, währenddessen achtete ich aber darauf, mich besonders lang zu strecken, damit nicht gleichzeitig der Bauch über den Hosenbund rausgequetscht wurde. Dabei saßen wir die meiste Zeit geradezu unerträglich nah auf dem Boden vor meinem Sofa, warum davor und nicht darauf, weiß ich auch nicht mehr so genau, und studierten die Cover von alten CDs, wobei unsere Haare elektrisiert nach oben standen und sich dementsprechend einzelne Haarsträhnen ineinander verfingen, sodass sich eine Art stehende Vertikalstromleitung zwischen uns aufbaute. Ich hatte wieder meinen internen Radar angestellt, gleichzeitig so eine Art Wärmekamera, übermenschlich sensibilisiert für seine ausströmende Körperwärme, die auch aus einigen Zentimetern Entfernung auf meiner Haut zu brennen schien. Entsprechend konnte man nicht von Knistern sprechen. Die Atmosphäre war geladen wie ein ganzes Atomkraftwerk kurz vor der Kernschmelze. Dachte ich jedenfalls, bis Björn plötzlich aufsprang und sagte, dass er gehen müsse. Wir standen nur wenig voneinander entfernt an der Tür, nichts hätte gegen Knutschen gesprochen. Dann umarmten wir uns zum Abschied, wie man das auch unter Freunden macht, nur viel, viel verkrampfter. Er hatte statt einer Jacke wieder einen seiner ultraweichen Pullover an. Und dann seufzte er. So ganz tief.

»Es ist nicht ganz so einfach«, sagte er.

Ich blickte ihn an und wartete. Ich legte alles in meinen Augenaufschlag. Und dann drehte er sich um und war weg.

Und jetzt sitze ich hier vor meinem Computer und sollte wirklich anfangen zu rauchen. Ich könnte fertig und aufgelöst an einer Zigarette saugen, wie Johnny Depp das auf seinen Pressekonferenzen macht. Mein Magen ist so flau, als wäre ich gerade zusammengeschlagen statt umarmt worden, sodass ich noch nicht mal was essen kann. Es ist einfach ein Unding, dass noch nicht einmal Charlotte mit mir sprechen will. Es handelt sich schließlich um einen Notfall. Früher haben wir nach jeder Party nachts telefoniert. Was bedeutet das alles? Was bedeutet insbesondere der Satz: ›Es ist nicht ganz so einfach.‹ Damit meint er doch nicht den Segelschein oder seine Verdauung oder was weiß ich. Das ist doch ein Wahnsinnssatz, der tausend Deutungen zulässt, aber doch immer in die Richtung geht, dass ihm die Kernschmelze-Atmosphäre auch nicht entgangen ist. Aber wie muss ich Björns Gehen interpretieren? Klar, da ist noch die Französin irgendwo am Horizont. Wie kann es sein, dass sich seit meinem 15. Geburtstag einfach *nichts* geändert hat? Ich sehe nur älter aus.

**2:15 Uhr**

Hat irgendjemand eine Idee, was ich jetzt tun soll? Niemand? Ist hier überhaupt noch jemand? Haaaaaaaaallllllooooooooooooooooooo! Schlaft ihr etwa ALLE schon? Gaby? Okay. Ich geh ins Bett. Spießer. Is doch wahr.

**8:03 Uhr**

Entschuldigung. Wollte niemanden beschimpfen.

*1 Kommentar*

*Gaby13 sagt:*
*Mädchen, Mädchen, Mädchen. Tom Cruise ist mindestens 1,70 m.*

**18:58 Uhr**

Habe den ganzen Tag auf ein Lebenszeichen von Björn gewartet und bin dabei fast wahnsinnig geworden. So eine kleine SMS mit ›War schön gestern‹ oder so was in die Richtung. Werde zumindest zu einer dünnen Wahnsinnigen, weil ich vor lauter Unglück nichts essen kann und schon ganz belämmert von dem vielen Filterkaffee bin. Wie um Himmels willen soll ich den gestrigen Abend interpretieren? Interpretieren konnte ich schon in der Schule im Deutsch-Leistungskurs nicht. Charlotte ist bei ihrer Schwester und hat ihr Handy ausgeschaltet, und Janina geht nicht dran.

Und bei Caro ist außer den Preisen für Pfingstrosen nix mehr in der Birne. Hätte fast eine Szenenbeschreibung von gestern Abend auf meiner Facebook-Seite zur Diskussion gestellt, aber wenn Noah Becker das liest, wäre mir das unangenehm, und zudem bin ich ja mit Björn verbunden, geht also nicht. Außerdem habe ich auf Facebook vielleicht schon ein paar feindliche Stalker aus dem Dunstkreis der Französin, die mein Leben haarklein verfolgen und versuchen herauszufinden, was ich gerade mache. Bei Facebook ist es so, als würde man dauerhaft von einer Meute von Paparazzi verfolgt. Ich weiß jetzt, wie Heidi Klum sich fühlt. Hier auf meinem Blog sind wir ja unter uns. Habe aber jetzt das Video mit dem geheimen Familienrezept für die Königsberger Klopse reingestellt, exklusiv für meine Blogleser.

**8. August, 18:12 Uhr**

Sonntag. Endlich hat Björn eine SMS geschrieben und sich für das Essen bedankt. Ich habe das Gefühl, dass ich zum ersten Mal seit unserer Begegnung einen Atemzug getan habe. Außerdem hat er geschrieben, dass er sich nächste Woche meldet. So eine Nachricht bedeutet indirekt ja, dass ich mich nicht melden soll, sondern auf seine Nachricht warten muss, wenn ich nicht aufdringlich wirken will. Macht er erst jetzt Schluss mit seiner Freundin? Ist alles so verwirrend.

**9. August, 14:03 Uhr**

Cordula hat angerufen und mich gefragt, ob ich noch anspruchsvolleren Aufgaben gewachsen bin. Ich habe natürlich sofort zugestimmt. Die Redakteurin Eva, die sonst immer diese kritischen Standpunkte schreibt, ist schwanger! Sie hat den ganzen Tag nur gekotzt, sodass ich jetzt den Standpunkt zum Thema ›Sollte man einen Seitensprung verzeihen oder selbst einen haben?‹ übertragen bekommen habe. Okay, da hatte ich mich zu früh gefreut. Aber dann habe ich gedacht, dass ich als gute Journalistin schließlich aus jedem Thema etwas herausholen kann. Ich kann mir außerdem nicht leisten, irgendetwas abzulehnen. So wie es aussieht, muss die Schwangere die nächsten Monate liegend im Krankenhaus verbringen, wegen Frühgeburtsgefahr. Und wenn der schwächliche Sprössling erst mal da ist, kann sie ihre Karriere sowieso vergessen.

**14:10 Uhr**

Hört sich an, als hätte ich kein Mitleid mit dem Baby. Stimmt nicht. Nur für die Mutter ist mein Mitleid begrenzt ausgeprägt, weil sie mich am Telefon wie eine Schmeißfliege behandelt, seit ich Freie geworden bin. Das Karma hat zurückgeschlagen.

## 10. August 10:19 Uhr

Bin zurück am Arbeitsplatz in einem Café. Zu Hause fällt mir die Decke auf den Kopf. Außerdem ist hier Wireless kaputt und ich musste irgendwohin, wo ich nicht alle drei Minuten kontrollieren kann, ob Björn eine SMS oder eine E-Mail geschrieben hat, und ich nicht anfange, Björn zu googeln, obwohl ich schon alles gegoogelt habe, was es gibt, und da ja nicht stündlich neue Seiten hinzukommen, der Name ›Müller‹ ist einfach hoffnungslos … ich *muss* diesen Artikel schreiben. Zudem kann ich, glaube ich, ohne Schorsch gar nicht mehr denken. Gerade wollte ich mein Mittagessen bestellen.

»Na, willst du einen White Chocolate Mocha?«, fragte der Barista, wie man die Leute, die so gekonnt an einer Espressomaschine werkeln, heutzutage nennt, als hätte er meine Gedanken gelesen.

»Eigentlich schon«, erwiderte ich verdutzt, »aber heute nehme ich einen Filterkaffee.« Und nach einem kurzen Zögern fügte ich hinzu. »Und einen Karrottenkuchen.« Ich brauchte Nervennahrung.

Er lächelte und ließ die heiße Milch mit einer lässigen Handbewegung zischend in den Becher fließen. Er war mir vorher noch nie aufgefallen, wahrscheinlich weil er wesentlich jünger war als ich. Er sah gar nicht schlecht aus: groß und etwas schlaksig mit dunklen, weich aussehenden Locken und leicht geröteten Wangen. Allerdings Anfang 20. Ich kam mir ein wenig pervers vor, überhaupt darüber nachzudenken, dass er attraktiv war. Er musterte mich ziemlich ausführlich und grinste breit. Ich versuchte unauffällig das Ohropax aus meinen Ohren zu entfernen, weil die hier in letzter Zeit die Musik so laut stellten, dass niemand mehr vernünftig arbeiten kann. Er sah mich danach ein wenig irritiert an. Wahrscheinlich dachte er, dass ich mir gerade einen riesigen Klumpen Ohrenschmalz aus dem Ohr gepuhlt hätte. Aber ich konnte ihm ja schlecht diesen schmuddeligen Wachsklumpen als Erklärung hinhalten.

»Schreibst du einen Roman?«

»Mmmh«, erwiderte ich mysteriös. Ich war geschmeichelt. Das war das Netteste, was seit Langem jemand zu mir gesagt hatte. Er musste immerhin bemerkt haben, dass ich öfter herkam und schrieb, obwohl ich ihn noch nie bemerkt hatte, weil ich so eine Art Taucherglocke trug und seit Wochen nur Menschen mit Namen Björn Müller wahrgenommen hatte. Ich ließ ihn einen Moment in dem Glauben, mit einer Romanautorin statt mit einer geistig unterforderten Horoskop-Schreiberin zu sprechen.

Meine Güte, gehörte ich nicht eigentlich schon zu einer Generation, wo man Männer wie ihn als ›jungen Mann‹ bezeichnete und sich nicht sicher sein konnte, ob er einen duzte, um einem einen Gefallen zu tun, oder ob er wirklich dachte, dass wir zur gleichen Generation gehörten?

»Wird vielleicht ein neuer Harry Potter? Der Roman wurde doch auch in einem Café geschrieben.« Er suchte das größte Stück Karottenkuchen aus und drapierte es liebevoll auf einem Porzellanteller.

Ich lachte kokett. »Ah, J. K. Rowling ist natürlich viel erfolgreicher als ich«, erklärte ich dann bescheiden, aber so, als könnte man mich mit ihr vergleichen, was so ähnlich ist, als würde man die Beatles mit meiner Blockflötenlehrerin aus der Grundschule vergleichen. Unglaublich. Er flirtete wirklich mit mir! Meine Wangen begannen bei diesem Gedanken zu prickeln. Allerdings war er bei genauerer Betrachtung eher unter 20, vielleicht 18? Somit wäre er

15 Jahre jünger als ich. War ich jetzt übergeschnappt oder flirtete er wirklich mit mir? Aber dann bestellte eine Soziologie-Studentin (Birkenstock, schwarz umrandete Brille) ein kompliziertes Getränk mit extra Sahne, und der schnittige Barista musste wieder an seine zischende und pfeifende Maschine. Ich konnte mir ja schlecht noch einen Brownie bestellen, obwohl der super aussah. Vielleicht könnte ich morgen statt des Karottenkuchens zwei dieser kleinen in Karamellsoße getunkten Schokoküchlein nehmen. Käme figürlich auch günstiger. Die Furche auf meiner Stirn ist vom Nachdenken über Björn nicht besser geworden. Kann es sein, dass er in meine bodenständigen inneren Werte verliebt ist, aber nicht weiß, ob eine verfressene Person mit wirren Haaren und Stirnfalten dauerhaft gegen eine appetitlich gebräunte, sportliche Französin bestehen kann? Muss Charlotte treffen.

**11. August, 12:03 Uhr**

Fühle mich tausend Mal besser. Sehe heute zudem irre gut aus! Kleines Beauty-Geheimnis!

**15:04 Uhr**

Habe drei Espresso getrunken, um mein Gehirn anzuregen, sich zu bequemen, einen einzigen brauchbaren Gedanken für diesen Artikel zu produzieren. Alles vergebens. Mein Gehirn ist gelähmt, da tut sich nichts. Es ist auch nicht so, dass ich wegen Björn den Verstand verloren hätte und alles nur eine hysterische Einbildung meinerseits wäre. Mein einziger Trost ist normalerweise, dass ich Horoskope auch ohne Großhirn schreiben kann, da genügen ein paar Nervenzellen im Stammhirn. Aber ausgerechnet heute brauche ich mehr Gehirn als in den letzten Monaten zusammen, weil der Artikel für Cordula geschrieben werden muss, wenn ich nicht meine letzte Einkommensquelle verlieren will. Und das Schlimmste ist: Ich bin selbst schuld.

**16:03 Uhr**

Okay, immer noch kein Gedanke weit und breit in Sicht. Wie kann man nur so stumpf sein! Ich werde jetzt in der Art des psychotherapeutischen Schreibens berichten, wie es dazu kommen konnte. Gestern am frühen Abend lag ich mit Charlotte auf dem flauschigen Münchner Gras im Englischen Garten. Überall lümmelten sich Münchner auf Picknickdecken oder spielten motorisch komplexe Ballspiele. Die laue Sommerbrise trug afrikanische Trommelweisen von einer Truppe weißer Bogenhausener Teenager zu uns rüber, und irgendwo lief wahrscheinlich auch Rainer Langhans ohne Unterhose rum.

»Meine schlimmste Befürchtung ist, dass die Französin jetzt mit allen Mitteln versucht, ihn zurückzuholen«, sagte ich kleinlaut.

»Das kann ich verstehen.« Charlotte trug ein sehr, sehr luftiges Jerseytop und einen kurzen Rock, der sie nicht davon abhielt, ihre Beine zu einem Schneidersitz zu verknoten. Sie packte zwei kleine Plastikbecher, eine Flasche

Rioja und ein paar Erdbeeren aus ihrer Tasche. »Falls er sich überhaupt schon getrennt hat.«

Ich versuchte derartig negative Gedanken von mir abperlen zu lassen, aber es war schwierig. »Sie sieht so gut aus!« Ich seufzte. »Und so schöne Zähne und perfekte Accessoires. Aber ich habe ihn ja nicht gezwungen, Schluss zu machen. Das hat er sich schließlich selbst ausgedacht. Er ist nicht jemand, der zweigleisig fährt. Aber das Warten ist schwierig.«

»Du musst ihn fragen, was genau los ist«, sagte Charlotte.

»Was soll los sein?«

»Lena, jetzt stelle dich nicht naiv. Was er denkt. Wie er sich das Ganze vorstellt und wie es weitergeht.«

»Bist du verrückt? Dann fühlt er sich bedrängt und rennt vielleicht einfach aus Angst zur Französin zurück. Wir haben ja noch nicht einmal geknutscht. Das kann doch nur heißen, dass er sich jetzt gerade trennt.« Mir wurde flau bei dem Gedanken an die schwarzen Wimpern der Französin, die mit großen Tränen durchzogen wahrscheinlich unwiderstehlich aussahen.

»Wenn du nicht fragst, hängst du ihm noch zwei Jahre hinterher wie diesem Basketballer im ersten Semester. Seinetwegen mussten wir ein Jahr lang in langweiligen Kneipen in Sichtnähe rumstehen, bis du endlich an der Bar ein Wort mit ihm gewechselt hast, um festzustellen, dass sein IQ im Minusbereich angesiedelt war. Wenn man die 30 einmal überschritten hatte, hat man keine Zeit mehr für so was. Man muss das sofort klären.«

»Charly! Er hätte doch niemals solche Abende mit mir verbracht und mir solche Dinge gesagt, wenn er nicht was wollte. So guckt man den anderen nicht an. Ich bilde mir das doch nicht ein.«

»Wenn du dir das nicht einbildest, dann kannst du ihn auch fragen.«

»Ich will ihn aber auf keinen Fall verjagen. Hast du denn nie Angst, dass du später eine dieser traurigen Frauen um die 40 bist, die keinen abgekriegt haben, und dann panisch einen nehmen, der Haare auf dem Hintern hat, Krampfadern und einen einseitig amputierten Hodensack?«

»Nee, habe ich nicht. Ich will ja gar nicht heiraten.« Charlotte ließ sich nach hinten ins Gras fallen und seufzte. »Du kommst vielleicht auf Ideen.«

»Du bist wahrscheinlich auch mit 50 noch allein glücklich, wenn du ab und an den Fensterputzer klarmachen kannst«, sagte ich. »Ich bin nicht so. Ich kann nicht behaupten, dass ich mir dringend Kinder wünsche, aber richtig was anderes kann ich mir auch nicht vorstellen. Ich meine, ist doch auch schön, wenn man jemanden hat, mit dem man alles zusammen erlebt statt allein.«

»Aber ich habe doch Freundinnen, meine Familie, meine Schwester. Ich will nicht beschwören, dass ich mich nicht vielleicht irgendwann mal festlege. Aber warum? Das Leben ist bunt.«

»Sie sah so wahnsinnig natürlich aus, das macht mich krank.«

»Die Französin? Natürliche Schönheiten sind die schlimmsten.« Charlotte nickte, obwohl ich sie eigentlich auch dazu zählen würde mit ihren weizenblonden Haaren und den großen, braunen Augen. »Da kommt man sich wie ein Betrüger vor, nur weil man hohe Schuhe anhat und früher mal eine Zahnspange getragen hat.«

»Weißt du, wie ich ganz natürlich, ohne künstliche Hilfsmittel aussehen würde?«, fragte ich.

»Dunklere Haare?«

»Ich hab's mir gestern im Bett vorgestellt: Ich hätte schwarze oder gar keine Schneidezähne, da sie nicht wurzelbehandelt und gebleicht wären. Dazu ein lahmes Bein von einem unoperierten Bänderriss und mangels Pickelmittel pockennarbige Haut. Meine Augenbrauen hätten sich zu einer buschigen, singulären Braue vereinigt, unter meinen Achseln und an den Beinen sähe es ähnlich struppig aus. Im Mittelalter hätte die Französin das Rennen klar gewonnen.«

»Vielleicht nicht nur im Mittelalter, wenn man mal realistisch bleibt.«

»Charlotte!«

»Ich will nur verhindern, dass du dir zu viele Hoffnungen machst. De facto habt ihr doch bisher über nichts geredet *und* keinen Sex gehabt!« Sie trank noch einen Schluck. »Ohne Wonderbra wäre dein Busen außerdem kleiner«, sagte Charlotte, »und würde etwas tiefer liegen. Aber da stehen einige Typen drauf.«

Ich nahm einen großen Schluck Rioja und ließ mich zurück ins Gras fallen.

»Ich wusste gar nicht, dass du so schlechte Zähne hast«, fügte Charlotte nach einer Weile hinzu.

»Hab ich.« Ich seufzte erneut. »Meine Omi hat mir früher erzählt, dass man einen Apfel essen kann, statt sich die Zähne zu putzen. Hätte mich stutzig machen sollen, dass sie ihre eigenen Zähne nachts in einem Glas Wasser aufbewahrt hat. Karamellbonbons kann man mit einem Apfel nicht neutralisieren.«

»Jetzt nicht verzagen, ich finde nur, du solltest mal offensiver sein. Es gibt nichts zu verlieren.«

»Manchmal weiß ich nicht, ob es nicht ein Fehler war, sich von Karsten zu trennen.«

»Das meinst du nicht im Ernst.« Charlotte setzte sich abrupt wieder auf. Sie hatte dunkelrote Lippen vom Wein und den Erdbeeren.

»Ich meine das voll im Ernst.« Vielleicht war Karsten mehr Bruder als Freund gewesen, aber immerhin war man zu zweit, und jeder macht mal Fehler.

»Ist dir eigentlich schon mal aufgefallen, dass du wahnsinnig gut im Verdrängen bist und dir alles so zurecht denkst, wie du es gern hättest?«

»Nein.«

»Weiß du noch, warum du dich von Karsten getrennt hast?«

»Es war alles nicht mehr so toll. Irgendwie desillusioniert.«

»Du nennst drei offizielle Seitensprünge und einen Haufen nicht zugegebener ›nicht mehr so toll‹?«

»Also das eine Mal war Karneval mit einer Masseuse und noch nicht mal mit einer echten. Und das Kostüm war scheiße. Aber jetzt versucht er mit allen Mitteln, mich zurückzubekommen. Er ruft ständig an. Vielleicht hat er sich ja geändert. Und diese Sache mit dem Finger gewöhne ich ihm wieder ab.«

»Lena, du hast so einen Typen nicht nötig. Manchmal denke ich, dass du den ganzen Mist mit Karsten nur mitgemacht hast, weil du denkst, dass sich niemand wirklich Großartiges in dich verlieben kann.«

»Aber Karsten hatte gesagt, dass er mich heiraten will und einfach vorher noch mal was erleben wollte, damit er mich nicht während unserer Ehe betrügt. Im letzten Jahr war er auch ganz treu. Da war nur irgendwie die Luft raus.«

»Du willst lieber Karsten zurück als Björn?«

»Natürlich nicht, aber …«

»Also. Dann streng dich an. Und damit meine ich nicht, dass du ihm erzählst, dass du Radsportprofi bist. Glaub doch mal an dich. Mach die Augen auf. Es gibt zudem noch viele andere Männer, die dich toll finden.«

»Wer denn bitte schön?«

»Ich kenne die Namen nicht, aber wenn wir zusammen weg sind, sehe ich doch, wie du angeschaut wirst. Denk doch mal nach, fällt dir niemand ein, der mit dir flirtet?«

»Mmh. Ich glaube der Barista hat heute mit mir geflirtet.«

»Der Barista?«

»Bei der Arbeit. Also im Café. Aber ich bin mir nicht sicher.«

»Eben!« Charlotte fuhr sich durch die Haare und biss genüsslich in eine saftige Erdbeere. »Du bist zu unsicher. Und zu verkrampft. Lass es doch mal zu. Vergiss doch diesen Björn mal für einen Augenblick.«

»Ich glaube das kann ich nicht. Warum bist du immer so positiv. Was ist eigentlich aus dieser Krise in Sylt geworden, als du dachtest, du würdest älter aussehen?«

»Ach«, Charlotte winkte ab, blickte aber für einen Moment wie ertappt nach unten. »Ich will nicht aussehen wie eine alte Schabracke, dann wird die Auswahl ja schlechter, auch für One-Night-Stands. Aber ich habe was gemacht.« Charlotte leckte sich die Lippen und goss nochmals Rioja nach.

Ich setzte mich auf und sah Charlotte genau an. »Wie jetzt.«

Sie war tatsächlich ein wenig verlegen, aber nur für eine Nanosekunde. »Ich habe Botox gespritzt.«

»Das hast du nicht getan! Nach allem, was wir darüber gesagt haben!«

»In den Zwanzigern war es leicht zu sagen, dass Botox schlecht ist.«

»Aber du hast doch immer noch keine Falten.«

»Genau. Dank Dr. Buchberger. Diese vielen Strandurlaube in Marina di Massa, die ganzen Italiener – das hinterlässt einfach Spuren, wenn man so hellblond ist wie ich. Und das Zeug klappt super.«

Jetzt setzte ich mich auch auf. »Das ist heuchlerisch. Du hast immer gesagt, dass du kein Problem damit hast, älter zu werden.«

»Habe ich auch nicht. Aber ich habe auch kein Problem damit, Botox zu spritzen und alles auszuprobieren. Ich mach ja auch kein Geheimnis draus. Mein Gott, ich habe mich ja nicht liften lassen.«

»Das ist nur eine Frage der Zeit.«

»Quatsch. Ich spritze ja auch kein Heroin, nur weil ich mal an einem Joint gezogen habe. Und jetzt guck mal.« Charlotte drehte sich zu mir und sah mir ins Gesicht. »Es ist fantastisch.«

»Ich sehe keinen Unterschied zu sonst.«

»Aber jetzt, schau genau hin.« Sie starrte mir regungslos in die Augen.

»Ich sehe nichts.«

»Genau. Aber ich kräusele gerade die Stirn.«

»Du kräuselst aber nicht die Stirn.«

»Eben! Das ist ja das Wunder. So stelle ich mir das nach einer Amputation vor, wenn jemand das Gefühl hat, er bewegt ein Bein, aber da ist gar kein Bein mehr. Es ist großartig. Man ist danach besser drauf, als ein Psychotherapeut das je hinkriegen würde. Es ist genau wie bei den Frauen von ›Extrem schön!‹, wenn die Fettabsaugung, Nasenverkleinerung, neue Zähne und coole Klamotten gleichzeitig bekommen. Mir reicht Dr. Buchberger. Bin ansonsten schließlich ganz zufrieden mit mir. Kann ich nur empfehlen.«

»Aber das ist doch dein Frauenarzt?« Charlotte war eine der wenigen Frauen, die sich noch von einem Frauenarzt männlichen Geschlechts behandeln ließ und behauptete, männliche Frauenärzte würden ehrenvoller und sanfter bei der Einführung irgendwelcher Gerätschaften in intimste Stellen vorgehen. Ich konnte mir Charlotte durchaus leise seufzend und mit verklärtem Blick auf dem Untersuchungsstuhl vorstellen.

»Ach, der macht alles. Musst ihn nur fragen.«

Ehrlich. Ich war enttäuscht von Charlotte. Wie konnte es sein, dass die Freundin mit dem angeblich größten Selbstbewusstsein schon in einem Alter Botox braucht, wo man noch spätpubertäre Pickel entwickelt? Als ich nach Hause kam, recherchierte ich genau nach. Botox nahm meines Wissens niemand vor 40, außer er war in Hollywood in High Definition zu sehen, wo tatsächlich jeder Mitesser wie ein Warze und eine vergrößerte Pore nach Windpockennarbe aussieht. Aber Google belehrte mich eines Besseren. Botox ist schon in der Schule ein beliebtes Schönheitsmittelchen! Hannah aus England hat schon mit 15 eine Botoxspritze von ihrer Mutter gesetzt bekommen. Die Mutter selbst sieht zwar aus wie eine Gummipuppe aus einem Perverso-Laden und erinnert nur noch rudimentär an ein menschliches Wesen, aber Töchterchen Hannah will laut eigener Aussage nicht verhärmt aussehen, wenn sie 25 ist! 25! Brrrr, da hätte ich auch Angst. Was würde Töchterchen Hannah wohl sagen, wenn sie eine botoxunbehandelte fast 34erin träfe? Ich stellte sozusagen eine der letzten der Ü30-Spezies ohne Botox dar, museumsreif.

Wahrscheinlich sah die Französin nur wegen dem Botox so gut aus. Französinnen waren doch laut Statistik bekannt für ihre hohen Investitionen in die Schönheit. Vielleicht war der Busen auch bloß eins dieser Implantate, an denen man sich vergiften konnte, falls er aufplatzen sollte. In Frankreich war da doch meistens Industriesilikon drin. Heute Morgen machte ich den Fehler, mich vor den Vergrößerungsspiegel zu stellen und den Zustand meines Gesichts von allen Seiten ganz genau unter die Lupe zu nehmen. Als ich das Gesicht ins Profil drehte und es dann nach unten beugte, passierte es: Es bildeten sich Falten und Dellen: Gesichtszellulitis! AHHHHHHH! Ich wusste gar nicht, dass sich Zellulitis im Gesicht bilden kann! Die Dellen waren früher bestimmt nicht da gewesen! Ich hätte das schon vor Jahren kontrollieren sollen! Also rief ich um halb neun direkt bei diesem Buchberger an. Die Sprechstundenhilfe war unglaublich schnippisch am Telefon, weswegen ich erst mal nichts von Botox sagte, sondern nur um einen Termin bat.

»Wie dringend ist es denn?«

»Eher dringend«, erwiderte ich.

»Schmerzen?«

»Schmerzen so direkt nicht.«

»Aha.« Ich hörte sie in ihren Computer tippen.

»Wie schnell könnten Sie denn hier sein?«

»Schnell.«

»Wir haben um zehn eine Absage, wenn Sie den Termin nehmen möchten?«

Mir entfuhr ein Jauchzen.

»Wie bitte?«

»Nichts.«

Aber auch beim Einchecken konnte ich mich nicht durchringen, der schnippischen Sprechstundenhilfe, einem farblosen Wesen mit Fisselhaaren, die Wahrheit zu sagen, weswegen ich mich plötzlich breitbeinig auf dem Untersuchungsstuhl zu einer ›halbjährlichen Untersuchung‹ wiederfand, wie es so schön heißt, die trotz ihrer Bezeichnung bei mir schon Jahre zurücklag. Dr. Buchberger stellte sich als besonders attraktiver Vertreter seiner Zunft heraus, der sich mit zurückgegelten grauen Schläfen und Harry-Potter-Brille anscheinend als bayrischer George Clooney fühlte. ›Gut aussehend‹ ist allerdings ein Attribut, das bei Frauenärzten, Proktologen und Spezialisten für Darmspiegelungen eher stört. Schließlich sucht man hier eine möglichst neutrale Beziehung und möchte auch selbst gern schnell wieder in Vergessenheit geraten und nicht durch besondere körperliche Merkmale Eindruck hinterlassen. Fast hätte ich mir aus reiner Verlegenheit die Pille verschreiben lassen, wofür ich derzeit bekanntermaßen keine Verwendung habe, und mich davongemacht. Aber als ich hinter dem grauen Polyestervorhang in der Ecke meine Hose hochzog, getraute ich mich endlich, mutiger geworden durch den fehlenden Blickkontakt, mein eigentliches Anliegen leger ins Gespräch einzuflechten.

»Botox machen Sie auch, oder?«

»Ja, machen wir«, sagte Dr. Buchberger durch den Vorhang, ohne dass klar wurde, wer ›wir‹ genau war. Hoffentlich nicht die Sprechstundenhilfe.

Ich schwieg und hoffte, dass er den ersten Schritt machen würde.

»Hätten Sie Interesse?«

»Meine Freundin meinte, ich sollte es mal probieren. Eigentlich bin ich ja gegen solche Eingriffe. Aber ich entwickele gerade Gesichtszellulitis und Stirnfalten.«

»Natürlich. Stirnfalten kann man damit hervorragend behandeln«, sagte Dr. Buchberger, statt energisch zu widersprechen und mir zu versichern, dass das für mich doch alles viel zu früh wäre, und wo, bitte schön, denn eine Falte zu erkennen war.

Und eh ich mich versah, lag ich erneut auf einer mit Papier abgedeckten Liege, diesmal immerhin mit Bekleidung. Er zückte eine kleine Spritze und rammte die Kanüle unter lautem Knirschen in meine Stirn. Die Spritze rumorte schlimmer als meine Knie, wenn ich in die Hocke gehe! Ein schnarrender Ton, der in meinem Kopf nachhallte, als wären gerade ein Haufen Gefäße zerstört worden. Also zärtlich handhabt Dr. Buchberger weder Spritzen noch andere Geräte. Dann meinte er, er hätte noch was übrig, und ich konnte ihn knapp davon abhalten, die Spritze in meine Augenwinkel zu versenken, wo meines Wissens gar keine Lachfalten vorhanden waren. Ich will ja nicht aussehen wie Nicole Kidman!

»Bar oder EC?«, sagte die Sprechstundenhilfe süffisant lächelnd, als ich mich kurz später an ihr vorbeischleichen wollte.

»Äääh, schicken Sie keine Rechnung?«

»Botox wird direkt vor Ort bezahlt, für den Rest erhalten Sie eine Rechnung.« Dabei sagte sie Botox besonders laut, damit alle Schwangeren im Wartezimmer mitbekamen, was ich getan hatte.

»Ähh, ach so.« Ich reichte ihr meine EC-Karte und fror meine Gesichtszüge ein, diesmal ganz Nicole-Kidman-mäßig, die beim Anblick der Rechnung über 300 Euro zu entgleisen drohten. Diesen Gefallen würde ich ihr nicht tun. Ich hätte ihr von der englischen Hannah erzählen sollen, damit ihr klar wurde, dass der Zug für sie auch schon abgefahren war. Diesen verachtenden Blick hätte sie sich definitiv sparen können. Sie hätte selbst mindestens eine Portion benötigt.

Aber irgendetwas muss schiefgelaufen sein. Mein Gehirn ist mitgelähmt worden und befindet sich in einer Art

Dämmerschlaf. Ich könnte jetzt wahrscheinlich auch eine Brust-OP durchführen lassen und ein Stück vom Nasenknochen wegmeißeln lassen, ohne irgendetwas mitzukriegen. Für Frauen wie Cher eine Traumvorstellung. Ich muss mir noch einen Kaffee bestellen.

**19:03 Uhr**

Mein Gehirn döst immer noch gemütlich schaukelnd in einer Mischung aus Gehirnflüssigkeit und Botox vor sich hin. Es ist zum Heulen. So ein Leben wie mein Gehirn will ich mal haben. Ich hingegen mache mich mit allen restlichen Nervenzellen verrückt. Björn hat sich immer noch nicht gemeldet. Was ist eigentlich, wenn er aus Versehen seine Kontakte gelöscht hat oder so was? Habe versucht, mich selbst damit zu trösten, dass ich bei unserem nächsten Treffen immerhin super aussehe und alle Zweifel wie weggefegt sein werden, und dann vor dem Spiegel entdeckt, dass ich die Stirn genauso krausziehen kann wie gestern! Von wegen Phantom-Falten! Dr. Buchberger hat statt der Stirn nur mein Gehirn gelähmt! Dabei habe ich während meiner Recherche gesehen, dass es auf YouTube jede Menge Videos gibt, wie man sich Botox selbst spritzen kann und ohnehin überlegt, mir das Zeug in China einfach zu bestellen. Das Spritzen sieht nicht schwer aus und ist bestimmt wesentlich billiger als bei diesem Versager. Alles muss man selbst machen. Dabei habe ich mich abgesehen vom Kreativitätsdesaster den ganzen Tag schon besser gefühlt, genau wie Charlotte vorausgesagt hat. Jetzt totaler Zusammenbruch und ich habe nur noch den Anrufbeantworter von Buchberger erreicht.

**21:12 Uhr**

Mache gerade Croissants im Backofen, um mich aufzuheitern. Ich könnte die alte Nähmaschine meiner Mutter auf Ebay mit Startpreis 299,- stellen, um das Geld fürs Botox zusammenzukriegen. Dann stelle ich die Angebotszeit auf zehn Tage, damit ich noch Zeit habe, vorher die Decke zu nähen und das Video ›Patchworkdecke für Anfänger‹ zu drehen. Beim Essen kommen mir immer die besten Gedanken. Es geht los! Fürs Vierecke-Zusammennähen braucht man schließlich kein Gehirn.

**23:03 Uhr**

Ziemlich verzweifelt. Stirn faltig. Gehirnzellen senden Dauerbilder von Björn beim französischen Sex, warte mal, das hört sich irgendwie komisch an. 300 Euro weg. Teure Designer-Stoff-Quadrate alle auf links zusammengenäht. Jetzt alle wieder auftrennen. Blog-Statistik des Tages: Abrufe: 8 (Eigene Abrufe: 8). Noch zwei Tage bis zur Abgabe des Artikels für *Grace*.

**12. August, 9:12 Uhr**

Heute kann ich etwas klarer denken. Das Ganze war womöglich eine Placebo-Reaktion. Habe gerade noch mal erbost bei Dr. Buchberger angerufen, dass ich meine 300 Euro zurückwill, und ihn auf die YouTube-Videos hingewiesen, die er sich vielleicht mal anschauen sollte. Ich muss wahrscheinlich noch mehr Sachen auf Ebay verkaufen und kann nur beten, dass ich bald irgendwo fest angestellt werde oder ein paar Artikel losschlage, bevor der Dispo wieder aufgibt. Aber dafür brauche ich einen Artikel, den ich mangels funktionierendem Gehirn nicht schreiben kann. Warum manövriert das Schicksal mich immer wieder in solche Situationen? Um mir zu zeigen, wie stark es ist?

Aber dann meinte Dr. Buchberger, dass das Botox erst in zehn Tagen wirkt. Das Gehirn wäre auf keinen Fall in irgendeiner Weise betroffen, das würde ich mir nur einbilden. Die einzige Nebenwirkung, die etwa in drei Prozent der Fälle bei klinischen Studien, aber bei erfahrenen Ärzten noch viel seltener vorkomme, sei ein hängendes Augenlid. Er hatte den Tonfall von jemandem, der mit einer geistig Gestörten spricht. Wahrscheinlich ist er beleidigt, weil ich nicht auf schmierige Gel-Frisuren stehe, und er das zu spüren bekommen hat. Das war das erste und letzte Mal, dass der Typ in meine Vagina schauen durfte. Mache mich jetzt mit neuem Schwung an den Artikel!

### 10:12 Uhr

Mein Augenlid zuckt so komisch. Arbeite heute von zu Hause aus, um mein Auge besser kontrollieren zu können. Ich hoffe, ich werde nicht zum Psychopathen und dieser Blog landet bei den Fallstudien an der Uni. Wie konnte ich nur in eine finanzielle Misere à la Lindsay Lohan geraten, obwohl ich gar nicht deren überbordenden Lebensstil habe? Wenn ich jetzt als freier Mitarbeiter irgendeine Redaktion überzeugen will, mich langfristig anzustellen, kommt das einer unbefristeten Probezeit gleich, dabei sind gesetzlich nur sechs Monate erlaubt! Aber verklagen kann man mal wieder niemanden.

**11:18 Uhr**

Habe gerade die von Dr. Buchberger erwähnten Probleme mit Botox recherchiert. Vielleicht zuckt mein Auge, weil das Botox gerade in mein Augenlid fließt. Was dann bedeuten würde, dass ich für drei bis vier Monate ein hängendes Augenlid habe. Ich fürchte, als Quasimodo habe ich gar keine Chance gegen die Französin, selbst wenn sie heute tot umfällt, was ich ihr natürlich nicht wünsche. Muss mich jetzt konzentrieren, sonst bald im Obdachlosenheim ohne Internetverbindung.

**14:22 Uhr**

Versuche seit drei Stunden mit Ohropax und Freedom-App (Das ist eine App, die das Internet für Stunden ausschaltet, sodass auch schwache Charaktere wie ich nicht aus Versehen doch wieder auf Shopping-Seiten nach ›Kaschmirpulli mit Wasserfallausschnitt‹ suchen) das Meinungsstück zu schreiben. Mag ausgepowert sein, kann aber eigentlich denken. Mir fällt aber nichts ein. Das ganz große Problem dabei ist nämlich eigentlich, dass ich zum Thema keine eigene Meinung besitze. Und das ist natürlich eine Katastrophe, wenn man Journalist ist. Ehrlich gesagt, kenne ich das schon. Ich habe zu ziemlich vielen Themen gar keine Meinung, muss aber konstant so tun, als hätte ich eine, weil das von mir erwartet wird. Am schlimmsten ist es bei politischen Themen. Ich habe in der Vergangenheit schon FDP, SPD, CDU und Graue Panther gewählt, nur die Piratenpartei wähle ich nicht, weil sich da zu viele konfuse Seelen wie ich selbst eine bin angesammelt haben, die nicht entscheidungs- geschweige denn regierungsfähig sein können. Ich passe mich vielleicht zu stark an, schließlich sage ich inzwischen auch ›Grüß Gott‹, obwohl es in Wirklichkeit ›Guten Tag‹ heißt, aber ich mag es nicht, schon bei der Begrüßung jemandem auf die Füße zu treten.

### 15:03 Uhr

Habe gerade Cordula am Telefon vertröstet, dass der Artikel fast fertig sei und super wird. Sie meinte, ich sollte ihn am besten heute, allerspätestens morgen abschicken. In Wahrheit existiert bisher eine Seite wirrer Notizen, an der die Psychologiestudenten bei der Psychopathen-Fallstudie ihre helle Freude hätten. Habe jetzt noch mal gegoogelt, wie man Schreibblockaden überwindet, aber die Forschung hat seit gestern keine neuen revolutionären Erkenntnisse ins Netz gestellt. Deshalb greife ich jetzt zum altbewährten Mittel: Den inneren Rezensenten ausschalten und zehn Minuten hemmungslos schreiben. Auch Müll schreiben ist absolut in Ordnung! Alles, was einem durch den Kopf schießt, muss raus. Der Stift darf zehn Minuten lang nicht stillstehen, egal was rauskommt. Bis gleich!

## 15:14 Uhr

Das Problem ist: Irgendwann muss der innere Rezensent wieder eingeschaltet werden. Dem bietet sich ein verheerender Anblick:

Sollte man einen Seitensprung verzeihen oder selbst einen haben?

Man sollte einen Seitensprung verzeihen oder selbst einen haben zum Beispiel mit Björn, auch wenn ich momentan keinen Seitensprung haben kann, weil ich ja gar keinen Hauptsprung habe, dabei fällt mir der perverse Kern des Begriffs auf, aber wenn Björn kommt, könnte ich das nächste Mal eine köstliches Mousse au Chocolat machen, was er mit Sicherheit mag, weil sie französisch ist, mit extra Eiern oder mit Drogen wie Charlotte vorgeschlagen hat, quatsch natürlich nicht, sondern mit extra Sahne, Björn, Björn, Björn, muss legale Aphrodisiaka googeln wie lange war er mit der Französin zusammen und wie sahen anderen Freundinnen aus und was für Brüste hatten die eigentlich, aber vielleicht sollte ich lieber ein eigenes Signature-Rezept für Björn entwerfen wie eine Spinat-Lasagne oder diesen Nusskuchen nach Omas Rezept mit Öko-Mandeln, die arme Oma ich vermisse sie Björn, Björn, Björn muss echsenartige Hornhaut am Fuß wegrubbeln und Oberlippe und Bikinizone wachsen damit keine rote Pusteln und Staubsaugen unterm Sofa und interessante Literaturhörspiele rauslegen und meine Güte vielleicht ist die Französin schon gar nicht mehr seine Freundin, aber er hat natürlich gar nichts mehr von der Kunsthalle gesagt begrabbelt gerade die Französin mit der glänzenden Seidenunterwäsche und den frisch eingecremten Beinen und ich muss weinen.

## 15:42 Uhr

Das linke Augenlid scheint etwas tiefer zu hängen als das rechte. Ich frage mich, ob Franzosen ständig Oralsex haben, weil es schließlich ›französisch‹ heißt und diese etymologischen Wurzeln in diesem Sinn zu verstehen sind. Wird das dann auch von mir erwartet? Ich meine, sollte ich beim ersten Mal direkt in Richtung Oralsex steuern? Ich werde viel zu aufgeregt sein, um wirkliche Leidenschaft zu empfinden, und gerate wahrscheinlich wieder in diesen Zustand der Persönlichkeitsspaltung, wo ich mich konstant von außen beobachte. Vielleicht sollte ich mir vorher französische Sexfilme im Internet ansehen, damit ich mich so verhalten kann, wie Björn das gewohnt ist, oder aber natürlich die Französin übertrumpfen kann und dann hin und wieder durch die geschlossenen Augen unauffällig blinzeln kann, ob's ihm gefällt.

## 16:03 Uhr

Werde ich wie Cher enden? Mit 45 bin ich wahrscheinlich auch so weit, mir eine Rippe für eine schlankere Taille rauszunehmen. Mir künstlich einen dickeren Po zu machen, wie die ganzen Brasilianerinnen und Heidi Montag-Pratt sich das hat machen lassen, habe ich – rein genetisch bedingt – nicht nötig.

**16:05 Uhr**

Obwohl, wenn man mal googelt – Cher sieht gar nicht schlecht aus. Die Frau ist um die 70!!! Ahhh, der Artikel! Vielleicht sollte ich ins Café fahren. Vielleicht kann ich ohne meine Muse Schorsch einfach nichts mehr kreieren.

**16:55 Uhr**

Gerade nach dem ersten Klingeln überstürzt das Telefon abgehoben. War aber nicht Björn, sondern meine Mutter, die mit unterdrückter Rufnummer angerufen hat. Ich musste so tun, als wäre ich ohnehin drangegangen. Weiß nicht, ob die unterdrückte Rufnummer bei ihr Unfähigkeit oder ausgefuchste Berechnung ist. In Anbetracht des Gesprächsverlaufs vielleicht doch eher Unfähigkeit.

»Hallo, Lena, ich will dich gar nicht lang stören.«

»Du störst nicht, wie geht es dir denn?«, log ich, wie von mir erwartet wurde.

»Ich sitze hier mit Elfi, die sich den Laptop von ihrem Sohn ausgeliehen hat, um für den PC-Führerschein zu üben.«

»Den PC-Führerschein?«

»Wir machen gerade diesen Volkshochschulkurs, damit wir am Ball bleiben und auch mal Mails schreiben können.«

»Super, das wusste ich gar nicht.« Find ich in der Tat lobenswert. »Und was habt ihr für ein Problem?«

»Wir haben nächste Woche PC-Führerscheinprüfung und jetzt haben wir einen Virus und können nicht mehr üben!«

»Einen Virus? Wie ist das denn passiert?«

»Er kam einfach so, als wir gerade nicht aufgepasst haben.«

»Habt ihr irgendwelche komischen Sachen aus dem Internet heruntergeladen? Das darf man nie machen, Mama.«

»Wir sind gar nicht im Internet.«

»Aha. Was passiert denn genau?«

»Elfi hat ganz viele Fische, die Weihnachten feiern, auf ihrem Bildschirm!«

»Fische, die Weihnachten feiern?«

»Genau, der ganze Bildschirm ist voll.«

»Mmm, Mami, das hört sich nicht gut an.« Von einem Virus mit solchen Fischen hatte ich noch nie gehört. »Drücke vielleicht einfach mal auf irgendeine Taste.«

Stille in der Leitung, dann ein Seufzer. »Es ist weg, es hat geklappt. Was war denn das?«

»Das war ein Bildschirmschoner. Der geht nach ein paar Minuten an, wenn du keine Tasten drückst.«

»Aber Fische unterm Weihnachtsbaum – die kommen ja auf komische Ideen ... Drück mir mal die Daumen für morgen.«

»Kein Problem, Mama.«

»Geht's dir gut?«

»Ja.«

»Aha.

»Willst du dich nicht einfach bei Papa entschuldigen?«

»Ach Spatz, wenn er kommt, dann lass ich ihn ja rein. Aber man muss nicht immer so viel über alles reden, wie ihr das macht.«

**18:05 Uhr**

Bin im Café, Schorsch ist auch noch da. Ich hatte fast den Eindruck, er hätte auf mich gewartet. Ich bin immer noch sehr nett zu Schorsch, schminke mich jeden Morgen und komme nicht mit fettigen Haaren zur Arbeit. Da fühlt man sich auch besser, genau wie Kandee Johnson gesagt hat. Schorschs Haare sehen in letzter Zeit aus, als würde er sie ebenfalls häufiger waschen. Vielleicht will er auch seinen Typ ändern, was nicht schaden würde. Hauptsache er macht keine Farbberatung und fängt an, Gelb zu tragen, wie meine Mutter, nachdem diese Nachbarin den VHS-Typberatungskurs gemacht hat und die Kleiderschränke der ganzen Straße auf dem Gewissen hat.

**23:12 Uhr**

Irgendwie passiert nichts in meinem Leben, obwohl ich schon 49 Freunde auf Facebook habe und mein Facebook-Profil aussieht, als hätte ich Spaß. Bin im Englischen Garten joggen gewesen (!) und habe dort völlig überraschend einen alten Horror-Kommilitonen gesehen, der mich vor zwei Wochen auf Facebook gefragt hat, sein Freund zu werden, was ich ignoriert habe. Und das will schon was heißen, schließlich bin ich recht großzügig beim Versuch, meinen Freundeskreis zu erweitern. Er tat so, als würde er mich nicht sehen/erkennen. Ich dachte, er wäre beleidigt, weil ich seine Anfrage nicht angenommen habe. Doch dann fahre ich meinen Mac hoch, und da ist eine neue Facebook-Anfrage von ihm! Er will gar nicht mit mir reden, sondern nur auf Facebook mit mir befreundet sein. Das Wort ›Freundschaft‹ muss völlig neu definiert werden. Aber wenn er mich im wirklichen Leben in Ruhe lässt, kann ich ihn eigentlich auch auf Facebook akzeptieren, da haben wir dann beide was davon.

Habe immer noch nichts von Björn gehört. Habe den ganzen Abend mit der Anzeige verdödelt, die bei mir erscheint, sobald ich irgendetwas google: sie handelt von ›einem komischen, alten Trick, um Bauchfett wegzubekommen‹. Aber wenn man draufklickt, ist man unversehens in einem ellenlangen Film gefangen, wo man nichts über den Trick erfährt, sondern mit einer Geschichte zugeschwallt wird, wie jemand selbst wahninnig fett war und seine Frau genauso. Er hält einen immer weiter hin, sodass man ihm an die Gurgel will, weil man ständig meint: Jetzt gleich, jetzt gleich kommt der Trick. Aber dann sagt er, man soll keine Sit-ups machen, weil dann wegen der vielen Muskeln der Bauch noch dicker wird (da muss man aber schon sehr viele Sit-ups machen). Dann erzählt er wieder egomanisch von sich und wie viele böse, böse Menschen versucht haben, ihn und seine anscheinend unterbelichtete Frau mit teuren Diätmitteln über den Tisch zu ziehen. Und jetzt kommt's: Nachdem ich mir gefühlte zwei Stunden dieses Scheiß-Video reingezogen habe, sagt er mir, ich soll 200 Euro zahlen, um *sein* Schlankheitsprogramm zu kaufen. Ach neee, doch nicht, dann wird's immer billiger, bis er bei 39 Euro anlangt und dann noch eine CD gratis hinterherwirft. Er wollte mir die ganze Zeit nur sein eigenes überteuertes Schlankheitsmittel (Diätratgeber oder was auch immer) verkaufen und dachte, ich merke nicht, dass er das Ganze nur in eine Mitleidsstory mit debiler fetter Ehefrau verpackt, wie damals die armen Würstchen bei den Drückerkolonnen, weswegen man ab und an eine Illustrierte abonniert hat, um damit einen Knasti zu retten. Ha, meint der, ich bin so behämmert wie seine Alte oder was? Er rechnet wahrscheinlich nicht damit, dass auch eine gebildete Leserschaft, die er nicht so einfach übers Ohr hauen kann, diese komische Anzeige liest. Die hat nämlich normalerweise keine Zeit für so etwas. Als ich dann wegklicken wollte, sagte er doch tatsächlich: ›Wenn du faul und unmotiviert bist, dann drücke auf Nein, dann ist dieser Trick nämlich nichts für dich.‹ Na vielen Dank. Da kriegt man noch einen Arschtritt zum Abschied, weil man nichts kauft. Das sollten die sich mal im Kaufhof erlauben.

Die Erfahrung hat mich dann allerdings erneut in eine Depression gestürzt, weil ich offensichtlich zur unterbeschäftigten Leserschaft gehöre, die Zeit hat, sich so einen Müll reinzuziehen, da sie keinerlei Privatleben besitzt. Sogar im unwahrscheinlichen Falle, dass ich seine Tipps ausprobieren wollen würde (bin ja eigentlich immer offen für Neues), bin ich zu pleite dafür.

**13. August, 12:30 Uhr**

Habe wegen akuter Fischvergiftung Aufschub für den Artikel bis zum 16. bekommen. Das hat Cordula davon, dass ich nicht mehr im Büro bin, so was lässt sich nämlich null kontrollieren. Ich kann, glaube ich, erst wieder denken, wenn ich weiß, wann ich Björn das nächste Mal wiedersehe. Puhh. Mache jetzt Mittagspause und stehe mit meinem Laptop in der Schlange bei H&M, um Zutritt zur neuesten Designer-Kollektion zu bekommen und ein paar der begehrten

Teile aus der limitierten Edition zu ergattern. Wahnsinn, was hier los ist, dabei kannte ich den Designer gar nicht. Versuche gleichzeitig seit heute früh um acht im Online-Shop zu bestellen, aber die Seite bricht immer wieder zusammen. Jetzt habe ich zehn Teile in meinem Einkaufskorb gehortet, aber ich kann nicht auschecken! Habe schon 30 Mal meine Adresse eingegeben und jedes Mal kommt ganz am Schluss ›unknown error‹!

**17:36 Uhr**

Als ich endlich im Laden war, gab es nur noch gemusterte Strümpfe und ein paar Ohrringe aus Plastik. Kann ich vielleicht bei Ebay für den doppelten Preis verkaufen. Gerade, als ich wieder neben Schorsch im Café saß und endlich mit dem Artikel anfangen wollte, rief meine Mutter wieder an.

»Mama, ich muss arbeiten. Ich kann jetzt nicht telefonieren«, sagte ich beschäftigt, damit auch Schorsch merkte, dass ich voll bei der Sache bin und mich durch nichts Privates ablenken lasse.

»Es ist ja schon nach fünf, die können dich doch nicht versklaven«, sagte sie, feinfühlig wie immer, wenn es darum geht, ein Haar in der Suppe zu finden.

»Ja, äh, aber nur ganz kurz«, sagte ich und lächelte Schorsch zu.

»Ich wollte dir nur schnell was mitteilen, weil ich gerade gebucht habe. Ich fahre mit meinen Freundinnen nach Ghana.«

»Ghana? Das ist doch in Afrika. Ich dachte, du stehst nicht so auf heiße Länder.«

»Rosemarie sagt, Ghana wäre ein unglaublich eindrucksvolles Reiseland, perfekt zum Entspannen und Naturparks besuchen. Dabei ist es ganz billig, gerade wenn man außerhalb der Hauptsaison fährt.«

»Du willst mit Rosemarie fahren?«

»Mit Elfi und Rosemarie.«

»Ich dachte, Rosemarie sei eine dieser egomanischen Emanzen-Weiber, die du nicht ausstehen kannst?«, flüsterte ich in den Telefonhörer, weil Schorsch schon wieder unnatürlich still saß und die Ohren spitzte.

»Ach, Lena. Das habe ich doch nie so gemeint. Elfi und Rosemarie waren wegen dem PC-Führerschein da und wir haben Pastis auf der Terrasse getrunken, und Rosemarie hat erzählt, dass sie schon drei Mal dort war und wahnsinnig schöne Erfahrungen gemacht hat.«

»Aber ich dachte, ihr hättet Geldprobleme?«

»Papa ist schließlich gegangen. Da habe ich mir zu Hause eine Reserve hinterlegt. Den Banken traue ich eh nicht mehr, die können doch jederzeit zusammenbrechen. Hätte ja auch sein können, dass ich eine Psychotherapie brauche und die wäre viel teurer geworden.«

»Und was ist mit deiner Flugangst?«

»Rosemarie meinte, ich müsste vor dem Flug einfach zwei Schlaftabletten auf Rotwein trinken. Dann würde ich nichts merken und einen Absturz im Zweifelsfall sowieso verschlafen.«

»Aber wie kommt ihr genau auf Ghana?«

»Das war Rosemaries Idee. Wir belegen einen African Dance Kurs bei einem Freund von ihr.«

»Weiß Papa das schon?«

»Nein. Ich dachte, du kannst es ihm erzählen. Ihr habt doch so einen guten Draht. Wir fliegen schon in zehn Tagen.«

»Seit wann bist du so spontan?«

»Ich bin schließlich eine freie Frau. Kannst du mir sagen, wie Papa reagiert, wenn du es ihm erzählst?«

»Nur, wenn du mir erzählst, was Oma früher genau gemacht hat.«

»Oma? Was meinst du denn?«

»Beruflich.«

»Aber das weißt du doch. Sie war Schneiderin.«

»Ich meine das andere.«

»Welches andere?«

»Das mit dem Prostituieren«, flüsterte ich.

Stille.

»Lena, was ist das denn für ein Quatsch?«

»Du hast mir doch erzählt, dass Oma sich prostituieren musste!«

»Aber das habe ich doch nicht wörtlich gemeint! Sie musste immer nett zu den Russen sein, damit sie Essen für sich und die Kinder bekam, statt ihnen den Marsch zu blasen.« Und damit legte sie auf. Okay, das mit Oma war wohl ein Missverständnis gewesen. Aber der Rest war leider keins. Wieso beginnen meine Eltern jetzt mit ihrer Selbstverwirklichung, wenn wirklich niemand etwas davon hat? Früher habe ich mir lange erfolglos gewünscht, Scheidungskind zu sein. Scheidungskinder haben wahnsinnig viele Vorteile. Sie dürfen lange wegbleiben, ohne dass es jemanden kümmert, verfügen über einen Pizza-Vorrat im Gefrierfach, den sie dezimieren, wann sie möchten. Sie müssen nicht aufrecht an langweiligen Abendbrottischen sitzen, dürfen kleckern und die Ellenbogen auf den Tisch aufstützen. Außerdem werden sie mit Geldscheinen und Geschenken überschüttet, mit denen die Eltern abwechselnd versuchen, ihre Gunst zu gewinnen. Wie sehr habe ich Scheidungskinder beneidet, wenn meine Eltern zu einer unbezwingbaren Front vereinigt kleinliche Verbote durchgesetzt und geradezu peinliche Zeiten festgesetzt hatten, zu denen ich abends im Bett liegen musste. Aber jetzt ist der falsche Zeitpunkt für einen Befreiungsschlag seitens meiner Mutter. Ich habe nichts mehr davon und mein Vater würde bald die Nase voll haben von Döner und Grillhähnchen. Dann hätte alles wieder seine alte Ordnung. Ich habe keine Lust auf diesen Stress mit zwei Weihnachtsfeiern.

Rosemarie fährt immer zu Malkursen in die Toskana und meditierte in indischen Aschrams, wo jeder weiß, dass da Gruppensex zum Entspannungsprogramm gehört. Außerdem ist sie so emanzipiert, dass man befürchten muss, dass meine Mutter mit geschorenen Haaren und Haremshose zurückkommt. Dann wird Hartmut sie bestimmt nicht zurücknehmen, egal wie viel sie sich entschuldigt. Wie kommen die nur auf dieses komische Urlaubsziel. Ich muss meinen Vater warnen.

Als ich aufgelegt hatte, bemerkte Schorsch sofort: »Deine Mutter fährt nach Ghana?«

»Frag mich nicht. Muss eine Midlife-Crisis sein«, entgegnete ich und zuckte mit den Schultern.

»Schön für sie. In Ghana findet sie mit Sicherheit *alles,* was sie braucht«, sagte Schorsch und grinste süffisant. Dann kramte er sein Schokokussbrötchen aus der Tasche und biss genüsslich hinein.

**17:43 Uhr**

Sitze seit drei Minuten mit offenem Mund vor dem Computer. Ghana ist insbesondere bevorzugtes Urlaubsziel älterer Frauen auf der Suche nach Sexabenteuern, sozusagen die weibliche Thailand-Version. Man sucht sich mithilfe von kleinen Geldgeschenken einen einheimischen Liebhaber. Deshalb hatte sie das Konto leergeräumt, nix Psychotherapie.

**14. August, 15:30 Uhr**

Liebe Lena,

ich bin diese Woche leider nicht in München, aber danach wieder. Entschuldige, dass ich mich nicht gemeldet habe. Ich melde mich bald.

Dein Björn

Björn hat eine E-Mail geschrieben. Krass. Dann ist er an seinem Geburtstag doch wieder hier, so wie es sich anhört. Ich bin wahnsinnig gespannt auf seine Freunde.

**15:39 Uhr**

Andererseits: keinerlei Witz, null flirtig, so ganz nüchtern, könnte auch E-Mail an seine Cousine sein.

**16:55 Uhr**

Außerdem hat er den Geburtstag mit keinem Wort erwähnt. Wenn ich jetzt direkt antworte, läuft das noch unter ›spontan‹.

Hey Björn,

Du verpasst die besten Segeltage am See. Hier ist alles schon in Aufruhr wegen der großen Geburtstagsparty, die bald stattfindet. Bis bald, Deine Lena.

Das klingt so, als wäre das mit Aufruhr ironisch und scherzhaft gemeint, finde ich.

**15. August, 17:05 Uhr**

An alle Leser: Könntet ihr so nett sein, auf die Nähmaschine von ›Lena1978‹ mitbieten? Der Preis stagniert. Muss unbedingt heute die Quadrate neu zusammennähen, damit das noch klappt, bevor die Nähmaschine weg ist. Und alle treuen Blogleser können an der Verlosung meines Quilts teilnehmen.

**16. August. 4:12 Uhr**

Hat etwas länger gedauert, aber bin jetzt wieder auf dem neuesten Stand, was Design angeht, und habe auf Flickr 2.000 Fotos von Patchwork-Decken angesehen, um mich für das Handarbeitsprojekt vorzubereiten. Habe noch weitere tolle Designer-Patchworkstoffe per Express aus den USA bestellt. Bald kann es losgehen! Gute Nacht.

**9:12 Uhr**

Ach du meine Güte, heute ist der Abgabetermin und ich habe den Artikel immer noch nicht angefangen. Ich muss mich langsam darauf einstellen, zu meinen Eltern, ähh, zu meiner Mutter zurückzuziehen. Zu meinem Vater? Oder eben ins Obdachlosenheim. Bin aber noch zu geschwächt von der Google-Session letzte Nacht. Werde jetzt kurzen Powernap machen und dann den Artikel schreiben.

PS: Gerade nachgeschaut. Obdachlosenheim in Haidhausen ist ein schöner Altbau! So mit Stuck und hohen Decken! Verpflegung scheint in Ordnung. Wegen Internet könnte ich weiterhin in eine Kaffeehauskette gehen, wo's umsonst ist und wenn ich vorher am Ostbahnhof 1,80 Euro für den Filterkaffee schnorre, wäre mein Leben de facto kaum anders als jetzt. Gute Nacht, bin in 20 Minuten wieder da.

**19:03 Uhr**

Uoah. Aus Versehen in Tiefschlafphase gefallen. Jetzt muss es aber losgehen. Fühle mich dank Cindy Crawford auch viel besser: Folgende Nachricht lief gerade bei Star-Alert über den Ticker: ›Cindy Crawford hat einen Wabber-Bauch.‹

Wirklich. Da haben so Paparazzi der Cindy aufgelauert, und in diesem großen Zoom hatte sie dann so ganz komische Bauchzellulitis, die wahrscheinlich erst jenseits der 40, oder nachdem man Kinder bekommen hat, ausbricht. Zugegebenermaßen hat sie sich auf dem Bild auch sehr stark nach vorn gebeugt, wo wahrscheinlich sogar die Hamburger Mädels vom Junggesellinnenabschied am Strand eine Bauchfalte entwickeln würden. Bin trotzdem dankbar, dass ich keine Kinder habe und auch keine Gefahr besteht, welche zu bekommen, und die 40 noch Äonen entfernt sind. Ich meine, noch nicht mal Britney Spears mit 20 Personal Fitnesscoachs und der teuersten Bauch-weg-Unterwäsche der Welt ist nach ihren Kindern wieder in alter Form. Man ist ja schon froh, dass sie keine Glatze mehr hat. Find's aber gut, dass sie ihr kleines Speckbäuchlein so selbstbewusst in knallenge Korsagen zwängt und beim Tanzen eine Peitsche schwingt. Da fühlt man sich selbst auch gleich besser. Werde Cindy trotzdem eine Fan-E-Mail schreiben, dass ich sie bewundere. Schließlich bin ich kein gehässiger *Grace*-Leser, der sich am Unglück anderer labt. Habe nämlich gerade gesehen, dass sie sogar zugibt, Botox zu spritzen, was auch Hollywoodstars, die dank Botox weder lachen noch weinen können und ihren Text mit gelähmten Lippen nach Art der Bauchredner vortragen, vehement abstreiten. Das Problem an solchen Fan-E-Mails ist, dass Cindy wahrscheinlich nicht glaubt, dass diese Mail von einer normalen, netten Studierten aus Deutschland ist, die gerade nur einen Karriereknick als Horoskop-Beauftragte hat, sondern von einer wahnsinnigen Frau mit großer Hornbrille, die kein eigenes Leben hat.

**21:48 Uhr**

Habe mir gerade auf der Suche nach Inspiration bei YouTube Videos von ›Extreme Makeover‹ angesehen, der amerikanischen Version von ›Extrem schön‹, die Charlotte erwähnt hat. Wusste gar nicht, dass man alle Teile des Gesichts auch einzeln liften kann. Abgesehen davon, dass man jeden Körperteil verrücken und neu formen kann und auch problemlos seine Jungfräulichkeit wiederherstellen kann. Wusste ebenfalls nicht, dass es auch bei weiblichen Genitalien standardisierte Schönheitsideale gibt (bei männlichen geht es ja nur um Menge). Allerdings wird nicht klar, was unter zu großen Schamlippen wirklich zu verstehen ist und ab wann genau man sie sich richten lassen sollte. Da gibt es keine eindeutige Aussage und wenn man solche Themen googeln will, findet man statt Antworten Seiten, bei deren Anblick einem das eigene Sexualleben unglaublich trist und verklemmt vorkommt. Werde mich jetzt aber nicht weiter mit den Schönheitsidealen der Genitalien beschäftigen, allein schon um mir diese selbstbewusstseinstechnisch letzte intakte Zone nicht zu ruinieren und für Komplexe anfällig zu machen. Ich habe zum Glück auch keinen Handspiegel, um mich mit den Damen aus den gesehenen Videos zu vergleichen, die der Größe, Form und Straffheit ihrer Schamlippen schon berufsbedingt viel Aufmerksamkeit schenken müssen. Ehrlich gesagt kostet es mich schon Überwindung, das Wort Vagina überhaupt hier hineinzuschreiben. Bei uns zu Hause gab es nur einen Po und wenn was wehtat, dass beim besten Willen nicht der Pobacken-Gegend zuzuordnen war, dann gab es noch den ›vorderen Po‹. Charlotte meinte, der Penis ihres Bruders sei liebevoll ›Bimbilimbi‹ genannt worden, ihre Vagina ›Evchen‹. Ist doch klar, dass man da mit einem viel besseren Verhältnis zum eigenen Körper aufwächst, wenn man die Körperteile zumindest benennen kann. Jedenfalls gab es unendlich viele gruselig-schaurige Bilder von Schönheits-OPs. Es wurde sehr deutlich, dass es immer ein Fehler ist, mit einem Foto loszuziehen und zu sagen: So will ich aussehen. Das war schon damals ein Fehler, als ich mit dem Kim-Basinger-Foto, auf dem sie eine platinblonde Dauerwelle trägt, beim Friseur war. In Folge hatten sich verschiedene Blondierungsmittel auf meinem Kopf ein Gefecht geliefert, was in der Verdampfung der meisten Haare mündete (Ich hatte es vorher zu Hause allein versucht, deshalb die Vielzahl an Blondierungsmitteln auf meinen Kopf). Danach ähnelte ich nicht Kim Basinger, sondern Pumuckl. Noch schlimmer ist es jedoch, mit dem Foto von seinem Haustier zum Schönheitschirurgen zu latschen. Aber original so ist Jocelyn Wildenstein mit dem Foto ihrer Katze beim Schönheitschirurgen aufgeschlagen und hat gesagt: So will ich aussehen! Die Amis wieder. Das Ergebnis ist eindrucksvoll. Oder so was in die Richtung. Nein, nein, ich verschwende keine Zeit, solche Informationen inspirieren mich! Brauche keinen Schorsch!

**23:47 Uhr**

Fehlalarm. War doch nicht inspiriert. Ich habe den falschen Beruf gewählt. Ich bin überhaupt keine Redakteurin. Habe mir eine Fußpflege gegönnt, um geistig nicht so zu verkrampfen. Dann habe ich ein Körperpeeling aus Honig und Salz zusammengerührt, wie das bei *Brigitte* online stand. Wobei mich deren Strategie, keine Models zu nutzen, frustriert. Einerseits will ich keine unattraktiven Hausfrauen in den Heften sehen, andererseits auch keine nicht-professionellen Models, die besser aussehen als ich. Das Körperpeeling war keineswegs billiger als Fertiggekauftes und wesentlich widerlicher. Als mir immer noch nichts einfiel, habe ich noch eine Haarkur aus Olivenöl gemacht. Aber auch nachdem ich sie fünf Mal gewaschen habe, sehen meine Haare noch fettig aus, und eine Meinung habe ich immer noch nicht. Mir bleibt jetzt nur eins: Ich muss mich blind auf eine Seite schlagen und mich da so reinsteigern, dass ich dafür argumentieren kann! Außerdem trudeln die ganze Zeit Facebook-Neuigkeiten ein. Facebook macht einen wahnsinnig, man liebt es und man hasst es. Dazwischen gibt es nichts.

**17. August, 0:02 Uhr**

Das ist es.

Werde statt diesem Aufsatz über Seitensprünge kritischen Artikel über Facebook schreiben, der beide Haltungen zu Facebook berücksichtigt. Bin schließlich ein differenziert denkender Mensch, der die eigene Persönlichkeit mit einbringt und jede Zeitschriftenredaktion mit kreativen Themenvorschlägen bereichern kann.

**1:16 Uhr**

Bin voll in meinem Element. Kann auch alle möglichen Meinungen verwursten, die ich im Internet dazu finde, ohne dass auffällt, dass ich keine eigene habe. Habe noch fünf Stunden, schließlich hat Cordula gesagt, dass sie den Artikel allerspätestens am 16. haben muss. Aber ob um Mitternacht oder am Morgen des nächsten Tages ist schließlich egal, weil die Festangestellten um Mitternacht sowieso faul in der Poofe liegen, während Freie wie ich sich die Finger wund tippen. Vor halb zehn Uhr guckt da eh niemand in seine E-Mail.

**6:12 Uhr**

Habe Artikel über Facebook an Cordula gesendet und geschrieben, dass der viel aktueller und interessanter sei, und so getan, als könnte ich auf Wunsch auch den anderen Artikel senden. Jetzt beten. Jede Minute ist Countdown bis zu Björns Geburtstagsparty am Freitag.

**19. August, 12:03 Uhr**

Cordula hat sich noch nicht gemeldet, dass sie den anderen Artikel möchte. Ich beginne langsam auszuatmen.

**20. August, 11:12 Uhr**

Heute Abend ist Björns Geburtstagsparty! Ich habe das perfekte Geschenk ausgebrütet: einen Gutschein für eine Diashow über den Aufstieg zum Kilimandscharo. Björn

hatte mir erzählt, dass er noch nie in Afrika war und eine längere Bergwanderung total spannend fände, so mit Übernachtung in Zelten. Dann wäre man weit genug weg, um aus der Entfernung auf sein Leben blicken zu können und zu erkennen, was wichtig ist. Das habe ich mir natürlich gemerkt und sofort in ein Geschenk umgesetzt, wie man das als aufmerksame Freundin eben macht. Ich habe mit dem Geschenk also zwei Fliegen mit einer Klappe geschlagen oder – präziser betrachtet – sogar drei: Einmal präsentiere ich mich als jemanden, der genau zuhört. Das Geschenk gibt zudem einen Hinweis darauf, dass ich ebenfalls ziemlichen Abenteuergeist habe und keine französische Schnepfe bin, die unglücklich ist, sobald kein Sonia-Rykiel-Laden in der Nähe ist. Drittens bedeutet das Geschenk garantiert mindestens ein Date, weil ich natürlich zwei Tickets gekauft habe, und wir zusammen zum Film-Vortrag mit Diskussion gehen. Das heißt, wenn er das Geschenk annimmt (und ablehnen kann man Geschenke nicht), verbringen wir automatisch einen Abend zusammen! Ich glaube, Björn ist ziemlich schnell aufgegangen, dass er mit so einer lungenkranken Tante, die täglich zwei Packungen Gauloises Blondes raucht, wie diese französischen Austauschschülerinnen das schon mit 13 gemacht haben, und ansonsten Kohlsuppen-Diät macht oder sich die Haare föhnt (ihrem Aussehen nach zu urteilen), keinerlei coole Abenteuertouren machen kann.
Bin von den ganzen Vorbereitungen etwas gestresst. Rachel Zoe hat recht: Es ist ein Fulltime-Job und absolut *bananas*, wenn man optisch auf der Höhe sein will. Fingernägel schneiden und rund feilen, Fußnägel anmalen, überflüssige Körperhaare entfernen, den Rest glattföhnen. Verstehe jetzt, was die Hausfrauen in Bogenhausen den ganzen Tag leisten müssen, um täglich mit glänzenden Haaren und manikür-

ten Fingernägeln in sorgfältig zusammengestellten Outfits zum Feinkost Käfer zu trippeln. Stress, Stress, Stress! Heute Abend geht's los. Bin so gespannt!

### 13:20 Uhr

Gerade trudelte folgende SMS ein:

Lena – bin zurück in München, aber alles etwas schwierig. Party heute Abend fällt aus. Lass uns nächste Woche treffen. B

Ich hatte das Gefühl, jemand hätte den Stecker aus mir herausgezogen. Ich fiel in mich zusammen und kroch zurück in mein Bett. Näher betrachtet war die SMS natürlich eine gute und eine schlechte Nachricht: einerseits schlecht, weil ich Björn unbedingt sehen wollte und es jetzt nicht ging, andererseits klang das doch stark nach: Er-hat-endgültig-Schluss-gemacht-und-tankt-jetzt-Kraft-für-die-nächste-Beziehung. Das war bestimmt schwer für ihn am Geburtstag. Er tat mir wirklich leid. Das Geschenk kann ich ihm natürlich nachträglich geben. Aber eigentlich würde ich es lieber heute überreichen.

### 19:12 Uhr

Man sollte nicht passiv auf das Schicksal warten, sondern aktiv eingreifen. Ich werde gaaanz kurz bei Björn vorbeifahren, als befände ich mich zufällig in der Nähe und falls er da ist, das Geschenk persönlich abgeben. Ansonsten kann ich das Geschenk natürlich einfach vor der Tür stehen lassen. Vielleicht kann ihn das in seiner Trauer etwas aufheitern.

**23. August, 11:03 Uhr**

Location: Kleines Café in Schwabing.

Wetter: wunderschön, genau wie in Malibu.

Verfassung: weniger schön.

Ich musste aus verschiedenen dringlichen Gründen eine Pause von meinem Stammplatz am Odeonsplatz machen. Gerade lasse ich mir den beruhigenden Dampf von Kamillentee ins Gesicht steigen. Am liebsten würde ich mir dabei ein Handtuch über den Kopf legen, wie ich das früher gemacht habe, bevor ich mir in Heimoperation die Mitesser ausgedrückt habe. Aber da es nur ein kleiner Becher Kamillentee ist und ich mitten im Café sitze, würde das komisch wirken. Den Kamillentee hat Schorsch mir vorhin gebracht. Er hat mich sogar umarmt, als er gemerkt hat, dass ich beim Liebeshoroskop-Schreiben Tränen in den Augen hatte. Dabei weiß ich nicht einmal, ob die Tränen jetzt Tränen der Erniedrigung sind, weil ich als original indischer Astrologie-Guru Horoskope schreiben muss, oder wegen der Vorkommnisse des letzten Wochenendes. Schorsch ist mir nach Schwabing gefolgt, das fand ich schon ganz nett von ihm, wir hängen inzwischen aneinander. Wer sich fragt, warum ich, trotz eindeutig ostpreußischer Vorfahren, legal als original indischer Astrologie-Guru für *Grace* schreibe, der sei daran erinnert, dass bei Journalisten Lügen offiziell erlaubt ist und schamlos als Pseudonym bezeichnet wird.

Vielleicht ist dies der schwärzeste Moment meiner journalistischen Laufbahn. Aber, nach kurzem Online-Zugriff auf mein Konto musste ich feststellen, dass ich lieber Horoskope schreibe, als keine Miete zu zahlen. Jedenfalls musste ich bei der Umarmung feststellen, dass Schorsch jetzt Aftershave trägt. Die Note geht in Richtung Büffel während der Paarungszeit. Zudem habe ich den Eindruck, dass er manchmal auf dem Klo nachlegt. Trotzdem: Früher hat er gelegentlich etwas zu stark nach ›Schorsch natur‹ gerochen, da ist eine Prise Moschus ein Fortschritt.

Ich habe drei Tage lang nicht berichtet, was mir sehr leidtut, aber ich konnte einfach nicht früher. Als ich auf dem Radel frohen Mutes mit dem Geschenk an Björns Haus ankam, schlüpfte ich durch die Haustür, als jemand anderes das Gebäude verließ. Alles schien glatt zu laufen und mein Herz hämmerte wie nach einem Tausend-Meter-Lauf unter vier Minuten (oder wie ich mir vorstellen kann, dass es dann hämmern würde). Der Flur war dunkel und kühl und roch nach einem scharfen Reinigungsmittel. Mir lief ein Schauer über den Rücken vor Aufregung. In der zweiten Etage drangen Stimmen durch die Tür. Ich blieb stehen und versuchte zu erkennen, was für Stimmen zu hören waren und wem sie gehörten. In dem Moment öffnete sich die Tür: Dort stand allerdings nicht Björn, sondern Françoise. Ihre Haare schimmerten feucht, sie war ungeschminkt, nur ihre geschwungenen Lippen leuchteten rot. Ich muss sie angestarrt haben, als wäre Voldemort materialisiert, was sie aber nicht aus der Fassung zu bringen schien.

»Allô, kennen wir uns nicht? Du bist doch das Mädschen aus dem *Brenner*, nisch wahr?« Sie sah mich einen Augenblick mit leicht zusammengekniffenen Augen an, als müsse sie mich einordnen, dann rief sie freudig und nicht übermäßig überrascht: »Genau, du bist Lena, Bonsoooooir! Isch dachte, isch 'ätte etwas ge'ört.« Dann küsste sie mich erst rechts, dann links und dann wieder rechts als wären wir die allerallerbesten Freundinnen und könnten gar nicht aufhören, uns zu küssen. In diesem Moment wurde mir klar, dass die Französin alles andere als über den Jordan, beziehungsweise über die Seine geschickt worden war. Doch bevor ich irgendetwas sagen konnte, zog sie mich am Arm über die Schwelle. In der Wohnung erklang Jazz, die schon auf den Flur gedrungen war, und es standen vielleicht 15 Leute in der Gegend herum.

»Das ist aber so eine nette Überraschung, wir haben gerade eine kleine Party, Björn wird sich riesig freuen.« Sie zog mich in das Wohnzimmer, wo Björn sich gerade mit einer Gruppe Mädels unterhielt, und bevor ich mich wehren konnte, stand ich vor Björn, der mich wesentlich überraschter ansah als Françoise und dem die Situation offensichtlich und nicht wirklich überraschend sehr unangenehm war. Er trug ein knittriges T-Shirt und sah unrasiert und minimal verwahrlost aus, was ihm eigentlich besser stand, als die von Muttern gebügelten Hemden, die er bei den vorherigen Zusammentreffen meistens getragen hatte. Natürlich war es ihm unangenehm, er hatte mich quasi zu seiner Party ausgeladen und jetzt ertappte ich ihn dabei, wie er eine für andere schmiss. Er war ja ein netter Kerl – eigentlich. Aber die Rolle der sich unerbittlich aufdrängenden Verehrerin war mir in diesem Moment mindestens genauso unangenehm.

»Hallo«, brachte ich noch knapp hervor und drückte mechanisch meine Wange gegen seine Wange, während ich Françoise' Blicke wie Brenngläser auf dem Rücken spürte. Björn wollte etwas sagen, doch es wäre zu erniedrigend gewesen, seine Erklärung anzuhören, und deshalb war ich geradezu dankbar, dass Françoise mich am Arm weiter in Richtung Küche zog. »Leeena, ich stelle dir noch ein paar Leute vor«, sagte sie freudig. Ich nickte, betäubt von dem fruchtigen Miss-Dior-Cherie-Aroma, das sie verströmte. Sie strich sich die Haare hinter ihr zierliches Ohr zurück. »Ahh, mein 'aar ist noch nass, weil ich gerade beim Sport war«, kicherte sie.

»Was machst du denn für Sport?«, fragte ich mechanisch, weil das nach so einer Aussage irgendwie erwartet schien. Ich fühlte mich insgesamt völlig ferngesteuert, benahm mich äußerlich so, wie man es auf einer Party tat, innerlich war ich gelähmt.

»Nur etwas Langweiliges. Isch muss trainieren für den New York Marathon. Isch fliege dieses Jahr hin«, antwortete Françoise.

Ich wusste nicht, dass es Französinnen gibt, die Sport treiben, geschweige denn so einen Horror-Dauerlauf. Françoise sah auch mit ihren feuchten Haaren sensationell aus. Ich hatte mich ungefähr drei Stunden zurechtgemacht, einfach nur für den Fall, dass Björn zu Hause sein könnte – das Einzige, was ich an diesem Abend richtig gemacht hatte –, trotzdem kam ich mir in meinem sehr kurzen Rock und dem Zentner von Schminke im Gesicht (Kim-Kardashian-Style) sofort völlig overdressed vor. Das schaffen nur Französinnen, dass man sich im Vergleich immer under- oder overstyled und grundsätzlich übergewichtig fühlt.

»Sag mal, isch war in diesem Fitness-Studio an der Leopoldstraße zum Training. Meinst du, das ist das Beste, wenn man irgendwo Mitglied werden will?«

»Ich weiß nicht. Ja, vielleicht«, stotterte ich.

»In welchem bist du denn?«

»Äh, ich gehe nicht in Studios.« Das war gelogen. Ich war Mitglied in einem dieser Billig-Studios, aber das wollte ich nicht preisgeben und ich war auch nur einmal dagewesen. »Kann man da denn keine Tageskarten kaufen«, brachte ich in plötzlicher Geistesgegenwart hervor »das lohnt sich doch gar nicht, wenn du so selten hier bist.«

»Isch komme für länger nach Münschen, das 'abe isch jetzt 'inbekommen. Aber pst! Mein Chef darf nicht wissen, dass das alles nur für die Liebe ist.« Sie legte ihre Finger über die Lippen, als wäre das irgendein Geheimnis, das sie nur ausgerechnet mit mir teilen konnte, was keinen Sinn ergab. »Isch kann Björn nicht so lange allein lassen«, nuschelte sie in ihrem putzigen Akzent. Dann erzählte sie von den Marathons, die sie irgendwann ›für Witz‹ angefangen hatte, von Hamburg und von den deutschen Frauen, die häufig nicht so nett zu anderen Frauen seien, und überhaupt plapperte sie vertrauensselig drauflos, als hätte es keine zwei Weltkriege gegeben und als wäre Frankreich nie der Erbfeind gewesen, was ich ziemlich naiv finde. Beim Anblick ihrer Taille verging mir außerdem der Appetit auf das schöne Tiramisu, das ich in der Küche entdeckt hatte. Ich hatte das Gefühl, kein Wort hervorbringen zu können, deshalb war ich ganz froh, dass sie so viel plapperte. Ich würde abwarten, bis Françoise von mir abließ, und dann abhauen. Insgesamt waren ziemlich viele Mädels da und überhaupt ziemlich viele Leute dafür, dass Björn ja gar nicht in München wohnt.

»Ich muss jetzt mal was essen«, sagte ich zu Françoise, schnappte mir einen Pappteller und ging zum Büfett. Es funktionierte, sie ließ von mir ab und begann, sich mit einem Typen zu unterhalten. Aber ich konnte nicht sofort an ihr zur Tür vorbeihuschen, dafür war ich noch zu sehr in Sichtweite. In meinem Kopf hämmerte es. Françoise, Françoise, Françoise. Wie habe ich mich so täuschen können? Wie bescheuert bin ich eigentlich? Benommen knabberte ich an einer sonnengetrockneten Tomate, mein Magen bleiern, und musterte sie von hinten, was die Situation nicht besser machte. Sie besitzt perfekte Beine, die aus ihrem kleinen Jeansrock herausstanden. Mit ihren nassen Haaren und in dem dünnen weißen T-Shirt, unter dem sie offensichtlich keinen BH trug, konnte man sich vorstellen, wie sie nackt aussah. Sie ist vollkommen natürlich, keinerlei künstliche Hilfsmittel. Es war und ist zum Heulen. Da konnte ich eigentlich doch gleich das gesamte Tiramisu hinunterschlingen, zu Hause in meine Jogginghose schlüpfen und an meiner Decke quilten.

»He, lass mir bitte was übrig!«, sagte eine Frauenstimme einen Moment später, als ich in einer Art Trance damit begonnen haben musste, Tiramisu auf meinen Teller zu häufen. Ich zuckte zusammen. Offensichtlich hatte die Person meine Aktivitäten am Büfett schon länger beobachtet. Aber das Tiramisu war köstlich, mit echter Mascarpone, Biskuitstückchen und Schokostaub, der auf der Zunge zerschmolz. Das konnte ich auch ohne Appetit mit Bleimagen essen, einfach als Nervennahrung.

»Das Tiramisu ist eine Wucht, nicht wahr?« Das auf edelseriös gestylte Mädel lächelte mich an. Es war unschwer zu erkennen, dass sie gerade aus einem Büro kam, wo sie eine Karriere in der Businesswelt anstrebte oder zumindest einen Chef aus der Businesswelt abgreifen wollte: Perlenohrringe, Anzug, Seidenbluse und Hermès-Gürtel, Chanel-Ballerinas – den Look kenne ich von Janina. »Ich weiß sogar, warum sie so wahnsinnig leicht schmeckt.«

»Ach wirklich?«

»Du musst das Eiweiß zehn Minuten schlagen, bevor du es mit der Mascarpone vermischt.«

Ich nickte. »Ah, und was muss da noch rein?«, fragte ich und nahm noch einen großen Löffel voll.

»Du kannst Björns Freundin fragen, die hat es mitgebracht«, sagte sie und schaufelte sich selbst ein riesiges Stück auf den Teller. »Ich bin Christine.«

Ich würgte und spuckte mein Tiramisu auf den Teller zurück. »Wuppsi.« Dann wischte ich mir den Mund mit der Serviette ab und spülte mit Wein (desinfizierender Alkohol) hinterher.

»Lena, hallo.« Ich hielt ihr meine Hand hin, die Christine mit zwei Fingern ergriff. Sie sah mich angeekelt an. Dann blickte sie auf ihren Teller mit dem riesigen Stück Tiramisu. »Da muss was schiefgegangen sein. Sonst ist sie wirklich köstlich.«

»Ich bin allergisch auf Milchprodukte«, erklärte ich schnell.

»Ah«, erwiderte sie zweifelnd und wandte sich zum Gehen.

»Woher kennst du Björn eigentlich?«, fragte ich hinter ihr her.

Christine blieb stehen. »Ach, ewig. Wir sind schon zusammen zur Schule gegangen.« Sie fixierte mich mit unschuldigen braunen Augen. »Ganz früher war ich sogar mal in ihn verliebt«, erklärte sie vertraulich. »Aber alle waren irgendwann mal in ihn verliebt«, fügte sie hinzu. »Ist ja auch süß, der Björn.«

Ich war platt, bemühte mich aber sehr, nicht so auszusehen. Alle waren mal in Björn verliebt? Ich sah mich um und es waren noch ein Haufen anderer Mädels da, mit denen Björn befreundet war. Er scheint so ein Typ zu sein, der gern Mädchen als ›normale‹ Freunde hat. Keine Ahnung wie viele gebrochene Herzen hier rumstanden. Ich will garantiert nicht als eine dieser weiblichen Freunde enden. Und ich dachte, dass wir seelenverwandt sind. Und jetzt organisierte er eine Party und lud mich nicht nur nicht ein, sondern explizit wieder aus! Als ich ganz kurz seinen Blick im Wohnzimmer erhaschte, schien er mir ein Zeichen geben zu wollen, dass er mit mir sprechen möchte. Ich tat so, als würde ich nichts sehen. Ich musste hier raus.

»Kommst du auch aus Hamburg?«, brachte ich hervor. Ich musste noch ein paar Minuten rumkriegen, bis ich mich unauffällig zur Tür schleichen konnte.

»Ja, Blankenese«, sagte sie. »Du nicht, oder?« Sie betrachtet meinen kurzen Rock, der bei unaufmerksamen Bewegungen gefährlich über die Pobackenkante zu rutschen drohte.

Ich schüttelte den Kopf.

»Meine Eltern wohnen nur ein paar Häuser weiter. Sie spielen Golf zusammen. Björn und ich haben mal die Jugendmannschaft im Hockey zusammen trainiert.« Dann verschwand sie, als wären das genug Informationen für mich.

Golf, Hockey, Blankenese, das war ja schlimmer als erwartet. Meine Eltern hatten gekegelt, wobei meine Mutter sich auch mal im Tennis versucht hatte. Weil ich weder Björn noch Françoise auf dem Weg zur Tür begegnen wollte, zog ich mich für einen Moment auf die Toilette zurück, aber das machte es noch schlimmer. Auf der Toilette stand ein schwarzer Kulturbeutel von Daniel Hechter und darin ein paar Produkte von Mac, aber kein Make-up, kein Abdeckstift. So was brauchte Françoise wahrscheinlich gar nicht. Außerdem roch der Beutel wieder nach Miss Dior Cherie. Ich musste mich beherrschen, nicht in den Korb mit der alten Wäsche zu schauen, ob da ihre Unterhosen drin lagen, wild vermischt mit denen von Björn. Zum Glück klopfte in dem Moment jemand an die Tür. Ich huschte aus dem Bad und ging schnurstracks Richtung Wohnungstür. Aus dem Augenwinkel sah ich zwei weitere Freundinnen mit einem Glas Sekt anstoßen. An der Seite saß Françoise, deren Haare inzwischen getrocknet waren und glänzten wie lackiert. Oder wie ein Sarg. Sie lachte über einen Witz von Björns Freund.

Françoise. Françoise. Françoise.

Ich halte diesen Psycho-Terror nicht mehr aus. Das ist doch ein völlig verlorener Kampf. Wie habe ich nur alles so sensationell falsch verstehen können? Ich hätte auf Charlotte hören sollen. Als ich beim Herausgehen mein E-Mails checkte, trudelte eine Nachricht von Ebay ein: Leider wurde Ihr Artikel nicht verkauft. Manchmal kommt's einfach ganz dicke.

Als ich auf die Straße trat, kreiste in meinem Schädel nur ein einziger Gedanke: dass die Französin keineswegs frustriert in Hamburg, Avignon oder sonst wo saß, sondern extra zum Geburtstag angereist war, zu dem ich ausgeladen worden war. Sie machte keineswegs den Eindruck, als sei sie kürzlich abserviert worden, sondern hatte stattdessen ein fantastisches Tiramisu vorbereitet. Die Sachlage war klar, ich würde das nicht länger ignorieren. Ich konnte nicht nach Hause, irrte einen Moment mit dem Fahrrad herum und plötzlich stand ich vor meinem Stamm-Café am Odeonsplatz. Schorsch war um diese Zeit natürlich nicht mehr da, also setzte ich einen Notruf bei Charlotte ab. Ich bestellte einen Triple Shot Latte. Der junge Barista, der immer mit mir flirtet, hatte Schicht und malte ein Herzchen auf den Schaum.

»Lena, schreibst du immer noch deinen Roman?«, fragte er. (Er wusste inzwischen, wie ich heiße und ließ das l besonders lange klingen, als hätte sich seine Zunge darin verfangen). Dann nahm er einen Kaffeebecher und warf ihn mit einer präzisen Bewegung in die Luft, sodass er einen Salto machte. Er fing ihn auf, ließ lässig die Tasse volllaufen und schien das selbst ganz eindrucksvoll zu finden.

»Mmh«, antwortete ich wie immer, um alles offen zu lassen und vor allem um nicht von diesen Horoskopen anfangen zu müssen, dann hätte ich sofort geheult.

»Bist du eigentlich Harry-Potter-Fan?« Er stellte meine Tasse auf die Theke, hielt den Griff aber noch umfasst und lehnte sich zu mir herüber.

»Woher weißt du das denn?«, fragte ich ihn verdutzt, denn ich bin tatsächlich ein Harry-Potter-Fan.

»Habe ich mir irgendwie gedacht.« Er strahlte mich an, zwinkerte mit einem seiner blauen Augen. Es tat wahnsinnig gut, so nett angezwinkert zu werden nach dem völligen Desaster in Björns Wohnung. »Heute gibt's ein Special im Kino, was für echte Fans. Willst du mitkommen? Ich habe noch eine Karte übrig, weil mein Date abgesagt hat«, sagte er dann, während er scheinbar konzentriert ein paar Flecken neben meinem Kaffee wegwischte.

»Ja, also das ist ja nett. Ich weiß jetzt nicht …«, erwiderte ich überrascht, noch gefangen in meiner verzweifelten Stimmung. »Einen Moment, da ist meine Freundin«, sagte ich schnell und ging zu Charlotte, die gerade durch die Hintertür eingetreten war. Ich war baff. Vielleicht hatten sich die ganzen Investitionen in Klamotten und Schminke doch gelohnt, und ich war zu einem It-Girl geworden, ohne dass ich es bemerkt hatte? Nur Björn hat das nicht mitbekommen, der Einzige, der zählte. Ich umarmte Charlotte ganz fest und unterdrückte ein Schluchzen.

»Was ist denn mit dir los?«, fragte Charlotte, als wir uns gemeinsam an den Tisch setzten.

»Nichts und Alles.«

»Du bist knallrot. Und deine Augen sind verheult.«

»Ach, der Barista hat mich gefragt, ob ich mit ihm ins Kino gehen will. Harry Potter oder so was. Habe ich aber schon gesehen.«

»Der knuffige Typ an der Theke?« Charlotte musste den Barista bereits inspiziert haben, obwohl sie noch gar kein Getränk geholt hatte. »Der ist doch super.«

»Ja, super jung.« Und dann brach ich in Tränen aus.

»Hey, jetzt lass aber mal«, sagte Charlotte und hielt meine Hand. »Deshalb muss man doch nicht weinen.«

»Deshalb weine ich ja auch nicht.« Ich schnäuzte in ein Taschentuch, das Charlotte in Windeseile herausgekramt hatte. Ich musste es ihr erzählen. Das Schlimme ist, wenn man solche Demütigungen seinen Freunden erzählt, werden sie noch realer. Zum zweiten aber tendieren Freundinnen in solchen Gesprächen dazu, das Drama herunterzuspielen, um einen zu trösten. Das wollte ich auch nicht. Aber letztlich bin ich eine Frau, ich kann so was einfach nicht nicht erzählen. »Ich heule wegen der ganzen Scheiße mit Björn.« Und dann schluchzte ich schon wieder und erzählte Charlotte haarklein die ganze Geschichte, die sich gerade zugetragen hatte. Wie ich nur so blöd habe sein können und naiv und natürlich war eine Französin absolut unbesiegbar, genau wie Charlotte gesagt hatte. Charlotte sah bei dem Eingeständnis zufrieden aus, auch wenn sie versuchte, den selbstgefälligen Gesichtsausdruck zu unterdrückten und mich mit aller Kraft zu trösten. Natürlich auf ihre Art, deshalb zog sie einen kleinen Flachmann aus ihrer Handtasche, den ich schon aus Sylt kannte, und kippte einen großen Schluck in den Kaffee. Dann hielt sie mir die Flasche direkt vor die Nase.

»Komm, ist schon okay, ist doch Wochenende.« Ich nahm

einen großen Schluck. Tatsächlich, der warme Alkohol im Bauch fühlte sich gut an, deshalb gab es Kummersäufer. Vor meinem inneren Augen erschien ein Bild vom Kiosk auf dem Ubierring, wo ich für kleine Fläschchen billigen Korn anstehen und dann mit meinem Vater auf dem Chenille-Sofa alle Sorgen vor dem Fernseher ertränken würde, und ich musste wieder fürchterlich heulen.

»So, meine Liebe, das bringt doch nichts. Ich sehe mir jetzt mal den Barista an.« Bevor ich sie aufhalten konnte, war Charlotte schwungvoll aufgestanden und stöckelte mit hohen Absätzen Richtung Theke. Ihre langen blonden Haare fielen frisch gewaschen über die Schultern. Kurz später kam sie mit einem Alibi-Becher Wasser zurück.

»Er ist tadellos. Auch aus der Nähe, da gibt es keine Ausrede.«

»Der ist Äonen jünger als ich. Außerdem bin ich gerade in akuter Trauerphase.« Ich schnäuzte mir die Nase und versuchte, mir die Schminke von den Augen zu wischen.

»Viele Kerle sehen das gar nicht. Ich wette, der glaubt, du bist genauso alt wie er. Außerdem gibt's genug 20-jährige Typen, die auf eine 50-jährige Madonna abfahren.«

»Na ja, die sind meistens schwul.«

»So, der Abend ist noch jung. Wenn du jetzt nach Hause gehst, heulst du doch die ganze Nacht. Da gehst du jetzt besser ins Kino, siehst dir was Nettes an und lenkst dich ab.«

»Außerdem weiß ich gar nicht mehr, wie ich mich dann verhalten soll«, gestand ich.

Charlotte sah mich einen Moment lang entgeistert an. »Das habe ich von Sylt aber anders in Erinnerung.«

»An Sylt habe ich insgesamt nur eine trübe Erinnerung. Ich kann mich schließlich nicht jedes Mal betrinken.« Ich schob ihren Flachmann zurück.

»Du trinkst fast nie etwas. Das ist hier eine Ausnahme-Situation.« Sie schob die Flasche wieder zurück. »Sei einfach du selbst!«, sagte sie wie einer dieser Motivationstrainer, die einen über glühende Kohlen scheuchen.

»Ich weiß doch schon so nie, welcher Teil von mir der ist, der so ist, wie ich wirklich bin, und welcher nur so, wie ich gern sein würde. Kein Ahnung, vielleicht hat Björn ja auch das ganze Spiel durchschaut und gemerkt, dass ich zum Beispiel gar kein Sportler bin.« Ich riss mich zusammen, um bei der Nennung seines Namens nicht erneut zu verzweifeln.

»Wenn er das *nicht* gemerkt hat, wäre er völlig bescheuert. Schade, um die schöne Wohnung, die du ihm besorgt hast. Die hätte ich auch gern gehabt.« Charlotte verstand es einfach nicht. Ich weiß nie, ob ich mich für die Bücher, die ausgezeichnet wurden, interessiere, die ich manchmal lese, oder mich nur gern dafür interessieren würde und eigentlich mit einer gelegentlichen Dosis von ›Gossip Girl‹ und ›Downtown Abby‹ ein möglicherweise sogar fröhlicherer Mensch wäre. Ob ich jetzt wirklich stylischer geworden bin, weil ich so viele Style-Vorschläge im Internet angesehen habe, oder ob ich eine unstylische Person in Tarnkleidung bin? Ich bin mir nicht sicher.

In Anbetracht von Charlottes verständnislosem Gesicht durchforstete ich mein Gehirn nach einem einfachen Beispiel.

»Also. Bin ich jetzt Nichtraucher, weil ich nicht mehr rauche, oder bin ich ein Raucher, der gerade für ein paar Jahre nicht raucht. Alkoholiker dürfen doch nie wieder trinken, wenn sie einmal aufgehört haben, weil sie sonst wieder rückfällig werden. Ist Janina wirklich ein dünner Mensch, weil sie sich gerade für ihre Reiterhosen-Leggins runtergehungert hat, oder ist sie in Wirklichkeit ein pummeliges Puddingteilchen-Monster und nur so lange inkognito, bis sie den richtigen Typen dingfest gemacht hat? Interessierst du dich jetzt wirklich für moderne Kunst oder willst du dich nur für moderne Kunst interessieren?«, warf ich mit einer theatralisch angehauchten Tonlage in den Raum. Charlotte hielt mir wieder den Flachmann vor die Nase und ich trank doch ein paar Schlucke.

»Ich interessiere mich doch gar nicht für Kunst«, sagte Charlotte, der jede innere Zerrissenheit fremd ist. Wie kann man psychisch nur so intakt sein?

»Hey, Lena, meine Schicht ist zu Ende. Und, was meinst du?« Mein feuriger Barista-Verehrer war unbemerkt herangekommen. Er sah knuffig aus mit seinem schwarzen Rucksack. Er trug ein schwarzes Oberhemd und ein paar dunkle Haarsträhnen fielen ihm in die Augen, nicht zufällig wie es schien, da der Rest der Haare mit irgendetwas fixiert war. Er könnte in einer Boygroup anfangen.

»Das ist meine Freundin Charlotte«, stellte ich sie vor und wischte mir die letzten Tränen aus den Augenwinkel.

Charlotte lächelte ihn von der Seite an, wie nur sie das beherrschte. Sie hatte mir mal erzählt, dass die linke Gesichtshälfte optisch ihre bessere sei. War natürlich etwas unpassend, direkt mit *meinem* Verehrer zu flirten. Aber Charlotte kann gar nicht anders, und deshalb bin ich ihr nie böse deswegen. Es kommt bei ihr ganz natürlich rüber. Wenn ich durch meine Haare hindurch mit den Wimpern klimpere, sieht das albern aus.

»Und, hast du Lust?«, fragte Benjamin der Barista noch einmal in meine Richtung.

Charlotte erhob sich und gab mir ein Küsschen. »Mein Schatz, ich muss los, viel Spaß bei Harry Potter!« Sie sagte das wie ein Befehl.

»Ja, also …«, brachte ich unter den prüfenden Augen von Charlotte und einem unsanften Tritt auf meinen Fuß mechanisch in Richtung Verehrer hervor. Dann machte sie sich davon. Ich blickte den Barista verwundert an. Aber eigentlich hatte ich keine Widerstandskraft und war ganz froh, dass andere Leute über mich entschieden.

»Exzellent.« Er zwinkerte mir mit einem Auge zu, was für einen Kerl eine etwas peinliche Geste ist, aber in seiner Generation wahrscheinlich normal. Der war ja ganz scharf darauf, mit mir ins Kino zu gehen. In diesem Moment klingelte das Telefon: unbekannte Rufnummer. Das war mit Sicherheit wieder Karsten. Ich schaltete das Handy aus, aber irgendwie war es tröstlich, dass wenigstens eine Person an mir interessiert war. Oder sogar zwei.

Wir radelten die kurze Strecke bis zum Kino und der warme Wind in meinem Gesicht und auf meinen nackten Armen war angenehm. Es war etwas schwierig mit dem kurzen Rock Fahrrad zu fahren, ohne meine Unterhose bei jedem Pedaltritt den Autofahrern auf der Gegenfahrbahn zu präsentieren, aber irgendwie war das auch egal. Mein Smokey-Eyes-Make-up, das ich noch schnell im Bad aufgelegt hatte, drohte konstant außer Kontrolle zu geraten, weil meine Augen tränten. Eigentlich bescheuert, einen solchen lauen Abend in einem heißen, schwitzigen Kino zu vergeuden. Aber ich würde jetzt jeden Gedanken an Björn verbannen und einfach den Abend seinen Lauf nehmen lassen.

Der Schnaps lag warm in meinem Magen und ich dachte an ›La Dolce Vita‹ und daran wie Marcello Mastroianni durchs Leben getrieben wurde, war doch auch in Ordnung. Ich war außerdem gut darin, Dinge zu verdrängen. Ich hatte damals auf der Beerdigung meiner Lieblingstante eine Stunde lang in der Kirche gesessen, ohne eine einzige Träne zu vergießen, weil ich nicht eine Sekunde an sie gedacht hatte, sondern stattdessen den Film ›Footloose‹ detailgenau vor meinem inneren Auge abspielen ließ. Seitdem galt ich in der Verwandtschaft als gefühlskalt.

Benjamin war auch auf der Toilette gewesen, seine Haare waren nett ins und ums Gesicht drapiert. Er trug kunstvoll zerrissene Jeans und war seit dem Toilettenbesuch umgeben von einer Wolke aus Aftershave. Diesen verunglückten Duft von Ralph Lauren kannte ich noch von Karsten. Er hatte auch noch eine kleine Flasche Wodka besorgt. Ich wollte keinen Alkohol, deshalb brachte er mir eines dieser Mixgetränke mit, von denen Teenager-Mädels immer Alkoholvergiftung bekommen, weil sie denken, sie trinken Schorle.

»Das ist super, das schmeckt nicht nach Alkohol«, sagte er erklärend, als er meinen verwirrten Blick sah.

Es stimmte, es schmeckte nur nach Himbeere und Zimtkaugummi.

»Deine Augen sehen heute irgendwie anders aus«, stellte Benjamin fest, während er mich eingehend betrachtete. Immerhin einer, der wertschätzte, dass ich mich beim Schminken angestrengt hatte. Ein jüngerer Freund schien Verständnis für Styling und Mode am Puls der Zeit zu haben.

»Hey, schön, dass du mitkommst.« Er drückte mich etwas unbeholfen gegen sich, sodass ich noch tiefer in die Parfumwolke hineingezogen wurde. Das Ganze wäre normalerweise ein Turn-off gewesen, aber er war schließlich etwas jünger und wahrscheinlich Hölle aufgeregt, dass er mit mir zusammen ausgehen durfte. Dafür war ich bereit, während des Kinobesuchs durch den Mund zu atmen. Sobald mir Björn wieder in den Sinn kann, trank ich noch einen Schluck Mixgetränk und übte die Flirt-Regeln: Ich strahlte ihn an, während ich ihm direkt und intensiv in die Augen sah und in der Popcorntüte wie zufällig seine Hand berührte. Dann sahen wir zwei Harry-Potter-Filme hintereinander, und ich lachte über jede von Benjamins Bemerkungen. Vor dem dritten Film, als ich vom vielen Lachen schon völlig ausgelaugt war, meinte er zum Glück, er würde um die Ecke wohnen, und wir könnten ein Glas Wein bei ihm trinken. Ich wollte bestimmt nichts mehr trinken und war schon ziemlich weggetreten nach dem ganzen Leinwandgestarre, dem albernen Rumgekichere und dem Teenie-Gesöff. Außerdem verdrängte ich jeden Gedanken an Björn, was viel Kraft raubte. Aber der Barista war das Beste, was mir passieren konnte, um mich abzulenken, und ich willigte ein. Draußen war ziemlich viel los, weil es immer noch warm war und ein Haufen aufgedrehter Studentinnen in Shorts und winzigen Oberteilen die Bars belagerten, um dann von Kneipe zu Bar und von Club zu Lounge zu tingeln. Diese Mädels hatten unendlich viel Energie. Eine trug ein neonfarbenes Muskel-Shirt und toupierte Haare.

»Die Achtziger sind tatsächlich zurück«, nuschelte ich »Die sehen aus wie Nena in ihren besten Zeiten.«

Benjamin grunzte irgendetwas Unverständliches. Als ich nicht reagierte, sagte er deutlicher: »Wer ist Nena noch mal? Eine Schauspielerin? Habe ich glaube ich schon mal gehört.«

»Du kennst Nena nicht? 99 Luftballons?« Das konnte doch nicht sein! Er hatte mich wahrscheinlich nicht richtig verstanden.

Benjamin runzelte die Stirn. »99 Luftballons? Mmmh. Nee, habe ich nicht gesehen«, sagte er dann. Ich war fassungslos. Culture Club, Wham? Wie stand es eigentlich um prägende Fernsehserien – wusste Benjamin überhaupt, wer Alf war? Magnum? Benjamins Jugend musste in einem völlig anderen Universum verlaufen sein als meine. Was machte Madonna wohl in solchen Momenten? Sie hatte seit Jahren keinen Freund aus ihrer Generation. Rief sie eine Freundin an, mit der sie in Erinnerungen an Schulterpolster und asymmetrische Dauerwellen schwelgen konnte? War sie mit der Mutter ihrer Loverboys befreundet? Ich würde nicht nachlassen. Er war doch eigentlich ganz süß. Bloß nicht an Björn denken. Sobald ich den Gedanken an Björn aus Versehen zuließ, senkte sich ein Nebel der Verzweiflung über mich. Benjamin hatte zwischendurch den Arm um meine Schultern gelegt, um mich durch eine Meute betrunkener Studis zu führen, und der Arm lag später immer noch um meine Hüfte. Ich war wahrscheinlich einfach wahnsinnig, ihm zu unterstellen, dass er mich als exotisches Zsa-Zsa-Gabor-artiges Abenteuer betrachtete. Er sah mich vermutlich schlicht als Mädel, das es zu erobern galt. Das konnte er haben. Ich musste mich ernsthaft ablenken, das würde meine Therapie sein, sonst würde ich bald auf der Couch landen. Ich schüttelte den Kopf, um die Müdigkeit und Björn zu vertreiben, beschloss, gleich noch einen Espresso zu trinken, lachte mit neuer Energie über Benjamins Witze und sagte ihm, er hätte ein cooles T-Shirt an. Auf dem Shirt war verschwommen eine Band zu erkennen.

»Du kennst Animal Collective? Das ist ja cool«, sagte er geschmeichelt.

Keine Ahnung, wer die Tierkollektive ist, aber eins war sicher: Diese Flirtregeln klappten wunderbar.

Wir erreichten seine Dreier-WG und zum Glück war sonst niemand zu Hause. Im Badezimmer, wo ich einen Moment annahm, mich übergeben zu müssen, aber mir dann beim Anblick des Klos sogar darauf die Lust verging, hatte jemand seinen Putzdienst versäumt. Seit etwa drei Monaten.

Auf diese Klobrille würde sich nur setzen, wem ein aggressiver Darmvirus gelegen käme, um ein paar Kilo abzuspecken, oder wer allgemein testen wollte, wie intakt das eigene Immunsystem ist. Ich nahm also vorsichtshalber die halbhockende Haltung ein, die bei Frauen auf öffentlichen Klos Usus ist, und ging so schnell wie möglich zurück in sein Zimmer. Er erwartete mich hingefläzt auf seinem Futon und schoss ein Überraschungsfoto, als ich aus dem Klo kam. Dann goss er Wein aus einer Flasche mit Schraubverschluss in ein Wasserglas, stellte chillige Musik an, und ich setzte mich zu ihm. Ich sah mich dort sitzen wie in einem Film, als würde ich nicht selbst sitzen, sondern interessiert zuschauen auf das Mädel, das dort auf der Matratze saß und abenteuerlustiges Single spielte.

»Der Film war geil, steh ich voll drauf«, sagte er.

»Ja, fand ich auch.« Ich sah mich um, ob er irgendwelche Bücher oder CDs rumstehen hatte, über die ich einen Kommentar abgeben konnte, aber da gab es nichts. Das ist das Problem an der digitalen Welt. Man muss den Computer durchforsten, um irgendetwas über den anderen zu erfahren. »Hast du eigentlich viel Stress beim Studium?«, fragte ich. »Volkswirtschaft, nicht wahr? Stelle ich mir ziemlich kompliziert vor.«

»Völkerkunde. Aber ich will wahrscheinlich was anderes machen, Musikproduzent oder so.«

»Ah«, sagte ich. »Das macht bestimmt total Spaß.«

Benjamin schenkte großzügig Wein nach. Dann passierte nichts mehr. Mir fiel es leicht, nichts mehr zu trinken, weil der Wein ein süßliches Blumenaroma verströmte, was schon beim Einatmen Kopfschmerzen verursachte, und ich mein Pensum ohnehin schon überschritten hatte. Mir war auch so schummrig genug, der Tag hatte mich völlig ausgelaugt. Ich hatte das Gefühl, als hätte ich schon Wochen nichts mehr gegessen, was bekanntermaßen nicht stimmte. Als ich kurz aufstand, fiel ich sofort wieder um und sah schimmernde Punkte, so schwindelig war mir. Benjamin sagte nichts mehr und ich konnte schließlich nicht ohne Grund die ganze Zeit lachen wie eine Irre. Deshalb war ich ganz erleichtert, als er meinte: »Willst du einen Film gucken?«

Eigentlich hatte ich ja schon genug auf Bildschirme geglotzt, erst den ganzen Tag am Mac und dann noch zwei komplette Harry-Potter-Filme in Überlänge, aber ich sagte trotzdem charmant »Ja, total gern. Was kommt denn?« Ich musste schließlich auch üben zu flirten, wenn ich schon megaerschöpft war, falls ich Björn irgendwann im nächsten Leben einmal als Single wiedertreffen sollte. Halt nein, nicht an Björn denken. Dann knipste Benjamin noch ein Foto wie wir gemütlich vor dem Fernseher saßen und wir spitzen die Münder, als würden wir die Kamera küssen. Danach tippte Benjamin in sein Handy.

»Was machst du denn da?«

»Ich tweete.«

»Echt? Ich kenne niemanden, der das macht, außer Lady Gaga und Lauren Conrad und so.«

»Ist cool, ich habe schon 5.005 Followers. Außerdem bringt tweeten Reader für meinen Blog.«

»Du hast einen Blog?«

»Yap.«

»Ein spezielles Thema oder persönlich?«

»Beides.«

»Wie heißt er denn?«

»Das verrate ich nur Leuten, die ich schon näher kennengelernt habe«, sagte Benjamin, sah mich von der Seite an und zwinkerte wieder.

»Ich weiß, was du meinst mit einem geheimen Blog«, sagte ich und nickte vielsagend.

Benjamin schenkte sich selbst von dem Weißwein-Fusel nach.

»Man ist ja häufig überrascht, wer alles so Blogs schreibt«, sagte ich und blickte ihn bedeutungsschwer an, als er wieder nicht reagierte.

»Wir können uns aber auf Facebook connecten«, sagte Benjamin stattdessen, um mich zu trösten, dass ich noch nicht zum Inner Circle gehörte und seinen Blog lesen durfte.

»Mmh«, sagte ich, um Zeit zu gewinnen. Vielleicht sollte ich ihm meine Facebook-Seite mit den für mich erfolgreichen, für ihn kümmerlichen 49 Freunden lieber nicht zeigen. Meinen Blog würde ich ihm jedenfalls nicht aufdrängen, wenn er gar nicht nachfragte. Schließlich war der auch geheim. Ich überlegte, ob das genug Abenteuer für heute war. Aber der Futon war so tief und wenn ich aufstand, wurde mir ohnehin wieder schwindelig, und mir grauste vor dem Alleinsein.

Benjamin holte eine lila-weiß gestreifte Überdecke, die mich an die schweren Daunendecke meiner Oma erinnerte, und der Geruch rief mir das graue Chenille-Sofa von Papa ins Gedächtnis, was mich wiederum daran erinnerte, mit vollem Einsatz ein Single-Leben voller sexueller Abenteuer zu führen, solange es noch ging. Benjamin war etwas rot im Gesicht und seine Hände unter der dicken Daunendecke waren schwitzig, als ich sie ›zufällig‹ berührte (Danke, About.com ›Teen Advice!). Ich glaube, er war ziemlich nervös, dass er mit einer Kreuzung aus Demi Moore und Megan Fox auf seinem Futon rumliegen und fernsehen durfte. Er robbte sich noch näher heran, und da ich inzwischen mangels Gesprächsthemen und weil ich seit dem letzten White Chocolate Mocha nichts mehr gegessen hatte und von dem Teenager-Gesöff schon völlig belämmert war, zielte ich nochmals zwischen seine Augen, lachte und sagte: »Du hast echt coole Haare.«

»Findest du?«, sagte er, warf den Kopf nach hinten und strich sich mit den Händen seine langen Ponysträhnen aus dem Gesicht, als hätte er sich gerade in sich selbst verliebt.

Gut, im Rückblick könnte man sagen, dass alles hätte mich stutzig machen sollen.

Jedenfalls senkte er dann den Kopf zu mir und presste seine Lippen auf meine. Das heißt, eigentlich nur für eine kurzen Moment, er ging sofort dazu über, sich mit seiner Zunge zwischen meinen entspannt aufeinanderliegenden Zähnen einen Weg zu bahnen. Ich war zu überrascht, um überhaupt zu reagieren. Aber er ließ sich nicht bremsen und begann dabei hektisch an meinem Oberschenkel zu reiben, der ihm am nächsten lag. Er war so eifrig und aktiv und so stürmisch, dass es geradezu putzig war, allerdings auch sehr nass. Er erinnerte mich an einen aufgeregten Welpen, der einem übers Gesicht schlabbert, aber ich ignorierte das tapfer, um eine positive Einstellung bemüht. Schließlich war ich mittendrin im aufregenden Single-Leben, wo man mit jedem rumknutschen konnte, mit dem man wollte. Andere Leute hatten doch auch Spaß dabei. Dann zog Benjamin mich in die Waagerechte, umarmte mich, nahm seine Kamera vom Tisch und schoss noch ein Foto von uns. Er blickte dabei von unten nach oben sehr verführerisch in die Kamera, wie ich das sonst eher von Pamela Anderson oder schwulen Models kannte.

»Ich finde dich total scharf. Du bist auch so viel älter als ich«, sagte er dann außer Atem immer noch an die Kamera gewandt. Dann drückte er mich wieder auf die Matratze und setzte zum nächsten Schlabberkuss an. Dabei riss er an meinem schönen Shirt, um es aus dem Weg zu schieben.

»Was hast du gesagt?«, erwiderte ich verwirrt und kämpfte meinen Kopf frei, um wieder atmen und sprechen zu können. »Ich bin älter als du?«

»I love it«, sagte er und rollte das l wieder genüsslich mit der Zunge.

»Also soooo viel älter als du bin ich dann auch wieder nicht.« Ich versuchte, mein schönes Jerseyshirt aus seinen unbeholfenen Patschehändchen zu befreien.

Er sah mich entgeistert an. »Ist schon okay. Weißt du, meine erste große Liebe war meine Sportlehrerin, und seitdem interessieren mich junge Mädels nicht. Ich finde reife Frauen viel interessanter.« Er wischte sich mit dem Ellenbogen den Mund ab.

Ich wollte mit aller Kraft lächeln, aber ›reife Frauen‹ war ein Ausdruck, den ich bisher nur in Zusammenhang mit Seniorensex gehört habe. »Äh, ich bin 33«, bemerkte ich vorsichtig.

»Eben. Du könntest meine Mutter sein«, erwiderte Benjamin aufgeregt, lehnte sich nach vorn, vergrub seine Nase an meiner Schulter und griff mit der anderen Hand um mich herum. Dort bemühte er sich mit seiner darin nur mittelmäßig geübten Hand, meinen BH zu öffnen.

»Hast du nicht gesagt, du bist 19? Dann müsste ich mit 14 schwanger gewesen sein!«, kreischte ich in einer entglittenen Tonlage. Mit 14 war alles, was mit Sex zu tun hatte, definitiv noch weit weg gewesen. Damals hatte der Gedanke an einen Penis (Sex war früher gleichbedeutend mit Penis gewesen und diesen hatte ich mir aus unerklärlichen Gründen immer sehr behaart vorgestellt) eine ähnliche Angst in mir ausgelöst wie Freddy Krueger in ›Nightmare on Elm

Street‹. Es hatte ehrlicherweise auch später, als ich zumindest neugierig auf einen gewesen wäre, jahrelang keinerlei Interessenten gegeben, die mir einen hätte zeigen können, was möglicherweise mit meiner Tierliebe und dem mir konstant anhaftenden Ziegenstallgeruch – ein Bauernhof lag in direkter Nachbarschaft – zusammenhing.

Benjamin sah mich mit schwarzen Pupillen gierig an – jetzt in der Art eines Welpen, dem man drohte, sein Fressi-Fressi wegzunehmen. »Mit 15 habe ich mit meiner Sportlehrerin Eva zum ersten Mal geschlafen«, erzählte er verträumt. »Sie sah ein bisschen so aus wie du. Sie war vielleicht sogar noch älter.« Er lächelte abwesend.

»Ich muss nach Hause. Ich bin krank.« Ich fragte lieber nicht, ob die Sportlehrerin kurz vor der Pensionierung gestanden hatte, oder was ›sogar noch älter‹ ganz konkret bedeuten sollte. Manchmal ist Unwissenheit eine Gnade. Dieser Junge war möglicherweise einer dieser Leute, die sich Oma-Pornos kauften. Mir lief ein Schauer über den Rücken.

»Du siehst mir ganz gesund aus«, sagte Benjamin und fummelte unbeirrt an meinem BH.

Ich hustete röchelnd. »Nein, nein, das hatte ich schon heute Morgen. Ich bekomme immer wahnsinnig schnell eitrige Bronchitis mit Auswurf. Ich muss.« Ich riss mich los, raffte meine Tasche und meine Jacke zusammen und stand wenige Sekunden später an der Tür. Auf dem Fußboden lang das T-Shirt von Animal Collective. Der Aufdruck war keineswegs verschwommen, das musste vorher mein Blick gewesen sein.

»Sehen wir uns denn bald wieder?«, fragte Benjamin unbeirrt. Wer Oma-Pornos schaut, findet Auswurf wahrscheinlich anturnend.

»Klar«, sagte ich, da ich bekanntermaßen nicht so gut in direkter Konfrontationen bin. »Harry Potter war super.«

Benjamin nickte. »Ich bin ein Fan von Umbridge, die ist süß.«

Ich nickte und machte, dass ich davonkam. Und dann, auf dem Weg nach Hause, ergoss sich das geballte Elend über mich, sodass ich mich erst jetzt zurückmelden konnte.

## 15:12 Uhr

Habe mir mithilfe von Kandee Johnson eine neue Art Smokey-Eyes-Make-up gezaubert, das wischfest ist. Ich darf jetzt optisch nicht völlig aufgeben, hat Charlotte mir vorhin am Telefon eingebläut. Schorsch meinte zwar, ich würde aussehen wie ein Pandabär, aber er hat eben keine Ahnung von Fashion. Er sollte sich lieber mal ein paar Jeans kaufen, die nicht zwischen den Pobacken klemmen, bevor er andere beurteilt. Über bestimmte Themen kann ich noch nicht schreiben.

## 24. August, 11:12 Uhr

Letzte Nacht kein Auge zugetan. Habe auf Facebook gesehen, dass in Kalifornien ein Erdbeben gewütet hat. Janina hat dazu einen ziemlich eindrucksvollen Amateurfilm auf YouTube verlinkt. Es gab sogar Tote. Darunter haben 32 Leser den ›Gefällt mir‹-Button geklickt. Wirkt etwas missverständlich. Björn hat sich gar nicht mehr gemeldet.

Halt, ich sage dazu nichts mehr. Karsten hat schon wieder als unbekannter Teilnehmer angerufen und ich wäre fast drangegangen. Habe dann die Nähmaschine noch mal ab ein Euro reingestellt, weil ich auf meine Blogleser vertraue, den Preis hochzutreiben. Habe Caro und Janina ebenfalls Bescheid gesagt, dass sie mitbieten müssen, damit der Preis hochgeht.

Dann rief glücklicherweise mein Vater auf dem Festnetz an. Er kann meine Mutter nicht erreichen, braucht aber was von zu Hause. Ich hab's nicht über Herz gebracht ihm zu sagen, dass seine Ehefrau zum Sexurlaub nach Ghana fährt.

**26. August, 13:13 Uhr**

Bin völlig fertig und muss mit Charlotte reden, die ja leider nicht jederzeit zur Verfügung steht, weil sie, im Gegensatz zu mir, einen Job hat. Heule unauffällig in meinen Kaffee. Es ist natürlich völlig unmöglich, nicht an Björn zu denken. Ich denke die ganze Zeit an ihn, was immerhin verhindert, dass ich an das erniedrigende Ende des Abends mit dem Gerontophilen denke. Ob mein Vater mich überhaupt bei ihm einziehen lässt, wenn er herausbekommt, dass ich gar keinen Beruf mehr habe?

**19:45 Uhr**

Bin jetzt wirklich kurz davor, mich zu erschießen. Ich habe versucht, mich auf meinen Blog zu konzentrieren, um mich abzulenken. Garance Doré hat wieder einmal ein paar hochkarätige Modezeichnungen angefertigt. Sie hatte den Blog nur aus Spaß angefangen, und prompt sitzt sie bei Chanel in der ersten Reihe. Wer mal ein Kunstwerk von mir gesehen hat, weiß, dass ich mit Zeichnungen keine Blog-Leser gewinnen werde. Auch so eine Michelle Phan macht kleine Videos, wie man sich schminkt, dass man aussieht wie Schneewittchen und schwups, hat sie einen L'Oréal-Vertrag. Ich war der Meinung, dass meine Blog-Community mit den original Ostpreußen-Rezepten und Näh-Videos stetig wächst und hatte mich – ehrlich gesagt – schon erkundet, was ich anziehen soll, wenn ich zu einer Talkshow eingeladen werde (kein Rot, keine Streifen hat Schorsch gesagt, wobei Schorsch nicht der Stylist ist, den ich mir erträumt habe). Dann habe ich meine Blogstatistiken überprüft und hatte 54 Zugriffe, was ich jetzt gar nicht so schlecht finde, schließlich kann man immerhin einen Aufwärtstrend feststellen, ich selbst war nämlich nur 20 Mal drauf. Aber dann wollte ich hinter die Statistiken gucken, um meinen Lesern gezielt die Inhalte zu bieten, die sie sich wünschen. Man kann nämlich nachsehen, was die Leute gegoogelt haben, um auf meinen Blog zu gelangen. Weil mein Blog schon länger im Netz ist, wird er nämlich leichter gegoogelt, glaube ich. Darüber, wie es genau funktioniert, hüllt Google sich ja in vornehmes Schweigen, damit man nichts manipulieren kann. Folgende Eingaben in das Google-Suchfeld haben die Ratsuchenden aus dem Netz auf meinen Blog geführt:

Welche SMS nach Sex schicken?
Pepsi Cola Exkremente
Wie breche ich mir selbst den Finger?
Vagina gleicht welcher Frucht?

Sylt Katamaran nackt
Französischer Schauspieler größter Penis
Rachel Zoe rülpst
Weihnachtsfeier fremdgehen – wie machen?
TV-Serien mit großen Busen
Warum traurig beim Sex?
Beruf mit Toten zu tun
Die verstrahltesten Freundinnen der Welt
Hausmeister ruiniert Firma
Ideen, um Nachbarn zu ärgern
Kollegen sprechen nicht mit einem, was machen?
Wie erklären, wenn Sex mit Freundin von besten Freund
Jesus Luz, wo buchen für Kohle
Wie sagen, dass nie Orgasmus
Freundin ist wie Krankenschwester

Das war ein Schlag ins Gesicht: Diese Suchenden haben bei mir nicht gefunden, was sie wollten, und kommen voraussichtlich nicht wieder. Ich glaube, diese Leser will ich auch gar nicht, die sind bei der neuen *Grace* besser aufgehoben. Werde nächste Woche weitere Features anbieten. Habe da eine wirklich originelle Häkelanleitung für einen Kaktus gefunden, die ich posten werde.

**27. August, 20:17 Uhr**

Eigentlich hätte ich die Tagesschau ansehen sollen, aber danach bin ich noch deprimierter. Seit ich den Fernseher mit meinen kleinen Kinder-Wurstfingern zum ersten Mal allein angeschaltet habe, herrscht Krieg. Versuche euch nicht damit zu belasten. Dazu kommt, dass meine Haare fusselartig in alle Richtungen stehen. Kurz vor acht rief meine Mutter an.

»Ist es wahr?«, rief sie in den Hörer.

»Was ist wahr?«

»Das, was Elfi erzählt hat.«

»Ich habe keine Ahnung, was Elfi erzählt hat.« Hatte Papa etwa doch eine Freundin? Wurde er mit 63 noch einmal Vater? Das ging ja heute alles mit Viagra und so. Dann wäre meine Schwester 34 Jahre jünger. Aber gerade gestern hatte ich knuffige Babyschuhe am Baby von Rachel Zoe gesehen.

»Dass du Karsten nicht halten konntest. Ich habe es gerade von Elfi erfahren.«

»Was meinst du denn mit ›halten‹?«

»Du weißt es noch nicht? Vielleicht ist es ja noch nicht zu spät. Vielleicht kannst du ihn ja zurückgewinnen! Elfi hat Karsten mit einem anderen Mädchen gesehen. Er hat das Mädchen wohl schon zu Hause vorgestellt. Es tut mir so leid, dass ich dir so eine Nachricht überbringen muss. Aber was hast du bloß gemacht, dass er das nötig hat? Das war doch eine sichere Sache!«

»Mama, wir haben uns getrennt.«

»Ihr habt euch getrennt? Aber du kannst ihn doch nicht einfach gehen lassen! Denk doch daran, wie alt du schon bist. Wenn du dich anstrengst, kommt er bestimmt zurück.«

»Mama, Karsten ist anders, als du denkst. Ich will niemanden, dem hin und wieder mal ein ›Ausrutscher‹ unterläuft. Und ich will ja nichts sagen, aber du hast dich bisher auch nicht angestrengt, Papa zu *halten*.« Da hatte sich Karsten ganz schön schnell getröstet, wenn man bedenkt, dass letzte Woche noch ungefähr 20 unbekannte Anrufer auf meinem AB gewesen waren. Vielleicht hatte er die Idee mit dem Finger im Po ja auch schon von der Neuen gehabt?

Meine Mutter hielt einen Moment inne, um ihr Bild von Karsten zurechtzurücken. »Du darfst da nicht so kleinlich sein. Männer sind manchmal ein bisschen komisch, aber mit einem anderen wird es auch nicht besser.«

Ich kann nur hoffen, dass das nicht stimmt. Warum verbreitet meine Mutter so niederschmetternde Weisheiten?

»Und wo willst du jetzt so schnell jemand Neuen herbekommen? Mein Gott, bald ist meine Tochter alleinerziehende Mutter, die am Sozialamt und im Mütter-Kaffee rumlungert. Und deine Karriere!«

»*Ich* habe mich getrennt.«

»Du? Bist du verrückt? Um Himmels willen.«

»Außerdem bin ich nicht schwanger.«

»Jetzt nicht, aber bald gibst du dich in Verzweiflung irgendjemandem hin, und dann ist es passiert. Ich sag dir schon jetzt, dass ich keine Zeit habe, ein uneheliches Kind zu hüten …«

»Aber ich bin doch gar nicht verzweifelt«, brachte ich mühsam hervor. Ich presste noch ein »Mama, ich muss los, genieße Afrika« heraus und legte auf. Ich hatte schon so lange nichts gegessen, der Kaffee hatte mein Nervenkostüm in ein filigranes Gebilde verwandelt, das dauerhaft vibrierte und jeden Moment drohte zu zerreißen. Björn lag wahrscheinlich inzwischen wieder in Paris in einem altmodischen, quietschenden Metallbett mit seiner Französin, die bestimmt diese Spitzenunterwäsche trug, von der ich immer Pickel am Po bekam und deshalb schon lange auf Baumwolle gewechselt hatte. Oder sie hat ihr Bett schon in München aufgestellt, was weiß ich. Er denkt gar nicht mehr an mich. Und was ist, wenn meine Mutter recht hat? Meine Freundinnen halten mich für ein sexuell deprimiertes Wesen, und Karsten hat auch schon Ersatz, was eigentlich egal ist, aber er hätte ruhig ein bisschen mehr Trübsal blasen können. Ich heulte, schluchzte und erreichte niemanden, sodass ich danach Schorsch (!) anrief und ihm die Ohren volljammerte von Karsten und Björn und überhaupt. Schorsch war ehrlich gesagt total niedlich, tröstete mich in seiner Schorsch-Art, dass einige Männer eben blind seien und weder Karsten noch Björn eine Ahnung hätten, was ihnen da entginge. Er bot sogar an, schnell vorbeizukommen. Er ist irgendwie genau wie dieser nette, schwule Freund von Anne Hathaway in ›Der Teufel trägt Prada‹, von dem sie immer geschmackvolle Outfits bekommt. Aber irgendwie deprimiert mich noch mehr, dass nur ein Mann, der stone-washed Jeans trägt, nette Sachen zu mir sagt.

**21:48 Uhr**

Cordula hat sich überhaupt nicht gemeldet wegen des Facebook-Artikels. Das scheint mir suspekt. Habe mich aber heute nicht getraut, in der Redaktion anzurufen. Vielleicht will sie gar nichts mehr von mir veröffentlichen. Aber dafür hat sich jemand anders gemeldet. Ich habe eine Freundschaftsanfrage von einer gewissen Françoise Boyer auf Facebook. Sie hat auch eine Nachricht geschrieben. ›War nett, dich auf der Party kennenzulernen, vielleicht sehen wir uns demnächst ja einmal.‹ Ich habe die Nachricht jetzt 45 Minuten lang angestarrt, aber sie ist immer noch da.

**22:38 Uhr**

Ich will nicht Françoise' Freundin sein! Unglaublich, dass sie mit mir befreundet sein will, obwohl Françoise und Björn selbst auf Facebook gar nicht befreundet sind, das ergibt doch gar keinen Sinn. Habe mir zum 500. Mal Björns Facebook-Seite angesehen, wo nie was passiert. Er hat sich nicht mehr gemeldet. Wahrscheinlich sind sie im Bains Douches oder wie die Pariser Nobeldiscos da heißen. Er schreibt nie Nachrichten auf seiner Seite, aber er hat ein paar Freunde, die Facebook-freundlicher leben. Ich habe mich wieder auf die Suche gemacht und Fotoalben seiner Freunde durchgesehen und dann kam's ganz Dicke. Tatsächlich hat ein Freund ein paar Segelfotos reingestellt, auf denen Björn drauf ist! Er sieht ganz braun aus und strahlt. Das Gute an Facebook ist ja, dass man bei allen Personen, welche die Standard-Voreinstellungen nicht ändern, immer auch die Fotoalben von deren Freunden ansehen kann, mit denen man selbst nicht verbunden ist. Aber dann gab es noch ein Foto, wo die anderen Personen auf dem Segelboot drauf sind. Und daneben sitzt eine streifenlos braungebrannte Françoise, die wie immer keinen BH trägt, was man genau sehen kann, weil ihr T-Shirt ihr sexy von der Schulter geglitten ist. Björn steht jedenfalls nicht auf Busen, die tief hängen. Ich werde mir jetzt aber definitiv keine Fotoalben von Françoise anschauen und ihre Anfrage *sofort* löschen.

## 23:44 Uhr

Habe keine weiteren Fotos mehr gefunden. Prost. Trinke jetzt italienischen Wein (den französischen habe ich vorhin ins Klo geschüttet). Das Wochenende ist fast um und Björn hat sich nie wieder gemeldet. Ich hatte noch nicht einmal die Chance, ihn von mir aus schmoren zu lassen. Die Arktis ist voller verzweifelter Eisbären, die sich an Schollen klammern, im Rest der Welt werden flauschige Nerze für eine Fellmütze skalpiert. Doppelt tragisch, weil man sich, jetzt, wo man es weiß, nie so ein schmuckes Mützchen kaufen darf, ohne schlechtes Gewissen zu haben, und natürlich wegen der Nerze. Wieso schaffe ich es trotz aller Anstrengung nicht, einen tollen Mann abzubekommen, wenn sogar Rachel Zoe einen hat, obwohl sie ständig über Klamotten palavert, was bekannterweise kein heterosexueller Mann länger als zehn Minuten aushält?

## 28. August, 1:33 Uhr

Björn wäre der Mann für mich gewesen, aber er ist in den Fängen einer Französin. Ich habe Karsten gerade eine Mitteilung geschickt. (Das wollte ich eigentlich nicht, weswegen ich seine Adresse ja gelöscht hatte. Aber er ist natürlich auf Facebook und da habe ich ihm eine Nachricht gesendet.) Ich habe ihn zur Rede gestellt, wie er eine elfjährige Beziehung mir nichts, dir nichts hinter sich lassen kann, um mit der erstbesten Dahergelaufenen eine Affäre anzufangen. Und dass ich mega-enttäuscht sei, dass ihm das alles rein gar nichts bedeutet hätte und wie überhaupt dieser Abend nach dem

*Brenner* zu verstehen gewesen sein soll? Ich dachte daran, wie gemütlich es immer auf seinem Sofa war. Ich brauchte keine Segelbegriffe zu lernen oder den Bauch einzuziehen und es hatte nie eine Beschwerde wegen meiner Puschel-Sweatshirts oder Baumwollunterhosen gegeben. Diese Blindheit, die sich bei Dingen einstellt, die man zu lange kennt, ist günstig, wenn es darum geht, drei Kilos an den Oberschenkeln wahrzunehmen oder nicht. Karsten hat, glaube ich, gar nicht gemerkt, dass die vor elf Jahren definitiv noch nicht da waren. Björn ist einer Person mit Agent-Provocateur-Unterwäsche ins Netz gegangen. Ich bin ihm (und mir) trotzdem eine Erklärung schuldig, wenn ich mich jetzt zurückziehe. Ich werde mir jetzt alles von der Seele schreiben und vertraue auf die reinigende Wirkung, die das haben soll.

### 2:22 Uhr

Hier ist meine E-Mail an Björn:

Lieber Björn,

es ist so weit, ich muss dir eine POG-Mail schicken. Frauen sind darin ja besonders gut. Wir können alles bereden und kaputtreden bzw. kaputt-e-mailen. Aber ich bin nicht so gut darin, anderen Leuten von Angesicht zu Angesicht die Wahrheit zu sagen, und sogar jetzt fällt es mir schwer. Ehrlich gesagt, habe ich in Vorbereitung auf diese E-Mail ungefähr 20 Tassen Kaffee getrunken, eine Aspirin geschluckt und zwei Gläser Wein geleert, um mir Mut zu machen. Jetzt habe ich ziemliche Bauchschmerzen, wahrscheinlich psychosomatisch, aber nicht so schlimm wie auf unserem Ausflug nach

Ammerland, wofür es andere Gründe gab, die ich dir, trotz aller angetrunkener Offenheit, ersparen werde. Ich fühle mich ganz schön schummrig im Kopf, aber wenn ich mich noch ein wenig warm geschrieben habe (und eventuell noch ein wenig mehr dieser Kaffee/Wein/Aspirin-Mischung zu mir genommen habe), werde ich dir ein paar Dinge schreiben, die dich bestimmt ziemlich überraschen, aber damit hoffentlich aus der Endlosspirale in meinem Kopf herauskatapultieren. Anschnallen, es geht los.

Erstens wäre ich aus Verzweiflung deinetwegen fast mit einem Gerontophilen im Bett gelandet. Sieh nach, was das Wort bedeutet, wenn du es wirklich wissen willst. Zweitens bin ich wahnsinnig verletzt und traurig, dass du keine Abendessen mehr von mir gekocht haben möchtest. – Hahaha. Das war ein Witz. Wobei ich, wie du dir vielleicht denken kannst, keine Heldin in der Küche bin, und so ein Tiramisu, wie deine Freundin sie komponiert, werde ich nie schaffen. Aber das nur nebenbei, darum geht es natürlich nicht. Es geht darum, dass ich dich nicht wiedersehen kann. So, jetzt ist es raus. Es ist natürlich nicht so, dass ich dich nicht wiedersehen will, aber ich habe mich, im Gegensatz zu dir, in dich verliebt. Also Quatsch, du bist natürlich nicht in dich selbst verliebt, aber eben auch nicht in mich. Ehrlich gesagt, dachte ich nach Karsten, ich würde mich nie wieder verlieben, und es ist verrückt, dass ich mich kurz später viel stärker verliebe, als ich je in Karsten verliebt war. Ich habe das Gefühl, der einzige Gedanke, der immer in meinem Kopf ist, bist du. Eigentlich müsste ich jetzt mit allen Mitteln versuchen, dir Françoise auszuspannen. Aber ich weiß, dass du dich nicht von ihr trennen willst. Im Gegenteil, sie ist ja gerade zu dir nach München gezogen, weil ihr für immer zusammen sein wollt. Natürlich, während ich den Satz schreibe, hoffe ich heimlich, dass du mir widersprichst, den Telefonhörer nimmst und mit ihr Schluss machst, aber das ist natürlich Blödsinn, wenn sie gerade eingezogen ist! Ich würde mich an deiner Stelle schließlich auch nicht von Françoise trennen. Mein Gott (ich trinke noch einen Schluck), Françoise ist so schön. Sie hat, glaube ich, auch einen großartigen Busen, obwohl sie Französin ist, und die haben ja meistens nur so ganz kleine, aber gut, ich schweige lieber, so was sollte man nicht schreiben, egal, was man gerade getrunken hat. Aber ich habe direkt einen Komplex bekommen, als ich sie gesehen habe (trägt sie eigentlich jemals einen BH?), und ich will jetzt nicht besessen klingen, aber ich habe wirklich schon Stunden und Tage im Internet verbracht, um alles über sie und dich herauszubekommen (wobei dein Name für so was beschissen ist, wenn ich das jetzt mal so direkt sagen darf. Wie kann man eigentlich Müller heißen, das ist doch ein schlechter Witz, oder?). Ehrlich gesagt, wahrscheinlich willst du sowieso nicht mit jemandem zusammen sein, der so viele Komplexe hat wie ich, und zwar zu Themen, auf die normale Menschen nicht einmal kommen (ein Beispiel: mein kleiner Zeh sieht aus wie ein verknöcherter, buckliger Zwerg, meine Ohrläppchen sind asymmetrisch, wobei das linke fleischiger als das rechte ist). Ich versuche immer, meine schwachmatische Seite zu verstecken und interessant, intelligent und sportlich rüberzukommen, halt wie ein normaler Mensch, mit dem Leute wie du eine Beziehung haben möchten, aber das gelingt mir offensichtlich nicht. Mein größter Horror ist es allerdings, als deine Kumpel-Freundin zu enden, wie all diese Uschis auf deiner Party. Das wäre das Allerschlimmste. Du kannst dir gar nicht vorstellen, dass ich seit Sylt ständig an dich denken muss und meine Facebook-Seite eigentlich nur für dich gestaltet habe und es vielleicht gar nicht so schlecht ist, dass *Grace* mich rausgeworfen hat (tja, das habe ich bisher noch nicht deutlich gesagt, aber wenn du noch mal genau nachdenkst, habe ich auch nicht direkt gelogen), weil ich eigentlich fast nicht mehr arbeitsfähig bin. Ich bin besessen von dir, aber das musst du nicht so ernst nehmen. Ich bin gelegentlich genauso besessen, wenn es darum geht, eine bestimmte ›Marc by Marc Jacobs‹-Handtasche auf Ebay zu ersteigern. Ich bekomme Schweißausbrüche beim Bieten und benutze inzwischen automatische Programme wie JoyBidder, die in den letzten fünf Sekunden für mich bieten, weil ich das sonst mental nicht aushalte. Und ich habe zwei Staffeln ›The Rachel Zoe Project‹ auf YouTube in jeweils fünf Einzelstücken pro Serie angeschaut. Ich kenne niemanden, der so was durchhält, und ich habe, ehrlich gesagt, die Profile aller 212 Freunde von dir auf Facebook angeschaut und, ohne jetzt wie ein Stalker klingen zu wollen, habe ungefähr 5.980 Fotos nach dir untersucht. Aber ich will nicht ablenken. Ich werde nicht Fatal-Attraction-mäßig dein Leben mit Françoise zur Hölle machen und eure Haustiere in einen Kochtopf stecken, auch wenn ich definitiv schon ein paar merkwürdige Fantasien zu dem Thema hatte. Aber das ist natürlich nur Spinnerei, so etwas würde ich nie tun. Nein, im Gegenteil, ich gönne dir dein Glück, weil wenn man den anderen wirklich liebt, gönnt man ihm sein Glück, nicht wahr? Oh Gott, mir ist wahnsinnig schlecht, ich fürchte ich muss mich gleich übergeben. Und außerdem ist mir ziemlich schwindelig. Du musst aber kein schlechtes Gewissen haben, ich habe nämlich noch nie Glück bei Männern gehabt. Du bist da nicht der Erste, mit dem es nicht klappt. Karsten, mein Exfreund, hat mich mit so einer schlechten Tante an Karneval betrogen, wobei man im Rückblick sagen muss: der Sex war auch mega scheiße mit ihm, aber das nur unter uns. So was kann ich nur zugeben, weil wir uns ja nie mehr wiedersehen. Es war mehr oder minder aufregender mit dir auf dem Katamaran zu sitzen, als nackt auf ihm drauf zu liegen (oder drunter, meistens drunter, aber gut). Nein, ich werde mich auch nicht umbringen oder so was. Ich habe das wahrscheinlich einfach nicht besser verdient. Ich war vielleicht auch nicht immer nett genug zu meiner Mutter, esse zu viel Zucker und habe beim letzten Mal FDP gewählt, obwohl ich keine Ahnung habe, wie deren Wahlprogramm aussieht, aber die Kandidatin der Grünen hatte lila Haare.

Und wenn du's wirklich wissen willst. Ich bin möglicherweise der unsportlichste Mensch, den es gibt, und kann auch null segeln und wollte dich, ehrlich gesagt, mit meinem Segelwissen nur beeindrucken. Ich war vorher noch nie am Starnberger See, wobei ich es toll fand und vielleicht wirklich Segeln lernen sollte. Ich muss Schluss machen. Gott, ist mir schlecht. Bitte melde dich nicht mehr bei mir. Ich kann das alles so nicht aushalten. Ich liebe dich. Für immer deine Lena

Es ist einfach alles so wahnsinnig traurig, dass ich vor Mitleid mit mir noch mehr heulen muss. Ich muss die Nachricht jetzt absenden, bevor die Elektronik von der ganzen Heulerei kaputtgeht. Dazu habe ich die ganze Zeit Bauchkrämpfe. Ich hätte vielleicht zumindest irgendetwas essen sollen. Adieu Björn. Ich klicke jetzt die ›Senden‹-Taste und dann gehe ich kotzen.

**2:28 Uhr**

Habe jetzt die Freundschaftsanfrage von Françoise doch angenommen. Ich kann nicht wegen Björn alle Franzosen diskriminieren. Das ist unmenschlich.

**2:29 Uhr**

Als ich gerade nach Taschentüchern gesucht habe, um meine gebeutelte Nase nicht schon wieder mit rauem Recycling-Klopapier zu putzen, habe ich gesehen, dass Björn mir eine SMS geschickt hat. Eigentlich hatte ich ja geschrieben, dass er mich nicht mehr kontaktieren sollte. Meine Güte, nach dieser Mail kann Björn nur ganz eindeutig geantwortet haben. Bin zu nervös, die SMS zu öffnen.

**2:35 Uhr**

Oh mein Gott! Habe die SMS natürlich doch gelesen. Björn ist gar nicht in Frankreich. Er hat geschrieben:

Bitte verzeih, Lena, ich wollte mich sehr viel früher melden. Es war eine schwierige Woche mit Françoise. Muss dich wiedersehen und alles erklären. Es ist alles anders. Bitte hab etwas Geduld.

Das kann ja wohl nicht wahr sein. Ich habe die ganze Zeit recht gehabt. Er hat sich wahrscheinlich schon von der sexsüchtigen Französin getrennt!

Scheiße, Scheiße, SCHEISSE! Das Gute und Katastrophale gleichzeitig ist, dass er die Facebook-Nachricht offensichtlich noch nicht gelesen hat.

**2:41 Uhr**

Der ultimative Albtraum! Ich habe gerade meine verschickte Nachricht noch mal gelesen, nachdem sich der Schleier der Melancholie vor meinen Augen gehoben hat. Wie habe ich so eine irre Mail nur absenden können? Ich muss von allen guten Geistern verlassen gewesen sein. Der Ton changiert zwischen besessenem Stalker, der bei Nichtbeachtung möglicherweise auch ein langes Küchenmesser in Björns Rippen versenkt, und depressivem Selbstmörder, sich mit Hinweis auf sein Verschulden ein paar Steine ans Bein bindet und in die Isar springt. Wenn er diese E-Mail liest und merkt, dass er es mit einer Art halbwahnsinnigem Robert-Pattinson-Fan zu tun hat, wird er das Treffen absagen und Personenschutz anfordern. Habe zudem festgestellt, dass ich bloß meine Tage bekommen habe. Deshalb bin ich gefühlsmäßig so ausgerastet. Ich hätte es wissen müssen, als ich diese Nachricht an Karsten geschrieben habe. Ich will doch nur Björn! Spätestens da hätte mir klar sein müssen, dass ich nur ein emotionaler Hormonpsychopath bin, der jeden Bezug zur Realität verloren hat! Ich falle da jeden Monat wieder drauf rein. Aber warum gerade jetzt? Warum mir? Scheiße, Scheiße, SCHEISSE!!!

**2:44 Uhr**

Fuck.

## 5:45 Uhr

Leute, Leute, LEUTE. Hier dämmert es. Bläuliches Licht fällt zart durch meine Vorhänge und taucht meine Wohnung in überirdisch sanfte Helligkeit. Immer wenn ich die Sonne aufgehen sehe, nehme ich mir vor, Frühaufsteher zu werden, weil es morgens so wunderschön ist und man das Gefühl hat, dass man anderen Leute, die noch faul und verquollen in der Poofe liegen, um Längen voraus ist. Bin selbst aber gerade alles andere als frisch, was an der Achterbahnfahrt liegt, die ich in den letzten Stunden hinter mich gebracht habe. Ich müffele wie ein Iltis, habe strähnige Haare und bin zittrig und ausgelaugt wie nach einem Horrortrip, weil mein Herz vier Stunden lang geklopft hat, als hätte ich Kokain, Speed und Heroin geschnupft und in sämtliche Venen gespritzt. Aber es ist vollbracht. Ich habe den Super-GAU abgewendet. Es ist genau so, wie die Wissenschaftler sagen, dass man unter Druck mit der entsprechenden Menge an Adrenalin zu unglaublichen Dingen fähig ist, wie 50 Kilometer weit schwimmen, in neun Sekunden 100 Meter laufen oder nach einem Flugzeugabsturz in den Anden seine toten Mitmenschen aufessen. Oder eben das Facebook-Konto von anderen Menschen knacken, obwohl man weder Programmierer ist noch so einen hohen IQ hat, wie Sharon Stone ihn zu haben behauptet.

Zuerst habe ich auf Anraten verschiedener Programmierer im Mac-Forum versucht, die E-Mail zurückzurufen, wie das manchmal geht, wenn man bestimmte Server benutzt. Als das nicht ging und ich weiter fragen musste, haben sie sich, statt fix zu antworten, beschwert, ich würde den falschen Thread benutzen, wäre zu unhöflich, zu kurz angebunden und würde penetrant sein oder zu dämlich, ihre herablassend formulierten Antworten korrekt umzusetzen. Irgendwann war klar, dass ich mit meinem Server die Mail nicht zurückrufen kann. Dann habe ich, sozusagen auf dem Höhepunkt des Adrenalinausstoßes, mich geschickt in die Psyche meines Gegenübers (aka Björn) hineinversetzt und überlegt, was ein Mensch, dem die Sicherheit seines Facebook-Kontos scheinbar null wichtig ist, für ein Passwort benutzen könnte. Dann habe ich (mit zusammengekniffenen Lippen) Françoise eingegeben (einmal mit und einmal ohne den komischen Haken unter dem c, den man auf der Tastatur ja auch erst mal finden muss). Zum Glück und leider Fehlanzeige. Aus Angst, dass bei zu vielen falschen Eingaben das Konto dicht gemacht wird, habe ich alle Passwortmöglichkeiten aufgeschrieben und nur die allerwahrscheinlichsten eingegeben, jedes Mal erfasst von dem unerträglichen Grauen, dass dies die letzte Eingabe vor der endgültigen Kontoschließung sein würde. Aber dann gab ich ›VfB Stuttgart‹ ein – und war drin. Es war unglaublich! Männer sind krass einfach gestrickt.

Tja, der Rest war ein Kinderspiel. Ich hab die Mail einfach gelöscht. Und nein, ich habe jetzt auch nicht die ganzen anderen Mails gelesen, die dort in seiner Inbox waren. Nur eine, die ich zufällig gestreift habe, aber da stand nichts weiter. Das Briefgeheimnis ist mir immer heilig gewesen. Und das gilt doch auch für E-Mails. Oder etwa nicht? Oder?

**15:15 Uhr**

Gerade aufgewacht. Einzige Aufgabe heute, lockere Mail an Björn zurücksenden. Werde WIRKLICH nicht seine E-Mails lesen.

## 17:03 Uhr

Habe ursprünglichen 15-Zeiler auf eine Zeile gekürzt. Klingt so, als hätte ich einen Job und keine Zeit, mir einen Kopf zu machen.

## 30. August, 10:11 Uhr

Ich werde mich nie wieder über das Schicksal beschweren und stattdessen wie ein indischer Yogi dankbar hinnehmen, was kommt, weil die Welt schlussendlich gerecht ist: Morgen Abend sehe ich Björn wieder. Und Cordula hat meinen Artikel akzeptiert, er sei sehr leidenschaftlich geschrieben, und sie fände den Ansatz, in einer Meinungsrubrik keine Meinung zu vertreten, sondern beide Seiten zu beleuchten, ausgefallen und edgy. Sie müsse nur ein paar Kleinigkeiten ändern. Ich konnte ihr fast nicht mehr böse sein. Werde mich jetzt bei verschiedenen Magazinen bewerben, sodass mein nächster Arbeitgeber mich demnächst entweder zur Berlinale fliegen lässt oder nach Syrien schickt, je nachdem. Das Problem dabei ist mein verkruschelter Lebenslauf. Bin seit 15 Jahren in den Fängen meines Berufsberaters des heimatlichen Arbeitsamts gefangen, zu dem ich von meiner Mutter geschleift worden bin, wo es für orientierungslose Mädels die Wahl zwischen Ernährungs- und Kommunikationswissenschaften gab. Immerhin hat meine schlechte Bio-Note mich davor bewahrt, dass ich als Pharmareferentin in einem Kombi durchs Land reisen muss, um zum Beispiel Diätpillen zu verhökern, die zu einer Gasentwicklung sorgen, die ich früher allenfalls Biogas-Anlagen, nicht aber menschlichen Körpern zugetraut hätte. Aber Kommunikationswissenschaften wird auf dem Arbeitsmarkt nicht honoriert. Nur Charlotte ist beleidigt, weil sie die Situation völlig falsch eingeschätzt hat.

**10:30 Uhr**

Jetzt weiß ich, warum Björn nichts mehr von Françoise will. Laut ihrer Facebook-Seite fühlt sie sich von Charly Chaplin inspiriert, liest Baudelaire und hört Serge Gainsbourg – unorigineller geht es für eine Französin wohl kaum. Wie werde ich denn jetzt Françoise als Freundin wieder los?

**16:12 Uhr**

Gerade hat Schorsch seinen Kopf gehoben und mich durch seine Hornbrille hindurch eindringlich angesehen: »Du googelst«, stellte er fest.

»Was? Wie kommst du darauf?«

»Stimmt's oder stimmt's nicht?«

Ich presste die Lippen zusammen. »Woran siehst du das?«

»So konzentriert bist du sonst nie.«

Ich versuchte gerade ein Wickelkleid von Diane von Fürstenberg im Ausland billiger zu kaufen. Bei so etwas gerate ich schnell in einen Flow, diese Phase höchster Konzentration, bei der man alles um sich herum vergisst. Früher hatte ich das, wenn ich ›Fünf Freunde‹-Bücher gelesen habe und meine Mutter fünf Mal rufen musste, damit ich sie überhaupt gehört habe. Ein schönes Gefühl.

»Hast du Lust, morgen in die Bar *Centrale* zu gehen? Wir müssen doch feiern, dass es im Job wieder gut läuft.«

Ich hatte das mit dem Facebook-Artikel etwas überschwänglich weitergegeben. War das ein Date? Ich zögerte einen Moment. »Da bin ich schon verabredet.« Genialerweise stimmte das. »Sonst würde ich natürlich total gern mit dir ausgehen«, fügte ich hinzu, um ihn zu trösten. Ich wollte ihm jetzt nicht direkt Björns Namen vor den Latz knallen. Ich würde ihm das sanfter beibringen.

»Wir können ruhig mit deinen Freundinnen ausgehen.«

Ach du meine Güte. Ist Schorsch wirklich in mich verliebt? Der Arme. »Nein, da kann ich leider wirklich nicht. Ich treffe Björn«, sagte ich vorsichtig.

Schorsch und ich haben uns ja außerhalb der Arbeit bisher nie gesehen, aber es war nett von ihm, mich einzuladen. Schorsch ist allerdings nicht schwul wie dieser gute Freund von Anne Hathaway, deshalb muss ich vorsichtig sein. Habe ein wunderschönes Liebeshoroskop für *Grace* geschrieben, weil ich wegen des bevorstehenden Treffens mit Björn so inspiriert bin.

**31. August, 12:15 Uhr**

Janina hat gepostet, dass sie ihre ausgemusterten Klamotten jetzt auf Ebay versteigert. Soll ich jetzt ihre alten Fummel kaufen? Schenkt man die nicht seinen Freundinnen? Ist allerdings eine schöne rote Lederjacke von Dolce&Gabbana dabei. Könnte ich über Pseudonym kaufen, aber dann dürfte sie mich natürlich nicht drin erwischen, das fände ich unangenehm. Werde heute Abend einfach nur zur Vorsicht meine neue Unterwäsche anziehen. Falls ich die direkt vor dem Treffen anziehe, *kann* ich davon noch keine Pickel bekommen, vorausgesetzt ich ziehe sie kurz danach wieder aus. Also jetzt nur rein theoretisch.

**31. August, 23:15 Uhr**

Ich komme gerade zurück nach Hause – die Unterhose ist noch an, aber ich kann mich trotzdem nicht beschweren. Ich habe Björn in diesem saugemütlichen Restaurant *PreysingGarten* getroffen. Hatte ich vorgeschlagen, weil das Licht dort so vorteilhaft und der Laden nostalgisch-romantisch ist. Außerdem wartet man auf das Essen meistens sehr lange, weshalb man dort automatisch länger sitzt, was in meinem Interesse lag. Saß also mit Haaren, die ich mit einem Glätteisen leicht wellig gestylt hatte (das geht, habe ich von JulieG auf YouTube gesehen) pünktlich an einem Holztisch, der mit Schmierpapier auf alt gestylt war. Björn kam fast genauso pünktlich, mit leicht geröteten Wangen vom Fahrrad fahren und in Beraterkluft. Die Krawatte hatte er vorher auszogen und sein hellblaues Hemd war ebenfalls geöffnet, aber nicht so, dass es nach schmierigem Versuch aussah, seine Brusthaare zu zeigen, wovon er eh nicht sonderlich viele besitzt. Wobei ich ja nichts gegen Brusthaare habe. Von dieser neumodischen Idee, dass Männer sich am ganzen Körper alles rausrupfen als wären sie Brathähnchen, halte ich nichts. Ich finde diese kahlen Beine bei Profi-Radsportlern schon so abtörnend, dass ein Radsportler bei mir aus vollständig oberflächlichen Gründen keine Chance hat.

»Hi, Lena«, sagte Björn, während ich konzentriert auf mein iPhone blickte, nachdem ich gesehen hatte, dass er sein Fahrrad vor der Tür abgeschlossen hatte.

»Hi!«, rief ich in einem freudig überraschten Tonfall, als wäre ich auch ohne ihn sehr beschäftigt gewesen. Wir umarmten uns und küssten uns rechte Wange, linke Wange. Er roch wieder zitronig, ich fragte mich, ob das das Waschpulver war und ob er seine Sachen immer noch zu seiner Mama nach Hamburg brachte. Ich würde ihn das irgendwann fragen müssen. Wir küssten uns besonders aufmerksam und etwas mittiger als normale Freunde. Aber wir konnten ja nicht völlig unvermittelt mit dem Knutschen anfangen. Obwohl, wenn die Französin wirklich weg war, hätten wir eigentlich damit anfangen können. Vielleicht beim Abschied.

»Na, hast du wieder ein paar teure Ratschläge verteilt und dabei wichtig ausgesehen?«

»Ich habe mich bemüht. Und was gibt's Neues aus dem Leben der Lena H. zu berichten? Wann bekomme ich endlich die Zugangsdaten zu deinem Blog?« Er lächelte mich an, aber wirkte müde, zu wenig euphorisch dafür, dass er sich mit mir traf.

»Ich quilte gerade einen Decke und dann verlose ich sie. Ich glaube, das interessiert dich nicht.«

»Du quiltest?«

»Also, wenn du es genau wissen willst: Erst patchworke ich eine Decke aus einzelnen Stoffstücken. Danach nähe ich sie mit einer Füllung zusammen und kreiere dabei mit der Nähmaschine Muster auf der Decke. Das nennt sich quilten.«

»Aha.«

»Bist du sprachlos in Anbetracht so viel handwerklichen Könnens?«

»Warum kaufst du nicht einfach eine Decke? Dann besteht die auch nicht nur aus Flicken.«

»Ich sag doch, so was verstehen Männer nicht. Es geht dabei um den Prozess, nicht um das Endprodukt.«

»Ach so, das ergibt dann fast schon wieder Sinn.«

»Was soll das denn jetzt heißen? Es gibt wunderschöne Quilts!«

»Hätte ich dir irgendwie nicht zugetraut.« Er blickte auf meine Hände, die gerade dabei waren, einen Bierdeckel zu zerkleinern. Ich schob die Schnipsel zur Seite.

»Wieso? Nur weil ich keine Königsberger Klopse kann, heißt das noch nicht, dass ich feinmotorisch gehandicapt bin.«

»Das meine ich gar nicht.« Er hielt einen Moment inne, dann lehnte er sich nach vorn und blickte auf die Sitzfläche meines Stuhls. »Dein Hintern sieht gar nicht nach Quilten aus.«

»Was hat denn mein Hintern mit Quilting zu tun?« Ich lehnte mich erstaunt zurück und zupfte an meiner Hose.

»Ich dachte, diese Quilts machen nur dicke Amerikanerinnen mit breitgesessenen Ärschen.«

»Hey!«

Er gluckste vor sich hin. »War doch ein verstecktes Kompliment!«

In diesem Moment tauchte die Kellnerin mit dem schwarzen Top und den blutrot angemalten Lippen neben ihm auf. Allein hatte ich viel länger warten müssen, um ihre Aufmerksamkeit zu gewinnen. Sie lehnte sich erwartungsvoll an den Tisch und beugte sich dabei weiter herunter, sodass insbesondere Björn einen guten Eindruck von ihrem Dekolleté gewinnen konnte. Er bestellte einen Tee, ohne ihren Busen zu würdigen, wie ich zufrieden feststellte. Ich kam mir mit meinem Glas Wein direkt wie ein Alki vor. Nach seiner Bestellung blickte die Kellnerin ihn mit benetzten, leicht geöffneten Lippen eindringlich und dankbar an, als hätte er ihr gerade einen Gefallen getan. Als sie meine Bestellung aufgenommen hatte, war ihr Gesichtsausdruck ein völlig anderer.

»Willst du gar nichts essen?«, fragte ich, als Björn keine Anstalten machte, in die Speisekarte zu blicken. Ich nahm einen Schluck Wein, benetzte mir die Lippen und versuchte, genau so zu schauen wie die Kellnerin.

»Nein. Ich habe vorhin schon was gegessen. Ich habe noch keinen Hunger.« Er strich mit der flachen Hand die Haare an den Schläfen zurück, obwohl ihm gar keine Haare ins Gesicht gefallen waren. Er hatte bläuliche Schatten unter den Augen. Trotzdem irritierte es mich, dass er nur einen Tee bestellte. Ich dachte, wir würden Pasta essen und Wein trinken, um unseren Kopf zu beduseln und um weiterzuflirten und alle Gedanken an die Französin zu vertreiben.

»Aber du kannst gern was bestellen«, sagte er.

»Nein, nein, ich habe auch keinen Hunger«, sagte ich. Obwohl ich noch vor ein paar Minuten gedacht hatte, ich würde vor Hunger sterben, und mir eine leckere Pasta ausgesucht hatte, aber mir war die Enttäuschung über seine wenig euphorische Tee-Bestellung auf den Appetit geschlagen.

»Ich muss wahrscheinlich morgen nach Hamburg zurück«, sagte Björn, woraufhin mein Magen sich weiter verdichtete, sodass ohnehin nichts Essbares mehr hineinpasste.

»Ah, ja«, sagte ich und dachte an Françoise. Natürlich Françoise. Was bedeutet das jetzt alles?

»Nein, nein. Zu meinen Eltern«, sagte Björn, streckte seine Hand aus und legte seine Finger für einen kurzen Augenblick auf meine.

Ich blickte ihn noch verwirrter an. Er zog seine Hand etwas zurück und legte sie nah neben meine. Hatte ich jetzt Françoise gesagt oder gedacht? »Ist zu Hause irgendetwas passiert?« Er hörte sich auf jeden Fall so an, als wäre irgendetwas passiert. Wobei ich noch gar keine Vorstellung von Björns Zuhause habe. Ich stelle mir so ein feines, modernen Haus vor und seine Mutter muss groß und blond sein und trägt sicher Jil Sander oder Bottega Veneta, irgendetwas Teures ohne Logo. Aber eigentlich habe ich keinerlei Ahnung.

»Nein, nein. Meinen Eltern geht es gut.«

»Hast du eigentlich ein gutes Verhältnis zu deinen Eltern?«

»Solange ich mache, was sie wollen, schon. Mein Vater hat sehr genaue Vorstellungen über sein Leben. Und da gehöre ich auch dazu. Und du?« Wie immer lenkte er schnell von sich ab.

»Gemischt.« Irgendwie brachte ich es nicht über die Lippen, ihm zu erzählen, dass meine Eltern sich getrennt hatten. Bei Björn hörte sich alles so intakt sein. »Du machst alles so, wie deine Eltern es wollen? Wohnst du in Hamburg noch zu Hause?« Das fände ich dann doch merkwürdig. Obwohl das ja theoretisch nett ist, mit den Eltern zusammenzuwohnen, vorausgesetzt man versteht sich so gut und es ist keine Notlösung, wie das bei mir der Fall sein könnte. Machen die Südamerikaner angeblich auch alle.

»Nein.«

»Du hast eine eigene Wohnung.«

»Nein.«

»Sag mir nicht, dass du in der Einliegerwohnung wohnst und deine Wäsche zum Waschen zu Muttern bringst.«

»Ich wohne mit Françoise zusammen.«

Okay. Da sind mir die Eltern lieber gewesen. Ich hatte Françoise zumindest als Fernbeziehung in Paris angesiedelt, die erst jetzt wegen eines dummen Missverständnisses nach München gekommen war. Ich hatte das Gefühl, dass sich infolge dieser Eröffnung nicht nur mein Magen, sondern sämtlichen Eingeweide verhärteten, bis ich mich nicht mehr bewegen konnte. Jetzt waren wir beim Thema. Jetzt musste noch etwas Entscheidendes kommen.

»Also, deshalb muss ich auch zurück. Françoise und ich haben uns getrennt.«

Obwohl ich genau auf diese Eröffnung gehofft, sogar fast mit ihr gerechnet hatte, vergaß ich zu schlucken, meinen Mund zu schließen und zu atmen, alles gleichzeitig, was zu einem Hustenanfall führte. Björn klopfte mir sanft auf den Rücken. Als das nichts half, schlug er etwas grober zu, als wollte er einen fetten, alten Gaul antreiben. »Au«, keuchte ich.

»Entschuldigung«, murmelte Björn, ließ die Hand aber auf meinem Rücken liegen, auch nachdem ich zu husten aufgehört hatte, wo sie Wärme abstrahlte wie ein ABC-Pflaster.

Wir saßen einen Moment schweigend voreinander. Dann zog Björn die Hand zurück und presste sie flach auf die Stirn, als wollte er die Gedanken wegdrücken. Er sah sehr traurig aus. Seine Augen waren gerötet und vielleicht sogar feucht. Aber vielleicht war das auch das Licht.

»Warum habt ihr euch denn getrennt?«, stieß ich endlich hervor. Meine Stimme klang krächzend und fremd.

Björn begann, das heruntergetropfte Wachs von der Tischplatte zu schaben. »Es war schon länger klar«, sagte er. »Vielleicht wollten wir es nur nicht wahrhaben.« Er sah mich nicht an, sondern knibbelte weiterhin das Wachs vom Tisch.

Das entsprach nicht ganz dem, was ich hören wollte, nämlich: Weil ich mich unsterblich in dich verliebt habe. Aber ich war ohnehin noch überfordert, die Information über die gemeinsame Wohnung in Hamburg zu verarbeiten. Björns andere Hand lag weiterhin irritierend nah neben meiner.

»Aber deinen Geburtstag habt ihr noch zusammen gefeiert?« Ich konnte mich nicht zurückhalten.

Björn sah hoch und verzog sein Gesicht. »Ich wusste nichts von der Party. Es war eine Überraschung.« Er lächelte schief. »Wir können uns in nächster Zeit vielleicht nicht so viel sehen«, fügte er dann hinzu, was die Freude über die Trennung fast wieder zerstörte.

Ich nickte, als würde ich das verstehen. Ich verstand aber nichts. »Weil du in Hamburg bist?«, fragte ich vorsichtig.

»Ich muss mich um alles Mögliche kümmern«, erwiderte er. Er blickte auf meine Hand. Ich dachte, dass er nach ihr greifen würde. Er strich nur mit dem Zeigefinger über mein Handgelenk. Dann blickte er wieder hoch. »Wir haben ja auch noch die Wohnung zusammen«, sagt er.

Das hatte er gerade schon deutlich gesagt. Immerhin mochte diese Geschichte mit Françoise, die nach München kam, wirklich Quatsch gewesen. Sie konnte einem fast leidtun: Erst machte sie diese Party, dann verlässt er sie, und alle Bemühungen waren umsonst. Ich nickte also. Was sollte ich auch sonst tun.

»Ich wollte es dir nur erzählen.«

»Das ist bestimmt schlimm für dich«, brachte ich noch über die Lippen und dachte an die Wochen, die ich schon hinter mich gebracht hatte und von Glück sagen konnte, nicht verhaltensauffällig geworden zu sein.

Dann nippte er noch einmal an seiner Teetasse und sagte: »Ich muss jetzt gehen. Es tut mir leid.«

Ich war ebenfalls aufgestanden. Unsere Gläser waren beide noch fast voll. Björn legte seine Arme um mich und zog mich eng heran, sodass mein Oberkörper an seinen gedrückt wurde. Dann steckte er seine Nase in meine Haare. »Sei mir nicht böse«, sagte er nah an meinem Ohr. Meine Wange begann zu kribbeln. Mein ganzer Körper surrte. Ich schloss die Augen und hatte das Gefühl, als würde ich in eines dieser Kinderkaleidoskope schauen, in denen sich farbige Formen zu immer neuen Bildern zusammenfügen. Björn strich mir zweimal über den Rücken, dann schob er mich von sich. Ich öffnete die Lider, die farbigen Bilder verschwanden und ich blickte in seine Augen. »Ich melde mich nächste Woche. Ich kann im Moment nicht.« Dann blickte er mich allerdings irgendwie so schmachtend an wie ein »Orlando Bloom/Jake Gyllenhaal«-junger, unwiderstehlicher Hugh Grant. Ich nickte und verzieh instant alles. Es gab nichts zu verzeihen, aber er sammelte schon einen Haufen Bonus-Punkte, falls es mal was zu verzeihen geben würde.

Dann ging er und ich saß da allein mit meinem coolen T-Shirt, den Jimmy-Choo-Stiefeln und der Jeggings, die meinen Hintern kleinquetschten, die Unterwäsche begann langsam zu jucken. Es war gerade mal 20:30 Uhr. Was sollte ich jetzt noch hier. Aber Björn war so schnell weg gewesen, dass ich gar nicht geschaltet hatte, dass ich auch gehen konnte. Ich blieb belämmert sitzen und langsam sickerte in mein Bewusstsein, was da gerade passiert war. Ich trank Björns Tee und meinen Wein. Je mehr ich nachdachte, umso fröhlicher wurde ich. Françoise war weg. Vielleicht für Björn traurig in diesem Moment, ich war schließlich auch traurig gewesen, als Karsten endlich weg war. Dann rief ich Charlotte und Caro an. Leider waren nur Anrufbeantworter dran, auf denen ich meinen Triumph vermeldete, dass der knuddelige Wahnsinnstyp, der gerade an meinem Tisch gesessen hatte, meinetwegen seine Französin abserviert hatte (so war es ja, wenn man mal das ganze Rundherum abzog), bis meine Nachbarn mich baten, doch etwas leiser zu sprechen.

Hallo, muss ich mich deswegen schämen oder was? Dann bestellte ich noch einen Sekt, um zu feiern, und rief Schorsch an, der doch auch irgendwo in Haidhausen wohnte, und fragte ihn, ob er Hunger hatte, ich hätte doch Zeit. Denn urplötzlich kam der Hunger wieder, weswegen ich mir doch noch die Pasta bestellte.

Schorsch klang begeistert. »Bin in zwei Minuten da.«

War ganz ungewohnt mit Schorsch nicht mit Laptop im Café zu sitzen und man muss sagen, auch Schorsch tat das schummrige Licht im *PreysingGarten* ganz gut. Er hatte sich sowieso gemacht.

»Ich dachte, du triffst heute deinen Schwarm«, bemerkte er genüsslich. »Doch nix draus geworden?«

»Doch«, sagte ich und schwieg.

»Das war aber ein kurzes Date. Ist dir eingefallen, dass du lieber mit mir zusammen bist?« Schorsch grinste.

Ich wollte etwas Fieses antworten, aber dann fiel mir auf, dass Schorsch mich genau betrachtete und ein wenig verlegen wirkte. Ich zuckte also nur mit den Schultern und verschluckte die Antwort. Zum Glück kam in diesem Moment die Pasta.

»Schorsch«, setzte ich an. Und dann begann ich zu quatschen. Zwanghaft. Schließlich habe ich schon unendlich viele Stunden kaffee-, kakao- und weintrinkenderweise mit unattraktiven, schüchternen Kerlen verbracht, weil ich nicht das Herz hatte, ein Date abzulehnen. Und wenn man viel quatscht, kann man verhindern, dass der andere Dinge sagt, die jede zukünftige Begegnung zu unangenehm macht. Charlotte hatte noch nie ein Date, das sie nicht wollte. Sie ist auch deshalb so fantastisch darin, Anzeigen zu verkaufen, weil sie sich für nichts zu schade ist und ihr völlig wurscht ist, was andere von ihr denken. Oder ihr ist es nicht unbedingt total wurscht, aber sie geht davon aus, dass die Leute, die es wert sind, sie sowieso mögen, und auf die anderen kann sie verzichten.

Oh mein Gott. Schorsch ist in mich verliebt. Das wollte ich wirklich nicht. Er ist ein netter Kerl. Ich will ihm nicht wehtun.

*1 Kommentar*

*Gaby13 sagt:*
*Guten Tag zusammen, aber da muss ich jetzt diesem Björn ein bisschen traurig und ein bisschen böse widersprechen. Wir haben eine Quilt- und Patchwork-Gruppe und ich bin stolze Besitzerin einer Bernina-Long-Arm-Nähmaschine. Aber beschimpfen lassen, tue ich mich nämlich gar nicht! Dann können wir auch im Cyberspace nicht mehr Freundinnen sein.*

**13:12 Uhr**

Sorry, Gaby. Ich finde das auch total bescheuert, was Björn da gesagt hat (Ich nehme an, du meinst das mit dem Popo). Ich habe das nur wiedergegeben, weil ich ja geschworen habe, auf diesem Blog immer die Wahrheit zu schreiben. Ich kann verstehen, wenn du meinen Blog deshalb nicht mehr lesen willst, aber ich würde mich trotzdem freuen, dich weiter hier begrüßen zu dürfen.

**14:12 Uhr**

Gaby! Es tut mir wirklich leid! Du weißt doch, dass ich selbst gern quilte!

**14:48 Uhr**

Na dann eben nicht. Falls hier doch noch jemand anderes meinen Blog liest: Ganz ehrlich, so Leute mit (potenziell dicken) zusammengekniffenen Arschbacken wie die Gaby braucht man hier ja auch nicht.

*1 Kommentar*

*Gaby13 sagt:*
*Also: Jetzt hast du mich aber arg enttäuscht. Ich fühle mich jetzt komisch. Das hätte ich nicht gedacht, dass du so gemeine Dinge hinschreiben würdest.*

**15:12 Uhr**

Gaby! Ich dachte, du wärest weg, wie du angedroht hast! Man darf doch wohl auf dem eigenen Blog mal einen Witz machen!

## 1. September, 17:12 Uhr

Wenn ich jetzt noch diese winzige Durststrecke überstehe, bis Björn genug Rücksicht auf die Französin genommen hat, dann segeln wir gemeinsam der Zukunft entgegen.

Habe inzwischen auch schon ein paar mehr Quadrate für den Quilt zusammengenäht. Sieht wirklich hübsch aus. Wenn im Oktober sein Beratungsprojekt zu Ende ist, wie er mal angedeutet hat, gibt es wahrscheinlich schon Diskussionen, ob ich nach Hamburg ziehen soll oder zu ihm in die Wohnung.

Ich muss ihm bei Gelegenheit mitteilen, dass ich mit dem Kinderkriegen noch ein bisschen warten will. Und dann habe ich sogar noch einen Verehrer, mit dem ich gar nichts anfangen kann (Schorsch). Oberschenkel scheinen von oben betrachtet ziemlich schmal, wenn ich sie nicht so lasch auf den Stuhl liegen lasse, sondern leicht anhebe. Die Stellung ist wahrscheinlich auch günstig für die Bauchmuskeln.

## 22:02 Uhr

Gerade kam Charlotte mit einer Flasche Wein und einer Tüte Chips zum Abendessen vorbei. »Du hast es tatsächlich geschafft!«, sage sie zur Begrüßung und umarmte mich fest. »Das hätte ich nie gedacht.« Man könnte das als mangelnden Glauben an meine Fähigkeiten und Attraktivität interpretieren, aber in meiner milden Stimmung hätte sie wahrscheinlich alles sagen können, ohne dass ich ihr irgendetwas krummgenommen hätte. Wir wickelten uns in meine Bettdecke, setzten uns trotz der abendlichen Kälte auf den

Balkon und bauten Wein, Chips und ein paar schokoladenhaltige Snacks auf dem kleinen Tisch zwischen uns auf. Dann stießen wir an, und wie es sich für eine gute Freundin gehört, fragte sie mich nach allen Details des Treffens mit Björn, sodass ich die wenigen Worte, die Björn und ich gewechselt hatten, vollständig wiedergeben und das Ganze noch mit Umgebungsbeschreibungen umrahmen konnte, um die romantische und leicht dramatische Stimmung einzufangen. Charlotte hörte mir gebannt zu. Sie schwieg geradezu ungewohnt, kaute geräuschvoll ihre Chips und ließ mich die Details derartig ausplätten, bis aus der Geschichte partout nichts mehr rauszuholen und Charlotte die Chipstüte fast allein aufgemampft hatte. Ihr Schweigen hielt an, stattdessen leerte sie auch noch ihr Weinglas und streckte es mir zum Nachschenken hin.

»Jetzt sag doch mal was. Ist das nicht großartig?«

»Mmh«, sagte sie und leckte sich die Paprikawürze von den Fingern.

»Was hast du denn?«

»Dann sagst du wieder, ich würde dich nicht unterstützen.«

»Was denn, gib doch bitte zu, dass ich recht hatte. An der Geschichte gibt es doch nichts auszusetzen«, erwiderte ich entgeistert.

»Wahrscheinlich nicht.«

»Jetzt sag schon!«

»Er hat überhaupt nicht gesagt, dass er wegen dir Schluss gemacht hat.«

»Ach das.« Ich winkte erleichtert ab. »Natürlich hat er das. Nur eben nicht so direkt. Aber das ist doch klar.«

»Und warum will er dich weniger sehen? So oft habt ihr euch vorher doch auch nicht gesehen?«

»Damit die Französin nicht verletzt ist. Die ist wahrscheinlich krankhaft eifersüchtig. Er muss außerdem die Wohnung in Hamburg ausräumen.«

»Und deine Gefühle sind ihm egal?«

»Ich habe Verständnis. Es geht hier schließlich um Liebe, die potenziell ein Leben hält, da kann man auch mal 'ne Woche Rücksicht auf eine Französin nehmen«, sagte ich gönnerhafter, als mir zumute war. »Was soll denn das, warum machst du alles schlecht?«

»Lena?«

»Was?«

»Du wolltest, dass ich meine Meinung sage. Ich wusste schon vorher, dass du die eigentlich nicht hören willst. Aber schließlich bin ich deine Freundin. Ich versuche dir nur, Klarsicht zu verhelfen. Bei Karsten hast du dich beschwert, ich hätte zu wenig die Wahrheit gesagt.«

»Ist ja schon gut. Würdest du mir jetzt die Chipstüte reichen?«

Sie reichte mir die Tüte, die noch einen Bodensatz an Chips-Krümeln enthielt. »Entschuldigung. Du hast zu lange geredet. Die Tüten sind kleiner geworden. Versteckte Preiserhöhung.«

Ich schob mir schnell einen Schokoladenriegel in den Mund, solange noch welche da waren.

»Du hast doch selbst mal gesagt, dass kein Mann seine Freundin oder Frau verlässt, ohne dass er eine andere in petto hat. So funktionieren Männer nicht, rein biologisch sind die gar nicht so angelegt. Das sind deine Worte gewesen!« Damit hatte ich nun wirklich jeden Zweifel im Keim erstickt. »Und dazu kommt noch, und das ist ebenfalls deine Theorie, die ich hier wiedergebe, dass Männer dabei keinesfalls zugeben, dass sie eine andere haben. Das trauen die sich grundsätzlich nicht. Deshalb ergibt es absolut Sinn, dass er mich weniger sehen will. Er will die Französin schonen. Aber wenn ich nur ein Kumpel wäre, dann könnte es ihr und ihm doch scheißegal sein, ob er mit mir abhängt und sein Herz ausschüttet«, sagte ich.

»Das mag ja alles stimmen. Aber de facto hat er nur gesagt, dass er demnächst keine Zeit hat, weil er sich von seiner Freundin getrennt hat und er ein paar Dinge regelt. Das muss nicht notwendig mit dir im Zusammenhang zu stehen.«

»Schon. Françoise und ich sind schließlich Freundinnen auf Facebook. Das wäre für sie schlimm, wenn sie erführe, dass er sie für ihre eigene Freundin verlassen hat.«

»Ihr seid was?«

»Wir sind auf Facebook verbunden. Sie hat mir nach der Party eine Anfrage geschickt. Ich wollte nicht ablehnen.«

Charlotte schüttelte entgeistert den Kopf.

»Du meinst, dass es nicht meinetwegen ist? Und das Ganze bedeutet – gar nichts? Manchmal habe ich den Eindruck, du willst nicht, dass er was von mir will.«

»Quatsch. Ich will nur nicht, dass du später enttäuscht bist.«

»Oder du willst nicht, dass ich meinen Traummann finde und du nicht.«

»Lena!« Charlotte lehnte sich vor und zwickte mich in den Unterarm. »Ich kann mich auch täuschen. Wirklich. Ich glaube schon, dass er mehr als platonische Motive hat. Aber ich will nicht, dass du als Übergangsfrau endest.« In dem Moment klingelte es.

Kurz danach hörten wir Caros schlurfende Schritte auf der Treppe. Wir hatten sie länger nicht gesehen und sie war nicht aufgeblüht: sehr fettige Haare, Flipflops und ein schmuddeliges Shirt mit Kleberesten.

»Ich habe Muskelkater in den Fingern«, sagte Caro und hielt ihre Hände hoch.

»Mein Gott, deine Finger sind ja total geschwollen«, sagte Charlotte so betont mitleidig, dass ich vermutete, dass sie auch ›keine Zeit‹ gehabt hatte, Caro zu helfen, Schokodrops in Schachteln zu verpacken, die den Gästen bei der Hochzeit als Mitgebsel präsentiert werden sollten wie auf einem Kindergeburtstag.

»Sie sind wund, aber geschwollen sind sie ehrlich gesagt nicht«, sagte Caro und betrachtete kritisch ihre Finger.

»Du Arme«, fiel Charlotte schnell ein, wohl um zu vertuschen, dass sie gerade faktisch gesagt hatte, dass Caro Wurstfinger besaß.

»Ja, aber jetzt passt mal auf.« Sie kramte in ihrem Rucksack, zog eine türkisfarbene Pappschachtel heraus und reichte sie uns zur Begutachtung. »Sind die nicht wunderschön geworden? 72 sind fertig, 51 to go. Mithilfe ist also immer noch willkommen.«

Auf der türkisfarbenen Pappschachtel prangte ein Aufkleber mit Caros Hochzeitslogo, das Ganze umwickelt von einer helltürkisfarbenen Schleife. Innen tummelten sich, sorgfältig in rosa Seidenpapier geschlagen, Schokodrops.

»Hast du den Aufkleber gesehen? Es hat mich drei Tage gekostet, das Logo mit unserem Tintenstrahldrucker mittig auf die Etiketten zu drucken«, bemerkte sie stolz.

»Darf ich?«, fragte ich und steckte mir einen Schokodrop in den Mund. Bei Kontakt mit meinen Zähnen entstand ein gefährliches Knirschen. Der Drop war steinhart.

»Die habe ich günstiger bekommen wegen des abgelaufenen Verfalldatums. Die isst doch eh niemand«, erklärte Caro ungerührt. »Und aufs Kirchenprogramm machen wir auch noch das Logo, und Felix und ich nehmen jetzt Tango-Stunden, um in die Kirche einzutanzen, krass oder?«

»Vor der Hochzeit solltest du dir aber noch mal die Haare waschen«, bemerkte Charlotte.

»Ach, ihr versteht das nicht. Es wird so Wahnsinn alles …«

»Kauf vor allem genug zu trinken und gib mir einen guten Tischnachbarn. Nüchtern steh ich die Reden nicht durch.«

»Hast du jetzt auch die Blumendeko geklärt?«, fragte ich netterweise schnell, obwohl mich die Deko nicht im Mindesten interessierte, aber Caro sah mit tiefen Ringen unter den Augen und Stresspickeln bemitleidenswert aus. Im Nachhinein muss ich zugeben, dass ich diese Frage nicht hätte stellen sollen. Den Rest des Abends hörten wir Caro zu, wie sie uns in die Geheimnisse ihrer Hochzeitsvorbereitung einweihte, die sie uns nur unter dem Mantel der Verschwiegenheit mitteilte, weil sie ja vor uns heiraten würde und wir ihre Ideen deshalb nicht stibitzen könnten. Ich gehe jetzt ins Bett, aber komme noch nicht darüber hinweg, wie wenig Charlotte mir einen Freund gönnt.

**23:47 Uhr**

Und wenn es stimmt, was Charlotte gesagt hat? Das kann nicht sein! Björn hat mich so verliebt angesehen und warum sollte er nun gerade mich treffen wollen, um mir das Ende der Beziehung mit Françoise mitzuteilen und nicht seine anderen Kumpelfreundinnen? Das ergibt alles keinen Sinn.

**2. September, 1:42 Uhr**

Und wenn doch? Nehme jetzt Johanniskraut.

**2:05 Uhr**

Johanniskraut völlig wirkungslos. Alberner Mythos von hutzeligen Kräuterfrauen aus dem Mittelalter. Lasse den Abend in Zeitlupe und als Endlosschleife vor meinem inneren Auge ablaufen und analysiere die Dialoge. Bin beim 13. Durchgang. Kann es sein, dass Charlotte doch recht hat?

**2:13 Uhr**

Ach du meine Güte. Nähmaschine immer noch bei 16 Euro. Bitte alle mitbieten! Werde jetzt meine Schlaflosigkeit nutzen, um die Decke fertig zu machen. Werde für den Rest etwas größere Stoffstücke nehmen, damit es schneller geht. Ist kein Pfusch, sondern nennt sich dann ›crazy quilt‹-Technik. Quilten ist wie Jazz. »Man überlässt sich einfach der Intuition und kommt in einen Rausch«, sagt Starlitnest auf Etsy, wo ich meine Designerstoffe gekauft habe. Sie hat recht!

**4:02 Uhr**

Das Scheiß-Ding ist immer noch nicht fertig. Hasse Quilting. Habe alle Widerstandskraft dabei verpulvert, mich selbst davon abzuhalten, Björn anzurufen, Björn anzusimsen oder Björn anzumailen, um sicherzugehen, dass ich das alles nicht falsch verstanden habe. Vom vielen Zurückhalten keine Kraft mehr, mich vom Verzehr von Toast mit Erdnussbutter und Marmelade zurückzuhalten.

**7:02 Uhr**

Habe gewartet bis normale Uhrzeit erreicht und Björn unverfängliche und dabei doch eindeutige Nachricht über Facebook geschrieben. ›Guten Morgen, ich denke an dich.‹ Jetzt kurz ins Bett.

**13:02 Uhr**

Habe mich ins Café geschleppt, weil ich es zu Hause allein nicht mehr aushalte. Keine Nachricht von B. Im Nachrichtenausgang wirkt es aber schon so, als sei die Nachricht verschickt worden. Habe dann noch ganz kurz in seinem Posteingang bei Facebook kontrolliert, dass sie angekommen ist. Aber wirklich nur das.

## 14:20 Uhr

Gerade kam Caro im Café vorbei. Sie hat sich wegen der Hochzeitsvorbereitung eine Woche freigenommen. Ich fürchte, sie hat sich immer noch nicht die Haare gewaschen. Sogar Schorsch war angeekelt. Sie kaufte einen Venti Strawberry Frappuccino und pflanzte sich an meinen Tisch. Sie ging davon aus, dass sie mich nicht bei der Arbeit stört. Freiberufliche Tätigkeiten nimmt niemand ernst.

»Ich bekomme ein Baby«, sagte sie.

»Was? Im Ernst? Hast du gerade einen Test gemacht?«

Caro nickte. Ihre Augen waren geweitet, als befände sie sich in einem Zustand permanenten Staunens.

»Und – wie geht's dir?«, fragte ich vorsichtig.

»Sag mal, bist du taub? Hast du gehört, was ich gerade gesagt habe?«

»Das ist doch schön oder nicht?«, fragte ich, weil ich wirklich keine Ahnung hatte, welche Reaktion jetzt von mir erwartet wurde.

»Bist du bescheuert? Doch nicht jetzt. Jetzt kann ich auf meiner eigenen Hochzeit nichts trinken und habe Glück, wenn ich überhaupt noch in mein Kleid passe.« Sie schlürfte ihren Frappuccino.

»Wie lange bist du denn schon in dem Zustand?«

»Sechste Woche.«

»Aber du hast doch erst seit ein paar Wochen keine Spirale mehr.«

»Du verstehst das nicht. Wenn man schwanger ist, wird das anders gezählt. Man ist ja auch zehn Monate schwanger und nicht neun. Alles ist anders, als einem das im Aufklärungsunterricht früher erzählt wurde. Bin offiziell in der sechsten Woche, auch wenn das Baby erst vier Wochen lang existiert.«

»Aber bis zur Hochzeit sind doch nur noch ein paar Tage, da sieht man doch noch gar nichts.«

»Ja, aber ihr lasst euch mit dem schönen, teuren Champagner vollaufen, und ich steh doof daneben. Das wurmt mich!« Caro saugte verärgert an ihrem Erdbeereis-Drink.

»Vielleicht hast du ja noch einen Abgang.«

»Einen Abgang?«

»Na, wenn man so frisch schwanger ist, kommen die Embryos doch oft wieder raus. So wie die letzten 2.000 Male, als du die Spirale noch hattest.«

»Soll das ein Trost sein?«

»*Du* willst doch nicht schwanger sein.«

»Das ist die Reaktion, wenn ich einer meiner ältesten Freundinnen erzähle, dass ich ein Kind erwarte? Sie wünscht mir einen Abgang? Na, vielen Dank.« Ihr riesiger Erdbeereis-Drink war schon leer und sie schlürfte lautstark die letzten Milliliter.

»Vielleicht solltest du ein bisschen weniger essen, diese Strawberry Milkshakes haben es in sich. Dann klappt's schon mit dem Kleid.«

»Danke, du siehst auch nicht aus, als hättest du dich in letzter Zeit zurückgehalten.« Sie sah mich mit zusammengezogenen Augen an. Ihr Gesicht sah etwas verquollen aus. Vielleicht hatten die Schwangerschaftshormone das schon ausgelöst. Sie tat mir zu sehr leid, als dass ich sauer sein konnte.

»Ach, Caro, ich mein's doch nicht böse.«

Caro starrte einen Moment auf ihren leeren Becher und biss sich auf die Unterlippe. Dann seufzte sie laut. »Ich weiß. Aber ich muss jetzt nach Starnberg raus, wegen der Bootsfahrt nach der Kirche.«

»Wird schon alles.«

»Das verstehst du nicht«, sagte Caro und war weg.

Ich schickte eine SMS an Charlotte und Janina, dass sie Caro gut zureden und bei allem zustimmen sollten. Schließlich hatten wir schon für das Hochzeitsgeschenk gesammelt, und ich hatte ein saucooles Kleid bestellt, andernfalls würde uns Caro noch ausladen. Wenn Frauen ein Baby erwarten, drehen die hormonell bekanntermaßen total ab. Gehe jetzt offline shoppen. Mit Kreditkarte. Wenn ich eine Kreditkarte habe, braucht man nämlich nicht drüber nachdenken, was etwas kostet. Wenn es zu viel ist, sagt die Karte das ganz von allein, da braucht man gar nicht so genau hinzuschauen, was man da unterschreibt. Brauche nette Outfits für Dates mit Björn.

**15:20 Uhr**

Heute ist der Diavortrag! Hatte ich fast vergessen, bis Björn mich gerade dran erinnert, dass er sein Geburtstagsgeschenk einlösen möchte. Freue mich riesig! Kilimandscharo, total aufregend. Gerade allerdings eine Freundschaftsanfrage von meiner Mutter auf Facebook bekommen. Hätte ihr das mit dem Computer nie erklären und ihr vor allem nicht meinen alten PC überlassen dürfen. Ich werde die Anfrage erst mal ignorieren.

**18:12 Uhr**

Nähmaschine noch bei 23 Euro und Versteigerung fast beendet. Aber ich weiß aus eigener Erfahrung, dass ein paar Stalker erst in den letzten Sekunden bieten, um den Preis nicht vorher in die Höhe zu treiben. Bin selbst jemand, der sich bis zu den letzten 50 Sekunden im Hintergrund hält und dann ein einziges Mal ein Gebot abgibt, sodass die anderen keine Zeit mehr haben hochzugehen. Stelle mir immer vor, wie sie vor Wut in die Tischplatte beißen, nachdem sie siegessicher die letzten zwei Stunden der Höchstbietende waren.

### 3. September, 0:05 Uhr

Der Kilimandscharo ist wunderschön, wie er so einsam in der Ebene steht, die Spitze umnebelt und mit weißen Häubchen aus Schnee. Und ehrlich gesagt, nach dem Vortrag weiß ich, dass sogar ich ihn besteigen könnte, wenn ich denn wollte. Alle tun nämlich nur so, als wäre es eine sportliche Leistung raufzuklettern. Aber die Bergsteiger latschen mit ihren Nordic-Walking-Stöcken ohne Gepäck im Schneckentempo hoch. Abends bekommen sie Pfannkuchen gebraten, trinken warme Suppe im kuscheligen Speisezelt und waschen sich mit Wasser, was die Porter, wie die Lastenträger heißen, über ihren Lagerfeuern erhitzt haben. Das größte Abenteuer für die Touristen ist die Suche nach einem geeigneten Platz, um ihr Geschäft zu erledigen, ohne in das Geschäft der anderen 25.000 Touristen zu treten, die jedes Jahr raufkommen. Die ganze Ausrüstung, inklusive Küchenzelt, schleppen nämlich die Porter, die sich in Nalemoro, wo die Touren losgehen, darum prügeln, in das Porter-Team aufgenommen zu werden, um ein paar Kröten zu verdienen.

Auf halber Strecke interviewte Sandy, der den Film vorführte und teilweise in sächsischem Akzent live kommentierte, im Film die Bergsteigerin und bekennende Abenteurerin Ulla: »Am meisten bewundere ich die afrikanischen Träger. Die laufen barfuß rauf, obwohl es nachts friert, und mein Träger Daudi trägt dabei noch meine Chemietoilette. Es war mein persönlicher Wunsch, auch hier oben meinen höheren Hygienestandards gerecht zu werden. Ist alles eine Frage der Organisation«, lächelte sie in die Kamera.

»Haben Sie kein schlechtes Gewissen, dass Ihr Porter ein Plumpsklo bis kurz vorm Kibo schleppen muss?«, fragte Sandy im Film.

»Das ist eine typisch westliche Herangehensweise. Ich gebe dem Daudi Arbeit. Dann bekommt er von mir ein gutes Trinkgeld, da bin ich nicht knausrig, das können schon mal 500 Dollar sein. Wovon soll der arme Tropf denn sonst leben?«

»Sie helfen also auf Ihre Weise der Entwicklung Afrikas?«

»Jeder auf seine Weise. Spenden sind gut, aber aktiv den Arbeitsmarkt weiterentwickeln ist besser.« Die Deutsche und Sandy lächelten zufrieden über sich in die Kamera.

Als Sandy die Filmvorführung beendete und die Fragerunde einläutete, war mein Finger, nach einigen kurzen Recherchen im Internet über mein iPhone, entsprechend schnell oben.

»Stimmt es, dass jedes Jahr Menschen auf dem Kilimandscharo sterben?«

»Das stimmt.« Sandy nickte betroffen. »Jedes Jahr überschätzen sich ein paar Bergsteiger. Die Höhenkrankheit ist nicht zu unterschätzen. Und die nötige körperliche Fitness. Nur ein Drittel aller, die zur Spitze wollen, kommen auch an.«

»Und die Porter, kommen die alle an?«

»Es gibt natürlich auch Porter, die sich überschätzen.«

»Aber ist die *Arbeit*, welche die freundliche Dame im Video ihrem Porter gibt, nicht lebensgefährlich? Treibt sie die Porter mit ihrem Chemieklo nicht in den Tod oder nimmt sie das zumindest in Kauf?« Ich war sauer. Wirklich sauer. Wenn ich sauer bin, kommen meine Sätze viel flüssiger. Ich hatte zufällig in der Ausgabe von *Small World*, die ›meinen‹ Artikel enthielt, einen Bericht über die Probleme mit der Behandlung der Träger und Tourenbegleiter in Nepal gelesen. Das hatte mich aufgerüttelt und hier passierte doch das Gleiche.

»Die Porter melden sich freiwillig für die Arbeit. Hätte sie keinen Job, könnten viele ihre Familien nicht ernähren. Gibt es noch weitere Fragen?«

»Aber wenn man einen potenziellen Studenten für ein Vielfaches eines gewöhnlichen Monatseinkommens ein Chemieklo schleppen lässt, dann wird er nie Student, sondern bleibt potenzieller Student, bis er erfriert«, fuhr ich fort.

»Darüber gibt es keine Zahlen. Sicher wird auch mal ein Porter sein Leben lassen. Der Berg ist hart. Aber alle wissen, worauf sie sich einlassen. Ich würde die Anwesenden gern einladen, weitere Fragen zu stellen oder sich in der Info-Ecke über die Touren zu informieren, die wir in Zusammenarbeit mit unserer Agentur in Arusha anbieten.«

Glücklicherweise verfügte ich kurz danach dank iPhone über die relevanten Infos. »Im September 2002 sind drei Porter an einem Tag erfroren. Das waren zu viele, um es zu vertuschen. Aber in den letzten Jahren sind weitere umgekommen. Natürlich redet da niemand drüber. Haben Sie noch nie überlegt, dass der Träger vielleicht gern Schuhe hätte, sie sich aber nicht leisten kann? Schlechtes Gewissen ist nicht gut für den Tourismus.«

»Ich möchte gern noch anderen Fragen Raum geben«, sagte Sandy und sah mich streng an. »Wenn Sie möchten, können Sie nach der Veranstaltung für einen privaten Gedankenaustausch zu mir kommen.«

»Aber wenn die Dame Daudi 500 Dollar in die Hand drückt, wird er nie auf dem lokalen Arbeitsmarkt tätig, der solche Löhne nicht bieten kann, sondern in der unsicheren Tourismus-Branche bleiben!«, wiederholte ich kampflustig.

»Noch Fragen?« Sandy hatte beschlossen, dass es am besten war, mich zu ignorieren. Die anderen Besucher blickten mich mitleidig an. Wahrscheinlich sahen sie in mir eine nicht zurechnungsfähige Fanatikerin, aber wahrscheinlich sollte man viel häufiger als nicht zurechnungsfähige Fanatikerin auftreten, um die Leute aufzurütteln. Ich war so geladen, dass ich mit Tränen in den Augen aus dem Vortragsraum stürzte. Björn kam hinter mir her.

»Lena, du bist ja total aufgebracht.«

»Diese Heuchler. Das war doch das Allerletzte.«

»Ja, der Berg war unglaublich. Aber das hörte sich nach katastrophalen Zuständen an. Fand ich gut, dass du aufgestanden bist und ihn nicht damit hast durchkommen lassen.«

»Mm«, nickte ich. Ohne diesen Artikel aus der *Small World* wäre ich eher nicht aufgestanden, denn der war sehr bewegend geschrieben – nur eben nicht von mir.

»Du bist immer so konsequent in deinem Verhalten, wenn es um etwas Wichtiges geht. Das ist eine deiner schönsten Eigenschaften. Ich wünschte, ich hätte den Mut, einfach meinen Job zu schmeißen und nur das zu tun, was ich für richtig halte, wie du das machst. Dieser Artikel von dir in der *Small World* zum Beispiel war wirklich super, der war relevant.«

Ich blickte Björn erstaunt an. Dass ich konsequent in meinem Verhalten bin, wenn es um etwas Wichtiges geht, hatte mir wirklich noch nie jemand gesagt. Wahrscheinlich weil es für eine solche Aussage keinen Anlass gab. Aber Björn sah mich so verliebt und ernst an, dass ich wegen ein paar ungenauen Details nicht die Stimmung versauen wollte.

»Ich dachte bisher immer nur, dass das eine unglaubliche Naturerfahrung sein muss. Vielleicht sollte man erst mal die Berge in der Umgebung besteigen. Du kennst dich doch aus, oder?« Seine Hand lag bei der Frage auf meiner Schulter und sandte elektrische Wellen bis hinunter in tiefste Bauchschichten. Ich nickte hypnotisiert, während Björn mir das Taschentuch aus der Hand nahm. »Da ist noch was. Soll ich?«

Ich nickte.

Dann wischte er mir die verlaufene Mascara aus dem Gesicht. Und den Lidstrich. Und wahrscheinlich alle anderen Farben, der Gründlichkeit und Dauer nach zu urteilen mit der er in meinem Gesicht rumtupfte. Während er mit der einen Hand wischte, legte er seine andere warme Handfläche an die andere Wange, um mein Gesicht in Position zu halten. Ich hielt ganz still und sah ihm dabei in die Augen und war froh, dass ich so viel Schminke im Gesicht hatte, die man abwischen konnte.

»So, ich glaube, das war's«, sagte er. Er ließ seine Hand noch einen Augenblick ruhen. Wir blieben voreinander stehen und der Moment hallte nach wie ein Echo. »Schminke ist eine überflüssige Erfindung«, sagte er dann, und so wie er das sagte, hörte sich das sehr nett an. Dann wandte er sich ab und wir gingen los, allerdings griff er nach meiner Hand, um mir zu zeigen, wo es langgehen sollte, ließ meine Hand aber auch nicht los, als klar war, in welche Richtung wir gingen. Meine Hand passte perfekt in seine. Wir landeten irgendwann im Englischen Garten, weil es wieder einmal einer dieser Abende war, die man in München geradezu notgedrungen in Biergärten oder auf der Wiese im Englischen Garten verbringt. Die Sonne strahlte die Blätter an, bis sie glühten. Der Englische Garten war voll von Menschen, die Sonne getankt hatten. In München muss man bei jeder Gelegenheit Sonne aufsaugen, denn obwohl es wundervolle Sommertage gibt, sorgen die Alpen dafür, dass es plötzlich bis zwölf Grad kalt wird und regnet – auch im Sommer. Aber in den letzten Wochen wirkte es, als würde der Sommer nie nachlassen, so verlässlich und stark wie die Sonne jeden Tag aufs Neue schien. Wir kauften uns getrocknete Antipasti und Oliven und Erdnüsse und Chardonnay an einem Kiosk. Danach suchten wir uns einen Platz in der Nähe der plätschernden Isar und redeten über Bergwanderungen und Afrika und Internet und Sterne und Segeln. Wir genossen die Leichtigkeit, die der Tag bekommen hatte. Als die Sonne endgültig untergegangen war und die Dämmerung einsetzt hatte, stach mich irgendetwas in die Schulter. Oder vielmehr in das Schulterblatt, an eine Stelle, die ich nicht erreichen konnte, die aber wegen des Tops mit den dünnen Spaghettiträgern frei lag.

»Au«, sagte ich. »Da hat mich was gestochen.«

»Soll ich mal nachsehen?«, fragte Björn.

Ich hielt ihm meine Schulter hin, die er sehr genau inspizierte. Okay, ich gebe zu, ich hatte da zwar etwas gespürt, aber es war kein schlimmer Stich, den man sooo genau hätte untersuchen müssen. Ich lehnte den Kopf nach vorn und versteckte mein Gesicht hinter meinen Haaren. Außerdem stehen die Schulterblätter heraus, wenn man sich so nach vorn lehnt, und man wirkt direkt dünner. Aber Björn fuhr mit dem Finger über die Stelle.

»Hier?«, fragte er, und ich schüttelte den Kopf. »Hier?« Und ich schüttelte wieder den Kopf, unfähig etwas zu sagen. Er ließ seine warme Hand auf meinem Schulterblatt. Ich hatte das Gefühl, beides glühte, von der Sonne und von uns.

Dann sagte er auch nichts mehr, aber sein Daumen fuhr weiter über meine Schulterblätter, als würde er weitersuchen. Oder Bilder malen. Trotz der lauen Abendluft bekam ich eine Gänsehaut. Ich konnte kaum noch atmen und gleichzeitig hatte ich das Gefühl, augenblicklich zu explodieren. Seine Hand fuhr meinen Arm entlang nach unten. Ich wandte mich ihm wieder zu, traute mich aber nicht, ihm in die Augen zu schauen, sondern starrte etwas tiefer auf seinen Hals und die zwei offenen Knöpfe seines Hemdes, was es nicht besser machte, und ich versuchte angestrengt, an etwas anderes zu denken und mir nicht vorzustellen, wie es darunter aussah. Ich konnte noch nicht einmal mehr zwischen seine Augen zielen, die Flirt-Tipps von Teen Advice versagten kläglich, wenn es ernst wurde. Deshalb sah ich nur aus der Peripherie, wie Björn sich langsam zu mir lehnte und – seufzte.

»Wir sollten wahrscheinlich gehen«, sagte er mit merkwürdig kraftloser Stimme.

Der Schock über diesen Satz brachte mich dazu hochzusehen.

»Nein!«, stieß ich hervor und blickte ihn panisch an wie ein Reh, das gelähmt in das Scheinwerferlicht eines Autos starrt. »Wohin denn?« Meine Stimme quietschte. Seine Hand glühte immer noch auf meiner Schulter und hatte nicht aufgehört, sie zu streicheln.

»Okay«, murmelte er mit einem kleinen Lächeln, »überstimmt. War sowieso nicht ernst gemeint.« Und dann lehnte er sich vor und drückte seine Stirn gegen meine. Er schloss die Augen. Ich war wie gelähmt. Aber er verharrte mit geschlossenen Augen an meiner Stirn, und deshalb schloss ich ebenfalls die Augen und das Kaleidoskop in meinem Kopf begann, sich wieder zu drehen. Immer neue Formen entstanden und schlossen sich anders zusammen und ich merkte nichts mehr als den Druck von seiner Stirn auf meiner. Gleich würde ich abheben. Sein Atem kam immer näher und dann spürte ich seine Lippen auf meinen Lippen, erst leicht, sodass ich nicht sicher war, dass ich es mir nicht einbildete, aber ich hielt die Augen geschlossen, bis ich sicher war: Es waren seine Lippen. Seine Hand befand sich immer noch auf meiner Schulter und eine unsichtbare Welle stieg von unten in mir hoch, meine Gedanken fielen ins Nichts. Und dann lagen wir noch sehr lange auf der Wiese auf dem biegsamen, langen Gras, wie man das als Münchner im Sommer so macht, und ignorierten die kichernden Teenager in der Nähe. All die verrückten Gedanken waren umsonst gewesen.

**9:32 Uhr**

Habe gerade Charlotte aus dem Bett geklingelt, weil ich nicht mehr länger warten konnte, ihr die Neuigkeiten zu erzählen. Charlotte meinte, Knutschen bedeute schon seit Menschengedenken kaum etwas und in der modernen Welt erst recht nichts. Es würde ja noch nicht mal was bedeuten, sich eine Nacht lang von den Fußspitzen bis zum Haaransatz abzuschlecken. Sich auf einen Kuss etwas einzubilden, fand sie, das habe ich herausgehört, lächerlich. Sie versteht nicht, was da passiert ist im Park. Außerdem meinte sie, ich solle aufpassen mit dieser ganzen Pseudo-Begeisterung für Berge und tiefsinnigen Journalismus. Ich brauche eine Pause von Charlotte, es macht mich wirklich traurig, wie wenig sie mir Björn gönnt. Bjööööööörn. Sein Name gefällt mir auch.

**20:24 Uhr**

Gerade Gratulations-E-Mail von Ebay bekommen: »Ihre Nähmaschine wurde verkauft! Nähmaschine für 123 Euro an Janibabe verkauft.« Scheiße. Das Ding ist 400 Euro wert! Aber besser als nichts. Quilt noch nicht fertig. Muss Versand noch hinauszögern.

**4. September, 2:12 Uhr**

Decke ist fertig! Ist etwas kleiner geworden, geht aber als niedlicher Baby-Quilt durch. Beide Seiten und Füllung habe ich in großen organischen Formen zusammengequiltet. Den Umständen entsprechend (Zeitdruck, erstes Quilt-Projekt, Psycho-Stress, latente Weitsichtigkeit) ein schönes Ergebnis. Versteigerung unter allen Bloglesern, die einen Kommentar mit dem Stichwort ›I love Lena‹ schreiben!

**10:23 Uhr**

Gerade E-Mail von Janina bekommen, dass sie aus Versehen meine Nähmaschine ersteigert hat. Sie hatte nur den

Preis hochtreiben wollen. Ich möchte den Kauf doch bitte annullieren. Jetzt weinen.

## 17:20 Uhr

Vorhin ist Janina im Café vorbeigekommen. Eigentlich ist sie eine viel bessere Freundin, als ich ihr manchmal zugestehe. Sie hatte mir schließlich die Tipps gegeben, die ich gebraucht habe, um Björn einzutüten, und natürlich die Wohnung. Deshalb gab ich ihr einen Schokomuffin aus. Sie kann sich den mit dieser Kavitation ja wieder entfernen lassen.

»Janina, ich wollte dir noch sagen, dass du mit allem, was du mir geraten hast, total recht hattest«, gestand ich ihr, als wir beide unsere Kuchen mümmelten.

»Echt, das ist ja toll«, sagte Janina sofort begeistert. »Ich habe das schon geahnt. Erzähl mal genauer.«

Ich erzählte Janina also sehr genau und haarklein, wie Björn und ich in den Park gegangen waren und ein Picknick gemacht hatten, und wie wir dann zwischen den Antipasti und Erdnüssen angefangen hätten zu knutschen. Es war etwas salzig gewesen, aber grandios und vor allem nicht im Geringsten sabbrig-schlabbrig.

»Und dann?«, fragte Janina.

»Na, dann sind wir nach Hause gegangen.«

»Ah. Zu wem denn? Zu dir oder zu ihm?«

»Also jeder zu sich nach Hause.«

»Ah.«

»Was heißt denn hier ›Ah‹?«

»Er hat gar nicht versucht, dich zu sich nach Hause einzuladen?«

»Nein, das muss ja auch nicht immer so schnell sein.«

»Und du hast ihn auch nicht gefragt?«

»Nee, man kann sich ja ein wenig Zeit lassen, oder?« Das gab's doch nicht, dass sie jetzt auch auf diesem Punkt herumhackte! Hatte sie die Geschichte schon von Charlotte gehört?

»Aber er ist nicht schwul, oder?«

»Sag mal, hast du einen an der Waffel?« Ich war erbost und gab natürlich nicht zu, dass ich schon ziemlich genau die gleichen Gedanken gehabt hatte. Wenn ich die habe, ist das irgendwie noch in Ordnung, aber von anderen wollte ich das nun wirklich nicht hören. Ähnlich ist es, wenn ich meine Familie kritisiere. Falls ich das tue, will ich nur Zustimmung. Andere sollen am besten die Klappe halten und nicht von sich aus kritisieren.

»Worüber sind die Damen denn aufgebracht?«, fragte Schorsch in diesem Moment.

Wir blickten beide verdutzt zu ihm hoch.

»Darf ich mich zu euch setzen? Ist doch Wochenende.«

»Schorsch, das ist Janina. Janina, das ist Schorsch, mein Arbeitskollege. Er schreibt für *Himmel und Hölle*.«

»Echt? *Du* schreibst für *Himmel und Hölle?* Ich liebe diese Show!«

Schorsch nickte souverän, als wäre er derartige Begeisterungsausbrüche gewohnt.

»Äh, Schorsch, du kannst Janina ja noch die letzte Folge erzählen, ich muss jetzt los«, sagte ich und brach auf. Ich war zu aufgewühlt. Ich werde in Zukunft nichts mehr erzählen. Schwul! Dann hätte er doch nicht mit mir geknutscht, oder? Man darf sich doch auch mal Zeit lassen, ohne das gleich was faul ist.

## 17:50 Uhr

Komme gerade nach Hause. Ich weiß wirklich nicht, wie unsere Marktwirtschaft überleben soll, wenn Verbraucherzufriedenheit derartig vernachlässigt wird. Ich hatte mir doch diese mega-genialen Jimmy-Choo-Stiefel bestellt. Aber dann hatte ich festgestellt, dass ich doch nicht so viel Geld habe, weil ich ja auch diese neue Schminke brauchte und so weiter. Ich hatte die Stiefel zurückgesandt, und die Firma hat mir die Schuhe doch tatsächlich mit der Begründung wieder zurückgeschickt, dass sie getragen wurden und sie diese nicht zurücknehmen können!

Spinnen die?

Ich bin ein superguter Online-Kunde und bestelle unendlich viele Schuhe. Die Schuhe hatte ich bisher nur einmal bei Björn zu Hause in der Wohnung an (auf dem Weg dahin hatte ich die Schuhe in einer Tüte dabei, weil man mit denen sowieso keine langen Strecken laufen kann), also gar nicht auf der Straße; und die ganzen Kratzer auf der Hochglanzsohle, die die Schuhe jetzt angeblich haben, weshalb die Schuhe nicht zurückgenommen werden, könnten genauso gut beim Anprobieren in meiner Wohnung passiert sein. Ob ich die Schuhe woanders anprobiere oder zu Hause ist schließlich meine Sache.

Habe erbost Janina angerufen, weil ich mit Charlotte momentan nicht so viel rede, und mit Caro kann man momentan nicht so gut reden.

»Vielleicht haben die einfach in ihre Datenbank geschaut und gemerkt, dass es sich nicht lohnt, bei Kunden wie dir kulant zu sein?«

»Aber ich bestelle doch *alles* im Internet. Klamotten, Schuhe, Staubsaugerbeutel, Ostereier, Haargummis, Maisnudeln, Nagellack. Ich bin ein Traum-Kunde. Ich liebe es, Pakete zu bekommen.«

»Aber du liest schon seit Jahren die Bücher, die du bei Amazon bestellst, nur halbgeöffnet, damit der Buchrücken nicht bricht und du sie später zurückschicken kannst.«

»Stimmt. Aber bei denen bin ich ›Prime‹-Kunde! Das ist so ähnlich wie ein Buchclub. Da zahle ich schließlich 29 Euro im Jahr. Dafür schicken die mir alles kostenlos per Overnight-Express zu, und ich schicke die Bücher in hervorragendem Zustand zurück, sodass Amazon sie mindestens noch in der Kategorie ›Gebraucht – Wie Neu‹ weiterverkaufen kann.«

»Das mit der Prime-Mitgliedschaft haben die sich bei Amazon bestimmt anders vorgestellt.«

Janina dachte zu nüchtern. Mir doch egal, wie die sich das vorstellen. Ich behalte schließlich auch einige Sachen und ich finde, heutzutage hat Kundenzufriedenheit oberste Priorität. Bei Kleidung habe ich mein Bestellsystem inzwischen perfektioniert. Ich bestelle Anfang des Monats auf Kreditkarte und schicke alles ziemlich schnell zurück. Bevor die Kreditkartenabrechnung kommt, ist schon alles wieder zurückgebucht. Und die Etiketten, die man nicht abmachen darf, kann man einen Abend lang feststecken.

Aber bei den Jimmy Choos ist alles vergeblich gewesen, als ich vorhin angerufen habe: Erklärungen, Betteln, Drohen mit einem Anwalt. Als hätten sie spitzbekommen, dass ich nicht, wie von mir behauptet, schon Tausende Euro für Schuhe von Jimmy Choo ausgegeben habe, sondern nämlich genau gar keinen (weil alles pünktlich zurückgeschickt), sind sie hart geblieben. Und jetzt besitze ich Jimmy-Choo-Boots, in denen man wirklich nicht laufen und eine Party nur sitzend oder schräg an einem Barhocker lehnend überstehen kann, und bin noch abgebrannter, als ich dachte. Meinen Vater mag ich auch nicht fragen, warum er nichts überwiesen hat bisher.

**6. September 2011, 11:02 Uhr**

Lobby *Hotel de Rome*

*Fanfarenmusik.* Ha! Sitze gerade in einem edlen Ledersessel in der *Bebel Bar*, schlürfe einen Macchiato und sehe wichtig aus. Das Hotel ist genau mein Ding. In der luftigen Eingangshalle lümmelt man sich auf überdimensionierten schwarzen Samtsofas, die auf roten Teppichkreisen stehen. Darauf fühlt man sich wie eine geschrumpfte Alice im Wunderland. Alles ist sehr modern – deshalb wurde so viel Schwarz eingesetzt – und nicht so gediegen wie im *Adlon* am Brandenburger Tor, dabei ist das *Adlon* das neugebaute Hotel und das *Hotel de Rome* eine umgebaute alte Bank. Das *Hotel de Rome* ist wegen irgendeiner Berliner Filmveranstaltung voller stylischer, cooler Leute, die sich trotz Kreativität das *Hotel de Rome* leisten können. Der Mann an der Rezeption kannte Björn: »Guten Tag, schön dass Sie wieder bei uns sind.«

Ich bin die Frau an der Seite von einem weltmännischen Berater, für den es normal ist, in Luxushotels abzusteigen und kurzfristig seine Freundin zu fragen, ob sie mitkommt. Die Freundin bin ich. Krass. Habe mir heute Morgen schon um fünf Uhr die Haare gewaschen. Das macht man nur, wenn man ganz frisch verliebt ist.

Björn musste direkt los, er hat ein paar Termine, aber der Abend gehört uns. Bin schon auf dem Hinflug völlig high gewesen, einfach, weil wir nebeneinandersitzen. Versuche ständig, mich so zu positionieren, dass er auf die Idee kommt, mich zu küssen. Funktioniert meistens, aber muss aufpassen, dass er nicht denkt, ich sei verhaltensgestört oder schwer von Begriff, wenn ich nur noch mit benetzten und leicht geöffneten Lippen umherrenne. Bin wahnsinnig froh, dass ich ›Freie‹ bin, sonst hätte ich gar nicht mitgekonnt! Alle Fäden scheinen jetzt zusammenzulaufen und ein sinnvolles Ganzes zu ergeben. Habe mir schon unser Zimmer angesehen: Grauer Teppich, beige Wände mit einem riesigen Bett voller Daunendecken in gestärkter Bettwäsche aus purer ägyptischer Baumwolle mit 400 Fäden. Hotelbetten haben was enorm Einladendes (mit Ausnahme der Betten in der Jugendherberge neben der Hagia Sophia in Istanbul, die ich auch sonst nicht besonders empfehlen kann, seit ich dort mit Caro und Charlotte eine besonders aggressive Mutation des Noro-Virus in hygienischen Einrichtungen bekämpfen musste, die dem kollektiven Ansturm aller Herbergsbesucher nicht gewachsen waren, um es mal ganz, ganz milde zu formulieren; dies musste ich jetzt einfach als reine Service-Info aufnehmen). Würde mich am liebsten sofort mit Björn auf diese ägyptische Baumwolle mit den vielen Fäden werfen und alles zerwühlen, wobei bei dem Gedanken gleichzeitig eine gewisse Panik in mir hochsteigt. Allein will ich aber nicht hier rumliegen, deshalb stürze ich mich jetzt in die Metropole!

**14:03 Uhr**

Habe mein Büro im Café am Hackeschen Markt aufgebaut. Als Online-Redakteur ist man immer auf Schicht. Berlin-Mitte ist voller verhuddelter Kreativer in komischen Klamotten. Ich kam mir als Münchnerin etwas overdressed vor. Schließlich konnte ich ja nicht jedem sagen, dass meine Prada-Tasche der neusten Kollektion natürlich gefälscht ist. Ich habe sie beim Chinesen meines Vertrauens gekauft, und sie ist direkt per TNT aus Beijing gekommen (Peking, keine Ahnung warum die in Asien ständig ihre Städte umbenennen). Das sind gar keine Kriminellen, die da Taschen fälschen. Wie bei den Abnehmpillen konnte man alles per PayPal zahlen, und dann lief alles ganz korrekt. Das kann gar nicht illegal sein. Die Chinesen haben einfach eine andere Einstellung zu Kopien und betrachten es als virtuelle Verbeugung vor einem Designer, wenn man seine Tasche kopiert, hat mir die sehr nette Kundenbetreuerin Wendy in lustigem Englisch erzählt. Aber hier auf der Kastanienallee tragen alle diese Berlin-Label, die aussehen wie aus dem Altkleidersack geklaut und mindestens so unvorteilhafte Silhouetten zaubern wie Stella McCartneys Oberteile, die es mal vor ewigen Zeiten bei H&M gab und die ich mir nie ein Herz gefasst habe, wegzugeben. Dabei fühle ich mich in München zwischen den ganzen Gucci-Sandälchen im gleichen Outfit normalerweise hoffnungslos underdressed. Ich habe also mein Top aus der Hose gezupft, meine Haare verstrubbelt und meine Schultern resigniert nach vorn hängen lassen, um auszusehen wie ein Berliner Kreativer. Werde jetzt die künstlerische Stimmung einsaugen und ein Feature über Berlin schreiben und gehobenen Redaktionen anbieten.

**7. September, 9:12 Uhr**

Habe gerade mit meinem *Freund* ein fluffig geschlagenes Champignon-Omelette und frisch gepressten Kiwisaft im vertäfelten Frühstücksraum zu mir genommen. Björn musste wieder auf Termin und ich bleibe noch ein wenig sitzen und bestelle so viele Lattes wie reingehen (ist alles inklusive). Habe wunderbar geschlafen, wenn auch nicht wirklich lang (dazu später mehr). Habe mir vorgenommen, Björns und meine Beziehung nicht wieder so verkommen zu lassen, wie die mit Karsten, und werde auch in Zukunft drauf achten, nicht zur Toilette zu gehen, wenn der andere im Raum ist. Werde gewisse Distanz aufrechterhalten, um Fremdheit von Frischverliebten über die nächsten Jahren zu konservieren und Tampons und Binden in der Art meiner Mutter an einem geheimen Ort aufbewahren, um das Mysterium der Weiblichkeit zu pflegen. Bin, als ich aufgewacht bin, außerdem ins Bad gehuscht, um Augenringe abzudecken und mir die Zähne und Zunge zu putzen und durch Glätteisen völlig verhunzte Haare zu revitalisieren. Werde versuchen, das über die nächsten Jahre beizubehalten, um in Björns Gedächtnis dauerhaft als ›schön in jeder Situation‹ eingebrannt zu werden.

Aber zu gestern: Was ich jetzt erzähle, toppt alles. Denkt bitte daran, dass ich immer offengelegt habe, wenn es für mich unangenehm war (Stichwort Sylt, Seniorensex etc.) damit ihr wisst, dass diese grandiose Geschichte genauso der Wahrheit entspricht. Hugh Grant ist mein Freund. Auf Facebook? Nein! In 3D! Endlich eine Story mit Glamour-Faktor. Apropos Glamour: Habe mir gerade von Rachel Zoe, der Star-Stylistin meines Vertrauens, eine Fellweste bestellt (Kunstfell natürlich, ich hänge mir schließlich keine Leichen um den Hals – bin jetzt PETA-Mitglied, genau wie Natalie Portman). Ich bin ein Shopping-Genie. Ich habe jemanden auf der amerikanischen Ebay-Seite gefunden, der mir für ein paar Euro alles schickt. Andere Leute geben auf, wenn sie ›no international shipping‹ lesen. Mich spornt so etwas zu Höchstleistungen an. Und statt einen dieser offiziellen Shopping-Services zu nutzen, die einem für unendlich hohe Gebühren und Zoll amerikanische Einkäufe nach Deutschland schicken, schreibe ich ein paar E-Mails an Personen, die schäbige Sachen auf Ebay verkaufen (die brauchen das Geld, packen für ein paar Dollar alles ein, was ich an deren Adresse liefern lasse und schicken es als ›Geschenk‹ nach Deutschland) und schon ist das Problem gelöst. Aber das ist noch nicht der Glamour-Faktor der Geschichte, es kommt noch besser.

Abends waren im *Grill Royal*, was sich anhört wie eine Dortmunder Würstchenbude, aber ein Berliner Szene-Restaurant ist, und Björn brachte einen Kollegen mit.

»Das ist Josh«, stellte Björn ihn mir vor. »Er war zufällig in der Stadt und etwas sehr einsam, nicht wahr Josh?« Er klopfte ihm schalkhaft auf die Schultern und sah mich so an, dass man den Blick als Entschuldigung deuten konnte. Ich war auf ein romantisches Dinner zu zweit eingestellt und war dementsprechend überrascht, dass Björn jemanden mitbrachte, aber er wollte eben den Josh nicht einsam im Hotel sitzen lassen. Außerdem hatte Josh, wenn ich Björn richtig verstand, ihn mit Anrufen und E-Mails befeuert, bis er ihn mitnahm. Björn denkt immer an das Glück anderer, eine schöne Eigenschaft. Wir tummelten uns also inmitten stylischer Berliner, die Steaks von Rindern aus allen Ecken der Welt aßen, welche lange massiert, mit Bier beträufelt und mit Hummer oder Eiskrem gefüttert worden waren. Ich bin ja jetzt Vegetarierin und probierte deshalb nur zwei kleine Bissen von Björns Teller.

»Warum hast du dir denn kein Steak bestellt? Die sind großartig hier«, bemerkte Josh prompt, als ich meine Gabel unauffällig von Björns Teller zurückzog, um weiter in meinen Gnocchi zu stochern. Josh ist klein, dafür aber aufgepumpt wie ein Mini-Popeye und redet wahnsinnig schnell, als müsste er beweisen, dass er schneller denken kann als andere.

»Ich mag Fleisch und ich liebe Rindersteaks, aber so etwas esse ich nicht mehr«, sagte ich. »Ich verurteile aber niemanden, der das tut«, fügte ich großmütig hinzu. Ich wollte keinen Streit mit diesem Schnellredner. Ich legte meine Hand einmal kurz auf Björns Bein, aber er reagierte nicht, sodass ich meine Hand wieder zurückzog.

»Was wären denn normalerweise deine Gründe, mich zu verurteilen?«, fragte Popeye.

»Das weißt du nicht?« Ich war schockiert. »Na, weil mir die Tiere leidtun, die nach einem jämmerlichen Leben brutal geschlachtet werden. Ich mag Tiere. Und weil Fleisch essen die Welt zerstört. Das ist doch hinreichend bekannt.« Ich brauchte ihm ja nicht auf die Nase zu binden, dass Pamela Anderson in dieser Hinsicht eine Vorbildfunktion innehatte. Ich habe Tiere wirklich gern. Als Kind wollte ich sogar Tierärztin werden wie die meisten meiner Grundschulfreundinnen. Eine hat es durchgezogen und sie hat heute die Wahl, für einen Hungerlohn Hamstern mit der Pinzette den Blinddarm zu operieren und Pudeln Bypässe zu legen oder für etwas mehr Geld in einem Volvo durch Brandenburg zu gurken, Schweine mit Antibiotika vollzupumpen und gelegentlich einen Arm in den After einer Kuh mit Verdauungsproblemen zu versenken. Im Vergleich scheint sogar Kommunikationswissenschaften eine gute Wahl gewesen zu sein.

»Aber das Leben der Pflanzen und die Pestizide und Monokulturen, welche Kulturen und Umwelt zerstören, sind dir egal?«, fragte Josh sofort. Seine naive Frage war natürlich gespielt gewesen.

»Mit einer Tomate habe ich kein Mitleid. Ich meine, die spürt doch nichts. Ich bin ja kein Frutarier oder wie diese Leute heißen. Und die meisten Monokulturen werden angelegt, um die Tiere der Fleischproduktion zu versorgen. Und dazu kommen noch die Treibhausgase. Kühe und Schweine pupsen so viel, dass sie die Atmosphäre viel mehr aufheizen als Flugzeuge und Industrie zusammen.« Gut, dass ich die PETA-Seite so ausführlich studiert habe.

»Aber nach Berlin bist du trotzdem geflogen?«, schleuderte Josh mir entgegen. Dann fuhr er fort mit schnellen Kaubewegungen sein Rindfleisch zu zerkleinern. Er war einer dieser Menschen, denen ich beim Essen nicht zuschauen konnte. Wenn er ein Freund von Björn war, hieß das eigentlich, dass ich ab jetzt viel Zeit mit ihm verbringen würde?

»Ich behaupte ja gar nicht, dass ich allein die Welt retten kann oder in Einklang mit der Umwelt lebe. Aber wenn ich kein Fleisch esse, ist das zumindest besser für die Tiere und für die globale Ernährungssituation dazu. Ich fange eben bei den Tieren an.«

»Sind das Plastikschuhe an deinen Füßen?«, fragte Josh und ließ dabei, wie er es die ganze Zeit machte, seine Augen schnell über alle Anwesenden im *Grill Royal* gleiten, als würde er konstant jemanden suchen, der interessanter war als wir.

»Nein, Leder. Sehr gutes von Jimmy Choo«, sagte ich empört. Björn blickte auf meine Schuhe, machte aber keine

Anstalten, mich zu verteidigen. Er schien sich über uns sogar zu amüsieren.

»Aber bei den Schuhen ist dir egal, dass dafür Tiere umgebracht werden, solange sie dir gefallen?«

Meine Güte, Natalie Portman hat recht, dass sie Tiere weder isst noch irgendetwas mit Tierprodukten zu tun haben will. Dann muss man nämlich nicht derartig beknackte Konversationen führen. Sie war ja auch in Harvard, vielleicht war das doch gar nicht so verkehrt da. Ob sie diesen Facebook-Erfinder wohl kennt? Muss ich mal googeln.

»Mein Gott, erstens ist das nur ein Nebenprodukt der Fleischproduktion. Ich gebe zu, dass es da genauso problematisch wird, aber ich kann ja noch nicht alles richtig machen. Schließlich bin ich erst seit einer Woche Vegetarier«, brach es aus mir heraus. »Ich stehe erst am Anfang, aber irgendwo *muss* man ja anfangen.«

»Bist du sicher, dass du nicht erst nach den Klopsen aufgehört hast, Fleisch essen zu wollen?«, grinste Björn.

»Und warum hast du gerade Fleisch von Björns Teller gegessen?«, konterte Popeye.

Mist. Björn musterte mich daraufhin neugierig mit seinen schönen braun-grünen Augen, gespannt auf meine Antwort.

»Ich bin eben kein Fundamentalist! Wenn ich abends Auto fahre und nichts trinke, nippe ich ja trotzdem ohne schlechtes Gewissen an einem Glas Sekt. Ich meine, gewisse Sachen zählen doch gar nicht. Wenn ich spare, kaufe ich auch trotzdem ein super Designer-Schnäppchen, weil ich damit de facto viel Geld sparen kann.«

Sie hatten es immer noch nicht begriffen und sahen mich mit leeren Augen an.

»Okay. Noch ein ganz einfaches Beispiel. Wenn ich Diät mache, zählt die Schokolade, die ich morgens esse, nicht.

Schließlich weiß jeder, dass man sogar *abnimmt*, wenn man 2.000 Kalorien am Morgen isst, aber zunimmt, wenn man genau die gleiche Menge vor dem Schlafengehen isst.« Hier bewegte ich mich auf sicherem Parkett, das war mein Fachgebiet und wissenschaftlich belegt.

Björn und Josh starrten mich trotzdem an, als würden sie das alles zum ersten Mal hören und als wäre das eine völlig abwegige Theorie über die Fünfdimensionalität des Raums statt Basiswissen. Dabei hatte ich diese Aufzählung wirklich kurz gehalten. Wäre Charlotte dabei gewesen, hätte sie mit Sicherheit darauf hingewiesen, dass Knutschen im Urlaub mit Leuten, die man nie mehr wiedersieht, genauso wenig zählt wie Trashliteratur, die man in den Ferien liest, obwohl man eigentlich eher Obamas Biografie lesen sollte oder ein Buch von einer Person, die irgendeinen Literaturpreis gewonnen hatte oder sagen wir mal, zumindest die Tageszeitung statt *InTouch*. Aber Josh gab auf, wahrscheinlich hatte er Angst, bei der nächsten Meinungsverschiedenheit mit mir jämmerlich zu versagen. Das ist der Vorteil, wenn man meinungslos ist. Man wird verdammt gut im Argumentieren, weil man gewohnt ist, dass man ständig die Seiten wechseln kann. Trotzdem muss ich noch mal die PETA-Seite durcharbeiten, damit ich das nächste Mal argumentativ noch besser gewappnet bin.

Aber eigentlich wollte ich etwas ganz anderes erzählen, nämlich dass zwei Tische weiter Hugh Grant höchstpersönlich saß. Als ich zur Toilette musste, stolzierte ich ultracool an ihm vorbei, ohne ihn eines Blickes zu würdigen, damit er sich nicht was drauf einbildet. Und jetzt kommt das Beste, die Geschichte ist noch nicht zu Ende erzählt.

Nach dem *Grill Royal* gingen wir noch in den *Rodeo Club*, der in einem dieser berühmten verlotterten Berliner

Hinterhöfe in Mitte liegt. Als wir im *Rodeo Club* ankamen, saßen noch ein paar Leute an langen, weiß eingedeckten Tafeln unter einer Kuppe, die genauso gut in eine Kirche gepasst hätte, aber ursprünglich zum Postfuhramt gehörte. Überall abgeschrubbeltes Gold und abgeranzte Stühle im Barockstil.

»Das ist ja geil hier«, sagte ich. »Genau, wie man sich das vorstellt. Alles verkommen und dann noch Ossi-Tapeten mit großem Muster an den Wänden.«

Josh lächelte mich milde an, als hätte ich einen IQ von 83. »Die Tapeten sind neu«, sagte er. »Der ganze Laden ist doch nur auf Berlin-Chic gestylt, und da gehören Ossi-Tapeten dazu. Was Authentisches gibt's hier gar nicht mehr.«

»Du willst mir doch nicht sagen, dass die Ossi-Tapeten frisch verklebt sind.«

»Weißt du's? Ich habe von 1989 bis 1995 im Prenzlberg gewohnt. Da war's original. Da gab's jede Woche echte, illegale Partys. Jetzt gibt's das alles nur noch für die Touristen.« Er blickte mich an, wie ich früher immer die Bergheimer angeschaut habe, die am Wochenende in die Disco nach Köln gekommen waren.

»Also, dass hier jemand extra den Putz von den Wänden gekratzt hat, ist doch Quatsch. Außerdem hattest du doch vorgeschlagen, dass wir hierhergehen.« Ich war etwas direkter als sonst, weil ich nicht mehr länger in diesem Club rumhängen wollte, sondern an das glatte, viel zu faltenlose riesige Bett im *Hotel de Rome* dachte. Josh war es, der darauf bestanden hatte, dass wir den *Rodeo Club* vor der endgültigen Schließung noch mal sehen mussten. Er hatte irgendwie die Organisation des Abends an sich gerissen und gelegentlich hatte ich das Gefühl, er würde mich ins Kreuzverhör nehmen.

Langsam kam die Party in Gang, als hätte man ewig Zeit und kein ungenutztes Luxus-Hotelzimmer. Björn war zudem ziemlich zurückhaltend, wenn es um körperliche Berührungen ging. Den Abend hatte ich mir anders ausgemalt. Björn und ich nuckelten an unseren Gin Tonics, Josh an einem Tonic. Mit Josh eine Party feiern zu wollen, ist ähnlich aussichtslos, wie mit einem Veganer ein Schlachtfest zu begehen. Mir ist selten so ein spaßloser Fundamentalist wie Josh begegnet. So will ich eben nicht enden. Björn ist ganz schön nett, dass er sich um ihn kümmert.

»In welcher Form arbeitet ihr denn zusammen«, fragte ich ihn, als Björn zum Klo gegangen war.

»Wir arbeiten gar nicht zusammen.« Josh schüttelte den Kopf. »Ich gehöre ja nicht zum Clan. Aber wir sind in der gleichen Branche. Ich habe natürlich nicht die Kontakte wie Björn.«

»Bist du auch Berater?«, fragte ich zurück.

»Berater?«, fragte Josh zweifelnd. »Ich bin Journalist bei *Small World.*«

»*Small World,* das letztens Magazin des Jahres geworden ist?« Mir blieb der Mund offen stehen, als er den Namen sagte. Er sah mich zudem forschend an, als wüsste er Bescheid. Ich wandte meinen Blick ab. Die *Small World* verfolgt mich. Er trank etwas und schien zufrieden mit sich selbst, wie wahrscheinlich alle Journalisten bei der *Small World* zufrieden mit sich selbst sind. Ich versicherte mich schnell, dass Björn nicht in der Nähe war. Er folgte meinem Blick.

»Na, da bist du ja einer der ganz feinen Journalisten. Habe sogar die letzten Ausgaben gelesen. Was war denn von dir?«

»Der Artikel über Afghanistan.« Josh' Augen wanderten prüfend über mein Gesicht.

Mir klappte die Kinnlade herunter. Das konnte nicht wahr sein, dass er *meinen* Artikel geschrieben hatte. »Der Afghanistan-Artikel war von dir?«

»Du hast ihn gelesen?«

»Aber da stand doch ein ganz anderer Name drunter. Der Artikel war von Dakota Dümpelmann«, widersprach ich.

»Ah, du kennst dich ja gut aus! Aber nicht weitererzählen, also wirklich niemandem. Das ist unser Geheimnis«, sagte er. »Den Namen kann man sich top merken, nicht? Er funktioniert. Ich schreibe als Dakota Dümpelmann.« Er lehnte sich vertraulich zu mir herüber. »Ist einer der Autorennamen, den ich mir zugelegt habe. Ich schreibe nicht so gern als Josh Weckert, verstehst du? Da steht man immer im Schatten des Vaters.«

»Na ihr beiden, was wird denn hier getuschelt.« Björn war zurückgekommen. Wir schreckten auseinander, in meinen Wangen pochte das Blut. Auch Josh benahm sich wie ertappt, sodass Björn etwas irritiert von einem zum anderen sah. Dann stellte er sich wieder so dicht neben mich, dass seine Aura meine Aura ganz kirre machte, aber von außen alles ganz harmlos aussah. Immerhin drängte er Josh zur Seite.

»Wir reden über die Schatten der Überväter«, sagte Josh und blickte ihn vielsagend an. »Kennste ja.« Er klopfte Björn auf die Schulter. »Der arme Björn. Er leidet immer.«

»Josh, lass den Scheiß«, sagte Björn und schüttelte seine Hand ab.

Dann blickte Josh mich merkwürdig provozierend an und sagte »Ach, komm, ich habe mir auch noch ein paar Schreib-Pseudonyme zugelegt, das eine ist super …«

»Meine Güte, habt ihr deren Oberweite gesehen? Das kann doch eindeutig nur eine Operation sein«, rief ich, um das Gespräch schnellstmöglich von diesen Pseudonymen wegzubringen. Björn blickte verwirrt zu Josh, dann zu mir.

»Man müsste mal anfassen, um die Konsistenz zu prüfen. Künstliche Brüste sind viel härter als echte«, sagte Josh zum Glück sofort fachmännisch. Aber er warf mir einen merkwürdigen Blick zu, spöttisch irgendwie.

»Frag sie doch, ob du testweise reinzwicken kannst«, schlug ich vor.

Wir alberten noch eine Weile rum, bis ich Josh fragte: »Woher kennt ihr euch eigentlich, Björn und du?« Irgendwie konnte ich mir diese Freundschaft nicht so richtig erklären. Josh war so anders – so unsympathisch.

Josh blickte in Richtung Björn, der sich aber gerade Wasser holte, damit er morgen wieder einigermaßen fit war.

»Na, von Françoise. Kennst du Françoise?«

Ich konnte mir den Eindruck nicht erwehren, dass er sich bei dieser Frage an dem Horror in meinem Gesicht irgendwie weidete. »Äh, ja.«

»Sie hat mir gesagt, dass Björn in Berlin ist.«

Ich nickte und trank hastig einen riesigen Schluck aus meinem Glas, einfach nur, um ihn nicht anzusehen, während mir durch den Kopf schoss, wie oft Björn wohl noch mit Françoise redete und was sie wohl über mich wusste und ob Björn erzählt hatte, dass ich mit ihm hier bin. Realistisch gesehen natürlich nicht. Männer sind ja bekanntermaßen feige, wenn es um solche Dinge geht und wollen den anderen mit der Wahrheit verschonen beziehungsweise vor allem sich selbst schonen, und sich nicht mit einer eifersüchtigen Freundin herumärgern.

Wir redeten noch eine Weile, aber die Luft war raus. Dann murmelte Josh erfreulicherweise etwas von einem frühen Termin und dackelte endlich ab. Ein merkwürdiger Typ.

Kaum war er weg, begannen Björn und ich unter einem Gemälde mit Rennpferden zu knutschen. Wir hatten uns nämlich durch kontinuierlichen unauffälligen Körperkontakt schon klammheimlich ins Delirium gefummelt, während Josh dabei war. Ich hätte auch unheimlich gefummelt, aber Björn war sehr diskret gewesen, ich wusste natürlich jetzt, dass Björn es wegen Joshs Verbindung zu Françoise war. »Ist Josh ein guter Freund von dir. Woher kennst du ihn denn?«

Björn fuhr zurück, strich sich mit der Hand den ausgewachsenen Pony aus der Stirn und wandte den Blick kurz ab. »Nee, ist kein so guter Freund«, sagte er.

Wir gingen zu Fuß nach Hause, was objektiv nicht weit war, gefühlt aber in Richtung Kilimandscharo-Besteigung tendierte. Männer haben eine völlig andere Weltwahrnehmung, weil sie jederzeit mühelos in ihren Schuhen laufen und stehen können. Partys fühlen sich für sie mit Sicherheit weniger feierlich an, weil sie gar keinen Unterschied zu sonst spüren. Stechender Fußschmerz von zu hohen Schuhen versetzt mich einem Pawlow'schen Reflex gleich in Partystimmung. Nachdem ich das halsbrecherische Kopfsteinpflaster vor dem *Hotel de Rome* gemeistert hatte, vermischten sich Wein und Fußschmerzen, die den Gleichgewichtssinn in meinem Ohr durcheinandergebracht hatten, und Björns Nähe zu einer rauschartigen Hochstimmung. Mit letzter Kraft stolperte ich in den Fahrstuhl, in dem schon ein Fahrgast stand. Es war Hugh Grant. Ja. Genau.

»Hi«, sagte Hugh galant. »Getting in?«

»Yes«, erwiderte ich schlagfertig auf Englisch. Und dann lächelte ich ihn starr an, während Björn seine Hand unter mein Shirt geschoben hatte und seine Finger unablässig über meine Rippen gleiten ließ, sodass ich mich kaum konzentrieren konnte, und möglicherweise war das der allereinzigste Moment, wo mir das ein winziges bisschen lästig war. Ich meine, es wäre möglicherweise noch aufregender gewesen, wenn ich allein im Fahrstuhl mit Hugh Grant gewesen wäre. Andererseits war Hugh vielleicht neidisch auf Björn. Sein Blick fiel einen kurzen Moment auf meinen Busen beziehungsweise kurz darunter, wo Björns Hand verschwunden war und irgendwie sah er dabei traurig aus und murmelte ein betrübtes »Enjoy the evening«, als wir ausstiegen und er sicher mutterseelenallein in seine Privatsuite musste. Björn versenkte seine Nase sofort wieder in meinem Nacken und atmete nah an mein Ohr. Er schob mich mit einer Hand Richtung Hotelzimmer, ohne auf den Weg zu sehen. Ich drückte ihn einen Moment weg und blickte in seine schwarzen, geweiteten Pupillen.

»Hast du überhaupt bemerkt, dass Hugh Grant mit uns im Fahrstuhl gefahren ist?«

»Der kleine Typ mit dem roten Gesicht war Hugh Grant?«

»Er war es!«

»Mmmh«, sagte er und fuhr fort, mit mir zu knutschen, als würde er Hugh Grant genauso wenig kennen wie der Barista die Nena. Als wir ins Hotelzimmer zurückkamen, zog er mich an der Hand hinter sich her zum Bett. Mein Magen vollführte Saltos vor Aufregung. In diesem Moment klingelte sein Handy. Ich trat unwillkürlich einen Schritt zurück. Er zog es aus seiner Hosentasche und schaltete es aus, ohne auf das Display zu schauen. Er blickte mir in die Augen und lächelte ganz wenig, nur seine Mundwinkel kräuselten sich. Mir wurde immer wärmer unter seinem Blick, als wäre ein Heizstrahler auf mich gerichtet. Er streckte seine Hand aus, ich legte meine hinein und er zog mich auf seinen Schoß.

»Mensch, Lena«, sagte er. Und dann legte er seine Hand hinter meinem Kopf, von außen auf meine Haare, und ich schloss die Augen, beugte mich vor, bis unsere Lippen aufeinandertrafen, und mein Kopf schaltete sich aus. Björns Zurückhaltung von all den Monaten war verschwunden und er war überall gleichzeitig, vor mir, neben mir, hinter mir, ich hatte das Gefühl, ich würde in ihn fallen und er hatte nicht vor, irgendetwas in irgendeiner Form länger hinauszögern. Dazu kam noch, dass ich aufgrund der Schuh-Tortur Unmengen an Adrenalin ausgeschüttet habe und mich entsprechend zu allen möglichen Dingen hinreißen ließ, die hier – Wahrheitsschwur hin oder her – nicht wiedergegeben werden. Ich spielte jedenfalls zu keiner Zeit mit den Gedanken, den Fernseher anzustellen und im Rückblick betrachtet, hatte ich überhaupt keine Gedanken. Im Rückblick habe ich sogar überlegt, ob meine Freundinnen nicht sogar irgendwo recht hatten mit Karsten. Aber eins kann ich versichern: Björn ist nicht schwul.

**14:03 Uhr**

Nach Björns Termin haben wir uns im *Barcomi's* in einem anderen Berliner Hinterhof getroffen und essen Bagels, trinken hausgemachten Chai Tee und tippen in unsere Macs und iPhones. Es ist toll, mit jemandem zusammen zu sein, der auch so gern im Internet rumsurft! Außer dass Björn, glaube ich, mit seinen E-Mails Geld verdient. Plötzlich führe ich ein Jetsetter-Leben, wohne in den gleichen Hotels wie Filmstars. Jetzt nur noch die Karriere auf Kurs bringen. Beginne jetzt mit Berlin-Reportage.

## 15:55 Uhr

Hocke am Berliner Flughafen Schönefeld in einer Art Flüchtlingscontainer. Mir ist so übel wie früher, wenn wir einen Bergpass nach Südtirol überqueren mussten und meine Mutter am Steuer saß und abwechselnd stoßartig beschleunigte und panisch bremste. Drei Worte von einem Mann, der einem völlig egal ist, können den Tag ruinieren. Ich habe vorhin im *Hotel de Rome* ausgecheckt und unser Gepäck geholt, während Björn draußen telefonierte. Als ich mich zum Gehen wandte, sagte der Mann an der Rezeption: »Au revoir, Madame.«

Ich erstarrte.

»Warum haben Sie gerade ›au revoir‹ gesagt?«, fauchte ich, um ihm eine letzte Chance für eine harmlose Erklärung zu geben.

»Ja«, stotterte er, »ich dachte, Sie seien, äh …« Er verstummte, als er mich genauer betrachtete. Ich hatte keinen Spiegel, aber ich dachte, ich hätte gerade diesen Gesichtsausdruck, der für meine Stirnfalte verantwortlich war und den ich eigentlich nur im Dunkeln machen wollte, weil er so sensationell grimmig ist. Doch dann fuhr er mit einem charmanten Lächeln fort. »Verzeihung, ich habe Sie wohl verwechselt«, und strahlte mich vertrauensselig an. Merkte er nicht, dass ich kurz davor war, ihm meinen Zeigefinger ins Auge zu stechen und einmal umzudrehen?

Er benahm sich hingegen, als würde ich zurücklächeln, winkte einen Kofferträger herbei und verabschiedete sich mit einer kleinen Verbeugung. Es war unbegreiflich. Meine Glückshormone der letzten Nacht waren innerhalb von Sekunden abgebaut. Ich verstand, wie sich Lolita, Mariana und Liliana gefühlt hatten, wenn sie mit Loddar in einem Hotel abgestiegen waren.

Im Taxi fiel mir eine Erklärung für das merkwürdige Verhalten des Rezeptionisten ein. Er wusste gar nicht, wie böse ich ihn anschaute, weil ich nur innerlich so aussah. Das Botox hatte wahrscheinlich angefangen zu wirken, und mein Gesicht war automatisch zu einem Grinsen verzogen worden!

*1 Kommentar*

*Gaby13 sagt:*
*I love Lena, Gaby*

**8. September, 0:03 Uhr**

Habe mich sehr erwachsen und cool verhalten. War auf dem Flug zurück einfach etwas introvertierter, um meine Trauer über die Austauschbarkeit zu überspielen. Er hat nichts gemerkt, weil ich eine fantastische Schauspielerin bin oder Björn der unsensibelste Mensch im Sonnensystem oder ein Terminator. Er konnte nicht mitkommen, weil er noch ein Geschäftsessen hatte und morgen zu seinen Eltern nach Hamburg muss. Sein Vater hat Geburtstag. Ist ja noch ein bisschen früh, die Eltern zu treffen, deshalb fahre ich nicht mit. Hätte auch nichts zum Anziehen.

*1 Kommentar*

*LukasNeleMutti sagt:*
*I love Lena, Ich versuch's halt mal, Jenny*

**1:03 Uhr**

Kann nicht schlafen wegen Gedankenstrudeln im Kopf. Björn hat eine SMS geschickt, dass es wunderschön war in Berlin. Frage mich, wie oft er mit Françoise im *Hotel de Rome* war? Waren sie auch im *Barcomi's*? Eigentlich hätte er mich fragen können, ob ich seine Eltern treffen möchte. Ich hätte ohnehin abgelehnt. Werde jetzt mehr Ausgleichssport wie Yoga machen.

**2:03 Uhr**

Habe gerade noch mal in das Facebook-Nachrichten-Konto von Björn geschaut. Das Passwort stimmt immer noch. Habe nur ganz kurz nachgeguckt, ob Françoise ihm in letzter Zeit eine E-Mail geschickt hat. Hat sie aber nicht. Die Eltern würden sie auch mit Sicherheit nicht zur Geburtstagsfeier von Björns Vater einladen, wie meine Mutter das mit Karsten machen würde. Frage mich, wie lang die beiden eigentlich zusammen waren und wie gut sie die Eltern kennt. Mache jetzt Schönheitsschlaf.

**12:02 Uhr**

Sommerregen. Habe Françoise' Seite mal genauer angesehen und ihre 312 Freunde unter die Lupe genommen. Sie ist schließlich meine Freundin. Ziemlich viele Franzosen und dieser Josh ist auch dabei. Es gibt unheimlich viele Fotos von

Françoise auf Partys und mit knuffigen Freundinnen, die diese übergroßen Mützen tragen können, ohne unterbelichtet auszusehen. Bei Google-Bild gibt's Fotos, auf denen sie ein Mikro trägt und hinter einem Rednerpult steht. Sie trägt in typisch französischer Manier zwar ein perfekt zusammengestelltes Outfit, aber immer das gleiche, während mein Schrank voll von schwer kombinierbaren Einzelteilen ist, die sie sich nur nach quälenden Minuten vor dem Spiegel zu tragbaren Outfits zusammenfügen. Björn scheint ein Faible für erfolgreiche Frauen zu haben, ich darf da auf keinen Fall durchs Raster fallen. Françoise leitet die Marketingabteilung von einer großen Telefonfirma, dabei ist sie jünger als ich. Konnte als ›Freund von einem Freund‹ auch über Josh mehr erfahren. Er ist eigentlich Volkswirtschaftler und macht Journalismus wohl nur als Nebenjob. Aber da er nicht Kommunikationswissenschaften studiert hatte wie ich, musste er sich nicht von ganz unten hochmalochen. Wollte außerdem den Gewinner des Baby-Quilts bekanntgeben, der zufällig aus allen Einsendungen ausgewählt wurde. Der Gewinner heißt: Jenny! Tut mir leid, Gaby. Ich werde den Quilt in den nächsten Tagen zuschicken und wünsche dir viel Freude damit. Herzlichen Glückwunsch!

**23:27 Uhr**

Ich war gerade noch mal drin. Habe testweise ›Björn‹ als Passwort für Françoise' Konto eingegeben. Ihre Mailadresse habe ich von Facebook. Sie hat ein besseres Passwort. Ist natürlich auch besser so, wollte nur den Sicherheitsstandard überprüfen. Jetzt habe ich ein weiteres Foto gefunden, auf dem Françoise und Björn auf einem Boot sitzen. Ich frage mich, ob sie schon den A-Segelschein oder noch schlimmer, einen BR-Segelschein hat! Horror. Aber Björn hat sich schließlich von ihr getrennt in einer eigenen, freien Entscheidung.

### 10. September, 15:12 Uhr

Gerade bekam ich folgende Facebook-Nachricht von meiner Mutter:

Liebe Lena – Ghana ist wundervoll, deshalb haben wir noch mal verlängert. Wir sind in einem hübschen Hotel, alle Menschen sind so freundlich und ich kann schon bald meine Hüften schaukeln lassen wie unser Lehrer! Du müsstest deine Mutter mal sehen! Wenn du meine Facebook-Anfrage akzeptierst, kannst du die Fotos auf meiner Facebook-Seite ansehen! Deine Mama

Ich werde von meiner eigenen Mutter erpresst.

### 10. September, 20:12 Uhr

Habe gerade eine krasse Yogastunde von yogaya.de hinter mir, um meinen Geist von Visionen von meiner Mutter im Kaftan beim Sex am Strand auszulöschen, wahlweise mit einem Afrikaner oder mit Rosemarie. Habe dafür den Computer neben den Fernseher gestellt, um Yoga zu machen und gleichzeitig Fernsehen zu gucken, weil mir das sonst mit der Entspannung zu langweilig ist und sofort wieder die Sexvisionen von meiner Mutter am Strand in meinen Geist eindringen. Habe dann in Herabschauender-Hund-Stellung versucht, etwas mehr über Françoise herauszufinden. Wozu ist man schließlich eine Frau und damit wissenschaftlich bewiesenermaßen von Natur aus Multi-Tasker? Françoise stand vor zwei Jahren auf der Startliste für den New-York-Marathon wie ich nach ein paar Recherchen herausgefunden habe! Ich verstehe das alles nicht. Marathonläufer haben gewöhnlich sehnige Krampfader-Beine und auch das letzte Fitzelchen Brustfett, was einen Busen überhaupt ausmacht, in Muskeln umgewandelt. Wieso sieht dieses französische Exemplar so gut aus? Auf ein paar Fotos in ihren Fotoalben erinnert sie mich an Uschi Obermaier. Muss Sportprogramm durchhalten und geistige Zurechnungsfähigkeit, zumindest so lange bis mit Björn alles in trockenen Tüchern ist. Muss aufhören, auf gesamte Vergangenheit von Björn eifersüchtig zu sein, dafür hat Vergangenheit nach vierunddreißigeinhalb Jahren zu episches Ausmaß. Schließlich hat Björn gesagt, dass Françoise sich auch trennen wollte, das war offensichtlich eine moderne, friedliche Trennung. Habe neue Unterwäsche von Agent Provocateur an, die ich in Raten abzahlen werde. Setze jetzt drauf, dass wir die diesmal wirklich schnell ausziehen, bevor ich meinen Ausschlag bekomme.

**11. September, 8:47 Uhr**

Habe gestern noch ziemlich lange mit Björn auf dem Sofa gelegen und Country gehört. Im Grunde geht es nur darum,

Zeit zu schinden, bis man wieder ins Bett gehen kann, ohne dass es so wirkt, als gehe es einem nur darum. Er meinte, er finde es total schön, dass ich so gerne draußen bin wie er, und ich werde ihm heute meinen Lieblingsberg in der Umgebung zeigen! Er ist deshalb ungemütlich früh nach Hause gefahren, um andere Schuhe zu holen. Ich habe es wieder nicht übers Herz gebracht, ihm zu sagen, dass ich wandern zwar toll finde, aber bisher nur theoretisch. Recherchiere gerade im Eiltempo Münchner Hausberge und urige Hütten. Das wird unglaublich romantisch. Vielleicht könnte ich ja noch Eil-Auktion auf Ebay-Starten, um die Jimmy Choos zu verkaufen und dafür gebrauchte Wanderschuhe zu ersteigern. Das wäre dann echte Liebe. Ich bin bereit, so ein Opfer zu bringen. Bis morgen klappt das aber nicht mehr mit dem Schicken.

**9:48 Uhr, blogged via iPhone**

Gerade fliegt die schöne bayrische Landschaft an mir vorbei, während ich in Björns Lexus Cabrio sitze. Die Wolken haben sich für einen Moment verzogen und wir haben das Dach aufgemacht und brausen Richtung Alpen. Klassischer Wochenendausflug. Vorhin haben wir noch angehalten und Buttercroissant und Kaffee geholt. Ist zwar etwas kalt, aber versuche Gänsehaut als sensuelle Erfahrung zu genießen. Björns Haare wirbeln in alle Richtungen und reden können wir bei der Lautstärke nicht. Er sieht so glücklich aus und wenn er nicht schalten muss, lässt er seine Hand auf meiner Schulter liegen. Und ich habe meine linke Hand in seinem Nacken liegen und er lehnt sich hinein. Muss deshalb jetzt wieder aufhören zu tippen, außerdem wird mir sonst übel und Kotzen würde die schöne Atmosphäre ruinieren.

**10:55 Uhr, blogged via iPhone**

Machen gerade Pause in der Klosteranlage Benediktbeuern. Wir haben gerade den Kräutergarten angeschaut und ich habe erzählt, wie ich als Zwölfjährige mit langen Zöpfen Maria Trebens Ausführungen über Naturheilkunde gelesen und Schwedenkräuter gebraut habe, mit denen man von stinkenden Füßen, pusteliger Akne, schlechtem Atem bis hin zu Krebsgeschwüren alles heilen kann. Ich hatte zum Glück keine schwere Krankheit, eigentlich gar keine Krankheit, als ich mir das Zeug gebraut und in großen Mengen getrunken habe und deswegen auch ziemlich Ärger mit meiner Mutter bekommen wegen des hohen Alkoholgehalts. Die Mönche in Benediktbeuern brauen schon jahrhundertelang vor sich hin. Wieso Bier und Glauben geschichtlich betrachtet gemeinsam auftreten, ist eines dieser kirchlichen Mysterien.

**11:05 Uhr, blogged via iPhone**

Brausen weiter. Es zieht langsam zu, wir machen lieber mal das Dach zu, weil es zu kühl wird und ich nur eine dünne Bluse anhabe. Wenn man aus Köln kommt, ist man in der Meinung aufgewachsen, Deutschland sei ein Land, wo die Städte niemals aufhören, weil eine Stadt allmählich in die nächste übergeht. Und wenn man aus München rausfährt und kein Schornstein weit und breit in Sicht ist, fragt man sich insgeheim, womit die Leute hier ihr Geld verdienen. Es können ja nicht alle Öko-Bauern sein, und Wildschweine und Pilze sind immer noch von Tschernobyl verstrahlt. Aber es ist faszinierend, dass Menschen ernsthaft am Wochenende Dirndl tragen und sich gar nichts dabei denken. Ich bin mal zu Karneval als Bayerin gegangen.

**11:30 Uhr**

Habe endlich meinen Vater zurückgerufen, um die Zeit im Auto sinnvoll zu nutzen.

»Hallo, Papa, ich wollte mich mal wieder melden.«

»Ah, Lena«, antwortete mein Vater nicht sonderlich erfreut.

»Störe ich?«

»Nein, nein, du störst natürlich nicht«, erwiderte er wenig überzeugend. Ich war mir die ganze Zeit bewusst, dass Björn zuhörte, und versuchte zu zeigen, dass ich eine charmante, fürsorgliche Tochter bin.

»Wie geht's dir denn?«

»Gut.«

Björn legte die Hand auf meinen Oberschenkel.

»Wie laufen die Physikkurse an der VHS?« Das war immerhin nett, dass er sein Hobby während der Pensionierung zu so einer Art Beruf gemacht hatte.

»Ja, schön.«

Solche Antworten sind für meinen Vater typisch. Da kommt nie viel. Deshalb machte ich mir noch keine Sorgen. »Hast du in letzter Zeit mal mit Mama geredet?«

»Ähh. Mmh. Ehrlich gesagt haben wir nicht gesprochen, wieso?« Seine Stimme klang ängstlich. Aber er musste aktiv werden, wenn er meine Mutter nicht für immer verlieren wollte.

»Sie ist mit Rosemarie nach Ghana. Völlig verrückt, oder?«

»Ach, wirklich? Ja, Ghana. Interessant.«

»Sag mal, Papa. Hast du mich richtig verstanden? Sie ist mit *Rosemarie* nach *Ghana geflogen*! Du hasst Rosemarie! Vielleicht kannst du sie anrufen und überreden, zurückzukommen, sie ist schon seit über zwei Wochen dort.«

»Also, wenn sie gern da hinfahren möchte, lass sie doch. Was hast du denn gegen Ghana?«

»Ich habe nichts gegen Ghana. Hast du keine Angst, dass du danach gar nicht mehr zurückkannst? Du kennst doch Rosemarie. Die ist froh über jede, die ihren Mann sitzen lässt. Und die Grillhähnchen von der Bude hängen dir doch schon zu den Ohren raus.« Ich wusste schließlich, dass Papa Mama nur theoretisch verlassen hatte, die viel größere Gefahr ging von einer unabhängigen Mutter aus.

»Äh, ja.«

»Papa? Hast du gehört, was ich gerade gesagt habe?« Ich hielt meine Hand vor das Mikrofon und beugte mich von Björn weg, damit ich lauter sprechen konnte.

»Ich dachte, du magst Grillhähnchen. Haben sie dir nicht geschmeckt?«

»Doch, aber Papa, bist du nicht einsam?« Ich war nicht in der Stimmung, ihm von meinem neuen vegetarischen Lebensstil zu erzählen.

»Du Lena, ich kann gerade nicht so gut, wir können ja morgen telefonieren.«

### 14:18 Uhr, blogged via iPhone

Live-Bericht vom Berg. Ich habe vier Blutblasen am Fuß, weil ich meine Sandalen angezogen hatte und so getan habe, als hätte ich Wanderschuhe in der Eile vergessen, um nicht zu unprofessionell zu wirken. Nachdem wir endlich den Aufstiegspunkt erreicht hatten, stapften wir los und ich gab fröhlich das Tempo vor. Ich hätte wirklich mal früher kommen sollen, es ist wunderschön hier, es sieht aus wie bei Heidi: Hohe Tannen oder Fichten oder Lärchen (was mit Nadeln) und Almen mit zarten Blüten in sonnengelb, himmelblau und weiß, von denen ich keine einzige benennen kann. Björn trägt einen ziemlich großen Rucksack mit beiden Schlafsäcken. Meiner ist von Büchern und Kosmetiktasche ebenfalls ziemlich schwer. Man hört nur die Vögel zwitschern, allerdings weht hier oben ein überraschend kühler Wind. Wir machen gerade eine Pause. Lege mich jetzt neben Björn, bin ganz schön kaputt. Außerdem ist es wärmer.

### 17:42 Uhr, blogged via iPhone

Wir sind gerade in Berghütte angekommen und klammern uns an eine warme Teetasse. Es ist so: Bergwandern wird anstrengender, umso weiter man wandert. Man darf anfangs nicht zu schnell loslaufen, wie ich jetzt weiß. Björn war die ganze Zeit gut gelaunt, deshalb konnte ich nicht noch deutlicher zeigen, dass ich schon nach der Mittagspause kaum aufstehen konnte. Immerhin sind am Schluss die blutigen Blasen geplatzt, sodass ich damit Mitleid auf Björns Gesicht zauberte. Björn schwärmte davon, wie wir im Sommer einen echten Wanderurlaub machen könnten, davon würde er schon seit Jahren träumen. Muss wirklich bald aufklären, dass meine Bergbegeisterung begrenzt ist, sonst bekomme ich Wanderschuhe zum Geburtstag statt Herzchen-Armband von Tiffany. Während ich hier tippe, liest Björn ein cleveres Buch von Ian McEwan über Solarenergie und lacht sich dabei schlapp. Musste ihm erklären, dass ich an meinem Blog schreibe. Von dem Blog weiß er natürlich, er versteht die Verpflichtung dem Publikum gegenüber, jederzeit zu berichten, allerdings nur so halb. Er meinte, konstante Online-Präsenz würde einen irre machen. Er hätte ein paar Freunde mit Burn-out-Syndrom, wie Depressionen ja neumodisch heißen. Werde mich deshalb kurzhalten, kann schließlich kaum noch die klammen Finger bewegen, die sich anfühlen wie kurz vor Eintritt der Totenstarre.

**23:19 Uhr, blogged via iPad**

Schreibe mit zittrigen Fingern im Licht des Kerzenstummels. Alle schlafen und wenn ich nur lauter atme, brüllt dieser bärtige Typ mit den stinkenden Füßen (ich rieche seine Füße, obwohl er am anderen Ende des Raums liegt) »Ruhe!«. Dies ist kein Fun-Trip, sondern hier sammeln sich Bergbesessene, denen es nicht um eine schöne Naturerfahrung geht, sondern ums Ankommen auf irgendeinem Gipfel. Ich verstehe das nicht. Was hat man davon, auf der Bergspitze anzukommen? Nichts.

Draußen kann man es keinesfalls aushalten, weil es eiskalt ist. Bin nur mittelmäßig gut gerüstet, aber Björn hatte noch einen zusätzlichen, warmen Pulli dabei. Habe auch schon ziemlich üblen Husten, muss aber Hustenanfälle im Schlafsack unterdrücken, weil sonst der Stinkfuß-Wanderer wieder »Ruhe!« schreit. Dachte eigentlich, die Schlafsäcke wären nur romantische Accessoires, aber die drei Einzelzimmer waren schon belegt. Wer konnte ahnen, wie viele Irre hier raufwollen! Wenn ich Janina erzähle, dass wir im Gemeinschaftsschlafraum übernachtet haben, glaubt mir wieder keiner, und alle denken, Björn ist schwul. Hätte von der Nacht im *Hotel de Rome* einen Film drehen sollen, wie das alle Hollywood-Stars machen und dann die Filme im Zimmer rumliegen lassen oder Exfreunden als Abschiedsgeschenk mitgeben, um sich dann zu wundern, wenn die Filme auf YouTube oder anderen Videokanälen auftauchen. Bin eine der wenigen Menschen ohne fest installierte Filmkamera im Schlafzimmer. Statt Sterne unter einem lauwarmen Sommerhimmel anzugucken, tummeln wir uns auf einem muffeligen Dachboden mit 20 anderen Wanderern. Ich habe mir völlig umsonst die Astro-Walk-App heruntergeladen und die Sternenbilder für den Sommerhimmel auf der nördlichen Hemisphäre gegoogelt und auf Indexkarten geschrieben, weil man sich die Konstellationen partout nicht merken kann: Pegasus, Andromeda, Herkules, Drache, Schwan, Kleiner Bär, Kassiopeia. Da soll mal jemand mit einem faden Großen Wagen gegenanstinken. Aber die Verbindung zwischen Namen und Sternenkonstellation ist nur mit sehr viel Fantasie nachzuvollziehen. Björns Vorstellungen gerecht zu werden, ist anstrengender als jeder Job.

Waren vorhin mit ungefähr der Hälfte der Bewohner des überfüllten Dachbodens in der Sauna. Bin grundsätzlich kein Fan von gemischten Saunen, auch wenn Charlotte immer behauptet, dass man sich rot und schwitzend ganz neutral kennenlernen kann, und dann weiß man später wenigstens, woran man ist. Charlotte reißt sich am Strand allerdings beim geringsten Anlass ihr Bikini-Oberteil herunter und spielt auch Strandball gern oben ohne. Aber wir leben ja nicht im Iran und die Männer hierzulande sind nach Tausenden RTL2-Serien abgestumpft. Millionen emanzipierter Frauen gehen ohne Probleme in gemischte Saunen. Mir fiel auf, dass ich mich als wirklich emanzipierte Frau diesem Gruppen-Nackt-Zwang gar nicht unterwerfen muss. Ich wickelte mir also eines der kratzenden, knapp bemessenden Badetücher um den Oberkörper und stieß schwungvoll die Glastür auf. Überall räkelten sich schweißperlenbedeckte Nackte auf Pritschen. In der Ecke erspähte ich Björn und huschte samt Handtuch in seine Nähe, wobei ich versuchte, ihn nicht zu genau zu mustern. Schließlich war ich seinen Anblick noch nicht gewohnt, war ja dunkel gewesen, als wir nichts mehr anhatten. Um mich herum saßen Nackte aller Altersklassen und Körperformen. Ich setzte mich hin und ignorierte die betont unbeteiligten Blicke der Männer, die aber nur darauf warteten, dass ich mein Handtuch ablegen würde. Pustekuchen! Langsam wurde mir heiß. Kleine Schweißperlen bildeten sich auf Armen und Beinen, beruhigt schloss ich die Augen. Irgendwann murmelte Björn »Bis gleich« und huschte an mir vorbei nach draußen.

Neun Minuten später war auch meine Zeit um. Vor der Sauna hatte man zur Abkühlung die Wahl zwischen einem kleinen Verschlag aus recyceltem Holz, in dem ein Wasserschlauch in einen Duschkopf steckte und einem Gebirgsbach. Der Bach war flach, sodass man sich tief hineinknien musste, um den ganzen Körper unter Wasser zu bringen. Ich streckte eine Zehe ins Wasser, die durch die Sauna rote statt blaue Farbe angenommen hatte. Aber nach einer Millisekunde war klar, dass weder die Zehe noch ich in diesen Gebirgsbach wollten, in dem die anderen herumsprangen, sodass jeder Teil, der nicht am Körper festgewachsen war, in alle Richtungen baumelte oder hüpfte, je nachdem. Ich schlich zum Holzverschlag. Ich dachte an das Marmorbad mit der Regenwalddusche im *Hotel de Rome* und die Unmengen flauschiger Handtücher, die es dort gab. Andererseits kam hier entkeimtes Regenwasser aus der Leitung und auf dem Dach der Hütte prangten Solarzellen. Man war quasi gezwungen, zum Umweltschützer zu werden, was theoretisch zu meinem neuen vegetarischen Lebenswandel passt, aber ich glaube, so weit bin ich noch nicht.

Das Abendessen bestand aus einer bayrischen Gröstl-Pfanne, bei der Fleischstücke verschiedenen Datums (die ich rauspuhlen musste), Bratkartoffeln und Gemüse mit einem Ei garniert in einer Pfanne serviert werden. In Köln nennt sich das Restepfanne, aber hier werden Gröstl von geschäftstüchtigen Sennerinnen in straff sitzenden Dirndln teuer verkauft. Neben dem Stinkfußindianer saß ein deutscher Schauspieler, der angeblich in Hollywood-Karriere macht, was mich naturgemäß immer hellhörig stimmt.

»Wie läuft das denn drüben. Wollen nicht alle Deutschen nach Hollywood?«

»Nee, da sind gar nicht so viele. Ist ein zu hartes Pflaster da. Und um meine Chancen zu verbessern, musste ich bei einem Sprachcoach akzentfrei Englisch sprechen lernen.«

»Ach, ich wusste gar nicht, dass man das überhaupt durch Übung hinkriegen kann.«

»Schon, aber es hat ein Vermögen gekostet.«

»Und was für Rollen hast du bisher so gespielt?«

»Mmh«, er zögerte, »in letzter Zeit hatte ich ein paar Nazi-Rollen.«

»Nazi-Rollen? Aber Nazis sprechen doch Deutsch oder zumindest mit einem deutschen Akzent?«

»Ja, dafür musste ich mir wieder einen deutschen Akzent antrainieren.« Er zuckte mit den Schultern.

»Hast du in Hollywood schon mal die Heidi Klum getroffen?«, fragte dann tatsächlich der Mann mit dem Fußgeruchsproblem derartig überraschend, dass ich fast das dunkelgrüne nicht weiter definierbare Gemüse aus der Gröstlpfanne über den Tisch gespuckt hätte.

»Heidi?«, lachte der Nazi-Schauspieler. »Ich dachte, in Deutschland sind alle genervt von ihr.«

Ich kam nicht dazu, energisch zu widersprechen. Der Typ mit dem Fußgeruchsproblem war schneller: »Also die Heidi war schon immer meine Traumfrau«, sagte er. »Schon damals, als sie bei ›Wetten, dass …?‹ aufgetreten ist, fand ich sie supersexy. Die hat einfach zu viel Erfolg gehabt. Deshalb ist sie arrogant geworden …« Er schüttelte sein lichtes Haar.

»Du kennst sie doch gar nicht«, wagte ich einzuwerfen und beherrschte mich, nicht mein geballtes Heidi-Klum-Wissen auszupacken, um sie zu verteidigen und Björn merken zu lassen, dass ich als treuer Heidi-Klum-Fan alle Germanys-Next-Topmodel-Staffeln gesehen hatte.

»Mensch, so was erkennt man doch. Aber ich sag dir eins, wenn die Heidi meine Frau wäre, dann wäre sie netter.«

Wie man mit solchen Füßen ein derartiges Selbstbewusstsein entwickeln kann, ist mir völlig unverständlich. Habe mal gehört, dass man mit Botox auch die Schweißdrüsen lähmen kann. Vielleicht könnte man ihm nachts heimlich eine Spritze in die Füße jagen. Dann kann er auch ohne Fußschmerzen High Heels tragen. Das wäre vielleicht auch eine Lösung für mein völlig durchgeschwitztes Hemd und die

Jimmy Choos. Aber wo soll man sich das Zeug eigentlich noch überall reinjagen?

Dann richteten wir unser Schlaflager ein. Der Dachboden bestand aus einem großen Raum, der vollständig mit einer dünnen Matratze belegt war, auf der man seinen Schlafsack ausbreiten konnte. Mit etwas Pech landete man dann allerdings in olfaktorischer Reichweite des Stinkfußindianders. Als Björn und ich begeistert feststellten, dass man die Reißverschlüsse von unseren Schlafsäcken zusammenschließen konnte, um einen Maxi-Schlafsack draus zu machen, was die vermurkste Einzelzimmer-Situation geringfügig verbesserte, sagte der Nazi-Schauspieler doch tatsächlich: »No masturbation and no fornication in the communal sleeping area.« Wahrscheinlich sprach er sogar ohne jeden Akzent.

Wir waren ohnehin vor Müdigkeit kaum noch in der Lage, uns zu bewegen, aber als wir uns ganz leise küssten und uns ein wenig an- und aufeinander kuschelten, rief der Stinkfußindiander doch tatsächlich in die Dunkelheit. »Habt ihr nicht gehört? Kein Geschlechtsverkehr im Gemeinschaftsschlafraum.«

Also ehrlich, was ist das den für ein Wort bitte! Da vergeht einem wirklich jede Lust.

Björn lachte in den Schlafsack und rief zurück. »Bei den Verhaltensregeln stand auch, dass Fußhygiene obligatorisch ist.«

»Schnauze«, rief dann jemand anderes aus der Dunkelheit.

Björn ließ sich vom Stinkfußindianer nicht weiter stören, aber es war unmöglich, raschelfrei und mit angehaltenem Atem weiterzukuscheln, sodass ich Björns Hand irgendwann auf einen unverfänglichen Platz schob.

»Die machen mich alle verrückt«, flüsterte ich ihm zu.

Daraufhin küsste er mich noch eine Weile weiter, klopfte

und streichelte einige Minuten an meinem Arm herum und schlief ein. Schlief ein!

Ich glaube, ich hätte den ganzen Tag einen Sack voll Pflastersteine mit mir rumgetragen können und wäre trotzdem nicht so müde, nach einem einmaligen Zurückschieben der Hände aufzugeben und dann einfach einzuschlafen. Er hätte mich doch anderweitig überzeugen müssen! Ich bin viel zu aufgeregt, im gleichen Schlafsack mit ihm zusammengeschlossen zu sein, deshalb schreibe ich euch noch, während Björn schläft, als würde er neben dem Stinkfußindianer schlafen statt neben seiner auf Idealmaße runterdiäteten Traumfrau, die trotz der Kälte ein dünnes, halbdurchsichtiges T-Shirt und sexy Shorts trägt. Weiß gar nicht, warum ich nicht eine große Kerze mitgenommen habe, aber ich hatte gedacht, ein Kerzenstummel sei romantischer. Konnte nicht damit rechnen, dass dieser als einzige Lichtquelle tatsächlich benötigt wird. Jetzt muss ich die ganze Nacht an die Holzdecke, statt zu den Sternen starren. Vielleicht versuche ich, Björn gleich noch mal unauffällig wachzurütteln. Langweilig. Puuh, bin aber doch recht müde.

## 12. September, 16:03 Uhr, blogged via iPhone

Machen kurz Pause und ich hätte nicht nur Diät-Müsliriegel einpacken dürfen. Hier braucht man jede Kalorie, um überhaupt durchzukommen. Bin gestern erstaunlicherweise doch eingeschlafen und erst aufgewacht, als Björn mich wachgestreichelt hat und die meisten schon los waren. Ich fürchte, er hat gesehen, wie ich mit offenem Mund und Sabber im Mundwinkel im Tiefschlaf aussehe.

Wir sind erst spät losgelaufen, weil wir uns zuerst auf der Alm gemütlich ausgeruht haben. Plötzlich schien nämlich die Sonne und wir legten uns auf die Wiese, bis die Wirtin uns zwischen den Büschen vor der Hütte erspähte.

»Ja mei, was macht ihr beiden Turteltäubchen denn noch hier bitt' schön?«

»Wir genießen die Sonne«, sagte ich. Wir lagen eingemummelt in einer Decke auf der Alm und lasen. Also, Ian McEwan ist wirklich ein großartiger Schriftsteller, sollte ich viel häufiger lesen als den Quatsch, den ich mir sonst reinziehe.

»Wollt ihr denn noch hoch ihr beiden?«

»Ja, natürlich«, entgegnete ich nicht ohne Bergsteiger-Stolz.

»Na dann aber dalli, dalli, sonst wird das zu spät und das Wetter«, sie stützte ihre Hände in die zusammengeschnürte Taille und blickte mit kritischem Blick nach oben, »dem da oben trau ich nicht. Da macht man lieber, dass ihr auf die Schuhe kommt.«

Also rappelten wir uns auf und marschierten los. Diesmal immerhin in meinen Chucks, die etwas besser als die Sandalen geeignet waren. Erst war es wieder unglaublich. Ich dachte ehrlich gesagt, für so eine Landschaft muss ich nach Nepal oder Afrika fliegen und nicht eine Stunde mit dem Auto fahren. Alles war voller Fichten und Latschenkiefern (ich habe die Bilder auf Google verglichen), ohne Hilfe kann ich nur eine Birke zweifelsfrei identifizieren. Man müsste bei Google Bilder hochladen können, um dann den richtigen Pflanzennamen zu erhalten, wie man das bei der Gesichtserkennungs-Software von Apple machen kann (wobei die noch nicht ausgereift ist und derzeit meinen Vater mit Caro verwechselt). Dann haben wir Enzian gesehen, den ich wegen Heinos Lied ›Blau blüht der Enzian‹ identifizieren konnte. Apropos, habe ihn gerade gegoogelt. Das Verrückte an Heino ist, dass ich ihn schon mein Leben lang als uralten Kerl wahrgenommen habe, dabei war der gar nicht sooo alt, als ich in der Grundschule war.

**19:02 Uhr, blogged via iPhone**

Es hat zu schneien begonnen. Im September. Björn und ich sitzen zusammengehuddelt auf einem Baumstamm und ich versuche eine positive Einstellung zu bewahren. Bin fast zu schwach, um so zu tun, als würde mir das gefallen und als würde ich gern mal auf den Machu Picchu wandern. Bin besser für Erholungsurlaube geeignet. Ich trete das Erbe einer Marathonläuferin an, da muss man alle Reserven aktivieren. Haben uns sehr schön und tiefsinnig unterhalten. Dann haben wir uns Worte überlegt, die wir früher häufig benutzt haben, aber in den letzten Jahren gar nicht. Muss Schluss machen, Björn zeigt mir einen Vogel, weil ich in mein iPhone tippe. Hier noch die Favoritenliste: Bunsenbrenner, A-Raum (so hieß der Aufenthaltsraum an der Schule), Glaspalast (eine Disco in Dinslaken), saurer Regen, Information Superhighway, affentittengeil, Pimmelmann, Petting.

**19:49 Uhr, blogged via iPhone**

Es geht nur noch ums Ankommen. Ich kann nicht mehr.

## 13. September, 9:28 Uhr

Die Bergtour wäre um ein Haar dramatisch geendet. Björn ist zwar sportlich, aber ja keineswegs bergerfahrener als ich, der ich die Führungsrolle innehatte. Wir kamen völlig erschöpft und ausgekühlt und viel zu spät auf dem Gipfel an. Dabei hatten wir allerdings vergessen, dass wir wieder nach unten müssen, und vor allem, dass in den Bergen nach Sonnenuntergang keine Straßenbeleuchtung angeknipst wird. Es bleibt einfach dunkel und zwar dunkel wie in ›keine Hand vor Augen erkennen‹. Der Mond war jämmerlich klein und am Anfang nahm ich das noch positiv auf, weil ich mit dem gelernten Sternenwissen aufwarten konnte. Kurz später zogen Wolken auf und es war so dunkel, dass man weder die eigene Hand erkennen konnte noch den Weg oder die Äste, die einem ins Gesicht schlugen – krasse Schluchten und Wegweiser erst recht nicht. Endlich machten wir völlig durchgefroren und mit zitternden Beinen an einer Kreuzung schemenhaft ein Schild aus. Es war ein Meter über unseren Köpfen angebracht und somit war es völlig hoffnungslos, die Schrift darauf zu erkennen. In diesem Moment klingelte mein Handy.

»Lena, geht's dir gut?«, sagte mein Vater fröhlich.

Björn sah mich mit genervtem Gesichtsausdruck an, aber ich konnte Papa schlecht abwürgen.

»Hast du jetzt mal mit Mama gesprochen?«

»Nein, nicht so direkt«, sagte er. »Und du?«

»Ihr geht's wohl ganz gut, aber ich glaube, du solltest mal anrufen.«

»Aha«, sagte mein Vater erleichtert.

»Papa, du musst dir keine Sorgen um Mama machen. Sie hat das alles ziemlich gut verkraftet. Ich mache mir eher Sorgen um dich.« Ich nuschelte leise, damit Björn nicht alles von den grausigen Verhältnissen bei mir zu Hause mitbekam.

»Äh, das musst du nicht.«

»Sollen wir später telefonieren, ist gerade ein bisschen doof.« Björn machte ein Time-out Zeichen, das ich fast nicht erkennen konnte. Er fror inzwischen ebenfalls erbärmlich, weil ich ja die Hälfte seiner Kleidung trug.

»Wie läuft's denn?«, frage Papa ungewöhnlich redselig.

»Ich bin gerade auf einem Ausflug«, sagte ich. Ich hielt das Telefon mit den Fingern fest umklammert. Es gab etwas Wärme ab. »Also, wenn es nichts Wichtiges ist …«

»Nein, ist nichts Schlimmes.«

»Du hast doch was?«

»Ja, also«, druckste er, »ich würde gern, dass du jemanden triffst.«

»Jemanden treffen? Wen denn?«

»Ling-Ling.«

»Ling-Ling?«

»Ling-Ling.«

»Was ist das denn, Ling-Ling?«

»Sie ist Pianistin. Sie ist etwas jünger als ich. Wir verstehen uns sehr gut. Sie ist aus China und lernt jetzt Deutsch.«

»Ling-Ling?«

»Ja.«

»Und woher kennst du sie?«

»Aus meinem Kurs. Ihr ist viel daran gelegen, meine Familie kennenzulernen. Sie ist sehr familieninteressiert und kinderlieb.«

»Papa, ich bin gerade in den Bergen und habe mich verlaufen«, sagte ich leise mit zitternder Stimme. Eine kinderliebe, chinesische, jüngere Freundin klang katastrophal. Das erklärte vielleicht auch, warum mein Vater in letzter

Zeit Geld brauchte. ›Familieninteressiert‹ – vielleicht würde es bald noch eine chinesische Stiefmutter in der Wohnung meines Vaters geben, wenn Ling-Ling ungern ohne Familie bleibt?

»Ach so! Mein Kind, kann ich dir helfen?«

»Nein. Ich muss jetzt auflegen.«

»Sicher? Findest du den Weg?«

Ich legte auf. Ich hatte keine Kraft mehr für dieses Telefonat.

»Was ist denn passiert?«, fragte Björn, dem meine Veränderung nicht entgangen war, ehrlich besorgt. »Was ist Ling-Ling?«

»Ach, mein Vater.« Ich winkte ab, war unfähig, eine vernünftige Erklärung für Björn zu finden.

»Willst du's nicht erzählen?«

Ich blickte ihn an. Beziehungsweise, ich blickte in die Richtung, wo ich sein Gesicht vermutete. »Das musst du gerade sagen. Du erzählst doch nie was. Weder von deinen Eltern noch von deinem Job.«

Björn schwieg.

»Ist doch wahr. Wieso soll ich was erzählen, wenn du immer so ein Geheimnis aus allem machst«, fuhr ich ihn an. Die Kälte, meine Eltern, Björn, die Anstrengung, ich konnte nicht mehr. »Meinst du, ich merke nicht, wie du immer alles abwiegelst und deine Freunde abwürgst, sobald die drohen, etwas preiszugeben? Die ›Schatten der Überväter‹. Da hättest du Josh fast gegen das Schienenbein getreten. Vertraust du mir denn gar nicht? Ich muss mir immer den Kopf zerbrechen, was du denkst, das macht mich verrückt. Man kann doch nicht über alles, was schwierig ist, schweigen. Das ist doch nicht fair den anderen gegenüber.« In der Kälte und mit dem Hunger, den ich inzwischen entwickelt hatte, hatte ich keine Nerven mehr für diese Spielchen. Ich konnte sein Gesicht nur konturenhaft erkennen. »Du erzählst so wenig von dir«, fügte ich etwas ruhiger hinzu. Er stand ganz still.

»Mmh. Wahrscheinlich hast du recht«, sagte er leise. Dann schwieg er einen Moment, aber trotzdem lag in der Luft, dass noch etwas kommen würde. »Aber es ist noch alles schwierig mit Françoise«, sagte er. Das hatte ich natürlich nicht hören wollen. »Und im Moment ist es ziemlich stressig im Job.« Er zögerte wieder. »Und mit meinem Vater auch.« Er trat von einem Bein auf das andere und fuhr sich mit der Hand durchs Gesicht. Es war auch im Dunklen deutlich, dass er lieber geschwiegen hätte. »Dem Übervater«, fügte er dann hinzu. Björn sagte das mit einem kleinen Lächeln, das man nur hören, nicht sehen konnte. »Ich arbeite für ihn. Im Moment strukturieren wir *Grace* um. Das Magazin, bei dem deine Freundin arbeitet. Mein Vater hat es gekauft.«

»Aber das hat doch Rowe Investment gekauft.« Ich verstand nicht. Das ergab alles gar keinen Sinn. Wenigstens hatte ich für einen Moment die Kälte vergessen.

»Genau.«

»Bernard Rowe ist dein Vater? Aber du heißt doch Müller und ...«

»Bernard Rowe ist dein Vater?«, sagte Björn und imitierte dabei meine überraschte, helle Tonlage. »Das fragt jeder, verstehst du? Ich heiße Müller-Rowe. Aber wenn du so einen Vater hast, sieht dich jeder nur als Rowe-Sohn. Da habe ich keinen Bock drauf. Da bin ich lieber Björn Müller.« Er hörte sich verbittert an. »Aber das wird dir dann als falsche Eitelkeit ausgelegt. Wenn's rauskommt, sieht mich jeder nur noch im Lichtkegel meines Vaters. Gleichzeitig versteht keiner wirklich, warum mich das stört. Jeder denkt, das ist eine Attitüde, reicher-Sohnemann-Gehabe. Aber, was soll ich sagen …« So viele Sätze über sich selbst hatte er noch nie gesagt. Und gleichzeitig war ich dankbar, dass es dunkel war. Mein Kopf rauschte, als mir aufging, was er gerade gesagt hatte. Mein Hals klebte zusammen und ich brachte für den Moment kein Wort heraus.

»Was ist?« Björn musste meine Verwirrung gespürt haben. Interessant, wie viel man aus der Stimme und der Atmung des anderen heraushören kann, ohne ihn zu sehen. Natürlich, jetzt glaubte er, dass ich auch starstruck war.

»Nichts«, sagte ich. »Also ich meine. *Du* leitest die Umgestaltung von *Grace*?«

»Mhhh«, kam es aus dem Dunkeln.

»Deswegen bist du nach München gekommen?«

»Ist gerade mein Hauptprojekt, an dem ich mich bewähren darf. Und zum Glück sind die Zahlen schon besser geworden. Das Blatt war ein Grab. Nächste Woche ist auch der optische Relaunch. Ich glaube, es wird funktionieren. Aber wir können da gern weiter drüber reden, wenn wir wieder zu Hause im Warmen sind und uns gegenseitig sehen.« Seine Stimme war kalt, noch kälter als der Abend.

»Einen Moment noch. Darf ich dir dazu meine ehrlich Meinung sagen?«, fragte ich ins Dunkel.

»Ja, natürlich. Wenn du nicht warten kannst. Ist ja gemütlich hier draußen.« Er war ungehalten, wahrscheinlich ärgerte er sich, schon alles erzählt zu haben. Er war bestimmt gewohnt, dass alle ihm sofort Tipps gaben, sobald sie hörten, was er machte. Aber es musste sein, schließlich war ich persönlich involviert.

»Du machst einen Fehler mit der neuen *Grace*. Die Artikel sind gehässig und niveaulos. *Grace* war noch nie tiefsinnig, aber immerhin haben alle mit den Stars mitgefühlt, sich für sie gefreut und mit ihnen gelitten. Jetzt sollen sich die

Leser vor allem an Fehlschlägen und peinlichen Auftritten aufgeilen. Es geht doch nur darum, jede Woche irgendwelche Menschen bloßzustellen.«

»Das nimmt doch keine Sau Ernst. Es geht nur darum, zu unterhalten. Und *lieb* ist nicht immer unterhaltsam.« Er hatte einen abwehrenden, leicht genervten Tonfall. Mir schnitt die Kälte seiner Stimme fast in die Haut. So weit entfernt war er plötzlich. Aber genau deshalb konnte ich nicht aufhören weiterzureden, gegen ihn anzureden, als könnte ich dadurch die frostige Atmosphäre wieder aufheizen. »Das ist doch keine Unterhaltung. Ich meine, glaubst du, es hat irgendeinen Wert, so ein Magazin zu machen oder am Leben zu erhalten? Das Kennzeichen eines Magazins, das jede Glaubwürdigkeit verloren hat, ist doch, wenn es beginnt, Horoskope von einem indischen Astrologie-Guru abzudrucken. Wer soll so einen Schmarren eigentlich glauben?« Das war natürlich ein Eigentor, aber es war das Erste, was mir einfiel.

»Weißt du, es gibt Dinge, die tut man, um seine Ideale zu verwirklichen. Und es gibt Dinge, die man macht, um Geld zu verdienen. Solange niemand Schaden nimmt …«

»Das glaubst du doch selbst nicht. Menschen tun Dinge für Kohle, obwohl sie wissen, dass sie die nicht tun sollten. Aber genau das macht alles kaputt.« Das stimmte. Ich hatte das Gefühl, gleichzeitig an mich selbst zu appellieren. Ich würde etwas ändern, falls ich jemals wieder mein warmes Bett wiedersah.

»So, und was soll ich deiner Meinung nach tun, das Ding gegen die Wand fahren? Alle entlassen? Es geht doch erst mal darum, weiterzumachen.«

»Sagst du das jetzt, um dich zu rechtfertigen, oder geht es dir wirklich darum?«

Wir standen einen Moment voreinander und blickten uns an. Beziehungsweise starrten in die Richtung des anderen, obwohl nichts zu erkennen war. Kein Mond, keine Stern. Es war so schwarz, als wären wir in einem Schrank eingesperrt. Björn griff nach meiner Hand.

»Jetzt sollten wir erst einmal versuchen, den Weg nach Hause zu finden.«

»Natürlich.«

Ich blickte in die Richtung, wo der Wegweiser sein musste, den man mit viel Fantasie ausmachen konnte. Vielleicht konnte man ja mit den Fingern über die eingeritzte Schrift streichen, schließlich konnten Blinde aus ein paar Punkten und Strichen ganze Wörter erfühlen. »Ich glaube, wir müssen da hoch«, stellte ich fest.

»Räuberleiter?«, fragte Björn. Er schob mich in Position, wir konnten uns nur noch tastend vorwärts bewegen. Das Wort hätte auch auf unsere Liste gehört, aber uns war nicht mehr nach Lachen zumute. Unsere Hände waren steif vor Kälte und unsere schweren, gummiartigen Beine wankten auf der Stelle. Ich drückte mich also auf Björns Handflächen nach oben und befummelte das Schild mit meinen eisigen Fingern, bis Björns Hände anfingen, unter meinem Gewicht zu zittern. Als Blinder wäre ich aufgeschmissen. Meine Fingerkuppen sind völlig unsensibel und ich ertastete nichts, außer dass das Wort lang war. Dann hatten wir die rettende Idee, meine iPad-Beleuchtung! Leider war die von meinen langen Eintragungen (für Euch) und der Kälte leer, sodass sich nichts rührte. Doch mein iPhone vermeldete noch einen winzigen Balken (Björn hatte kein Handy dabei!) und wir entschlossen uns, die Energie nicht für einen Notruf zu verwenden, sondern für die Entzifferung des Schildes, und tatsächlich konnten wir genug erkennen, um nicht in die falsche Richtung loszulaufen, was wir vorher mindestens dreimal beinahe gemacht hätten. Wären wir falsch gelaufen, wären wir erfroren. Mitten in Deutschland. Das wäre eine krasse Bild-Schlagzeile geworden. Gegen elf erreichten wir den Parkplatz. Inzwischen wurde ich von einem heftigen Hustenanfall geschüttelt. Björn nieste sporadisch und sprach mit heiserer Stimme.

»Aber am Anfang war es schön«, rief ich über das Gebläse der Heizung, die wir auf höchste Stufe gestellt hatten, als wir endlich auf der Autobahn vor München waren.

»Ich finde es ja gut, dass du positiv denkst«, sagte Björn und tippte auf meinen Kopf. Er zögerte. »Aber das war bescheuert. Die Berge werden bei Wetterwechsel genauso schnell lebensgefährlich wie das Meer. Ich hatte gedacht, dass du dich besser auskennst, wenn ich ehrlich sein soll.« Er strich sich die Haare aus der Stirn.

Ich fühlte mich wie nach einem Tadel in der Schule. »Ich bin sonst immer tagsüber gewandert«, antwortete ich und sah nach draußen in die Dunkelheit. Ich wollte nicht ermahnt werden wie ein Schulmädchen.

Dann fuhren wir zu ihm und übernachteten dort. Zum ersten Mal. Ich versuchte nicht daran zu denken, was die Französin in dieser Wohnung schon alles gemacht hatte. Ich versuchte auch nicht, ihr fruchtiges Miss-Dior-Cherie-Aroma zu erschnüffeln. Konnte ich mich in dieser Wohnung überhaupt entspannen? Wir küssten uns und umarmten uns, aber bevor ich zu Ende analysieren konnte, wie ich mich fühlte, merkte ich, dass wir uns zwar aneinander kuschelten, sodass uns wärmer wurde, und Björn mir mit den Fingerspitzen über die Arme und den Rücken strich, er jedoch keine Anstalten machte, mich davon zu überzeugen, mit ihm zu schlafen. Und diesmal lag neben uns kein Besserwisser mit Füßen, die nach Camembert rochen. Obwohl ich mich ebenfalls kaum noch rühren konnte, war ich enttäuscht. Sind Männer nicht so gepolt, dass sie immer wollen, egal wie müde sie sind? Muss er nicht, wie eine Eintagsfliege kurz vorm Kollaps die letzten Energiereserven aufbringen, weil er von Verlangen nach mir überwältigt wird? Vielleicht habe ich zu viele amerikanische Filme gesehen.

»Alles in Ordnung?«, fragte ich.

»Mmmh«, murmelte er. Aber er war nicht schläfrig, sondern nachdenklich.

Ich überlegte, worüber er nachdachte, alle möglichen Bilder zogen an mir vorbei, aber bevor ich noch mal nachfragen konnte, war ich wohl selbst eingeschlafen. Als ich aufwachte, war Björn angezogen und geduscht und beugte sich über mich. Er küsste mich auf die Haare, auf die Wangen und legte die Decke fest um mich. »Bis bald«, sagte er. Er ist schon um sechs Uhr zum Flughafen gefahren, weil er nach Paris musste. Nein, nein, er hat Kunden in Paris. Ich bin sofort wieder eingeschlafen, oder war auch gar nicht richtig wach, es kommt mir vor wie ein Traum. Ich hätte mich nicht bewegen können. Ich schreibe mit seinem Zweit-Laptop. Habe wahrscheinlich Lungenentzündung und kann mich noch nicht einmal ins Büro schleppen, um die Horoskope abzuliefern und meinen Scheck abzuholen. Habe vorhin Cordula angerufen, die ziemlich sauer war und mit Sicherheit dachte, ich hätte am Wochenende nur zu viel gesoffen. Dabei bin ich krank, weil ich versucht habe, mit nackten Füßen in Sandälchen die Gipfel der deutschen Alpen zu bezwingen.

## 10:38 Uhr

Will mein Lager bei Björn noch nicht räumen. Auch wenn die Wohnung wenig über ihn aussagt, wie das bei möblierten Wohnungen der Fall ist. Sie gehört wohl einer reichen Münchner BWL-Studentin, die auf den Malediven oder sonst wo ist, wie nur Münchner Studenten das bringen. Immerhin ist die Schminke von Françoise aus dem Bad restlos verschwunden. Habe mir bei der Apotheke alles geholt, was es rezeptfrei gegen sich anbahnende Lungenentzündung gibt und währenddessen ein Buch zwischen die Wohnungstür gesteckt, um wieder zurückkommen zu können. Muss morgen unbedingt Horoskope bei Cordula abgeben. Hätte nichts dagegen, wenn Lungenentzündung ansteckend ist. Werde ihr endgültig sagen, dass ich das alles nicht mehr mitmachen werde. Ich will keine Leser mehr verarschen. Habe mich mit meiner Rede an Björn selbst überzeugt. Muss unbedingt passenden Moment finden, um ihm zu gestehen, dass ich gelegentlich auch für *Grace* geschrieben habe, damit das nicht komisch wirkt, falls er das zufällig herausfindet. Schließlich steht in ein paar alten Heften mein Name drin.

## 10:42 Uhr

Es gibt ansteckende und nichtansteckende Formen der Lungenentzündung. Werde morgen vorsorglich auf alles husten, was mit Cordula in Berührung kommt, damit sie merkt, dass ich keine Schauspielnummer abgezogen habe. Habe gerade Björn Rowe-Müller gegoogelt und ungefähr Tausend Seiten über Björn gefunden, die ich jetzt durcharbeiten werde. Er hat sogar mal für die Jugendnationalmannschaft Hockey gespielt, ganz feines norddeutsches Material. Die Mutter sieht genauso aus, wie ich sie mir vorgestellt habe, nur in Brünett mit nach außen geföhnten Haaren. Und ihre Tasche auf einem Bild war de facto von Bottega Veneta. Besitze geradezu hellseherische Menschenkenntnis. Habe allerdings auch beunruhigende Vorahnung, dass verwirrte Halb-Blondine ohne Karriere mit am Hinterkopf zusammengekruschelten Haaren nicht ihrer Wunschvorstellung von Schwiegertochter entspricht.

**10:55 Uhr**

Björn hat mir eine liebe E-Mail geschrieben, trotz der Bergkatastrophe. Er freut sich im Sommer aufs Segeln. Er überlegt, was er bei der Arbeit ändern könnte. Björn hat sich in jemanden verliebt, der ziemlich anders ist als ich. Ich kann noch nicht mal Charlotte anrufen, weil die mir Björn nicht gönnt. Habe im Bad ein schwarzes Haar gefunden, das von Björn sein könnte. Ist aber etwas zu lang für Björn. Die BWL-Studentin, der die Wohnung gehört, ist den Fotos nach zu urteilen nach hellblond.

**11:30 Uhr**

Françoise hat mir auf Facebook eine Nachricht gesendet! Oh mein Gott.

**14:02 Uhr**

Dies ist Françoise' E-Mail, original, abgesehen von ein paar Ausdrücken, die ich als Vollblutjournalistin einfach entfernen musste, damit man alles versteht. Ich hätte sie nicht lesen sollen.

Hallo Lena,

diese E-Mail schreiben ist schwer für einen Mensch wie ich. Wir haben uns kennengelernt auf dem Geburtstag von Björn, aber da wusste ich noch nicht, was für ein Mensch du bist. Ich fand dich sehr lieb und hätte nie damit gedacht im Leben, dass du der Grund für Björns Veränderung sein könntest. Er war plötzlich im Kopf so weit weg und immer nur gedacht an andere Dinge. Ich dachte, es wäre alles nur wegen dem Einstieg in die Firma von Bernard und es war so schwierig, so weit voneinander entfernt zu schlafen. Björn und ich haben uns bei einem Marketing-Seminar in Paris kennengelernt und es war Liebe auf den ersten Blick. Wir sind seit vier Jahren glücklich und wohnen in Hamburg zusammen, wenn ich dort bin. Aber weil ich gemerkt habe, wie schwer Distanz ist für ihn, habe ich ein Projekt in München angenommen als Geburtstagsüberraschung und ein Schritt herunter für meine Karriere. Ich dachte, er freut sich riesig! Obwohl wir schon so lange darüber geredet haben, auch über Kinder und Familie (unsere Eltern verstehen sich gut) hat er sich über die Überraschung nicht gefreut. Im Gegenteil, als ich es ihm am Tag nach der Party gesagt habe, wurde er noch distanzierter. Nach ein paar Tagen sagte er endlich die Wahrheit. Oder nein, nicht mit die Wahrheit, er sagte, wir hätten uns auseinandergelebt und er wäre sich nicht mehr sicher und wir müssten uns vorerst trennen. Er hat gesagt, dass es keine andere Frau gibt. Lena, wir haben schon über Kinder gesprochen. Wir haben uns gegenseitig versprochen, falls du dir vorstellen kannst, was das bedeutet. Björn ist ein großartiger toller Mann und ich weiß, die anderen Frauen sind auch nicht blind wie dummer Idiot. Aber uns verbindet viel, wir haben gemeinsam Unfalltod von Björns besten Freund durchgestanden, meinem Exfreund. Mehr will ich dazu nicht sagen. Ich wusste, dass irgendetwas nicht stimmt, aber er sagt, dass das nichts mit dir zu tun hat. Natürlich will er mich nicht wehtun (oder er schämt sich wegen dir). Frauen bringen Männer immer auf die Idee, nur merken die nicht. Mädchen lieben Björn und tun viel, um ihm zu gefallen, nur meistens funktioniert das nicht. Aber glaubst du wirklich, du bist die Richtige? Bist du sicher, dass du zerstören willst, was sich so bewährt hat, was so viele schwierige Zeiten durchgestanden hat? Glaubst du, du kannst die Verantwortung dafür übernehmen, dass Sachen kaputtgehen? Ich will, dass Björn glücklich ist. Und Lena, dies ist ein Geheimnis zwischen dir und mir. Ich trage in meinem Bauch unter der Brust das Kind von Björn und es wächst jeden Tag. Björn wird nie glücklich, wenn er das weiß. Aber ich will ihm jetzt nicht sagen, sondern er soll Fehler selber merken. Aber du willst ein Kind machen ohne Vater? Seit der Trennung bin ich völlig zerbrochen in Tausend Scherben am Boden. Ich kann nicht mehr arbeiten, nicht mehr Essen. Ich weiß, ich sollte dir nicht schreiben, aber ich habe gesehen, dass du Björn E-Mails schreibst und dann war es einfach, was los war. Wenn Björn glücklicher mit dir ist als mit Mutter von kleinem Baby, dann ist richtig so. Aber ich werde warten. Ich weiß, dass es heute allen nur um kurze Abenteuer geht. Ich weiß nicht, was er hat im Kopf gerade. Mir geht es um das ganze Leben. Ich hoffe, du weißt, was du tust. Ich hoffe

Björn und ich können heute Abend alles klären und dann würde ich bitten dich, uns wieder in Ruhe zu lassen.

Françoise

**16:02 Uhr**

Sitze immer noch in Björns Wohnung und fühle mich wie früher, wenn ich fünf Minuten lang in der Hocke gehechelt habe und danach schnell aufgestanden bin, um zu testen, wie sich eine Ohnmacht anfühlt. Man sieht viele bunte Sternchen und alles Blut im Kopf verdichtet sich zu einem Strudel, der ununterbrochen Kreise zieht. Die Trennung von Françoise war doch weniger harmonisch verlaufen. Heute Abend treffen sie sich wieder, Björn, Françoise und der heimliche dritte Gast unter Françoise' Busen. Warum musste sie ihre Brust erwähnen? Ich kann nicht glauben, dass das stimmt, was ich gerade gelesen habe. Und Björn weiß es noch nicht. Ich habe vorher von Björns Laptop geschrieben (er besitzt zwei, die er synchronisiert), und musste die ganze Zeit daran denken, was in diesem Laptop alles vergraben ist. Der Gedanke pochte unentwegt in meinem Hinterkopf. Und dann kam diese Nachricht von Françoise, die offenbar ebenfalls Björns Laptop untersucht hatte. Björn wurde genauer überwacht als jeder al-Qaida-Verdächtige. Da musste ich zumindest kontrollieren, was sie denn anhand des Computers überhaupt über mich herausgefunden hatte. Doch dann verfiel ich in einen ungezügelten Rausch, so wie früher, wenn ich versucht habe, drei Kilo in zwei Tagen abzunehmen (Heilfasten) und dann um Mitternacht mit stierem Blick in der Küche stand und mir ein Weißbrottoast mit Nutella nach dem anderen in den Mund schaufelte und unzerkaut herunterschluckte. In Björns Computer ist nichts vergraben, denn Björn ist der ordentlichste Mensch, den ich kenne. Nach Datum sortiert konnte ich alle Urlaube, Wochenendausflüge und Partys der letzten drei Jahre anschauen. Françoise ohne Make-up, Françoise mit Make-up, Françoise strahlend, verklärt, verliebt, angetrunken. Françoise im Abendkleid mit Björns Eltern oder in Shorts und Bikini auf Rügen. Françoise hat ungefähr das netteste Lachen, das ich je bei einem Menschen gesehen habe. Mit wenigen Klicks waren ihre E-Mails herausgefiltert. Sie nennt ihn ›mon trésor‹ und er nennt sie ›ma fleur‹. Françoise erzählt immer viel von ihre Familie, ihrem Bruder, der ein fantastischer Fußballspieler zu sein scheint und ihrem Onkel. Sie liebt Hunde und hätte gern einen Dalmatiner. Sie haben sich liebevolle E-Mails geschrieben und am Schluss Françoise so traurige, dass ich mitheulen musste. Es ist unmöglich zu schaffen, dass Björn nicht bereut, sich von ihr getrennt zu haben, vor allem jetzt. Ein Baby, das war einfach unglaublich. Gegen ein Baby komme ich nicht an, das ist ein Argument. Wieso habe ich bei Karsten eigentlich nie spioniert? Bei Karsten war ich mir seiner sicher, obwohl das im Nachhinein völliger Blödsinn ist. Aber vielleicht war es mir bei Karsten letztlich egal. Das ist der Unterschied.

**22:02 Uhr**

Bin zu Hause. Björn hat mir eine SMS geschrieben, dass er an mich denkt. Er weiß natürlich nicht, dass ich weiß, dass er gerade bei Françoise ist. Es ist unmöglich, mehr aus dieser SMS herauszulesen. In welcher Art und Weise denkt er an mich. In meiner Verzweiflung war ich noch einmal auf Björns Facebook-Konto, jetzt ist es schließlich auch egal. Spionieren ist wie eine Droge und die Abhängigkeit wird schlimmer, umso mehr Exzesse man hinter sich gebracht hat. Bei Björns Facebook-Nachrichten gab es jedenfalls auch Nachrichten von Françoise, alles wieder voll von ›mon trésor‹ und ›ma petite fleur‹ und Sehnsucht. Wenn sie wenigstens Französisch schreiben würde, dann könnte ich nicht alles verstehen. Aber von Schwangerschaft war da nirgendwo die Rede. Bin ich wirklich die Einzige, die Bescheid weiß? Und Charlotte will ich nicht einweihen, die würde sich bestätigt fühlen.

Aber dann spielte die Maus plötzlich verrückt. Ich habe überhaupt nicht kapiert, was los war, bis ich gemerkt habe, dass Björn gleichzeitig mit mir auf seiner Facebook-Seite war! Als er gerade anrief, konnte ich kaum sprechen. Aber er dachte nur, dass ich ganz schlimm erkältet sei. Ich konnte gar nichts sagen. Halt nein, eine Sache habe ich doch gesagt. Ich habe ihn gefragt, ob er gemerkt habe, dass es heute ein Problem bei Facebook gab. Das sei schräg gewesen, auf der Seite sei etwas ganz anderes passiert, als man gerade selbst gemacht habe. Er meinte nur, dass er nichts gemerkt habe. Ich bin nicht weiter drauf eingegangen, sondern habe einen Hustenanfall bekommen. Dann haben wir uns verabschiedet. Er kommt erst in zwei Tagen! Wenn mein Herz weiterhin in dem Tempo pocht, überlebe ich das ohnehin nicht.

## 14. September, 15:32 Uhr

Björn immer noch in Paris. Was macht er da nur? Warum treffen sie sich ausgerechnet dort? In der Stadt der Liebe, ich darf gar nicht weiter darüber nachdenken. Er meldet sich nicht, vielleicht überlegen sie schon, welcher Name für ihren Sohn auf Französisch und auf Deutsch gleichermaßen funktioniert, so was wie Artur, bei Bedarf als Artür gesprochen oder Theo beziehungsweise Théo? Er hat mir heute Morgen eine SMS geschickt, da schien er noch ahnungslos, falls man aus 160 Zeichen so viel herauslesen kann. Bin um zehn Uhr zu Ikea gefahren, um mich abzulenken, und dachte, bei dem Bombenwetter wäre es leer. Pustekuchen, alles gerammelt voll, weil die genervten Mamas in der Cafeteria sitzen und die Schietbüddel ins Spieleland abschieben. Wenn's hart auf hart kommt, ist denen nämlich egal, ob die frische Luft kriegen. Habe Pommes mit dieser köstlichen Gratis-Mayo gegessen und bin durch die Möbelausstellung geschlendert. Einen Deko-Tipp habe ich auch mitgenommen: Man muss jedes Accessoire in rauen Mengen kaufen. Wenn man etwa zwei Duzend Bilderrahmen nebeneinander hängt, auf dem Sofa darunter bunte Kissen auftürmt und einen Stapel Wolldecken drauflegt, sieht das gleich urgemütlich aus. Dann habe ich meinen Einkaufswagen mit pastellfarbenen Ordnungsmaterialien, einem gepunkteten Duschvorhang, Seifenschälchen, zwei Bonsais einer hellblauen Pflanzengießkanne, drei neuen Kissen mit Ethno-Muster und einer flauschigen Badematte vollgeladen. Aber umso länger ich in der Kassenschlange wartete, dämmerte mir, dass ich kein Geld für Luxus-Einkäufe oder Einkäufe im Allgemeinen übrig habe. Bin daraufhin unauffällig aus der Schlange ausgeschert und habe in einem unbeobachteten Moment meinen Wagen stehen gelassen. Und jetzt kommt das Beste: Ich habe mich dabei spitze gefühlt! Ich war genauso gut gelaunt, als hätte ich den ganzen Stuss wirklich gekauft. Das klappt genauso gut im Internet, wo ich meine Shopping-Körbe volllade und im letzten Moment, wenn es an das Bezahlen geht, das Fenster zumache (nicht immer, aber wenn ich es schaffe). Fühlt sich fast so gut an, wie die Sachen wirklich zu bezahlen. Und dann stelle ich mir immer das verdutzte Gesicht der Marketing-Experten vor, die grübeln, was sie an ihrer Benutzerführung ändern müssen, damit ich endlich den Inhalt meines Einkaufswagens bezahle. Zum Abschluss habe ich mir einen Hot Dog gegönnt, weil ich mir ja schon die Köttbullar verkniffen habe, und Hot Dogs so wenig mit Fleisch zu tun haben, dass man die eigentlich auch als Vegetarier essen kann.

Jetzt sitze ich allerdings zu Hause auf dem Balkon und die Euphorie über das Shopping-Erlebnis ohne Shopping verfliegt, wenn ich an Björn denke und den kleine Artür. Und an die armen Schweine auf dem Spaltenboden, die für meinen Hot Dog ihr Leben gelassen haben.

*6 Kommentare*

*Gaby13 sagt:*

*Am Freitagmorgen um 8:35 Uhr ist die kleine Aurelia Sophie von uns gegangen. Sie lag ganz still und friedlich da. Sie wird vermisst werden, aber der liebe Herr Jesus wird über sie wachen. Möge sie ruhen in Frieden.*

*Muecke2009 sagt:*

*Oh mein Gott, Gaby. Wir fühlen alle mit dir, was das für ein Verlust sein muss, ist kaum zu begreifen. Warum so viele böse, böse Menschen auf der Welt leben dürfen, aber dein kleiner Engel gehen musste, ist so ungerecht!*

*StrickLiesel sagt:*
*Ich verstehe nicht, warum alle Massenmörder im beheizten Gefängnis sitzen und alles umsonst und schöne Tapete und Toaster und Fernsehen, und Babys müssen sterben ohne Grund. Ich verstehe das alles nicht.*

*Vanilla13 sagt:*
*Gaby, ich denke an dich und die kleine Aurelia Sophie.*

*KleineHexe sagt:*
*Alles Gute, dir.*

*Blondi88 sagt:*
*Mir sind alle Worte im Mund fest zusammengefroren. Das ist das Traurigste, was ich in meinem ganzen, ganzen Leben gelesen habe.*

*Lena sagt:*
*Liebe Gaby!*
*Ich habe gerade deinen Eintrag gesehen und stehe unter Schock. Zuerst habe ich mich gefreut, dass endlich einmal viele Kommentare geschrieben wurden. Aber als ich dann gelesen habe, was dir passiert ist, hat sich natürlich alles geändert. Wie klein sind meine Sorgen im Vergleich zu deinen. Ich weiß, dass ich in der Vergangenheit Dinge gesagt habe, die nicht so nett waren. Du weißt viel mehr über mich, als ich über dich. Dass du mir so etwas Persönliches mitteilst, zeigt, wie vertraut du dich mir fühlst. Das ist das Schöne am Internet: Du bist nie allein. Meine Gedanken sind bei Aurelia Sophie.*

**16. September, 11:56 Uhr**

Fahre jetzt in die Redaktion, um meine Horoskope abzugeben und Cordula zu sagen, dass ich diesen Scheiß nicht mehr mitmache. Habe ich vorher nicht mehr geschafft und Husten ist leider abgeklungen. Ich will nicht als Astrologie-Schreiber für ein menschenverachtendes Magazin enden. Vielleicht bin ich insgesamt gar kein Journalist. Ich kann mich nicht erinnern, ob ich je Journalist sein wollte, oder ob mein Vater dachte, dass ich Journalistin sein sollte. Heute Abend treffe ich Björn kurz auf einen Drink, weil er eventuell Besuch hat. Ich gehe einfach mal davon aus, dass es sich nicht um Françoise handelt, auch wenn ich nicht nachgefragt habe. Er klang so normal. Mein Magen macht komische Dinge, wenn ich daran denke, was er mir sagen will. Wenn ich bedenke, wie nett er sich um diesen bescheuerten Josh gekümmert hat, ist klar, dass er nie die Mutter von Artür verstoßen wird. Er würde sich opfern. Uns opfern. Ich könnte sofort losheulen, wenn ich daran denke, dann denke ich schnell an Aurelia-Sophie, um von mir abzulenken. Dann muss ich erst recht heulen. Ich weiß nicht, ob Björn weiß, was ich weiß. Ich wäre bereit, mich liebevoll um Artür zu kümmern, wenn das hieße, mit Björn zusammen zu sein. (Ich hoffe nur, dass der kleine Artür nicht Françoise' Augen geerbt hat). Ich muss jetzt alles mit *Grace* klären, das ist überfällig. Ich werde ihm auch die E-Mail von Françoise zeigen und ihm nahelegen, sein Passwort zu ändern. Ich werde einfach mal die Wahrheit sagen und mich erwachsen verhalten.

Insgeheim hoffe ich, dass ich vorher aus diesem bösen Traum erwache und einfach mit ihm ins Bett gehe.

## 15:12 Uhr

Es fühlte sich merkwürdig an, in die Redaktion zu fahren, wie ein Spion, der sich heimlich in feindliches Gebiet schleicht. Als ich vorgeschlagen hatte, dass ich ja auch als Freie weiterhin vom Büro aus arbeiten könnte, hatte Cordula etwas von Platzproblemen genuschelt. Sie will mich nicht dahaben. Ich stieg die vertrauten Stufen hoch, sprach am Eingang mit der Pförtnerin und fuhr mit dem Fahrstuhl nach oben. Meine frühere Arbeitskollegin Marie saß an ihrem Schreibtisch. Es gab noch leere Schreibtische, keinerlei Platzproblem.

»Lena! Wie *geht* es dir?«, sagte Marie mit breitem Lächeln und aufgerissenen Augen und blickte mich prüfend an.

»Super!«, sagte ich, riss die Augen ebenso weit auf und lächelte zurück.

»Du, ich habe gerade keine Zeit zu quatschen. Hier brennt's. Am Wochenende ist die große Relaunch-Party. Ach halt, du kommst doch auch, oder? Ich glaube, die Freien sind auch eingeladen«, sagte sie gönnerisch. »Cordula hat gleich Zeit, warte einfach hier.« Sie eilte davon.

Ich setzte mich auf einen der unbequemen italienischen Designerstühle und blätterte in der letzten Ausgabe, wobei ich versuchte, die Horoskope zu überschlagen. Endlich ging die Tür zu Cordulas Büro auf. Ich hörte ihr überdrehtes Lachen und kurz danach ihren zurückgeworfenen Kopf. Weißer Bleistiftrock und nudefarbene Pumps, ganz elegante Business-Frau eben.

»Es wird fantastisch werden. Und ich habe die beste Presse für die Relaunch-Party eingeladen«, sagte sie zurück in den Raum. Dann wandte sie sich in meine Richtung.

»Ach, die Horoskop-Beauftrage höchstpersönlich«, bemerkte sie mit ironischem Unterton. »Original aus Indien«, kicherte sie.

Hinter ihr trat Björn aus der Tür und blickte um die Ecke. Wir versteinerten in etwa gleichzeitig.

Cordula blickte von mir zu ihm, als sie merkte, dass wir beide stehen blieben und uns anstarrten, als hätten wir uns gegenseitig hypnotisiert.

»Darf ich vorstellen?«

Björn und ich fixierten uns weiterhin stumm. Er sah so vertraut aus. Gleichzeitig war er fremd und weit weg in seiner Business-Persönlichkeit.

»Ihr kennt euch?«, fragte sie und blickte von einem zum anderen.

»Ja. Hi«, brachte ich heraus. Ich versuchte zu lächeln, um zumindest den Anschein von Normalität zu wecken.

»Hi«, erwiderte Björn ohne Lächeln.

Und dann, bevor ich irgendetwas sagen konnte, das die Situation hätte retten können, irgendeine Erklärung oder ein Teil meiner Rede, warum ich ab jetzt nie wieder ein Horoskop schreiben würde, sagte Cordula: »Lena, ist ein bisschen schlecht gerade. Gib die Horoskope doch einfach an Marie wie immer. Wolltest du noch etwas Bestimmtes? Ich muss mit dem Herrn Müller-Rowe noch ein paar Dinge besprechen.« Sie blickte auf mein Gesicht, das wahrscheinlich blass war und einer Leiche glich. »Alles in Ordnung, Lena, wolltest du noch etwas? Die Schreibtische sind heute alle wieder ziemlich belegt.« Sie zog ungeduldig eine Braue nach oben und knipste die Mine des Kulis, den sie in der Hand hielt, ungeduldig rauf und runter.

Ich schüttelte den Kopf. »Ja«, presste ich hervor. Ich konnte mich nicht bewegen, als wäre ich gerade von einer

Giftschlange gebissen worden, die lähmende Flüssigkeit in meine Adern gepumpt hatte.

Cordula zuckte mit den Schultern und wandte sich wieder Björn zu.

»Björn – kommen Sie doch gleich ins Layout, dann gehen wir noch mal die Details durch. Wir haben ein paar grandiose Entwürfe. Ich verspreche nicht zu viel.« Sie lächelte ihn verführerisch an und wippte ungeduldig mit ihrem Bein, winkte mir kurz zu und verschwand Richtung Layout.

Björn stand weiterhin regungslos vor ihrer Bürotür. Seine Wangen waren gerötet. »Original aus Indien?«, fragte er leise.

Ich presste die Lippen zusammen, schüttelte aber nicht den Kopf.

»Wow«, sagte Björn nur. »Wow.« Er klang nicht beeindruckt. Dann strich er sich die Haare mit beiden Händen aus dem Gesicht und blickte mich noch einen Augenblick entgeistert an. So als würde er eine völlig fremde Person anschauen. »Ich geh dann mal zum Layout«, sagte er und lief hinter Cordula den Flur runter. Ich schlich nach draußen und fragte mich, warum man den Tag nicht einfach wieder zurückspulen konnte. Gibt es eigentlich irgendjemanden, der schlechteres Timing hat als ich?

### 17. September, 3:12 Uhr

Ich kann die Frage oben selbst beantworten. Eine Person mit einem schlechteren Timing gibt es wirklich. Und zwar bin ich das wieder, diesmal drei Stunden später. So viel Pech gibt es sonst nur in Hollywood-Filmen, aber dann macht der Star das dadurch wett, dass er eine perfekte Figur und insgesamt überirdisch schön ist, sodass sich trotzdem alle Männer in sie verlieben. Damit kann ich leider nicht dienen. Ich fuhr zu Björn, um ihm alles zu erklären. Ich hätte ahnen müssen, dass er auch mal in die Redaktion kommt, und wusste eigentlich, dass er in München ist. Das mit den Horoskopen war unfassbar peinlich, ich hatte ja noch nicht einmal geschafft einfließen zu lassen, dass ich für *Grace* schreibe. Er muss sich ja völlig verarscht vorkommen. Ich musste auch wissen, ob er von Artür wusste. In meinem Kopf surrten mögliche Dialoge und man kann von Glück sagen, dass einen heute niemanden mehr komisch anschaut, wenn man halblaut mit sich selbst spricht, weil alle annehmen, dass man telefoniert. Wahnsinn auf offener Straße fällt kaum noch auf. Björn denkt bestimmt, ich habe ihn die ganze Zeit zum Narren gehalten. Das Schlimmste ist, dass das irgendwo stimmt.

Ich fuhr auf dem Fahrrad hin, es war ein einigermaßen kühl, aber es musste jetzt sein, ein kurzes Gespräch zumindest. Am Wochenende ist die Hochzeit von Caro und natürlich die Relaunch-Party, auf der ich ja sowieso nichts verloren habe.

Ich klingelte und kurz später surrte der Türöffner. Die Tür sprang auf und ich rannte mit schnellen Schritten die Treppe hoch, erleichtert, dass er zu Hause war. Als ich jedoch die vom letzten Wischen noch feucht glänzenden Treppen hochgerannt kam, empfing mich ein anderes bekanntes Gesicht. Nicht, dass ich diese Frau schon einmal getroffen hätte, aber ich kannte das Gesicht von meinen adrenalingeladenen Recherchen: Es war Björns Bottega-Veneta-Mutter.

»Guten Tag«, sagte sie höflich. »Sie suchen wahrscheinlich meinen Sohn?«

Björns Mutter schüttelte mir die Hand mit ihren kurzen, aber perfekt manikürten Nägeln. Alles an ihr sah teuer aus: die feinen Strähnchen und die mit teuren Dermabrasionsgeräten von jeder Unebenheit befreite Haut, die geradezu alterslos wirkte.

»Alles in Ordnung? Kann ich Ihnen irgendwie helfen?«, fügte sie einen Moment später ungeduldiger hinzu, nachdem sie mich genauer gemustert hatte und ich immer noch nichts erwidert hatte.

»Äh, nein«, brachte ich heraus. Das immerhin entsprach der Wahrheit.

»Ahh. Lena, da bist du ja wieder«, erklang eine andere weibliche Stimme mit wohlvertrautem Akzent und schob sich an Björns Mutter vorbei. Sie beugte sich vor und küsste mich dreimal, was ich völlig erstarrt über mich ergehen ließ. Vielleicht lähmt mich auch der intensive Dior-Chérie-Geruch, der mich sofort umhüllte.

»Darf ich vorstellen, Solveig«, sagte sie an Björns Mutter gewandt, als sie mit der Küsserei fertig war. »Das ist Lena, ebenfalls eine Mitarbeiterin von *Grace*. Das ist Solveig Rowe, Björns Mamaaan«, sagte sie mit einem langgezogenen *a*. Dann drehte sie sich zu mir. Sie trug einen knallroten Lippenstift. Der Rest sah ziemlich ungeschminkt aus, ein Look, den nur Französinnen oder Asiatinnen tragen können. Ich sähe damit aus, als hätte ich mit Mutters Lippenstift gespielt, bei ihr sah es hinreißend aus. »Du bist die Horoskope-Schreiberin von *Grace* hat Björn erzählt? Ich glaube natürlich nicht an so was, aber viele Leute sind so naiv, nicht wahr?«, sagte sie und lächelte wieder, als hätte es diese Mail nie gegeben. Ich hatte nicht damit gerechnet, dass sie so gut informiert war. »Kommen Sie doch rein«, sagte Solveig. Sie trat zur Seite und mir blieb nichts übrig, als zwei Schritte in die Wohnung hinein zu machen.

»Und du schreibst auch für die *Small World*, nicht wahr? Für die schreibt nämlich auch ein Freund von mir. Er hat so ein lustiges Pseudonym, Dakota Dümpelmann.«

Françoise lächelte die ganze Zeit und fixierte mich dabei sehr eindringlich. Ich hatte das Gefühl, mit einem Mal wären meine Eingeweide versteinert. Ich konnte kein Wort herausbringen. Ihr Lächeln war perfekt, in ihrem Gesicht rührte sich nichts. Lächeln und Zähnefletschen waren in ihrem Gesichtsausdruck nicht weit voneinander entfernt.

Hilflos blickte ich in den Raum, von dem ich wusste, dass es das Wohnzimmer war. Von Björn war nichts zu sehen. Im Wohnzimmer stand allerdings Bernard Rowe, der sich mit zwei Gläsern Sekt näherte und eins davon Françoise in die Hand drückte. Sein Gesicht war mir natürlich von zahlreichen Pressebildern bekannt. Er hatte sein graues, volles Haar zu einem klassischen Crewcut geschnitten. Dazu trug er eine Brille mit etwas dickerem Rand, wie sie für diese Medienleute obligatorisch ist. Ich konnte verstehen, dass viele Menschen ihn als einschüchternd empfanden. Er sah in echt genauso aus wie auf den Fotos, was natürlich nicht erstaunlich ist, aber er wirkte geradezu unwirklich real. Er lächelte mich ebenfalls an und schüttelte mir die Hand. Seine Hand erinnerte mich an die von Björn.

»Sie arbeiten auch für *Grace*?«, fragte er interessiert, als wäre das keine Floskel und wartete auf eine Antwort. Er besaß die gleichen Augen wie Björn, von denen man sich sofort röntgenstrahlartig durchleuchtet fühlt. Ich wusste nicht, ob ich unglücklich sein sollte, dass Björn nicht da war oder erleichtert.

»Björn ist kurz was holen«, sagte Françoise, als hätte sie meine Gedanken erraten. Sie fragte merkwürdigerweise überhaupt nicht, was ich hier zu suchen hatte. Ihr Bauch sah sehr flach aus, wie ich mit einem Seitenblick feststellte. Da wölbte sich noch nichts.

»Äh, ja«, stotterte ich.

»In welchem Ressort?«

»Also, ehrlich gesagt, meinte ich nein. Ich will sagen, ich habe dort gearbeitet, aber für die neue *Grace* arbeite ich nicht mehr.«

Er betrachtete mich aufmerksam und nahm einen Schluck Sekt. Das Baby würden die doch nicht feiern, dann würde zumindest Françoise nichts trinken. Ich blickte starr zurück.

»Darf ich fragen, warum Sie für die neue *Grace* nicht mehr arbeiten? Sie formulieren das so, als sei dies eine persönliche Entscheidung gewesen.« Er lächelte freundlich und wartete auf meine Antwort.

»Ja, also«, ich atmete tief durch und streifte die aufmerksamen Augen der anderen, die darauf warteten, dass ich etwas sagte. Konnte es sein, dass er Bescheid wusste über mich? Aber würde sich Bernard Rowe für so eine kleine Nummer wie mich interessieren? Ich schob den Gedanken zur Seite. »Es ist so«, beeilte ich mich zu antworten, »ich finde das Magazin ehrlich gesagt nicht sonderlich neu und nicht so emanzipiert, wie es jetzt angeblich sein soll. Es werden doch gar keine Grenzen überschritten in der Darstellung von Frauen, aber das wäre doch wirkliche Emanzipation.«

Bottega Veneta nickte zustimmend, tauschte dabei aber merkwürdige, wissende Blicke mit Françoise und hatte wahrscheinlich gar nicht zugehört.

»Gerade in der letzten Ausgabe ging es wieder um das alte Thema ›Erfolgreiche Frauen und die Männer‹ und es wurde das Übliche unterstellt: Sie sind unglücklich. Warum sollten Frauen aber unglücklich sein, keinen Mann zu haben, wenn sie gerade eine Mordskarriere haben? Wieso wird es latent immer so dargestellt, als wäre Madonna mit ihren wechselnden südamerikanischen Toyboys und die ganzen anderen Cougars mit jüngeren Männern unglücklich, wenn sie diese Männer nicht halten …« Hier stoppte ich einen Moment, selbst erstaunt darüber, was da aus mir herausfloss.

Françoise hatte während meiner Rede interessiert von einem zum anderen geblickt und ihren Sekt getrunken. Nicht am Glas genippt, sondern getrunken, gedankenlos. Fast hätte ich ihr einen Klaps auf die Finger gegeben. Mit meiner letzten Bemerkung kehrte Leben in ihr Gesicht zurück. In diesem Moment hörten wir Schritte auf der Treppe, die, mehrere Stufen auf einmal nehmend, schnell näher kamen. Die Wohnungstür war noch offen, wir standen im Flur. Björn betrat seine Wohnung und blickte verblüfft auf die Versammlung. Françoise, um eindeutige Klärung der Besitzansprüche bemüht, schob ihre Hand um seine Taille. So standen wir da: Françoise mit ihrem strahlenden Lächeln, Bernard Rowe, Björns Mutter Solveig, Björn und ich. Eine lustige Truppe. Wenn ich nicht selbst dabei gewesen wäre, hätte ich es ganz unterhaltsam gefunden.

Dann sagte Bernard Rowe an Björn gewandt. »Deine charmante Bekannte hat mir gerade ihre interessante Meinung zu *Grace* mitgeteilt.«

»Ach ja?«, entgegnete Björn skeptisch.

Ich schaute ihn hilflos an und zuckte mit den Achseln. Als ich gerade meinen Mund öffnen wollte, um irgendwie zu erklären, was los war, oder mich jetzt schnell mit einer fadenscheinigen Erklärung zu verabschieden, kam mir jemand zuvor.

»Ja, sie hat gerade erzählt, dass es zum Beispiel ein Unding ist, dass die ganzen Cougars als unglücklich dargestellt werden, wenn sie gerade von einem Mann abserviert werden«, fiel Françoise ein. Sie sprach plötzlich sehr schnell und merkwürdig akzentfrei. Geradezu so, als wäre ihr gewöhnlicher Akzent eine kokette Geste, den sie, jetzt wo's Ernst wurde, einfach ablegen konnte. Sie wandte sich wieder an mich. Ihr Lippenstift musste von einer besonders exklusiven Marke sein, er hatte kein bisschen an Intensität eingebüßt, obwohl sie sich während meiner Rede konstant auf die Lippen gebissen hatte. »Sprichst du da aus eigener Cougar-Erfahrung?«, fragte sie, rhetorisch und keine Antwort meinerseits abwartend. »Du bist ja auch auf diesem Blog zu sehen. Warte mal, ich zeig's euch mal.« In Windeseile griff Françoise nach ihrer Dior-Handtasche, die auf einer Holzkommode im Flur stand, zog ein Mini-iPad hervor und rief eine Seite auf, die in ihrem Browser voreingestellt war. Sie hielt ihr iPad so, dass die ganze Runde bequem auf den Bildschirm blicken konnte: Der Schriftzug ›Benjamins Cougar-Love-Blog‹ war zu lesen. Daneben sah man ein Bild von Benjamin, dem Barista vom Odeonsplatz, mit einer Siegergeste und dem Slogan: ›Women are like wine. They get better with age.‹ Françoise klickte noch einmal und ein Foto von mir war zu sehen, umarmt von Benjamin. Er hatte den Bildausschnitt so gewählt, dass nicht klar war, ob ich ein Oberteil trug, weil man die Träger des Tops nicht sehen konnte, und zweitens der Eindruck entstand, wir hätten gerade nur kurz mit dem Knutschen aufgehört, um in die Kamera zu lächeln. Verstärkt wurde der Eindruck durch meinen verschmierten Lippenstift und meinen verlaufenen schwarzen Eyeliner.

Björn, seine Mutter und Françoise hatten interessiert auf

die Seite geblickt, in der Hoffnung irgendeines Erkenntnisgewinns. Langsam, aber gleichzeitig blickten wir alle vom Bildschirm hoch. Auf allen Gesichtern, außer auf dem von Françoise, breitete sich Verwirrung aus: Einmal darüber, warum Françoise uns gerade diese Seite gezeigt hatte, wofür kein rechter Anlass bestand. Außer natürlich man wusste, dass Françoise ein persönliches Interesse daran hatte, nachteilige Informationen über mich zu verbreiten. Und darüber, was man da gerade für seltsame Dinge im Internet gesehen hatte, in welche die harmlos aussehende Ex-*Grace*-Mitarbeiterin involviert zu sein schien.

Ich blickte zu Françoise. Sie lächelte weiterhin unverändert. »Süüß«, sagte sie. »Ist das nicht süüß?« Dann hakte sie sich bei Björn ein, dessen Gesichtsausdruck zwischen Entsetzen und Ekel changierte.

In diesem Augenblick sah ich mich plötzlich, wie man sich angeblich eigentlich erst sieht, wenn man schon tot ist, nämlich von oben. Ich sah mich dort stehen, im Wohnungsflur von Björns Apartment, das ich ihm selbst vermittelt hatte, umringt von Björn, Françoise, Solveig und Bernard Rowe – Freunde waren keine dabei. Es half nichts, ich sah noch einmal in die lächelnde Runde: Da waren das inzwischen weniger wohlwollende Lächeln von Björns Mutter und die gefletschten Zähne von Françoise. Björn blickte mich mit einem Gesicht an, dessen Ausdruck man als scheintot bezeichnen könnte. Mit dieser Miene würde er jedes Pokerspiel gewinnen. Vielleicht hatte Björn ja auch Angst, ich würde auffliegen lassen, dass sein »zu sich selbst finden müssen und mal Abstand brauchen« mit mir zu tun hatte. Obwohl das wahrscheinlich Wunschdenken war, so abschätzig wie er mich betrachtete. Aber er wusste mit Sicherheit nicht, dass ›*ma fleur*‹ besser informiert und spionagetechnisch aufgestellt war als der französische Geheimdienst. Ich hob die Hand und murmelte noch etwas Vages und der Situation völlig Unangemessenes wie: »Also, viel Erfolg zusammen«, drehte mich um und ging. Das erste Kennenlernen der Rowe-Familie hatte ich mir anders vorgestellt. Ich schob mein Fahrrad nach Hause, denn ich konnte unmöglich mit meinen wackeligen Knien fahren. Woher weiß Françoise alle diese Dinge? Wie kann sie von Benjamins Blog wissen? Und was ist das denn bitte für ein krasser Blog? Ich musste sofort zum Starbucks und ihn zur Rede stellen. Ich schob mein Fahrrad zum Odeonsplatz, aber Benjamin war nicht da. Ich hatte auch keine Telefonnummer von ihm, ich muss ihn morgen abfangen. Es ist alles so unwirklich.

Charlotte ging nicht ans Telefon, als ich sie anrief, sie arbeitete wahrscheinlich gerade mit Ohropax an ihrer Rede für Caros Hochzeit. Ich irrte noch eine Weile herum, bis ich plötzlich vor meinem Haus stand, weil meine Beine einfach den gewohnten Weg gelaufen waren.

Bevor ich in der Wohnung damit fortfahren konnte, Charlotte anzurufen, klingelte mein Festnetz-Telefon. Ich stürzte hin, keine Ahnung was ich mir von einem Anruf erhoffte.

»Hallo, Lena, mein Engel. Wie geht es dir?«, meldete sich eine sehr vertraute Stimme.

»Schlecht«, sagte ich. »Beschissen.« Ich ließ mich nach hinten auf das Sofa fallen und meine Tasche auf den Boden gleiten. Es war als hätte jemand den Stecker herausgezogen. Ich konnte nicht mehr stark sein und rational und vielleicht musste ich das auch nicht mehr.

»Mir geht's auch schlecht«, sagte Karsten. »Da wären wir ja schon zwei.«

»Warum geht's dir denn schlecht?«, fragte ich überrascht. »Ich dachte, du hättest eine neue Ische und die ganze Zeit wilden Sex von allen Seiten?«

»Ach, Lena. Ganz so ist es ja nicht«, Karsten seufzte. »Danke für deine liebe Nachricht, Süße. Kann ich vorbeikommen?«

Die Nachricht hatte ich schon völlig vergessen. Die ist ja auch schon über zwei Wochen her. Karsten erinnerte sich wahrscheinlich auch nur an die Nachricht, weil er selbst gerade in der Krise war, aber das war mir egal.

»Komm vorbei«, sagte ich. Ich wollte auch nicht allein sein, es war fürchterlich einsam, und ich hatte noch nicht einmal Freundinnen, mit denen ich über alles reden konnte. Karsten kannte ich einfach in- und auswendig und er mich auch. Das war beruhigend, da gab es keinerlei Erwartungen, die enttäuscht werden konnten. Als Karsten klingelte, umarmten wir uns sehr lange an der Tür. Alles an ihm war vertraut: sein Geruch, seine Brust, der Umfang seiner Arme, seine Schulterknochen, seine Körpertemperatur. Ich wollte die Arme gar nicht mehr aufmachen und er musste sich fast mit Gewalt aus meiner Umklammerung befreien, was ihm allerdings zu gefallen schien.

»Ich habe Scheiße gebaut, Lena«, sagte Karsten und sah mich mit dem Hundeblick an, mit dem er mich zehn Jahre lang weichgeklopft hatte. Der Blick funktionierte immer noch. Vor allem, weil er dabei seine Arme um mich geschlungen hatte. Das tat so gut. Vertrautheit wird unterschätzt. Vielleicht gibt es den Rausch des Abenteuers. Aber genauso gibt es den Rausch der Vertrautheit.

»Was denn für Scheiße?« Ich war natürlich trotz allem neugierig, es hatte bestimmt mit seiner Ische zu tun, und vielleicht tat es Karsten ganz gut, selbst einen übergebraten zu kriegen, weil andere Frauen eben nicht alles mit sich machen ließen.

»Na, dass ich nicht mehr mit dir zusammen bin, das ist scheiße«, sagte Karsten. Weil er ein bisschen braun war, leuchteten seine wasserblauen Augen. Im Sommer sah er immer besser aus.

Ich wusste nicht, was ich dazu sagen sollte, doch ich merkte, dass mir schon wieder Tränen in die Augen stiegen. Dann versuchte ich einen Eistee zu machen, hatte aber nur Kamillentee zu Hause und das Gebräu aus Kamille, Zucker und Zitrone schmeckte schlimmer als die Schwedenkräuter von damals. Deshalb holte ich doch eine Flasche Wein und wir setzten uns auf mein Sofa.

»Ich will keine andere, Lena. Ich hätte das früher wissen müssen. Aber ich wusste es eben nicht.« Karsten saß mir gegenüber und meine Beine lagen über seinen. Er griff nach meinem Fuß und begann, meine Fußsohle zu massieren. Aus mir unerklärlichen Gründen, die nur Fuß-Reflexzonen-Experten kennen, wirkt das wahnsinnig entkrampfend. Karsten war so nachdenklich, wie ich ihn schon lang nicht gesehen hatte, wenn nicht gerade seine Lieblingshandballmannschaft ein Spiel verloren hatte. Außerdem trank er den Wein ziemlich schnell leer.

»Vermisst du mich auch, Lena?« Er sah mich bittend an.

Ich zuckte mit den Schultern. Ich wusste es auch nicht mehr. Die Ruhe in meinem Leben vermisste ich vielleicht schon, das Sich-fallen-lassen-Können.

»Du siehst toll aus, Lena. Ein bisschen dünn vielleicht.«

Anscheinend bemerkte Karsten doch mehr, als ich ihm zugestand. Aber er kannte mich natürlich auch ziemlich gut und wusste, wie er mich für sich gewinnen konnte.

»Ich weiß, es klingt verrückt. Aber wir könnten es doch

noch einmal versuchen. Ich würde mich ändern. Und ich weiß endlich, was ich an dir habe.« Er massierte meine Füße inzwischen mit beiden Händen ziemlich professionell, fest genug, dass es nicht kitzelte und sah mich dabei von unten an. Karsten stand es gut, wenn er zermürbt war. Das war schon immer sein großes Plus.

»Aber weißt du das genug, für ein ganzes Leben oder zumindest ein paar Jahre?«

»Ich liebe dich.« Karsten sah mich eindringlich an. Er zog die Brauen hoch, sodass auf seiner Stirn Falten entstanden, die er immer hatte, wenn er ernst war. Das hatte er noch nicht oft gesagt.

»Ich liebe dich auch. Aber so, wie man einen Menschen lieben sollte, mit dem man potenziell sein Leben verbringen will?« Ich bewegte meine Zehen hin und her. Sie schienen durch die Massage beweglich zu sein wie noch nie.

»Lena. Ich habe einen Fehler gemacht. Mehrere Fehler. Kannst du mir nicht verzeihen?« Er schob plötzlich seine Hand unter mein Shirt und umfasste meine Hüfte und sah mich inzwischen mit seinem maximal treuherzigsten Hundeblick an. Seine Hände strichen an meinen Hüftknochen entlang und legten sich um die Reste meines Hüftspecks, die kleinen Fettpölsterchen, die sich ähnlich permanent an meinen Körperseiten festgesetzt hatten, wie das normalerweise nur festangewachsene Körperteile wie Nasen oder Ohren vermochten.

»Du verzeihst mir?«, sagte er, als ich nichts sagte, und seine Stimme hellte sich auf, während sich seine Hand weiter nach oben schob.

»Ja, ich verzeih dir«, sagte ich und schob seine Hand wieder nach unten.

»Ja?«, fragte Karten und blickte erstaunt auf seine zurückgeschobene Hand. »Und dann? Jetzt sag mir nicht, das ist wegen diesem Hamburger Schnösel!«

»Nein, es ist meinetwegen.« Und dann stand ich auf, zog ihn an der Hand vom Sofa hoch und bugsierte Karsten mit alleralleralleralleralleralllerletzter Kraft aus der Wohnung.

»Aber warum das jetzt? Was ist los?«, fragte er, kurz bevor ich ihn durch den Türrahmen in den Flur schob.

»Ich hatte ein Déjà-vu.« Ich kannte diese Szene nämlich schon. Aber diesmal würde sie anders enden. »Hat deine Neue dich sitzen lassen?«, fragte ich Karsten im grellen Licht der Hausflurbeleuchtung.

Karsten zog die Schultern zögernd nach oben und ließ das Kinn langsam zur Brust sinken. Jetzt sah er aus wie ein schuldbewusster Dackel und zum Glück war die Hausflurbeleuchtung unvorteilhaft genug, dass ich es schaffte, die Wohnungstür tatsächlich zu schließen.

Als ich wieder allein in der Wohnung stand und zum Telefon griff, um mit irgendjemandem zu reden, was sich in den letzten Stunden für völlig absurde Dinge zugetragen hatten, ging Charlotte immer noch nicht ran. Ihr Telefon war ausgestellt.

Und dann rief ich meinen Vater an, obwohl es schon nach zehn Uhr abends war. Er klang atemlos.

»Papa, entschuldige, dass ich so spät anrufe.«

»Das macht nichts. Ich schaue gerade Fernsehen.«

»Was läuft denn?«

»Ach, alles Mögliche«, erwiderte mein Vater ausweichend.

»Ich habe mich von Karsten getrennt.«

»Ach, ja?«

»Ja. Er … er hat sich falsch verhalten. Und jetzt will er zurück, aber ich will nicht mehr.«

»Das ist ja eine Überraschung. Bist du traurig? Also, ich meine, was …«

»Du dachtest, wir würden für immer zusammen bleiben, nicht wahr?«, unterbrach ich ihn.

»Mmh, vielleicht schon. Aber so ist es wohl besser.«

»Was meinst du denn damit?«

»Wahrscheinlich ist das besser so, wenn er sich falsch verhält. Ist bestimmt richtig.«

»Sag mal, hast du eine Meinung dazu oder hast du keine Meinung? Ich dachte, du mochtest Karsten so gern?«

»Schon. Aber, so gern auch wieder nicht. Das ist schon gut.«

»Findest du unsere Trennung gut, oder was meinst du mit *gut*?«

»Ja, wenn du meinst, es ist gut, dann stimmt das bestimmt. Er war wahrscheinlich nicht der Richtige für dich.«

»Papa, ich dachte, du wärest total schockiert, wenn ich dir das erzähle?«

»Nein.« Er schwieg einen Augenblick. »Ich bin froh.« Seine Stimme klang trotzdem merkwürdig. Abwesend, als würde er dabei ein Buch lesen oder Fernsehen schauen.

»Froh?«

»Nicht richtig froh, aber für dich schon.«

»Papa, hast du eigentlich gar keine eigene Meinung? Wie geht's Ling-Ling?«

»Gut. Sie ist auch hier.«

»Ach so. Gut. Dann wünsche ich dir noch einen schönen Abend.« Okay, er schaute kein Fernsehen. Mehr wollte ich nicht wissen.

»Dir auch, Lena. Bis bald.«

Wenn man nur seinen Vater hat, um Beziehungsprobleme zu bequatschen, ist man sehr einsam. Und wenn man an

Leute wie Gaby, Aurelia Sophie und an Afghanistan denkt, ist man zudem ein egomanisches Arschloch.

*1 Kommentar*

*LukasNeleMutti sagt:*
*Ich wollte nur Bescheid sagen, dass Gaby doch gar keine Tochter hat. Sie spricht von ihrer Katze. Aber das ist auch traurig, da sie sehr klein war.*
*Liebe Grüße, Jenny*

SMS von Björn: ›Ich brauche etwas Zeit, Lena.‹

Es ist nicht schwer, diese SMS zu interpretieren, ehrlich gesagt. Ich kann nicht glauben, dass ich Björn mit Fußtritt zurück zu Françoise befördert habe. Habe Mail an Cordula geschrieben und erklärt, dass ich als Horoskopschreiber nicht mehr zur Verfügung stehe. Dabei ist es auf eine längere Tirade über *Grace* hinausgelaufen, in die all mein Hass auf mich selbst geflossen ist und die zur Folge haben wird, dass ich auch als freie Redakteurin bei *Grace* nicht mehr gefragt bin.

## 18. September, 10:02 Uhr

Heute ist Caros Hochzeit. Ich glaube, es gibt kaum etwas, auf das ich gerade weniger Lust habe. Wenn ich an Donnerstag denke wird mir einfach nur schlecht. Ich hatte noch nicht einmal Zeit darüber nachzudenken, was da genau passiert ist, geschweige denn, es zu verstehen. Ich habe den Blog von Benjamin selbst überhaupt nicht gefunden, als ich ihn im Internet gesucht habe. Woher um alles in der Welt kennt Françoise diesen Blog? Und wie ist sie darauf gestoßen? Ich muss mich jetzt für ein paar Stunden zusammenreißen und werde ein fröhliches Gesicht machen. Das bin ich Caro schuldig. Es soll ein wunderschöner, sorgenfreier Tag in ihrem Leben werden, so wie sie sich das erträumt hat. Immerhin hat sich mein Terminkonflikt mit der Relaunch-Party, wo das *sensationelle* neue Cover und Layout der Zeitung enthüllt werden soll, in Luft aufgelöst, und die ganzen Gedanken, wie ich Björn beichten kann, dass ich bei *Grace* arbeite, sind nun überflüssig. Dort will mich ohnehin niemand mehr haben. Schade um das Top-Essen von Dallmayr, das es immer gibt. Im Abendkleid an der Seite von Björn aufzutauchen und mich an einer in Ohnmacht fallenden Cordula zu weiden, war schon immer eine unwahrscheinliche, seit gestern eine grandios abwegige Fantasie. Eine neue Schwester mit glatten tiefschwarzen Asia-Haaren ist wahrscheinlicher.

**11:05 Uhr**

Vorhin hat meine Mutter angerufen. Aber ich habe nicht abgenommen. Ich habe Angst vor dem, was sie aus Afrika zu berichten hat. Ich habe sie aber ›als Freund‹ auf Facebook akzeptiert, damit sie Ruhe gibt. Danach habe ich mein Facebook-Konto gelöscht. Wozu braucht man ein Facebook-Konto, wenn man mit seiner Mutter verbunden ist? Wozu braucht überhaupt irgendjemand ein Facebook-Konto? Zumindest wollte ich meins löschen, aber man kann es überhaupt nicht löschen, sondern nur deaktivieren. Und das nur unter schwersten Bedingungen, weil vor der Deaktivierung die Fotos aller möglichen Bekannten eingeblendet werden und einem ins Gewissen reden: ›Janina wird dich vermissen!‹ Und wenn man dann gezwungenermaßen einen Grund angibt, wegen dem man sich abmeldet, beginnt Facebook zu widersprechen und befeuert einen mit Gegenargumenten! Allerdings hat Facebook auch das Bild von Françoise eingeblendet: ›Françoise wird dich vermissen!‹ Da hatte Facebook verloren. Aber es hat am Ende noch mal eindringlich versichert, dass ein einmaliges (!) Einloggen das Konto sofort wieder aktiviert, inklusive sämtlicher Daten.

**12:30 Uhr, blogged via iPhone**

Caro und Felix sind gerade im Tango-Schritt mit Rose zwischen den Zähnen im Caminato in die Kirche getanzt. Caro hat diesen Tag ungefähr 20 Jahre lang theoretisch und ein Jahr praktisch geplant. Sie hat ein eng anliegendes weißes Seidenkleid an und dank einer High-Tech-Unterwäsche, die sogar das beginnende Schwangerschaftsbäuchlein weggequetscht hat, sieht sie aus wie eine Elfe. Ich werde jetzt nicht mit einer Heulmiene über mein eigenes Unglück alles versauen. Habe mein neues, blutrotes Seidenkleid an und sehe selbst ziemlich gut aus, weil ich vor Kummer nichts essen konnte. Warum verpasst Björn diesen Augenblick? Weil ich selbst schuld bin. Muss mich mit Charlotte versöhnen. Wir haben uns kaum gesprochen in letzter Zeit und ich kann nur hoffen, dass sie nicht nachtragend ist, dass ich, kaum gibt's Männerprobleme, wieder an ihrem Rockzipfel hänge. Es ist übrigens nicht respektlos, dass ich schreibe, während der Pastor predigt. Der Pastor ist respektlos, weil er Caro als Katrin bezeichnet hat und einen derartig austauschbaren Gottesdienst hält, dass er die beiden mit den gleichen Worten genauso gut taufen, konfirmieren, exkommunizieren oder beerdigen könnte. Aber Caro und Felix haben Tränen in den Augen aus Rührung. Haben sie ja auch irgendwie recht. Ich bin ehrlich gesagt auch gerührt, egal was der Pastor für einen Quatsch von sich gibt. Ich freue mich für die beiden. Ihre Liebe ist der einzige Lichtblick in meinem Leben. Wo ist mein Taschentuch?

### 13:03 Uhr, blogged via iPhone

Die Predigt ist immer noch nicht vorbei. Einige von Caros mit Hochzeitslogo und türkisen Schleifchen und selbstgetrockneten Maiglöckchen beklebte Kirchenprogramme werden von scharrenden Füßen zertrampelt. Habe gerade leise mit Charlotte und Janina geflüstert.

Charlotte: »Was hast du letztlich als Geschenk besorgt?«

»Was wirklich Schönes und Nützliches«, erwiderte ich. »Ich habe einen Gutschein für ein Wellness-Wochenende gekauft. Habe sogar noch Rabatt bekommen und für 150 Euro genau so viele Anwendungen wie sonst für 300 Euro bekommen.«

»Wellness hört sich noch okay an, klingt fast zu günstig ...«

»Ihr habt doch gesagt, ich soll was Nützliches aussuchen und nicht so einen Blödsinn, der nur in der Ecke rumsteht. Dort kann sie sich von dem schreienden Baby erholen. Der Gutschein ist bis nach der Schwangerschaft gültig.« Ich war wirklich stolz darauf, ein so passendes Geschenk gefunden zu haben.

Charlotte und Janina blickten sich an und zuckten mit den Achseln.

Dann stakste Charlotte auf hohen Glitzersandalen nach vorn, um eine Fürbitte zu lesen und sich der Hochzeitsgesellschaft in ihrem engen goldenen Kleid zu präsentieren. Dazu trägt sie heute krass viel falschen Schmuck, aber das sieht zu ihren blonden Haaren und ihrer braunen Haut (sie wird goldbraun wie eine Schwedin) sehr appetitlich aus. Der Ausschnitt ist für die Kirche etwas gewagt, aber dem Pastor scheint's zu gefallen. Ich habe einen ziemlichen Kloß im Hals. Ich habe meine beste Freundin vernachlässigt. Sie weiß gar nicht, wie beschissen alles ist und auch nichts von Artür, von der unfassbaren Blamage durch Françoise und Björns Eltern, und davon, dass ich als indischer Astrologie-Guru enttarnt worden bin, was im Rückblick betrachtet wahrscheinlich noch das kleinste Übel von allen ist.

Die Kirche ist vollständig mit türkisen Schleifen, Zweigen und Blumen behängt. Caro ist protestantisch und sie musste die Gemeinde mit einer Spende bestechen, damit sie in der hübschen Katholiken-Kirche in Tutzing heiraten durfte und nicht in einer ollen evangelischen Kirche, die in Bayern extra hässlich sind, damit niemand auf die Idee kommt, zu konvertieren. Evangelische Kirchen sehen hier alle aus wie in den Fünfzigerjahren erbaut, eine nicht für architektonisch große Würfe bekannte Epoche. Jetzt trägt ein Saxofonist das Ave Maria in einer Jazzversion vor. Caro und Felix wollen zeigen, dass sie locker und fortschrittlich sind, obwohl Caro einen riesigen Schleier auf dem Kopf trägt. Wahrscheinlich kaufen sie sich auch bald eine Sitzgruppe mit lustigen lila Streifen drauf oder so was. Ich dachte, Schleier würden nur Jungfrauen tragen. Das wäre allerdings eine Überraschung, wenn Felix und Caro die letzten Jahre nur Petting (versuche dieses Wort aus den Achtzigern jetzt wiederzubeleben) gemacht hätten. Der seligen Miene ihrer Großmutter nach zu urteilen, nimmt die Caro ihre Jungfräulichkeit, ungeachtet der Schwangerschaft, glatt ab. Aber Charlotte und Janina haben gerade keine Lust auf mich. Gerade jetzt, wo ich sie am Nötigsten brauche, habe ich niemanden. Wo sind verdammt noch mal die Taschentücher.

**13:30 Uhr, blogged via iPhone**

Wir sitzen auf einem abgewirtschafteten Ausflugskahn bei 32 Grad und die Großeltern bekommen gleich kollektiv einen Sonnenstich. Gerade gab es Hochzeitstorte, die mit roten Rosen aus Marzipan verziert war und sehr kunstvoll aussah. Die Rosen ließen sich nur mit einer Menge Sekt runterspülen. Aber natürlich denke ich die ganze Zeit nur daran, was Björn denkt, was er gerade macht und ob er sich wirklich nie wieder melden wird. Und wie unfassbar bescheuert ich bin.

**17:00 Uhr, blogged via iPhone**

Gerade hält Caros Patenonkel die angeblich letzte Rede. Immerhin hat das Boot angelegt, sonst wäre sogar dem müffelnden Pekinesen von Caros Eltern irgendwann schlecht geworden. Der Onkel hat daran erinnert, wie schön es früher war, wenn er auf Besuch ›Der kleine Prinz‹ vorgelesen hat. Als Überraschung hat er das Buch aus der Tasche gezogen und jetzt liest er seit einer Viertelstunde vor. Diese Geschichte fand ich schon langatmig, als ich noch zur Zielgruppe gehörte. Vorhin, während der fünfte Gang serviert wurde, kam Caro zu uns rüber. Wir saßen nämlich alle am gleichen Tisch, wobei ich mich die ganze Zeit mit einem langweiligen Cousin als Tischnachbar rumschlagen musste, ein Single, bei dem man nach fünf zähen Minuten, in denen man versuchte, eine Unterhaltung zu führen, auch wusste, warum. Caro sah blass aus. Die Arme trinkt die ganze Zeit Apfelsaft aus Champagner-Gläsern wegen des Babys.

»Geht's dir gut?«, fragte ich. Vielleicht sah sie auch so fertig aus, weil ihre Blumenfrisur sich aufgelöst hatte und die inzwischen verwelkten Blumen seitlich von ihrem Kopf abstanden.

»Mir ist die ganze Zeit so übel. Hat man gemerkt, dass ich mich in der Kirche in den Brautstrauß übergeben habe? Hoffe es war unauffällig, kam auch nicht viel.«

Deshalb hatte sie ihn nicht geworfen. Das war sehr rücksichtsvoll gewesen.

»Mein Baby ist so hässlich.«

»Wie bitte?«

»Ich hab's im Ultraschall gesehen. Es hat die Knubbelnase von Felix' Vater.«

»Aber das kann man doch noch gar nicht sehen!«

»Ach, ich hab das schon gesehen. Meine Mutter hatte außerdem eine sehr intensive Verbindung zu mir, als ich in ihrem Bauch war. Ich habe bisher null Kontakt zu meinem Bauch. Und wenn sich da optisch nicht noch richtig was tut, bekomme ich einen Kobold als Baby. Und mir ist ständig übel, obwohl das doch eigentlich schon vorbei sein sollte. Einerseits kann ich die Geburt kaum noch erwarten, damit mir nicht mehr so übel ist. Dann wiederum habe ich Horror vor der Geburt und noch mehr vor dem, was danach kommt.«

Ich wollte dazu nichts sagen, weil ich sonst mit Sicherheit wieder das Falsche gesagt hätte. Ich habe mir nämlich auf YouTube diese Geburtsvideos reingezogen. Wenn so ein Baby einmal im Bauch ist, gibt es keinen attraktiven Weg, es wieder herauszubekommen. Im Falle eines Kaiserschnitts, schneiden die Ärzte einen Schlitz in den Bauch und werfen sich danach selbst auf die betäubte Mutter und pressen das Baby raus wie einen überdimensionierten Pickel (das nennt sich ›simuliertes Geburtserlebnis für das Kind‹. Und dann gibt es auf YouTube noch Mütter, welche die Geburt als persönliche Heldentat ohne Rückenmarkspritze vorführen, dabei aber schreien wie ein schlecht betäubtes Ferkel kurz vorm Entblutungsschnitt. Egal wie, es war jedes Mal eine Riesensauerei.

»Ach, das wird schon.« Charlotte beugte sich zu uns rüber. Ich wollte mich wieder vertragen. Aber wenn ich jetzt beichtete, dass ich nicht mehr mit Björn zusammen war, wirkte das so, als wäre sie erst jetzt wieder gut genug. Es ist kompliziert. In der letzten Zeit habe ich erst gemerkt, wie wahnsinnig viel Charlotte mir bedeutet. Sie ist fantastisch ehrlich und kennt mich bis ins Kleinste und mag mich trotzdem. Außerdem belügt sie mich nicht. Sie wich meinem Blick aus. Stattdessen sagte sie betont fröhlich: »Ich habe gehört, dass man auch bei der Geburt einen Orgasmus haben kann.« Dabei blickte sie Caro aufmunternd an.

»Kannst du eigentlich auch mal an was anderes, als an Sex denken?«, erwiderte Caro so schroff, als wäre sie sauer auf Charlotte.

»Das stimmt wirklich«, beharrte Charlotte. »Und beim Stillen kriegt sogar der prüdeste Mensch einen Orgasmus. Kann man sich ja auch irgendwie vorstellen.«

»Was willst du denn damit sagen?«, fragte Caro. »Ich kann offensichtlich nicht prüde sein, sonst wäre ich nicht schwanger?« Und dann legte sie richtig los: »Ich verstehe gar nicht, wieso du immer so entspannt bist, Charlotte. Sei doch mal ehrlich. Du bist 34. Mit 20 lag die Chance, ein gesundes Kind zu bekommen, bei 1:4.000, mit 35 beträgt sie nur noch 1:250. Deine Eizellen vermodern in Rekordzeit. Aber dann musst du ja noch einen Typen finden, klarmachen und dann so eine Befruchtung hinkriegen. Eizellenmäßig bist du eine Greisin. Dein optischer Höhepunkt ist zelltechnisch gesehen ebenfalls überschritten, und willst du wissen, was das bedeutet? Mit 25 hättest du vielleicht noch ein Alphatier abbekommen. Aber jetzt? Jetzt ist die Chance, einen Toptypen zu bekommen, kontinuierlich gesunken. Ich meine, du musst heute erheblich mehr an dir arbeiten, um überhaupt durchschnittlich auszusehen! Du bekommt wahrscheinlich nur ein Betatier ab und mit dem musst du dann den Rest deines Lebens verbringen und ein Kind zeugen.« Caro schluchzte auf und blickte uns bestürzt über ihren eigenen Ausbruch an. »Ach, Mann, ihr sollt doch meine Freundinnen sein!«, jaulte sie, winkte ab und humpelte mit Tränen in den Augen davon. Sie hatte anscheinend schon Blasen an den Füßen von den zierlichen, spitzen Hochzeitsschlappen.

Janina, die dazugekommen war, und Charlotte blickten sich verständnislos an. Ich versuchte, die beiden ebenfalls verständnislos anzusehen, aber sie wichen meinem Blick aus.

»Hey«, rief Charlotte, »jetzt warte doch mal.«

Caro drehte sich mit wässrigen und von schwarzen Schlieren umrahmten Augen zu ihr um.

»Was ist denn mit dir los? Ich dachte, heute wäre der glücklichste Tag in deinem Leben?«, wagte Charlotte zu sagen, die von Caros Ausbruch mehr überrascht als getroffen schien.

»Das fragst du mich? Ganz lieben Dank für das Wellness-Wochenende, Charlotte. Das war doch deine Idee. Das ist wirklich das gemeinste Hochzeitsgeschenk. Den Laden kenne ich, da speckt meine fette Tante aus Norddeutschland immer ab. Man bekommt eine Suppe zu essen und schläft auf Strohsäcken, um zu sich selbst zu finden. Wollt ihr mir sagen, dass ich das nötig habe? So was hätte ich von meinen besten Freundinnen nicht erwartet.« Sie heulte auf, presste sich jedoch die Hand auf den Mund.

Und damit rauschte sie davon, was mit der Schleppe recht eindrucksvoll wirkte. Sie sah nicht fröhlich aus, die Arme, und das an dem glücklichsten Tag ihres Lebens. Als ich mich umdrehte, ruhten die wütenden Blicke von Charlotte und Janina allerdings nicht auf ihr, sondern auf mir. Caro musste schon heimlich am Hochzeitstisch herumgeschnüffelt haben.

»Du hast ihr kein Wellness-Wochenende, sondern eine Abspeckkur geschenkt? Du musst auf jeden Fall klarstellen, dass das deine Idee war und nicht meine«, sagte Charlotte.

»Ich wusste doch nicht, dass die mit ›Zen-inspiriertem Lebensstil‹ meinen, dass es nichts zu essen und keine Betten gibt«, verteidigte ich mich. »Außerdem, wer weiß, vielleicht ist sie uns später dankbar, wenn sie diese überflüssigen 18 Kilos oder was auch immer, die nach der Schwangerschaft auf sie zukommen, so wieder loswird?«, fragte ich. Aber sogar mir entging der Zweifel in meiner eigenen Stimme nicht.

»Ich würde vorschlagen, du gehst gleich zu ihr hin und entschuldigst dich bei ihr und klärst das auf. Das bist du ihr und uns schuldig.«

Und dann dampften beide ab. Puh. Ich muss das schnellstmöglich richtigstellen, damit Caros Glück nicht wegen so einem Blödsinn eingetrübt wird. Jetzt fangen gerade ein paar Gäste zu klatschen an, obwohl der Onkel mit der Geschichte vom kleinen Prinzen noch nicht fertig ist. Ich muss vor allem von diesem schäbigen Cousin weg. Vielleicht halte ich mein iPhone jetzt einfach so, dass er nicht auf den Bildschirm glotzen kann, und schaue eine Folge *True Blood*, um mich von ihm und meinen Gedanken abzulenken.

**18:37 Uhr, blogged via iPhone**

Charlotte und Janina drehen sich betrunken auf der Tanzfläche und ich sitze in der Ecke. Caro tanzt mit Felix und strahlt über das ganze Gesicht. Sie ist in so einem Schwangerschafts-Hormonwahn, wo man ständig die Stimmung wechselt, und wollte von meiner Erklärung vorhin gar nichts hören. Vielleicht hat sie sich auch noch mal übergeben und fühlt sich jetzt besser, das ist ja manchmal so. Caro hat Charlotte und Janina schon ungefähr 200 Mal sentimental gedrückt und geküsst. Jedenfalls wirkt sie plötzlich sehr froh, weil Felix ihr versprochen hat, bis ans Lebensende mit ihr zusammenzubleiben. Und das obwohl Felix sehr genau weiß, wen er da geheiratet hat. Er hat Caro schon ungeschminkt, dicker, dünner, sonnenverbrannt und in schlechte Fernsehserien versinkend, mit Pickeln und beim Beine rasieren gesehen. Sie haben sogar eine gemeinsame E-Mail-Adresse, was ich bisher als verheerenden und verachtenswerten Verlust der Privatsphäre gesehen habe. Ihren glücklichen Gesichtern nach zu urteilen, liege ich da falsch.

**19.September, 20:28 Uhr**

Während der Hochzeits-DJ alle unsere Lieblingslieder aufgelegt hat und Caro, Janina und Charlotte mit hochgeworfenen Armen die Tanzfläche rockten, habe ich eine Notiz auf das Geschenk geschrieben, dass dies ein Missverständnis sei und das echte Geschenk noch folgen würde, und die S-Bahn nach Hause genommen. Ich heulte auf dem Weg zurück, dass sogar ein Fahrgast erfolglos versuchte, mich zu trösten. Dann habe ich tatsächlich bei Schorsch angerufen und ihm die Ohren vollgeheult, aber Schorsch ist in Augsburg bei seinen Eltern. Dann nahm ich meine Glitzersandaletten in die Hand, die ja keinesfalls zum Laufen konzipiert sind, und ging nach Hause. So fing er also an, der Wahnsinn.

Um halb acht Uhr hämmerte es an meiner Tür. Ich saß verheult in meiner Jogginghose von Woolworth, die schon mehrere Jahrzehnte und Hunderte von Waschmaschinengänge und die Kaufhauskette selbst überlebt hatte, mit verquollenem Gesicht auf dem Sofa. »Lena!«, schrie eine helle Frauenstimme »Leeeeeeeeeena!«, brüllte sie noch mal. »Mach die Scheiß-Tür auf!« Es hämmerte wieder in einer Wucht, dass bald alle Hausbewohner ebenfalls im Flur stehen würden.

Ich rannte zur Tür und riss sie auf. Vor mir stand Charlotte mit zerzausten Haaren in einem stark verrutschten goldenen Kleid, an dem ein Träger fehlte.

»Shh, meine Nachbarin beschwert sich eh immer über mich«, sagte ich, wahnsinnig froh sie zu sehen, auch wenn sie sich im Zustand fortschreitender Verwahrlosung befand.

»Lena, wir müssen uns vertragen«, lallte Charlotte und stolperte auf mich zu und umarmte mich fest. »Ich wollte dich nicht so anmotzen wegen des Scheiß-Geschenks.«

Dann drückte sie mich wieder und ließ ihren Kopf schwer auf meiner Schulter liegen. »War eigentlich gar keine so schlechte Idee«, kicherte sie. »Bist du deshalb gegangen?«, sagte sie, riss ihren Kopf nach oben und fixierte mich mit zusammengekniffenen Augen.

Ich zuckte mit den Schultern. »Auch«, brachte ich hervor, bevor mir ein großer nur mit erheblicher Mühe unterdrückter Schluchzer entwich. »Und wegen Björn.« Ich schluckte wieder mit Mühe alles Elend herunter. »Du weißt das ja alles gar nicht.«

»Doch. Ich weiß. Schorsch hat mich angerufen und meinte, ich müsse unbedingt zu dir hin.«

»Schorsch?«

»Der mag dich, glaube ich.«

»Ja, gut. Aber das ist Schorsch. Versuche mir bitte nicht Schorsch einzureden.«

Charlotte fixierte mich immer noch, aber wahrscheinlich brauchte sie in ihrer Verfassung einfach etwas länger, ihren Blick zu fokussieren. Das schaffen nur Hochzeiten oder Karnevalsfeiern, dass man schon so früh am Abend in einen derartigen Zustand geraten kann.

»Woher hat der denn überhaupt deine Nummer?«

»Ach«, Charlotte winkte ab, frag lieber nicht genauer nach.« Sie kicherte vor sich hin. Okay, das wollte ich gar nicht wissen.

»Ich bin unfassbar bescheuert«, sagte ich.

Charlotte nickte. »Ich weiß.« Dann prustete sie los.

»Charlotte, das ist nicht zum Lachen!«

»Ich weiß, ich weiß«, sagte sie und bemühte sich, ihr Lachen zu unterdrücken.

»Ich habe so viel Müll erzählt, und dann habe ich mit Françoise ge-e-mailt, dann habe ich noch sein Facebook-

Konto geknackt. Und dann hat er gemerkt, dass ich ihn angelogen habe.«

»Du hast sein Facebook-Konto geknackt? Wie das denn?«, frage Charlotte beeindruckt.

»Ach Charlotte.«

»Kann ich mich kurz auf dein Sofa legen? Ich muss mich ausruhen, dann fahre ich zurück.«

Ich nickte und Charlotte zerrte den goldenen Fummel über ihren Kopf, holte sich mein ›Hello Kitty‹-Schlaf-T-Shirt aus dem Schrank und legte sich unter eine Decke auf mein Sofa.

»Das sieht mir nach einer längeren Ausruh-Phase aus«, sagte ich.

»Aber er muss doch irgendetwas gesagt haben«, murmelte Charlotte.

»Charlotte, es ist noch nicht mal zehn, du musst wieder zurück, Caro wird dich vermissen.«

»Ach, die vermisst niemanden. Wenn man so viel Schampus ausschenkt, kann man nicht erwarten, dass die Gäste bis nachts durchhalten. Aber wenn du jetzt die Richtige bist, wie du immer glaubst, dann kann das nicht an so einem Bullshit scheitern.« Charlotte richtete sich wieder auf. Ihre Haare standen wirr in alle Richtungen. Dazwischen schimmerte noch das Diadem durch, das sie sich zur Feier des Tages Prinzessinnen-Style übergestreift hatte.« Sie sah keineswegs wie eine weise Frau aus, deren Ratschläge man befolgen sollte, eher wie eine wahnsinnige Bag-Lady.

»Woher sollte ich denn wissen, dass er Mr. Rowe junior ist?«

»Siehst du, er hat auch gelogen.«

»Er hat nicht gelogen. Er hat nur was nicht erzählt.«

»Genau wie du.«

»Das ist lieb, dass du das so sagst. Aber da besteht schon ein wesentlicher Unterschied.«

»Neee, jetzt mal ehrlich. Jetzt nimm ihn doch nicht so in Schutz. Erstens, hat er seine Alte ziemlich doof sitzengelassen. Der hatte doch was von einvernehmlicher Trennung gemurmelt, das war doch gequirlte Kacke. Und dann macht der so einen auf Mr. Mystery, damit du ganz verrückt wirst, und dann ist er auch noch schuld an der Verhunzung von *Grace*. Ich habe kein Bock, für ein Magazin Anzeigen zu verkloppen, das hauptsächlich darauf lauert, dass Kati Holmes in einer engen Hose einen Blähbauch hat und Cameron Diaz und Jennifer Aniston ungeschminkt abgelichtet werden, weil sie unglücklich sein müssen, da sie gerade mal wieder keinen Typen haben, während Single George Clooney mit 50 als der ewige Herzensbrecher gefeiert wird. Das ist doch total frauenfeindlich, genau wie du immer sagst. Ich würde ja gern zum großen Relaunch heute Abend gehen, vielleicht erzählt Mr. Mystery dann endlich, was er sich dabei gedacht hat.«

»Ich war gestern bei Björn in der Wohnung und habe sein Eltern getroffen.«

»Und, hast du allen gezeigt, was für eine Wahnsinnsbraut du bist?« Charlotte ballte ihre Hand zu einer Faust und schüttelte sie.

»So könnte man es nennen. Unsere französische Freundin war auch da. Mit Bildmaterial von einem Blog, den dieser Benjamin vom Starbucks pflegt über die Vorteile von älteren Frauen als Liebhaberinnen. Da gab es auch ein Bild von mir. Es war jenseits von krass.«

»Sie hat Björn und den Eltern Rowe die Bilder von Bennys Cougar-Blog gezeigt?«, kreischte Charlotte.

Ich brauchte einen Moment bis ich begriff. »Was heißt

denn hier Benny? Du kennst diesen Blog? Das ist nicht dein Ernst.«

Charlotte ließ sich auf das Sofa zurückfallen. »Oh nein«, seufzte sie. »Ich wollte es dir noch erzählen.«

»Was wolltest mir erzählen?«

»Das mit Bennys Seite. Aber ich wollte dich nicht noch mehr beunruhigen und ist ja auch nicht so schlimm. Ist doch kein echtes Sexvideo. Hast du damals das von Pamela Anderson gesehen? Oder das von Paris Hilton? Alter Schwede, die musst du dir mal reinziehen. Deins ist harmlos.«

»Jetzt mal langsam. Wieso kennst du Benjamins Blog und ich nicht? Und warum ist da was von mir drauf, was sich in irgendeiner Form mit Paris Hiltons Sexvideo vergleichen ließe?«

»Na, vom Blog hat er mir erzählt. Du hast mir doch versichert, dass du nichts von ihm willst, da dachte ich, na ja …« Sie sah verlegen zur Seite und zwirbelte eine helle Haarsträhne zwischen ihren Fingern.

»Charlotte, verstehe ich dich jetzt richtig? Du hast Benjamin getroffen?«

»Aber ich habe ihm gesagt, dass ich das auf dem Blog nicht in Ordnung finde, wenn man nicht fragt!«, sagte sie und haute dabei mit der flachen Hand auf das Sofa. »Ich persönlich habe da ja nichts gegen. Hast du mich auch gesehen?«, fragte sie mit aufkeimendem Enthusiasmus. »Aber ich treffe ihn jetzt auch nicht mehr«, fügte sie schnell hinzu, nachdem sie einen Blick in mein Gesicht riskiert hatte. »Du wolltest nichts von ihm, sonst hätte ich das natürlich nicht gemacht.«

Oh mein Gott. Ich hatte ihr das Ganze brühwarm erzählt. Ich hatte vergessen, dass bei solchen Geschichten Charlottes Jagdinstinkt ausbricht. Deshalb hatte sie mich damals eindringlich gefragt, ob ich wirklich nichts von ihm will.

»Und wie kommt es, dass Françoise von diesem Video weiß? Das ergibt doch gar keinen Sinn. Woher kennt sie Benjamin bitte schön?«

»Vielleicht hat sie ja genau das Gleiche gemacht wie du?«

»Wie jetzt?«

»Sie hat spioniert und ist deine Freundesliste durchgegangen?«

»Aber ich bin doch auf Facebook gar nicht mit Benjamin verbunden.«

»Bist du nicht?«, fragte Charlotte überrascht.

Ich tippte mir an die Stirn, um ihr zeigen, wie völlig abwegig diese Idee war.

»Oh«, sagte Charlotte.

»Was?«, fragte ich.

Sie rubbelte verlegen in ihren Haaren und nahm einen Schluck Wasser aus der Flasche, die ich neben das Sofa gestellt hatte. »Na ja, ich bin mit ihm verbunden. Ich bin auch ein Fan von seiner Seite. Und wenn jemand deine, ja nicht so zahlreichen Freunde genauer unter die Lupe nimmt …« Sie zögerte. »Aber, na ja, wahrscheinlich Quatsch, dass jemand so besessen sein könnte.« Charlotte winkte ab. Sie sah sehr schuldbewusst aus.

»Mein Gott, ich habe mich immer gewundert, wie irgendwelche Leute so blöd sein können, auf einen Heiratsschwindler hereinzufallen, und jetzt war ich original bei einem Perversen mit Filmkamera in der Bude!«

Charlotte sah mich an, als würde sie sich wirklich quälen. Ihr Blick war immer noch sehr glasig.

»Und du warst sogar freiwillig da. Ich fasse es nicht.« Ich konnte es nicht glauben. Aber ich wollte nicht sauer auf Charlotte sein. So ist sie eben. Françoise, so wie ich sie erlebt habe, ist eine viel bessere Spionin als ich, wenn sie das in ähnlicher Präzision macht, wie ihre Lippen auszumalen. Da hätte man noch zu ganz anderen Ergebnissen kommen können. Aber das war nicht das Hauptproblem. Das mit Josh und Dakota war ganz klar eine Drohung gewesen. Sie musste weit mehr spioniert haben, egal wie.

»Charlotte stand auf und zog sich das ›Hello Kitty‹-T-Shirt wieder über den Kopf.

»Der Tag ist noch nicht zu Ende!«, sagte sie mit erhobenem Zeigefinger. »Was ich dir eingebrockt habe, werde ich wieder geraderücken. Ich hau dich da raus, Kleine!« Sie blickte mich wild entschlossen, doch leicht unfokussiert an und plumpste zurück auf das Sofa.

»Charlotte, bitte, tu mir und dir das nicht an. Françoise ist schwanger. Es ist eh alles vorbei.« Ich war kurz davor, wieder loszuschluchzen, versuchte es jedoch, mit aller Macht zu unterdrücken. Meine Lippe zitterte.

»Wat?« Charlottes Kopf fiel zurück gegen das Sofa und sie zog das ›Hello Kitty‹-T-Shirt wieder über ihren Po zurück.

»Schwanger von Björn oder von wem?«

»Natürlich, von wem denn sonst.«

»Na ja, da kann man nie sicher sein. Du weißt doch, mindestens zehn Prozent aller Kinder in Deutschland sind Kuckuckskinder, die meisten Männer haben doch keine Ahnung.«

»Nee. Das habe ich aus verlässlicher Quelle. Außerdem weiß Björn noch gar nichts davon. Françoise hat es mir gesagt.«

Charlotte prustete in das Wasserglas, aus dem sie gerade versucht hatte zu trinken, um der ihr bevorstehenden massiven Dehydrierung vorzubeugen.

»Moment, wie jetzt? Noch mal langsam: Deine Busenfreundin Françoise hat *dir* gesagt, dass sie von Björn schwanger ist, und Björn weiß gar nichts davon? Warum sollte sie das denn genau dir mitteilen?«

»Na, damit ich Björn und sie in Ruhe lasse, und sie ihre Krise durchstehen.«

»Hat sie ja geschafft.« Charlotte griff wieder nach dem goldenen Kleid. »Echt jetzt, Lena. Wenn du da nicht hingehst, dann muss ich da noch mal hin. Da besteht wohl einiger Klärungsbedarf.« Sie hatte ihr goldenes Kleid schon wieder über den Kopf gestreift, einfach über das Schlaf-T-Shirt drüber, was den Eindruck der Bag-Lady perfektionierte. Dann schlurfte sie ins Bad, kam mit einem feuchten Waschlappen zurück, den sie sich gegen die Stirn drückte und sackte auf dem Sofa zusammen. Ihre Rede hatte alle Restenergie verbraucht.

Wir dachten beide einen Augenblick nach. In dem Glauben war ich jedenfalls.

»Was soll ich denn jetzt sagen? Ist ja nicht so, dass Björn irgendetwas herausgefunden hat, was nicht stimmt«, fragte ich. Ich hatte Charlotte noch nicht mal die Details von Dakota Dümpelmann erzählt, weil sogar mir es zu peinlich war, was ich da vorgegeben hatte. Aber so wie Françoise drauf war, wusste Björn das auch schon.

Charlotte antwortete nicht. Sie grunzte nur leise. Sie war eingeschlafen. Ich wusste nicht, was ich tun sollte, aber irgendetwas musste passieren. Also streifte ich mir mein eigenes Kleid über und dachte zum Glück noch vor der Wohnungstür daran, die Jogginghose auszuziehen, und lief zum Taxistand.

Als ich am Redaktionsgebäude ankam, standen viele Taxen davor, und die Fahrer rauchten vor den Limousinen. Cordula hatte recht, die Chefredaktion hatte groß aufgefahren. Für einen Moment stand ich unschlüssig vor der

Tür, als meine alte Kollegin Marie mir beschwipst entgegenschwankte. Sie hatte dramatischen Eyeliner aufgetragen und ihre Haare aufwendig toupiert. Ich hätte sie fast nicht wiedererkannt. Heute schienen ja alle optisch dick aufzutragen.

»Lena, was machst du denn hier?«

»Ich bin ein bisschen spät.«

»Ich dachte, du und Charlotte seid auf der Hochzeit von eurer Freundin?«

»Mmh«, sagte ich und ging an ihr vorbei, als hätte ich eine Mission. Ich hatte natürlich keine Mission. Ich wusste noch nicht einmal genau, was ich hier sollte, aber ich wusste, dass ich auf keinen Fall dastehen wollte, als hätte ich keine.

Im Eingang unterhielten sich einige Gäste, die wahrscheinlich vor der Selbstbeweihräucherung von *Grace* geflohen waren und lieber rauchen wollten. Journalismus ist ein Berufszweig, der verlässlich Raucher hervorbringt. Ich lief die Treppen zum Veranstaltungssaal hoch, der bei solchen Gelegenheiten als Festsaal fungiert. Als ich den Raum betrat, stand Björn auf der Bühne und sprach in ein Mikrofon. Ich blieb im Schatten neben der Tür und wünschte mir einen Moment lang, ich wäre in einem Tarnanzug aufgetaucht statt in meinem leuchtend roten Kleid. Aber Björn befand sich im Gegenlicht und schien mich nicht zu bemerken. Er trug einen dunkelblauen Anzug und wirkte sehr souverän. Hinter ihm war eine PowerPoint-Präsentation mit allen möglichen Zahlen und Kuchendiagrammen zu sehen.

»… und so wird *Grace* wieder zu einem Magazin werden, das die Nachrichtenwünsche unserer Leserinnen befriedigt, das dafür sorgt, dass sie sich gut fühlen, weil sie erkennen, dass die von ihnen geliebten und verehrten Personen, genauso menschlich sind wie sie selbst. Danke.«

Die Gäste im Saal applaudierten, während ich mich noch stärker gegen die Wand presste. Leider ging keine geheime Tür hinter mir auf, in die ich mich hätte flüchten können. Stattdessen kam eine Serviererin mit einer kleinen weißen Schürze und einem Häubchen als Zimmermädchen verkleidet mit einem Tablett voller Sektgläser vorbei. Ich nahm mir gleich zwei, damit meine Hände eine Aufgabe hatten.

Björn schüttelte ein paar Hände und bekam einen Blumenstrauß überreicht. Hinter ihm wurde das neue Titelbild von *Grace* eingeblendet, das ziemlich genau dem einer amerikanischen Zeitschrift ähnelte. Das sah nicht nach kreativer Hochleistung aus. Björn stieg von der Bühne und wurde direkt von einigen Leuten umringt, als Erstes natürlich von Cordula, die derart aufdringlich lachte, dass sie über alle anderen hinweg zu hören war. Sie wusste offensichtlich nichts von einer Françoise, die wahrscheinlich schon angefangen hatte, Folsäure zu schlucken. Ich schlich durch die Menge, vorsichtig darauf bedacht, keinen Blickkontakt mit alten Kollegen aufzunehmen, ich konnte schließlich nicht ewig am gleichen Platz stehen bleiben und irgendwie musste ich einen ersten Schritt in Richtung Björn machen. Ich hatte gehofft, dass mir spontan einfallen würde, was ich tun könnte, wenn ich einmal hier war. Aus den Tiefen meiner Gehirnwindungen stieg allerdings keine Handlungsanweisung hervor, da war die Wüste Gobi. Deshalb konzentrierte ich mich so sehr darauf, dass Björn mich nicht sah, was natürlich schwachsinnig war, dass ich nicht darauf achtete, wohin ich ging, bis ich in jemanden hineinlief.

»Entschuldigung«, sagte die Frau, die ich von hinten angerempelt hatte, in einem Tonfall, der besser zu ›Pass auf, du Idiot‹ gepasst hätte. Dann drehte sie sich zu mir um und sah mich an.

Es war Björns Mutter: anderes zurückhaltendes Kleid aus teurem Stoff, das ihre superschlanke Taille zur Geltung brachte, die in dieser Gesellschaftsschicht bei jedem Alter dazugehört, der Rest wie am Tag zuvor. Sie würde wahrscheinlich auch mit 80 nicht anders aussehen. Diese gemütlichen alten Omis mit Blümchenkleid und Sahneorte auf dem Teller sind in der High Society komplett ausgestorben. Da wird bis zum jüngsten Tag erbarmungslos diätet.

»Da sind Sie ja wieder«, stellte sie fest, immerhin in gemäßigterem Ton. Sie betrachtete mich neugierig wie ein bizarres Tier. Ein paar Meter entfernt von ihr stand Françoise, die mich allerdings noch nicht entdeckt hatte. Françoise hielt ein fast leeres Glas Wein in der Hand und unterhielt sich mit Josh, dem Schnellredner und Schnellkauer aus Berlin, der *meinen* Artikel geschrieben hatte. Keine Ahnung, vielleicht war er als Freund von Françoise mitgekommen. Immerhin hatte mich Cordula noch nicht erspäht, die mich nach meiner E-Mail wahrscheinlich mit einem Fußtritt den roten Teppich herunterbefördert hätte. In diesem Moment verschwand Josh und Björn trat von hinten an Françoise heran und sah zu mir herüber. Er stutzte, als er mich erblickte. Dann verzog sich sein Gesicht, als würde er leiden. Er schüttelte verständnislos den Kopf.

»Ihre Schwiegertochter sollte nicht so viel trinken«, sagte ich an Björns Mutter gewandt. Es rutschte mir einfach so heraus, aber Artür, falls es ihn wirklich gab, würde ja als Alkoholiker zur Welt kommen, wenn das so weiterging.

Solveig Rowe blickte mich verständnislos an. Ich zuckte mit den Schultern.

»Ich mein ja nur.« Ich wandte mich an Björn, aber beim Anblick seines abweisenden Gesichts fiel mir nichts mehr ein. Kein Muskel in seinem Gesicht bewegte sich.

»Jetzt mal ganz ehrlich, Lena«, drang plötzlich die aggressiv-angetrunkene Stimme von Cordula von hinten an mein Ohr. Aggressiver wahrscheinlich durch den Anblick einer sich bei Björn einhakenden Françoise. »Ich weiß nicht, warum *du* hier auftauchst, nach der Nachricht, die du mir geschickt hast. Immerhin hast du hier zwei Jahre gearbeitet. Wir haben dir vertraut. Diese Veranstaltung hier ist für *Freunde* von *Grace*, verstehst du, nicht für Saboteure und Miesmacher!« Sie fuchtelte nah an meinem Gesicht herum und hatte offensichtlich einige Martinis intus. In diesem Moment drehte ich mich um und ging Richtung Ausgang. Hier konnte ich nichts mehr tun. Außerhalb des Festsaals hielt mich jemand am Arm fest.

»Ach, ist das nicht die berühmte Blog-Schreiberin aus München?« Als ich hochblickte sah ich in das schräge Lächeln von Josh.

Ich zog eine Augenbraue hoch. »Und ist das nicht der berühmte Journalist?«

Josh gluckste. »Journalist? Wohl kaum. Ich bin Josh. Wir haben uns doch mal in Berlin getroffen.«

»Ja, genau, und du schreibst als Dakota Dümpelmann.«

»Ach so.« Er schlug sich mit der Hand vor die Stirn. »Äh, ja, klar. Der bin ich.« Er sah mich an, bemüht einen ernsten Gesichtsausdruck aufzusetzen.

»Wie jetzt?«

Er kicherte wieder los. Ich diesem Moment fiel mein Blick auf die Reste einer gedrehten Zigarette in seiner Hand und mir stieg der grasige, würzige Geruch von Marihuana in die Nase.

»Das war doch nur ein Witz.«

»Was war jetzt genau ein Witz?«

Er nickte und prustete wieder vollends los. »Vergiss es,

Kleine. War auch nicht mein Witz. Und keine Fleischhäppchen essen.« Er drohte mit dem Finger. Das Weiß seiner Augen war stark gerötet. Er war völlig zugekifft.

»So, jetzt bitte noch einmal einen Moment konzentrieren: Von welchem Witz redest du und wem gehört er?«

»Na, das mit Dakota Dümpelmann. Françoise meinte, das wäre ein Witz. Hey, sie war eifersüchtig, weil du ihr den kleinen Björn streitig machen wolltest.« Er drohte mir wieder mit dem Finger. »Darf man ja auch nicht machen, gell? Ach komm, sei nicht so miesepetrig. Französinnen sind so, die mögen das nicht, wenn man ihnen das Häschen ausspannt. Aber«, Josh verzog seinen Mund zu einem breiten Grinsen, »ich bin zufällig gerade noch frei. Vielleicht bin ich ja auch ein bisschen jünger als du?« Er zwinkerte mit einem Auge, sodass ich nur mit allergrößter Beherrschung davon absehen konnte, ihm eine Ohrfeige zu verpassen. Ich drückte den bekifften Josh zur Seite und wankte weiter ins Foyer. Mir schossen viele Dinge durch den Kopf, die nicht richtig zusammenpassen wollten, aber erniedrigt worden war ich genug. Als ich ins grell erleuchtete Foyer kam, stand Bernard Rowe höchstpersönlich an der Garderobe. Er wartete auf seinen Mantel, wahrscheinlich wollte er sich unauffällig aus dem Staub machen.

»Herr Rowe?«, sagte ich. Es war raus, bevor ich weiter darüber nachgedacht hatte.

»Ja, bitte?«

»Sie wollten doch noch hören, warum ich bei *Grace* aufgehört habe.«

»Ja, natürlich.« Er drehte sich mit einem freundlichen Lächeln zu mir um. Ich wusste gar nicht, wie man sich gegen aufdringliche Nervensägen zur Wehr setzte, wenn man von Natur aus derart höflich war.

Ich schluckte, doch jetzt gab es kein Zurück mehr. »Wissen Sie, ich habe für die alte *Grace* gearbeitet und ich habe auch gesehen, dass es so nicht weiterging, zu wenig Profil, zu wenig Corporate Identiy, wie man das heute nennt, das war nichts Ganzes und nichts Halbes.«

Er sah mich interessiert urch seine Brille an. Während er seinen Burberry-Trench überstreifte, den die Frau an der Garderobe ihm gereicht hatte.

»Sehen Sie, dann habe ich Horoskope geschrieben, als indischer Astrologie-Guru – dabei habe ich keine Ahnung von Horoskopen.«

»Journalisten habe ja niemals Ahnung von irgendetwas. Deshalb recherchiert man ja«, warf er freundlich, aber bestimmt ein, wie jemand, der es gewohnt war, recht zu haben.

»Das stimmt natürlich, trotzdem ging das ein bisschen weit. Oder sagen wir einfach so, für diesen Job war ich nicht qualifiziert. Das konnte ich nicht mit gutem Gewissen machen. Ich habe es ehrlich gesagt viel zu lang gemacht. Aber das ist nicht der Grund, warum *Grace* Probleme hat, da würde ich mich wohl selbst zu wichtig nehmen. Ich glaube, *Grace* geht einen völlig falschen Weg.«

»Warum glauben Sie das?«

»Ich glaube nicht, dass ein Magazin, das sich als *Super-Bitch* platziert«, ich forderte jetzt nicht die Urheberschaft für diesen Begriff ein, der inzwischen im Slogan des Magazins auftauchte, »ein Wohlfühl-Magazin wird, wie, äh, Ihr Sohn das gerade dargestellt hat. Und ich glaube wirklich, dass Ihr Sohn kompetent ist«, fügte ich schnell hinzu, damit es nicht so wirkte, als wollte ich Björn eine reinwürgen, weil er mich abserviert hatte. »Es ist doch so. Diese Art Magazin gibt es zuhauf, wir beide wissen, wovon ich hier rede.

Man zoomt auf den Bauch von Cameron Diaz, wenn sie Blähungen hat, und lauert darauf, Keira Knightley ohne Make-up mit Eiterpickel in unvorteilhaften Jeans abzulichten, und schon scheint deren Welt aus den Fugen zu sein. Wenn Angelina Jolie einen Film über Vergewaltigung in Jugoslawien dreht, sind alle Kameras bei der Vorführung nur auf ihr Dekolleté gerichtet und mokieren, dass ihre Frisur zu hausbacken ist. Das ist peinlich für alle Anwesenden. So ein Frauenbild ist vorsintflutartig, kein revolutionäres wie es früher mal Madonna, später Lady Gaga für ihre Zeit zum Beispiel propagiert hat. Ich finde ein wirklich neues Magazin müsste Grenzen überschreiten. Das meinte ich gestern. Warum sollten Frauen ohne einen Mann unglücklich sein, wenn sie gerade eine Mordskarriere haben? Sie wollen die bestimmt gar nicht halten, weil sie karrieremäßig die ganze Männerliga in die Tasche stecken! Trotzdem werden sie von dieser Schadenfreude-Presse bewusst fertiggemacht. Das ist weder ein schönes Konzept noch neu.«

»Es wird viel Geld verdient mit diesem veralteten Konzept.« Rowe machte ein Handzeichen in Richtung einer Person hinter mir. Dann schüttelte er meine Hand. »Alles Gute Ihnen, und danke für Ihre Einschätzung.« Aha, so wurden höfliche Leute andere wieder los.

Ich trat zur Seite und er eilte an mir vorbei zu seinem Bekannten, Fahrer, was auch immer. Langsam ging ich hinter ihm her. Eigentlich müssten mir jetzt Tränen über das Gesicht laufen, ich müsste als schluchzendes Desaster mit verlaufendem Eyeliner durch den Park irren, weil ich die letzte Tür, jemals in diesen Job zurückzukehren, zugeschlagen hatte. Und weil der Mann, in den ich verliebt bin, von einer französischen Frau mit Durchhaltevermögen und Manipulationskraft einer Maggie Thatcher besetzt ist, gegen die ich mit meinen bescheidenen Mitteln nie etwas ausrichten werde können. Das Verrückte war, dass ich mich, als ich die Stufen von *Grace* hinunterlief, trotzdem besser fühlte, als bei meiner Ankunft zur Relaunch-Party. Als ich nach Hause kam, lag Charlotte immer noch selig schlummernd auf meinem Sofa. Ich holte meine Decke und legte sie über sie. Dabei bewegte sie sich, rutschte vom Sofa und wachte auf.

»Da bist du ja wieder, meine liebste Freundin«, sagte sie, stand auf und drückte mich in überschwänglicher Gefühlswallung an sich. »Lass uns zusammen auf dem Sofa schlafen, ist viel gemütlicher.« Dabei hauchte sie mich mit einer Wolke aus halbverdauten Garnelen-Spießchen und Mojitos an, dass ich mich schnell abwenden musste.

»Ich kann nicht schlafen«, erwiderte ich. »Du hast es nicht mehr zurück zu Caro geschafft.«

»Was? Sie richtete sich auf, wie spät ist denn?«

»Halb zwölf.«

»Was ist los, was ist passiert? Was habe ich verpasst?«, sagte sie, mit Blick auf das rote Kleid.

»Ich war bei der Relaunch-Party.«

»Ach Quatsch, wieso hast du mich nicht mitgenommen?«

Ich rollte mit den Augen und zeigte auf ihr am Boden liegendes Kleid und den Waschlappen neben dem Bett, mit dem sie versucht hatte, die Kopfschmerzen wegzukühlen.

»Aber willst du das Allerverrückteste wissen? Ich hatte das Gefühl, dass sie auch meinen Blog kennt. Das würde alles erklären. Aber das muss eine totale Wahnvorstellung sein, die Blogadresse kennt ja echt niemand außer dir.«

Charlottes seliges Grinsen verschwand von ihrem Gesicht. Ihre blauen Augen weiteten sich noch mehr und ihr Mund stand offen. Sie sah aus wie einer dieser singenden Weihnachtsengel. Dann krauste sie ihre Nase und rieb sich die

Stirn. »Ahhh.« Sie ließ sich kopfüber nach vorn auf das Sofa fallen und zog sich ein Kissen über den Kopf.

»Charly? Was ist los? Was machst du da?«

»Du würdest der Französin wirklich zutrauen eine Spionin in Art deiner selbst zu sein?«, klang es dumpf unter dem Kissen hervor.

»Ne, die ist 'ne Nummer härter. Die war nicht beim amerikanischen, sondern beim israelischen Geheimdienst in Training.«

»Es tut mir leid. Es tut mir leid. Es tut mir leid«, jammerte Charlotte.

»Was tut dir leid?«

Charlotte setzte sich auf. »Ich wollte dir nur helfen. Du hast mir so leidgetan, weil du so wenige Leser auf deinem Blog hattest.«

Mir schwante Böses. »Ja, und? Du hast Françoise angerufen und ihr von meinem Blog erzählt«, sagte ich ironisch, aber schon ziemlich alarmiert.

»Mensch, Lena, so etwas würde ich niemals tun«, sagte Charlotte jetzt in weinerlichem Tonfall. »Ich habe nur ein bisschen Werbung für dich gemacht und hatte ein paar Links mit ›Gefällt mir‹ für deinen Blog gemacht.«

»Wann denn das, das habe ich gar nicht gesehen?«

»Ich hatte dir kurzzeitig einen Facebook-Freundesstatus zugewiesen, wo du das nicht siehst. Ich wollte dir helfen, ich dachte, du freust dich, wenn du mehr Leser bekommst. Ich habe auch null gesagt, von wem der Blog ist.«

Oh. Mein. Gott. »Wann war das denn?«

»Na irgendwann nach Sylt, als du wegen Karriereknick, Björn und überhaupt so frustriert warst.«

Oh nein. Charlotte ist die Einzige, der ich die echte Blog-Adresse mitgeteilt habe, weil ich ihr ja sowieso alles erzähle.

Wenn sie nur einen Bruchteil meines Spionage-Geistes an den Tag gelegt hatte, hätte Françoise die Adresse gesehen. Meine Güte, konnte das stimmen? Gott, wie lange las sie meinen Blog schon? War sie deshalb so schnell nach München gekommen? Äh. Hallo? Hallo, Françoise? Allô?

»Es tut mir so leid, Schätzchen …« Charlotte sah aus, als würde sie gleich anfangen zu heulen.

»Schlaf jetzt mal«, sagte ich und drückte sie zurück in die Kissen.

Dann legte ich mich auf mein Bett, so wie ich war, und erstaunlicherweise muss ich kurz danach eingeschlafen sein.

Françoise, falls du diese Zeilen liest, gib doch mal ein Lebenszeichen von dir. Hallo? Ich kontaktiere mal kurz den Google-Übersetzer: Comment vas-tu?

Salope.

## 20. September 10:03 Uhr

Hallo, Blogleser, hallo, Françoise. Schön, dass ihr da seid, auch wenn ich noch auf ein konkretes Lebenszeichen von einschlägigen Personen warte. Angsthase (lâche). Die folgende Information ist gefiltert. Sitze im Café (genauer Ort kann leider nicht angegeben werden) mit Schorsch. Wir sind heute im Partnerlook gekleidet mit ausgeleierten Sweatshirts, die sich so anfühlen, als wäre man im Bett liegen geblieben. Ich schreibe Bewerbungen, Schorsch schreibt eine weitere sensationell abwegige Folge von *Himmel und Hölle* (wenn ich ihn gerade richtig verstanden habe). Er trifft später Janina, die ihm als Fan seit Neuestem Ratschläge zur Seriengestaltung gibt und angefangen hat, karierte Hemden zu tragen. Das Leben nimmt überraschende Wendungen. Ich werde keine Journalistin für *Grace* sein und aus mir wird, das ist ebenfalls deutlich geworden, auch nie eine Journalistin für die *Small World*. Aber vielleicht für eine nettes Frauenmagazin. Es ist nämlich so: Ich mag Frauen. (Die meisten jedenfalls, es gibt Ausnahmen.) Und obwohl ich mit jedem Vertreter einer Tierschutzorganisation auf der Straße rede und mich fast immer breitschlagen lasse, ein paar Kröten abzudrücken, und auch definitiv der Meinung bin, dass in Syrien was passieren muss, und dagegen, dass weltweit Frauen unterdrückt werden, verbringe ich trotzdem Stunden damit, das Internet nach der perfekten, roten Lippenstiftfarbe zu durchsuchen. Und nach kreativen Kochrezepten für rote Linsen und nach gelben Schluppenblusen und nach Freundinnen, die mir zeigen, wie ich meine Wohnung im Vintage-Style dekorieren kann. Diese Dinge sind mir irgendwie auch wichtig.

**13:15 Uhr**

Übrigens, Françoise. Du kannst beruhigt sein: Ich habe Björn nur eine winzige, finale SMS geschickt, und der Inhalt besteht nur aus meiner Blogadresse, also, nichts Neues für dich. Du kannst aufhören, diesen Blog zu lesen. Habe gerade nacheinander mit meinen Eltern telefoniert.

»Lena, du musst unbedingt nach Hause kommen«, sagte meine Mutter.

»Nach Rodenkirchen? Ja, vielleicht mache ich das. Mein Job hat sich verändert, ich kann das jetzt leichter einrichten.«

»Ach du meine Güte, du bist doch nicht arbeitslos geworden?«

»Nein, nicht arbeitslos, es gibt genug zu tun. Anders verändert. Zum Besseren, glaube ich. Warum soll ich denn so dringend kommen?« Ich würde ihr das alles lieber persönlich erklären.

»Wir haben bald Besuch aus Afrika. Akwetee kommt Rosemarie und mich besuchen.«

»Mama, du heiratest jetzt aber nicht einen Afrikaner für ein Visum oder so was?«

Meine Mutter kreischte schrill auf vor Lachen. »Leeeeeeena, du kommst ja auf Ideen!«

Ihr Kreischen war doppelt beunruhigend.

»Nein, Akwetee war unser Tanzlehrer und ist ein ganz Netter. Rosemarie hat ihm schon ganz lange versprochen, Deutschland zu zeigen, den Kölner Dom und solche Sachen«, kicherte meine Mutter.

»Ich glaube nicht, dass er wegen des Kölner Doms kommt. Der hat doch bestimmt was anderes im Sinn.«

»Lena, jetzt sei doch nicht so misstrauisch. Du hast mir doch immer nahegelegt, keine Vorurteile gegen Schwule und Neger zu haben, und du hast ja recht damit. Akwetee überlegt, in Deutschland Tanzstunden zu geben. Er könnte in Europa als Tanzlehrer wahnsinnig erfolgreich sein. Hast du ihn dir noch gar nicht auf meiner Facebook-Seite angeschaut?«

»Nein, ich bin nicht mehr auf Facebook. Mama, der Begriff ›Neger‹ ist einfach so was von politisch unkorrekt. So etwas darf man nicht sagen, der Begriff ist total belastet.«

»Ich habe aber keine Vorurteile, deshalb darf ich sagen, was ich will, und dann ist der Ausdruck positiv belastet«, sagte meine Mutter trotzig, aber nicht ganz unlogisch.

»Du musst unbedingt kommen und ihn persönlich treffen, du wirst ihn mögen.«

Das Gespräch mit meinem Vater verlief in ähnlichen Bahnen. Ich sah mich schon mit meinen Eltern, Akwetee und Ling-Ling Pekingente mit Maniok essen. Vielleicht tat uns allen ein wenig Abwechslung vom rheinischen Sauerbraten und von den Königsberger Klopsen ganz gut.

## 14:12 Uhr

War gerade auf Facebook, man muss sich ja nur wieder einloggen. Aber wirklich nur, um die Fotos von meiner Mutter anzusehen. Habe mich bei Gelegenheit von gewissen Mitbürgern ›entfreundet‹, einfach nur symbolisch. Mir ist es ein Rätsel, wie meine Mutter es technisch bewerkstelligt hat, die Ghana-Bilder von ihrem Fotoapparat herunter- und auf Facebook hochzuladen. Vielleicht habe ich den PC-Führerschein unterschätzt. Akwetee war unschwer zu erkennen: der einzige Afrikaner zwischen einem Haufen weißer Frauen mittleren bis älteren Jahrgangs. Es dauerte eine Weile, bis ich die trommelnde Frau im afrikanischen Gewand als meine Mutter identifizieren konnte. Ich muss zugeben, dass ich sie schon seit Jahren nicht mehr so habe lachen sehen. Sie sah unglaublich glücklich aus. Sie hat bei Facebook als Beziehungsstatus ›*single*‹ angegeben! Meine Mutter hat mit Anfang 60 wahrscheinlich mehr Sex als ich. Brrrrr, ich wünschte, ich könnte diese Filmvorführungen in meinem Gehirn abstellen, jeder Gedanke erscheint sofort in HD. Habe gerade eine E-Mail an Facebook geschrieben, alle Daten von mir endgültig zu löschen, sonst hört das ja nie auf hier.

## 15:08 Uhr

Vorhin räusperte sich Schorsch in der ihm eigenen sehr lauten Art und Weise. Er räusperte und hüstelte so laut, dass ich aufsah und »Jetzt iss doch mal einen Drop, dabei kann sich kein Mensch konzentrieren«, zischte. Seine Augen waren aber schon auf mich gerichtet und er zeigte mit dem Kopf in Richtung Tür. Dort stand er. (Sorry F., er war's wirklich.) Björn Müller-Rowe mit einem Becher in der Hand und scannte die Besucher des Cafés. Es war zu spät, um wegzulaufen, sich zu schminken, den Fleck vom Sweatshirt zu entfernen oder, noch besser, das ausgeleierte Ding in der Altkleidersammlung zu entsorgen, oder auch nur so zu tun, als hätte ich ihn nicht bemerkt, bevor er mich erspähte. Aber das war mir diesmal auch egal. Er steuerte sofort auf meinen Tisch zu und blieb abrupt vor mir stehen. Es sah nicht aus, als hätte er viel geschlafen. Oder überhaupt geschlafen. Sogar sein T-Shirt war ungewohnt schmuddelig. Er fuhr sich nur mit der Hand durch die Haare und rieb sich die Stirn und das Kinn.

»Lena«, sagte er. »Wir müssen reden.«

»Müssen wir?«

»Nein, ich meine, ich will mit dir reden.« Björn fuhr sich wieder durch die Haare, als würde er hoffen, in den Haaren eine Antwort zu finden. Oder eine Frage. Aber diese Kälte war aus seinem Gesicht verschwunden. Er blickte mich wieder an, so wie er mich früher angesehen hatte, im Park. Bei dem Gedanken begann es in meinem Bauch sofort zu surren, als wäre der Strom angestellt worden. Er schwieg so lange, dass ich den Anfang machen musste.

»Tja, war nett, deine Eltern kennenzulernen. Hatte ich mir in etwa so vorgestellt.«

»Sie fanden's auch nett.«

»Kann ich mir vorstellen.«

»Ohne Quatsch, mein Vater war total beeindruckt von dir.« Er setzte sich an meinen Tisch und starrte zu Schorsch hinüber, bis der zumindest so tat, als würde er arbeiten und nicht jedes Wort einsaugen, was gesprochen wurde, und wortwörtlich in seine Serie einbauen. Auch in seinem verwahrlosten Zustand roch Björn gut. Er roch nie abgestanden und immer war ein bisschen Zitrone dabei.

»Klar, ich bin mir sicher, dass er das Konzept von *Grace* völlig überarbeiten will.«

»Keineswegs, er glaubt an das Konzept. Aber er hasst es, wenn Leute ihm nach dem Mund reden. Er hat mir gesagt, ich soll dich fragen, ob du in die Reaktion zurückkommen willst, für eines der Ressorts, das den ›Lady Gaga-Faktor‹ berücksichtigt. Ich habe keine Ahnung, was er damit meint.«

»Er will ein Ressort mit Gaga-Faktor und den Rest so lassen?«

Björn zuckte mit den Schultern.

»Und du kommst natürlich sofort, um seine Order auszuführen.«

»Auch das.«

Wir schwiegen und starrten auf Björns Becher.

»Detox-Tee«, sagte er und hielt den Becher hoch. »Kann ja nicht schaden.«

»Und du glaubst ernsthaft, dass ich das Jobangebot annehme?«

»Nein«, sagte Björn, »das glaube ich nicht. Danke für deine SMS übrigens.«

Ich nickte und blickte nach unten. Es war eigentlich unmöglich, Björn in die Augen zu schauen, falls er wirklich den Blog gelesen hatte. Aber vielleicht hatte er ja nicht die Zeit gehabt, die ganzen alten Einträge zu lesen.«

»Hätte mich ehrlich gesagt enttäuscht, wenn du es angenommen hättest.«

Wir schwiegen einen Augenblick.

»Sag mal, kann ich dich mal was Komisches fragen?« Ich konnte nicht hochsehen und sortierte die Krümel auf dem Tisch vor mir neu.

»Sicher.«

»Warum bist du auf Facebook nicht mit Françoise verbunden?«

Björn zuckte fast unmerklich, als ich ihren Namen aussprach. »Warum ich auf Facebook nicht mit Françoise verbunden bin?«, fragte er dann ehrlich verdutzt.

»Genau.« Ich blickte hoch und unsere Blicke trafen sich.

»Bin ich nicht?«

Ich rollte die Augen. »Bist du nicht.«

Er überlegte einen Moment. »Ich glaube, wir waren mal verbunden. Aber ich benutze Facebook nur als Art Telefonbuch, wegen der Kontakte. Vielleicht hat sie mich entfreundet, weil ich mich darüber lustig gemacht habe, mit Statusmeldungen Lebenszeit zu verschwenden. Ist mir gar nicht aufgefallen. Wie kommst du denn darauf?«

»Nur so.« Die Einfachheit der Erklärung war ernüchternd.

Björn seufzte. »Ich habe Françoise nicht eingeladen. Meine Mutter hatte sie eingeladen. Sie verstehen sich gut«, sagte Björn monoton und schnell, als würde er eine Liste herunterlesen. »Falls du das auch wissen willst.«

»Françoise.«

»Lena, ich kann nicht schlecht über Françoise reden. Sie ist eine tolle Frau, und wir haben ziemlich viel zusammen durchgemacht, und es ist schwieriger für sie, als ich gedacht habe, deshalb hat sie das wohl auch erfunden, du weißt schon.«

»Was erfunden?«

»Artür.«

Auf seinem Gesicht, umrahmt von den zerzausten Haaren, mit bläulichen Augenringen und unrasierten Wangen, erschien ein zaghaftes Grinsen.

Es war wirklich erfunden.

»Du hast recht. Schonen ist Quatsch. Ich hasse Streit. Ich hätte ihr viel deutlicher sagen sollen, dass es vorbei ist, das hätte einiges verhindert. Es war schon mit ihr vorbei, bevor wir beide uns in Sylt getroffen haben. Ich hätte das viel früher beenden sollen. Aber bei dir wusste ich ja auch nicht, woran ich war. Als ich damals zurück ins *Pony* gekommen bin, dachte ich erst, ich hätte mir total eingebildet, dass das irgendwie was passiert ist am Strand. Als ich zurückkam und du, na ja … Aber das willst du doch nicht hören.«

Es stimmte, das wollte ich nicht hören. »So viel hast du, glaube ich, noch nie über dich selbst geredet, seit ich dich getroffen habe.«

»Du siehst, ich übe. Einige interpretieren jeden Moment zu wenig, einige zu viel …«

»Hey!«

»Aber eigentlich bin ich gekommen, um zu fragen, ob du mit mir wandern gehst.«

»Man könnte es ja noch mal versuchen«, sagte er. »Wenn wir gaaaaaanz langsam laufen, Blasenpflaster mitnehmen und Turnschuhe anziehen.« Er lehnte sich nach vorn, sodass seine Hand nur einen Millimeter von meinem Arm entfernt lag. Sofort begann mein Arm zu pochen.

»Was ist mit *Grace*?«

»Ich habe mir Bedenkzeit ausgebeten.«

»Aha.«

»Also, was ist: Gehst du noch mal mit mir wandern?« Er streckte seine Hand nach vorn und legte seine Finger um meinen Arm.

Ich lehnte mich zurück. Ließ ihm aber meinen Arm. Wandern. Auch bei diesem Thema bestand Klärungsbedarf. Außer er hatte wirklich den Blog gründlich gelesen. »Also, schon, aber …«

»Nur was Harmloses. Bei gutem Wetter.« Björn blickte auf meinen Arm und ließ seine Hand zu meiner wandern. In meinem Kopf begann es zu rauschen.

»Ja, aber das mit dem Sport ist nicht ganz so, wie es vielleicht den Anschein hat, also auch mit dem Segelwissen …«

»Ich will jetzt nicht mit dir wandern, weil ich mir irgendwelche Hoffnungen mache, jemals den Mount Everest mit dir zu besteigen, nachdem wir eine Alpenwanderung im Sommer unter deiner Führung nur mit Glück überlebt haben.« Er ließ seine Hand in meine gleiten, sodass die Finger ineinander verschränkt waren. Wir blickten beide auf unsere Hände, als würden sie nicht zu uns gehören, sondern etwas machen, worauf wir keinen Einfluss hatten.

»Ich will erst mal mehr Zeit mit dir verbringen. Reden.« Er zögerte einen Moment. »Natürlich nicht ununterbrochen reden.«

»Hey, willst du damit sagen, ich rede zu viel?«

Er wiegte den Kopf hin und her. »Also, wenn du das jetzt so direkt fragst …«

»Moment, darauf will ich gar keine Antwort! Also, das klingt nicht so schlecht – eigentlich.«

»Nicht schlecht?«

»Ich meine, das würde ich auch gern.«

»Aber kein Handy, kein Computer, kein Facebook, kein Blog, keine Handyfotos. Komplett offline. Nur du und ich.« Er hob den Blick von unseren verschränkten Fingern und wartete. Ich blickte zurück in seine Augen, die braun-grüne Iris mit den schwarzen Pupillen. Nicht auf einen Punkt dazwischen, sondern direkt rein.

*139 Kommentare*

*136 gelöschte Kommentare.*
*Desolé. Au revoir, chouchou. (Kleines Lob an Google-Übersetzer: Ihr seid großartig!)*

*Gaby13 sagt:*
*Lena! Du hast aber nicht vergessen, dass du noch versprochen hattest, die Häkelanleitung für diesen Kaktus zu posten?! Kannst du das vorher bitte noch erledigen?*

*Gaby13 sagt:*
*Lena, bist du noch da?*

*Gaby13 sagt:*
*Lena?*

ENDE

# DANKSAGUNG

Die Ereignisse in diesem Buch sind natürlich erfunden. Danke allerdings an meine wunderbaren Freunde für die Inspiration, gemeinsam erlebte oder erzählte, ihr wisst, was was ist (und nein liebe Victoria Teichert, du bist nicht die Braut). Danke, liebe Eltern, dass ihr keine Ähnlichkeit mit Lenas Eltern habt und mich immer unterstützt. Danke an die vielen faszinierenden Internetseiten und an SelfControl, den Zugang zeitweise unmöglich zu machen. Danke an Friederike Biesel für die Ermutigung, an das nette Team bei Gmeiner, an Sven Lang und Claudia Senghaas. Danke auch für eure Zeit beim Lesen und eure Gedanken Christine Drews, Sabine Lata, Dümpi, Judith Geisler, Susanne Samwer, Dagmar Giersberg und Anja Manuel, an Fredi und Amelie Prahmann.-) und die vielen, die ich gerade vergessen habe und natürlich immer an Alexander.

Mit Hugh Grant bin ich allerdings wirklich zufällig Fahrstuhl gefahren, *just for the record*. Der Gesprächsverlauf entspricht leider ziemlich genau der Wahrheit.

*Weitere Romane finden Sie auf den folgenden Seiten und im Internet: www.gmeiner-verlag.de*

*Emma Conrad*
*Süß ist der Tod*
*978-3-8392-1486-2*

»Miss Marple meets Bridget Jones!«

Eigentlich sollte die Journalistin Constanze Freitag den Inhaber eines Steuerberatungsbüros nur interviewen, doch Dietmar Molitor stirbt gleich im Anschluss an ihr Gespräch an einer vergifteten Praline. Aus dem Unternehmerporträt wird ein Ermittlungsauftrag. Die Liste der Verdächtigen ist lang. Während Constanze und die Polizei noch im Dunkeln tappen, geschieht ein zweiter Mord. Und dann nimmt der Fall eine überraschende Wendung ...

*Silke Porath*
*Mops und Mama*
*978-3-8392-1489-3*

»Der dritte Mops-Roman
von Silke Porath – zum Bellen komisch!«

Tanja bekommt am selben Tag zwei schlechte Nachrichten. Die erste: Sie ist schwanger. Die zweite: Ihr Freund Arne, der als Tierarzt arbeitet, nimmt einen Forschungsauftrag im bolivianischen Urwald an. Sechs Monate lang wird er Fledermäuse beobachten. Ihre Mitbewohner sind für sie da – als Freunde und als potenzielle Ersatzväter. Die beiden überbieten sich bald in Fürsorge um die schwangere Tanja. Auch Mops Earl und sein Sohn Mudel mischen kräftig mit.

GMEINER
*Wir machen's spannend*

*Christine Rath*
*Sanddornduft*
*978-3-8392-1490-9*

## »Insel statt Karriere!«

Wind im Haar und Sonne auf der Haut … Die erfolgreiche Karrierefrau Kerstin genießt nach einer großen Enttäuschung die ersten warmen Tage auf der zauberhaften Insel Hiddensee. Hier, in der kleinen Pension »Silberdistel« ihrer Tante Ingrid, entdeckt sie auf der Suche nach ihren Wurzeln plötzlich ein lange gehütetes Familiengeheimnis. Als sie sich in den attraktiven, doch undurchsichtigen Dirk verliebt, muss Kerstin eine Entscheidung treffen, die nicht nur ihr eigenes Leben für immer verändern wird.

GMEINER

*Wir machen's spannend*

# Unser Lesermagazin

**2 x jährlich das Neueste aus der Gmeiner-Bibliothek**

*24 x 35 cm, 40 S., farbig; inkl. Büchermagazin »nicht nur« für Frauen und HistoJournal*

Das KrimiJournal erhalten Sie in Ihrer Buchhandlung oder unter www.gmeiner-verlag.de

# GmeinerNewsletter

**Neues aus der Welt der Gmeiner-Romane**

Haben Sie schon unsere GmeinerNewsletter abonniert?

Monatlich erhalten Sie per E-Mail aktuelle Informationen aus der Welt der Krimis, der historischen Romane und der Frauenromane: Buchtipps, Berichte über Autoren und ihre Arbeit, Veranstaltungshinweise, neue Literaturseiten im Internet und interessante Neuigkeiten.

Die Anmeldung zu den GmeinerNewslettern ist ganz einfach. Direkt auf der Homepage des Gmeiner-Verlags (www.gmeiner-verlag.de) finden Sie das entsprechende Anmeldeformular.

# Ihre Meinung ist gefragt!

**Mitmachen und gewinnen**

Wir möchten Ihnen mit unseren Romanen immer beste Unterhaltung bieten. Sie können uns dabei unterstützen, indem Sie uns Ihre Meinung zu den Gmeiner-Romanen sagen! Senden Sie eine E-Mail an gewinnspiel@gmeiner-verlag.de und teilen Sie uns mit, welches Buch Sie gelesen haben und wie es Ihnen gefallen hat. Alle Einsendungen nehmen automatisch am großen Jahresgewinnspiel mit attraktiven Buchpreisen teil.

GMEINER

*Wir machen's spannend*